토박이의 풍자 시학

노창수 평론집

토박이의 풍자 시학

노창수 평론집

Native Poet's Poetics for Satir

푸른사상
PRUNSASANG

본질 추구, 진정한 그 삶의 과정을 위하여

어쩌다 우리는 본질을 잃어버렸을까요.

유행을 쫓는 요즘 세상이 너무 감각적이어서 드리는 말씀이에요. 사람들은 예전과 달리 그런 자신을 발견하며 놀라지도 않습니다. 당연하다고. 심지어 이를 주도하지 못해 안달하는 경향이 있지요들. 사탕 맛을 본 아이가 어머니의 젖 맛을 잃고 우는 것처럼 이미 그 달콤함에 익숙히 빠져 있는 것은 아닐까요. 그것이 제 몸에겐 오히려 해가 된다는 걸 모르니 참 안타까운 일이지요. 지갑이 명품인들 비어 있으면 무슨 소용이 있을까요. 빈 지갑을 내보이듯 시인 정현종은 문명에 자리를 내준 본질적인 자연에 대한 아쉬움을 「깊은 흙길」이란 시에서 노래한 적이 있지요. 실속이 없는 지구상은 이제 '깊은 자연'은 사라지고 '얕은 문명'만이 남은 황폐한 현상이라고 비꼰 것입니다.

> 흙길이었을 때 언덕길은
> 깊고 깊었다
> 포장을 하고 난 뒤 그 길에서는
> 깊음이 사라졌다
> 숲의 정령들도 사라졌다
>
> ─ 정현종, 「깊은 흙길」

사실 시인이 지적한 대로 길은 옛 흙길이었을 때가 좋았습니다. 포장을 하고 난 뒤부터는 자연 냄새, 사람 냄새가 사라진 길이었거든요. 자동차만의 길은 감각적인 길입니다. 속도가 우선이지요. 그러니 깊고 무거운 숨을 쉬는 자연의 길은 이미 아니지요. 자연의 길은 본질입니다. 포장된 길, 문명화된 길. 여유와 여백이 없어진 길에서 우리네 삶은 가파르다 못해 지금은 위험하기까지 합니다.

정국이 옷 로비 건에 휘말리던 때가 있었습니다. 민생 해결이 본질임에도 이를 뒤로 밀쳐두고 정치는 숫제 옷타령이었지요. 익히 보아온 대로 옷은 감각적인 물건입니다. 옷이 추위나 더위를 막는 본래의 기능과 목적을 운위하는 시대는 이미 지났다는군요. 대부분의 옷 자체가 사치의 대명사니까요. 사실 옷이란 체온을 유지하게 한다는 본질적 기능은 어디로 가버리고 멋의 대상으로만 남았습니다. 수많은 멋진 옷 때문에 청렴이란 고어사전에서나 찾아 볼 수 있는 낡은 용어가 되고 말았지요.

근본과 본질은 생각하지 않고 눈에 보이는 일에만 매여 있는 경우를 비유한 예로, 「청장관전서(靑莊館全書)」에 쓴 청렴주의자 이덕무의 글이 생각납니다.

"눈 속에 서 있는 옛 누각은 단청(丹靑)이 더욱 새롭게 보이고, 강 가운데서 듣는 피리의 곡조는 갑자기 높게 들리는 법이니, 밝은 빛과 곡조에 구애되지 말고 흰 눈과 맑은 강을 먼저 생각해야 한다"는 것이 그렇습니다.

박찬호나 김연아, 빌 게이츠 같은 발군(拔群)의 인물에서도 우리는 한낱 성과만 보고 탄성을 지릅니다. 이른바 '그림자 효과'나 '깃털 보기'에 연연해하는 것이지요. 그들이 왜 그처럼 성공하게 되었는가, 또 어떤 뼈 깎는 고생이 있었는가 하는 '몸체론' 즉 삶의 본질을 잊어버립니다. 그들이 만들어낸 인내와 극기 과정, 말하자면 정신적 성찰이 없는 것이 문제이지요. 단말마적인 물질 문명관이자 외표로만 인식하려는 우리 고질적 병폐라고나 할까요.

옛말에 "따스한 봄날 물가의 오리는 봄을 즐기면서 깃을 다듬고, 먼 산의 날랜 매는 멀리 창공을 내려다보며 발톱과 부리를 가다듬는다"고 했습니다. 봄을 즐기는 오리나 창공의 매는 자신은 정작 아름다움을 모르는 법입니다. 다만 그는 예비의 날을 준비하기 위해 단련하고 있지요. 겉보기를 좋아하는 인간이 이를 멋있다고 보고 있을 뿐입니다.

차제에 문학가는 자신의 창작에 '깊은 자연'의 본질이 없는 '얕은 문명'의 결과적 상황만을 감각적으로 표현하고 있지나 않은지 반성해보아야 합니다. 성공적인 대중성보다는 그 결과가 있기까지 생의 과정을 리얼하게 보여주어야 합니다.

이번 평론집엔 그런 과정으로서의 아픔과 진통이 꿰어진 글을 안내합니다. 하지만 평가는 오로지 독자의 몫이지요.

겨울 산야엔 눈이 덮였습니다. 언덕의 벌거벗은 나무에게 바람이 속삭이고 있군요. 내년도 건강한 잎을 피워달라고. 나무는 흔들어 답하는군요. 뿌리 깊이 벌써 체액을 뿜고 있다고. 우리들에게 들려주는 아름다운 계절 이야기와 더불어 케니지의 두터운 색소폰 가락을 듣는 밤입니다. 늘 그렇듯 또 한 해가 가는군요.

2017. 11.
상래문학방에서 쓰다
노창수

제3부   **토박이 서정을 잇다**

제4부

제1부

이야기로 창작력을 얻다

시의 정서 끌어내기와 그 비약

1. 들어가는 말

무릇 시가 감동적이라는 사실은 독자의 가슴을 울리며 살아 있다는 증거입니다. '죽어 있는 시' 보다는 '살아 있는 시'를 기다리는 것, 그것은 비록 시를 모르는 사람일지라도 시의 존재를 알아보려는 독자권 확보의 한 자율적 권리이기도 합니다. 그러한 세상이라면 좋은 시가 많이 읽히고 쓰여질 수 있을 것입니다.[1] 그럼에도 불구하고 우리 시단에는 왜

---

1   로트만은 '좋은 시'와 '나쁜 시'를 구별하여 논하고 있다. 그는 "좋은 시란 모든 유형의 정보를 매개하는 시"라고 하여, 텍스트가 미리 예측될 수 없을 때 시의 정보가 나타난다고 하였다. 시에서 엔트로피가 높다는 것은 시의 정보가 풍부하다는 것이며, 좋은 조건의 체험적 정보를 많이 갖추었다는 뜻이다. 로트만의 이러한 주장은 신비평의 복합성(complexity)에 관한 이론과도 유사하다. 그는 정보가 풍부한 시에서 시인은 독자와 역 장기를 둘 수밖에 없다고 말한다. 시인과 독자는 상호 갈등 관계에 있고, 그 갈등이 클수록 독자들은 싸움에서 더 많은 것을 얻게 된다고 로트만은 역설한다.

아직 죽은 시가 있는 것일까요. 그것은 시인이 경험하지 않은 관념의 세계나, 막연한 추상적 이념의 시가 단속적(斷續的)으로 생산·발표되고 있기 때문입니다. 죽은 시를 거부하고 살아 있는 시를 바라는 것, 그것은 진솔한 삶을 바탕으로 한 시인의 인고적 애환을 노래할 때만이 가능합니다. 예컨대 그가 체험했던 고향과 거기 오랫동안 몸담은 생활의 뿌리는 독자에게 진지한 마음의 밭으로 가 일하도록 손을 잡아 이끌어 갑니다. 그래서 시적 분위기가 오히려 독자에게 다가가서 다시 풍기게 하는 역동적 감동을 발휘하는 것이지요.

> 질화로에 재가 식어지면
> 뷔인 밭에 밤바람 소리 말을 달리고,
> 엷은 조름에 겨운 늙으신 아버지가
> 짚벼게를 돋아 고이시는 곳,
> ―그곳이 참하 꿈엔들 잊힐리야.
>
> ― 정지용, 「향수」 부분

이처럼 시인과 독자는 작품을 가운데 두고 서로의 느낌 나누기를 하는 데, 그 예로 「향수」를 들었습니다. 시인이 제시한 시적 대상은 그 느낌을 독자가 우선 받아들입니다. 이때 공감적 수용미학 측면에서 [화자—매체—청자]의 전달 체계는 시적 담론에의 한 디딤틀이 됩니다.

이 부분에 대한 보다 상세한 내용은 다음 자료를 참고하면 유용할 것이다.
① 정효구, 『현대시와 기호학』, 도서출판 느티나무, 1989, 58쪽 재인용.
② Yu. Lotman, *Analysis of the Poetic Text*, trans. D.B. Jonsosn, Ardis : Ann Arbor, 1976.
③ 유재천, 『시 텍스트의 분석』, 도서출판 가나, 1987, 208~213쪽.

「향수」는 이러한 3단계의 설정을 가장 성실하게 보여주는 작품이라 할 수 있지요. 말하자면 시인과 독자에게 고향에 대한 정서적 글감을 함께 넣어주는 것입니다. 두 사람의 편에서 향수의 정서를 서로 불러일으키기 때문에 고향에서 함께 자라나 일하고 생각하고 있는 것처럼 착각을 하는 것이지요. 두 사람의 고향이 같지 않더라도 시를 읽는 자 편에서 향수의 느낌을 끌어내는데, 시인 쪽에서는 독자에게 향수를 계기적으로 '집어넣고', 독자는 이를 통하여 고향에 대한 경험적 스키마를 진뜩진뜩 '끄집어' 떠올리게 됩니다. 이때 보다 심오한 독자라면 시를 읽고 자신의 정서를 '집어넣어' 느낌의 자기화를 꾀할 수도 있을 것입니다. 이렇듯 독자는 시인의 감정 표출이 자기와 맞아떨어지는 그 '좋은 시'를 기다립니다. 시인의 체험에 뿌리를 깊게 한 시는 늘 문명과 공해에 찌든 우리 삶을 효과적으로 구원합니다. 향수는 사람의 정서를 풍요롭게 하는 정신적 보루이며, 오늘날과 같은 비인간화의 시대에도 가장 가치 있는 사람다움의 감정층으로 남는 것이지요. 말하자면 어제의 생명 유기체와 오늘의 인간 존재를 이어주는 핏줄과도 같은 기능을 하는 것입니다.

시인은 체험을 통하여 현실적 타성에 젖은 시적 장치를 스스로가 제한할 필요가 있습니다. T.S. 엘리엇도 시인이 마냥 해오던 관습대로 단순히 순응하는 창작만으로는 새로운 작품을 창작해내지 못한다고 경고하고 있습니다.[2] 시인이 가장 경계해야 할 일은 나태와 안일에 젖어 반

2   이러한 창작 자세에 대하여 T.S. Eliot은 시인의 변신과 새로움의 추구를 간단 없이 지속해야 함을 역설하며 다음과 같이 말하고 있다. "새로운 작품 창작은 단순히 순응만 하는 것은 전혀 새로운 것이 되지 않는다. 그 작품은 물론 새롭지

복된 주제나 소재로 작품을 양산하는 일이라고 했습니다. 즉 그의 내밀한 체험에서 온갖 삶의 사상(事象)을 복삽한 의미 관련에 따라 시간석, 공간적으로 독특하게 펼치고[3] 독자 편에 서서 삶의 의미를 재구축해야 한다는 것입니다. 이러한 일은 그가 죽을 때까지 행하는 절체절명의 의무라고 합니다. 그래서 '체험과 함께 쉬임 없이 창작해야 한다'는 릴케의 시인을 향한 단련적 다그침은, 잔인하지만 한 진리의 문학관이라 할 수 있겠지요. 현실에 대한 시인의 몸짓은 그가 창조한 화자를 통해 읽어낼 수 있습니다. 그것이 우리에게 주는 느낌은 낯설지 않고 살갗 가까운 곳에서 따뜻하게 스미는 느낌을 불러일으킵니다. 곰삭혀지고 숙성된 경험을 바탕으로 한 시는, 발효 음식처럼 맛을 내어 독자의 미각에 접근할 뿐만 아니라, 당대의 문학적 업적을 정리하는 데도 큰 영향력을 미치기 마련입니다.

이와 같은 점에서, 시인이 체험한 정서를 전통 속에 넣어 풀 것인가, 아니면 현실 밖으로 끌어낼 것인가 하는 문제는 새삼스럽게 시 창작에서 새로운 기법이 되고 있습니다. 시를 옛날 삶의 표현에서 느끼고 싶어하는 독자의 정서를 보탠다면, 전통적 원형으로 나아가게 하는 힘도 필요할 것입니다. 그러나 보다 중요한 문제는 독자가 겪은 경험이 바로 시인에게도 절실한 문제로 통한다는 사실입니다. 이러한 현실을 생각할 때, '끌어내는 기법' 또한 문학의 생산자나 소비자에게 공통되는 기능이라 할 수 있습니다.

못할 것이고 예술작품이 되지 못할 것이다."(월터 J.베이트, 『서양 문예비평사 서설』, 정철인 역, 형설출판사, 1964, 189쪽 참조)

3 전규태, 『언어와 문학의 이론』, 한국사회문제연구원, 1978, 82쪽.

오늘날은 시의 존재가 한참 위협받는 시대입니다. 컴퓨터나 영상 매체가 시의 자리를 대신 메꾸고 있기 때문입니다. 이러한 시의 위기 시대에, 시인의 정서를 집어넣거나 끌어냄으로써, 독자와 체험을 함께하는 일이야말로 시의 보편성을 살리고 독자에게 다가가는 가장 가까운 길이라고 할 수 있습니다. 이는, '시인은 체험적 영혼의 장엄을 지향하는 외에는 그 영혼을 기릴 수 있는 노래가 없다'[4]는 프라이의 독설 같은 강조점을 힘들여 배우는 것과도 같습니다.

2. 시의 정서 끌어내기

1) 시의 중층구조

시가 독자 수용 체제에 들어와서 비약적 느낌을 주는 과정은 주로 인지적 영역과 정의적 영역이 상호 작용하는 가운데 이루어집니다. 이것이 시 수용의 중층 구조라는 것입니다. 일반적으로 시의 '중층 구조'는 르네 웰렉이 이야기한 중층론을 근거로 주로 시를 어떻게 표현하느냐에 관심을 두는 방법입니다. 즉 ① 음의 층 ② 의미의 층 ③ 대상의 층 ④ 세계의 층 ⑤ 가치의 층으로 구분하는 것이 그러합니다.[5] 그러나 여기서는 시적 체험이나 스키마(schema)를 기억하고 저장하는 '인지적 층'과, 그 저장을 표출하는 '정서적 층'으로 구분하여 기술하기로 합니다.

---

4   N. 프라이, 『비평의 해부』, 임철규 역, 한길사, 1989, 142쪽.

5   이는 웰렉(R. Wellek)과 인가든(R. Ingarden)의 이론 사이의 관계에서 논의되는 중층 구조로 웰렉은 이 중 세개의 층만을 인정하고 있다.(양왕용, 『정지용시연구』, 삼지원, 1988, 64~65쪽 참조)

다른 자연과학 분야에서도 물론 정의적 변인이라는 것이 고려되지만, 그것이 자아 개념이나 태도 변인에 국한되는 경우가 많습니다. 그러나 시에서는 주제나 내용이 '인지적 구조'와 '정서적 구조'를 동시에 포함하여 작용되는 것이 보통입니다. 앞서 지적한 대로, 시인은 시상을 집어넣거나 끌어냄에 따라 독자로 하여금 그 자리를 유추하게 하는데,[6] 그것은 시의 이해와 수용을 돕는 한 계기적 기능이 됩니다. 이른바 시가 내적으로 포함하는 '감동적 구조', '심미적 구조', '예술적 형상화의 구조'라는 것들이 모두 비약 체제의 정서 기제를 표상하는 것이지요. 독자는 이러한 정서적 구조에 톱니처럼 맞물리는 비약의 이해에 대한 당연한 자기 마인드를 갖습니다. 앞으로는 시에 대한 예술적 평가도 이런 점을 파악해내는 그 정체성을 인정해야 합니다. 또 시대적 흐름을 한 가치 체계로 받아들이는 것 또한 필요할 것입니다.

2) 마음 나누기의 진정성

불행하게도 지금은 단절의 시대입니다. 물류나 정보는 개방되어 잘 흐를지 모르나 인정은 죽은 가지처럼 메말라 정서의 수액이 흐르지 않습니다. 우리는 모든 불편한 것이 없는 풍요의 시대에 존재하면서도 아쉽게도 정신적 여유는 사막 지대에 살고 있는 것이나 다름없습니다.

세계화가 우리의 목전에 맴도는 중요한 이슈이면서도 그것이 피부에

6　시인의 상상력과 독자의 유추력이 맞아 들어갈 때, 시는 독자에게 현실적 감동을 줄 수 있다. 결국 독자가 시를 관심 있게 읽는다는 것은 자기 세계에서 상상력을 일으키는 작품을 스스로 선택하고, 그 안에서 시인과 함께 정서 교류를 함께 나누는 것이라고 할 수 있다. 그러므로 시인과 독자 상호적 통찰과 관조에 의하여 시를 확인해가는 것이 바로 참다운 시 읽기이다.

와닿지 않고 거창하게만 들리는 이유는 무엇일까요. 그것은 사람과 사람 사이의 진정한 마음 나누기가 실현되지 않기 때문입니다. 이웃과 가족 구성원 간의 대화 단절, 직장인끼리의 인간적 친화 부재, 또는 돈으로 좌우하는 결혼 풍조, 스승과 제자 간의 진정한 나눔이 없는 교육 풍토, 등 마멸된 인성은 주위에 헤아릴 수 없이 많습니다. 그렇듯 우리 사회는 언젠가부터 인간다운 정을 잃은 채 방황하고 있습니다. 그리고 마이다스 손만을 숭배하는 금권지배주의 시대를 사는 그 편협된 이기주의자들로 변하고 말았습니다. 실로 공포의 식은땀이 나는 무서운 일입니다.

> 부시시 부시시
> 살아남은 하루가 꿈틀댔다.
> 잠이 덜 깬 어깨에
> 어제의 빛이 남았다.
> 베란다 구석에는
> 낯설은 화분 몇 개
> 널어놓은 옷가지들과
> 허술한 무대장치를 꾸미고 있었다.
> 그뿐 더는 보이지 않았다.
> 한 번 현관문이 여닫히고
> 들리는 소리도 없었다.
> 그의 이웃도 또 그 이웃도
> 그렇게 하루가 시작되고 있었다.
>
> ― 김광회, 「그들의 아침」 부분

이 시를 읽어보면 "찌르찌르 목쉰 새벽 닭이 쇠붙이 소리로 보챘다"는 첫연이 평범한 일상적 진술에 반하고 있어, 다소 의외적이고 비약적

입니다. "맑은 새벽닭이 낭랑히 울었다"라고 할 수 있는 긍정의 문 열기 대신에 "목쉰 닭이 쇠붙이 소리로 보챘다"라고 하여, 화자가 전하는 의미를 수동의 문을 통하여 내보이고 있습니다. 이러한 시인의 의도는 이 사회가 어떻다는 실황을 압축하여 보여줍니다. 한마디로 시의 상식 틀을 깨는 정보의 비약입니다. 그렇다면 화자는 긍정적인 일상의 문 열기, 가령 "낭랑하고 아름다운 울음소리"를 발하는 새벽의 닭을 등장시키지 않고 왜 듣기에도 거북스럽고 시끄러운 "쇠붙이 소리"로 들리게 할까요.

이와 같은 '메마른 감정(dry feeling)' 표시는 이 시의 처음뿐만 아니라 "부시시 부시시 살아남은 하루가 꿈틀댔다"라는 다음 행에서도 마찬가지입니다. 답답한 수동적 행위가 계속되고 있는 것이지요. 이것은 일상을 화자가 상대화된 객관적 입장으로 보는 데서 일어납니다. 그리고 "아침을 든 둥 만 둥" 한 화자의 눈에 비친 것, 즉 '토끼 같은 애들'과 "베란다 구석의 낯설은 화분", 그리고 "널어놓은 옷가지들"은 모두 화자가 일상에서 보아온 말하자면 눈에 익은 집 안의 모습들이지요. 그럼에도 불구하고 "문득 돌아본" 그의 눈에는 모두 "낯선" 이물(異物)들로 인식됩니다. "허술한 무대 장치"로 남의 연극이나 보듯 무관심한 지경이구요. 가족 관계, 심지어 자기 물건들에 대해서까지도 심한 단절 의식을 드러내기도 합니다. 이방인적 삶의 부조리한 면 그것이 곧 현대인의 모습입니다.

이 시의 끝 부분인 "그뿐 더는 보이지 않았다"라든가, "한 번 현관문이 여닫히고 들리는 소리도 없었다"라는 데에서는 현대 가정의 황폐한 모습을 더 극명하게 보여줍니다. 심각한 것은 이렇게 살아가는 모습이 우리 집만이 아닌 "그의 이웃도 또 그 이웃도 그렇게 하루를 시작하는"

그 보편성에 있습니다. 따라서 이 시는 가족과 사유물에 대한 무관심의 정서, 그리고 일상의 기계주의가 빚어내는 비인간적 상황을 마치 초점 맞는 렌즈처럼 현실감 있게 보여주고 있지요. 화자는 이 비약의 시를 통해, 시간과 돈에 정신없이 빠져버린 인간을 지적하고, 또 이를 고발하고 있습니다. 우리는 이제 "이웃"이 없습니다. 서로 마음을 닫고 그것을 채우는 "열쇠뭉치"만이 크게 존재할 뿐입니다. 그 현실 앞에 우리는 망연하지요.

이 작품에서 화자는 이렇게 단절된 가정과 사회에 대해 이렇다 할 주장을 펴지는 않습니다. 다만 "그들의 아침"이라는 삼인칭의 "그들" 세계, 즉 객관적 거리를 두고 부조리한 현상을 마치 사진 찍듯 제시해 보일 뿐이지요. 이때 독자는 시 제목에서 화자의 안목과 관점을 암시받습니다. 그리고 시 첫 행에서 일상성의 비약을 유추해나가는 것입니다.

3. 비약, 번뜩이는 것

1) 비약의 꿈

비약의 중요함은, 비약하기 위해 시가 있다는 말에도 잘 드러납니다. 다음 시에는 언뜻 보아 비약 부분이 잘 눈에 띄지 않습니다. 화자가 말하는 것처럼 "흔한 잡초는 어디나 있기 마련"이며 "차돌밭 자갈밭에 엉키어 부대끼며" 살아가는 존재여서일까요. 그러나 이 시의 마지막 연은 "서슬 푸른 칼날"이라고 하여 비유가 한 단계 건너뛰는 비약을 하고 있습니다. 하찮은 잡초가 갑자기 "칼날"처럼 "서슬 푸르게" 보인 것입니다. 물론 풀잎과 칼날 사이에는 어떤 공통 요소가 있기는 하지만, 1연부터 묘사해온 잡초의 희미하고 약한 존재에 비하면 "칼날"은 좀 색다른 느낌이 있지요. 그러나 이 부분은 시구내로 "칼날"처럼 번뜩이는 비약을 시도한 곳입니다.

> 흔한 잡초는
> 어디나 있게 마련
> 사는 일이 다를 뿐이네.
>
> 길섶 가장자리
> 쇠똥에 묻혀 있어도
> 꼿꼿하게 살아갈 뿐.
>
> 청청한 잎
> 하늘로 치솟아
> 서슬 푸른 칼날로 사네.
>
> ― 김재흔, 「잡초의 노래」 부분

흔히 잡초는 민초로 상징됩니다. 그는 "부대끼며 묻혀" 지내는 삶을 삽니다. 그러나 언제나 "꼿꼿한" 자세를 잃지 않는 그 생명 의식은 어떤 식물보다 강한 존재입니다. 이 시를 읽으면 그러한 생명 의식을 느끼게 합니다. "치솟"은 잎에서 "서슬 푸른 칼날"이 연상되기 때문이지요. 이 것이 바로 비약하기의 기법이 주는 시적 효과일 터입니다.

또 다른 관점에서, 시가 질긴 민중의 삶을 긍정하고 있다는 점에 동의한다면 일단 시대적 성향을 반영한 시로도 볼 수 있습니다. 시인과 독자는 당대의 중요한 정신사적 과제를 의식하게 함으로써, 지향하는 가치를 끌어내도록 합니다. 그러한 점에서 독자는 시를 통해 시대상을 파악하고 그 시대상을 창조하는 데에 주체적으로 참여합니다.

2) 비약 이미지의 일반화

시상 비약하기는 시에서만 작용하여, 예상에 반전하듯 독자를 놀라게 하는 것은 아닙니다. 일기예보를 하는 기상 현상 분야에서도 이와 비슷한 것이 있습니다. 이른바 '나비 효과(Butterfly Effect)'라는 것입니다. 이것은 1764년 미국 MIT 기상학자 에드워드 로렌츠가 발견한 것으로, "아마존 정글에 있는 나비의 날갯짓이 텍사스주의 폭풍에 영향을 줄 수 있다"고 말한 데서 비롯하여 '나비 효과'가 알려지기 시작했습니다. 한낱 가냘프기 짝이 없는 나비 날갯짓이 폭풍우를 몰고 온다는 것이 무슨 조화인가요. 이는 분명 상황 누리의 끌어내기 비약입니다. 그 비약 뒤에 숨은 것은 무엇일까요.

이 '나비 효과'는 오늘날 제3의 물리학 혁명으로 불리는 '카오스 이론(Chaos theory)'의 서막을 연 법칙입니다. 즉 예외와 혼동과 비약, 그 종합적 혼동체가 현대 과학의 한 특징을 이룬다는 것입니다.[7] 여기에서 모든 경우의 초기화 값은 작은 차이가 나지만, 시간이 지남에 따라 결국 엄청난 크기로 확대되어 나타납니다. 아마존 정글에 있는 조그만 나비의 날갯짓은 비약적 끌어내기의 지렛대 구실을 합니다. 이것이 텍사스주 폭풍에 영향을 주는 것은 바로 기상 현상의 비약이지요. 나비들의 기민한 날갯짓에 숨은 놀라운 예측이 엄청난 폭풍우의 비약을 만드는 것입니다.

이러한 상황적 비약의 끌어내기 사례는 우리 사회에도 많습니다. 성수대교의 조그맣게 갈라진 한 틈이 결국 수십 명의 생명을 앗아가는 붕

---

7   이는 한 체계의 상태수의 변화가 단순한 비례 관계로는 결론지어지지 않는 일종의 '비선형(非線形)'의 과학'이다. 이 과학의 기초가 '카오스 이론'의 출발점이다.

괴 사고를 가져오는 경우라든가, 건물의 안전 진단 소홀로 빚어진 삼풍 백화점 사고 등은 끔찍한 상황 비약의 경우입니다. 작은 단서를 소홀히 취급한 데에서 오는 당연한 비약적 귀결입니다. 큰불이 나기 몇 초 전, 그 집에 살고 있는 쥐들이 이미 알고 모두 피신한다는 '쥐 효과'도 이러한 상황적 비약의 끌어내기 경우입니다.

그러나 우리는 현재의 비약된 사고만을 두고 평설하는 일이 많습니다. 일이란 갑작스런 것이 거의 없습니다. 비약 뒤에는 습관화된 전말이 내포되어 있는 까닭입니다. 그러므로 왜 그런 비약이 일어날 수 있었는가를 해명하는 차례화의 과정 탐구가 필요하지요. 시 읽기도 건너 뛰기를 한 부분을 탐구하여 읽으면 흥미있는 정보를 받을 수 있습니다.

4. 시 정신의 산물

1) 전형성으로 승화하기

시에서 상징이나 비약하기는 '집어넣기'와 '끌어내기'의 멋진 정신 노동, 그 언어적 산물입니다. 일반적으로 시는 '전형성'의 문제를 통해 설명될 수 있습니다. 시인은 사실의 방향을 파악하고 그것을 소재 삼아 전형성으로 승화하는 작업을 하는 것입니다. 거기에 끌어내기를 통해 시대 정신이라든지 정신사적 가치가 드러나게 됩니다. 시에서 어떤 목표를 설정하고 어떤 시상을 동원하는가에 따라 가치 지향성은 달라지기 마련이지요. 수용자인 독자는 주체적으로 시를 수용하지만 동원되는 시어의 이미지는 시인에 따라 서로 다른 집어넣기와 끌어내기를 시도하게 됩니다.

시는 이렇듯 현상의 굴절적 형상화를 통해 시대상을 표징하거나 또는 끌어낸다는 점에서 비약과는 상호 유기적인 관련성이 있습니다. 이 '굴절적 형상화'가 바로 시에서 중요하게 다루는 집어넣기와 끌어내기로 나타나기 때문입니다. 이는 미적 구조에 가깝게 접근하는 길이며, 한편 시를 시답게 하는 요소 중의 하나입니다.

2) 비약과 영감

시인이 알아낸 사실로 비약을 진술하면 그 시구가 탄생하기까지에는 그 시인이 갖고 있는 어떤 사연과 구체적 체험 층이 내포되어 있기 마련입니다. 그래서 비약은 시인의 영감에서 나온다고 할 수 있지요. 비약을 위한 정서 집어넣기와 끌어내기는 영감의 결과이며 이 영감은 다기한 궁리와 꾸준한 시행 연습의 한 귀결점이라 할 수 있습니다.

집어넣기와 끌어내기는 모름지기 간결하고 세련되게 표현되어야 할 터입니다. 짧은 구절 속에 많은 체험적 정보가 담겨 있어야 함은 물론이니까요. 그래야 독자에게서 깜짝 놀랄 호응과 감동을 얻을 수 있을 것입니다.

시를 독자에게 안내한다는 것은 시 세계와 수용자의 교섭 작용이 정당하게 이루어지도록 촉진하는 일입니다. 그러므로 시 속에 적절한 여백, 그 끌어내기의 비약을 선보이는 것은 필요합니다. 이때 주의해야 할 일은 시를 독자로부터 떼어내기 위하여 마치 익모초 즙을 발라 아이 젖 떼듯 심하게 분리시키지 않아야 한다는 것입니다. 비약이 너무 억지스럽고 심해지면 시의 진리에 도달하기에 힘이 듭니다. 개울이 너무 넓어져 뛰어넘지 못하게 되면 시에 대한 공포심이 싹트기 마련입니다. 뿐만 아니라 시 자체도 지나치게 독립되어 자연 난해해지기 마련이지요. 시의 미적 구조와 표현상의 특질인 집어넣기와 끌어내기를 잘 이해하도록 하는 것은 시에 대한 단순한 이해의 차원을 벗어날 수 있습니다. 상징적 비약법을 독자 스스로가 터득하고 이를 직접 창작해보고자 하는 동기를 붙여주는 것은 보다 시를 가까이 접하게 하는 길이 될 것입니다.

5. 나오는 말

뛰어난 예술 작품은 진보적이면서도 보편적인 가치를 띱니다. 진보성에 바탕을 두고 보편성을 추구하는 시는 체험 정보에 대한 '끌어내기'로 현실적 참여와 강단(剛斷)을 적극적으로 유도합니다. 반대로 보편성에 의해 진보성을 추구하는 시는, 삶의 철학을 위해 세계관에 대한 '집어넣기'를 해봄으로써 독자와의 함께 느끼기를 시새웁니다. 철학적 입장과 자신의 뜻을 바탕으로 일반화의 책략을 추구합니다.

시인의 이러한 정보는 독자를 불러일으키는 수용적 스키마로 작용합니다. 그것은 '집어넣기'와 '끌어내기'의 진보성과 보편성의 나타내기에서 가능한 것입니다. 우리는 그것을 '공감성의 내적 반향'이라 부르고 있지요.

앞서 논의한 바와 같이 '공감(共感)'이란 시인과 독자 간의 유사 체험에 대한 '감정 나누기'입니다.[8] 즉 다양성과 복합성에 의한 느낌 주고 받

---

8 시는 체험의 세계를 객관화시켜 대상을 실존하게 한다. 고려청자를 만든 도공이 남긴 작업 일지를 면밀히 검토하거나, 청자 성분을 과학적으로 분석하는 일은 별로 중요한 일이 아니다. 그냥 생겨진 도자기의 존재가 중요하고 가치가 있듯이, 시도 바로 이와 같은 자연발생적인 창작이 보다 감동적일 수 있다.(오탁

기, 상호 간의 '집어넣기'와 '끌어내기'의 그 '다리 놓기'라 할 수 있습니다. 진보적 사실이 보편적 사실에 통합되는 시에서, 진보성과 보편성의 두 방향 진술은 이율 배반의 아이러니이지만, 시인은 창작하는 과정에서 이를 반드시 고려해야 하며, 그것이 곧 독자와의 스스럼 없는 '다리 놓기'임을 알아야 합니다.

또 하나의 '다리 놓기'는, 시인이 발휘하는 생각하는 힘[9]과 독자의 유추력(類推力)[10]이 상호 오고 갈 수 있도록 적절히 조처하는 일이지요. 이때 시인이 발휘하는 상상력은 '집어넣기'이고 독자의 유추력은 '끌어내기'입니다. 그리고 어떤 경우는 그 반대 기능을 할 수도 있습니다. 독자에게는 동류 의식이라는 느낌을 유발할 수 있는 그 리얼리즘이 요구됩니다. 독자가 어떤 시를 관심 있게 읽는다는 것은, 시인과 독자 사이에 이 같은 동류적 체험 요소가 들어 있기 때문이지요.

느낌의 '다리 놓기'는, 우선 시인이 상상력을 펼칠 수 있도록 독자가 작품을 고르는 일입니다.[11] 그리고 독자가 시인과 함께 이야기를 나누는

번, 『현대시의 이해』, 도서출판 청하, 1990, 28쪽 참조)

9 인간에게 있어서 상상력처럼 중요한 것은 없다. 상상 속에서 만나는 자기 모습은 제각기 독특한 특성을 지니고 무한대로 생각을 확대시킬 수 있다. 이 상상력이야말로 인간에게 안락한 희망을 제공해주고, 또 그 안락과 희망을 현실 속으로 유인해낼 수가 있다. 뿐만 아니라 상상력은 인간성의 함양에 대해서도 언제나 긍정적으로 작용할 수 있다. (채규판, 『시 창작의 문제 연구(1)』, 『문예연구』, 1995, 겨울호, 113~114쪽 참조)

10 시인은 주로 유추력에 의해 시 쓰기를 한다. I.A. 리처즈가 지적했듯이 감정을 나타내는 정묘한 진술은 꼭 유추를 전제로 하는 은유의 형식을 필요로 하며, 이 은유는 뜻의 동일한 평면 위에 놓여 또 다른 유추를 가능하는 것이다. (류시욱, 『시의 원리와 비평』, 새문사, 1991, 122~123쪽 참조)

11 정병헌, 「살아있는 고전문학 교육」, 『교육월보』, 1996, 2월호, 54쪽.

교류적 자리가 가능할 때라야 이루어집니다. 전자를 '공감성의 내적 반향'이라고 일컫고, 후자를 '공감성의 외적 반향'이라고 합니다. 따라서 진보와 보편의 다리 놓기는, 시인과 독자의 공감성 확보를 위한 '내·외적 반향'이라 할 수 있습니다. 시인이 표출한 시적 정보가 바깥에 있는 독자의 상상력을 흡수하여 나름의 공감 영역을 확대해가기 때문입니다. 이것이 독자를 향한 시인의 감정이입, 즉 '끌어내기'를 목표로 하는 '집어넣기' 과정입니다.

따라서 두 가지 '다리 놓기', 즉 공감성의 '내·외적 반향'을 통하여 시는 스스로의 통찰과 관조를 거듭해나가는 하나의 유기체라고 말할 수 있습니다.

이제까지 느낌 주고 받기, 그 느낌 나누기의 '다리 놓기'를 통하여 시인의 상상력이 어떤 감동과 반향을 일으키는지에 대해 알아보고, 이것이 독자 마음에 어떻게 살려지는가를 알아보았습니다.

시 읽기에서 전통과 현실의 문제를 자기 경험으로 끌어오는 일은 비단 독자 쪽에서만 관심을 보이는 것은 아닙니다. 또 어제 오늘의 논란거리만도 아닙니다. 시인의 입장에서 전통을 '집어넣기'를 하거나 현실로 '끌어내기' 작업을 계속해야 할 필요가 있습니다. 이 점이 바로 시를 시답게 하는 길이며 시의 효용성을 높이는 것입니다.

언제나 시인은 작품 속에서 그의 정서나 감정을 어떤 절차와 방법으로 집어넣고 끌어내느냐를 면밀히 검토하고 새겨야 할 일입니다. 그 일이야말로 독자의 수용적 변화에 대처하는 시인의 존재와 시의 성패 이유로 작용한다는 것을 각별히 인지할 필요가 있습니다.

좋은 시의 기법 몇 가지

글은 골방에서 고뇌하며 쓸 때 값진 작품을 빚는 법이다.

모름지기 작가나 시인은 탐구의 삼매에 빠졌다 나오는 그 '골방문학'
에서 작업해야 한다는 이야기가 있다. 내 경우, 이 진정성을 깨달은 건
70년대 초 필자의 스승이 비판했던 바 '거리의 문학', '패거리의 문학'과
는 결별해야 한다는 가르침이 곧 그 동기가 되었다. 섣부르게 시를 익
히다가 서둘러 등단하려는 욕심으로 신춘문예나 문학잡지 등에 마구잡
이로 응모해서는 안 된다는, 이른바 디이터 람핑(Dieter Lamping)의 지
속적인 서정성 추구나 노드롭 프라이(Northrop Frye)가 말한 문학과 신
화의 구조를 줄기차게 이어가는, 그래서 자신의 서정성과 사상성에 시
를 탐구적으로 적용해야 한다는 원리가 그것이었다.[1]

1 　캐나다 비평가인 노드롭 프라이는 『비평의 해부(Anatomy of Criticism : Four Es-
　　says)』에서 역사주의 문학론과 이에 대적된 뉴크리티시즘, 심리학적 문학론, 윤
　　리적 또는 사회적 비평론에 대한 도전을 함께 전개한다. 문예비평의 범위, 원

값싼 동정이나 낭만에 사로잡혀 시를 양산하는 일도 고뇌로 얼룩진 골방의 값을 그만 싸구려로 피는 격이다.

글이 쓰여질 때는 배설하듯 바로 써야 한다.

글이란 쓸 시기를 놓치면 다시는 그런 글이 나오질 않는 법이다. 작품을 구성하는 영감(靈感)이란 때를 바로 만나고서야 그 가치를 자랑한다. 창작에서 이를 원용하거나 거울로 삼아야 할 일이다.

처음엔 형식을 앞뒤를 재고 고려하거나 다듬지 말고 무조건 거친 생각대로 써나가야 한다.

적당한 곳에서 정지시킬 수 있어야 한다.

가장 긴요한 시간에 우리는 '긴 말이 필요 없다'라고 말한다. 시는 긴 말로 풀어쓰는 게 아니다. 췌설적인 글은 주정뱅이의 잔소리처럼 들린다. 감동은커녕, 하는 소리 또 한다는 식의 지겨움만을 가져올 뿐이다. 하여, 하고자 하는 이야기를 독자가 유추하도록 하는, 가차 없이 자르는 게 필요하다. 여백의 시구(詩句), 비약하며 종결짓는 기법이란 독자를 또다른 차원에서 감동시키기 때문이다.

리, 기법을 개관하는 것이 가능한가에 대한 의문을 제시한 에세이들이다. 그는 문학비평의 대상이 구조와 체계를 갖춘 이른바 비평으로서의 과학화는 19세기 실증주의적 발상과도 비슷하다고는 하지만, 인류 신화와 문학을 통찰하여 이에 반복되는 구조를 발견한다. 지속적인 문학 탐구로서 비교해부학적 연구를 통하여 기본 구조를 알아간다는 것이다. 『비평의 해부』는 그런 의미를 내포한 책이다. 프라이의 독창성은 신화와 문학 사이의 구조적 유사성을 해명하는 데 그치지 않고 끊임없이 구조화되는 비평을 탐구해야 한다는 결론에 이른다. 그는 문학을 '자족적인 우주', 나아가 자율적 유기적 통일체로 간주한다.

시인과 작가는 무릇 이 기법들을 제때에 익혀 '좋은 글'에 다가가는 문학이란 '봄'을 붙잡아야 할 것이다.

문학을 알면 당신의 길이 보인다.

사람들은 문학가들이 왜 글을 고집스레 쓰는가에 대하여 의문을 갖는다. 문학이란 돈이 되는 것도 아니고 지위가 높아지는 것은 더욱 아니다. 그러나 그를 즐기면 당신 삶이 윤택해지는 것은 당연하다. 시는 리듬이기 때문이다. 신체의 리듬, 말의 리듬, 정신의 리듬, 그리고 아, 영혼의 리듬이다. 신체든 영혼이든 리듬 의식을 가져라. 인문학적 가치를 들먹일 필요도 없이 문학은 삶이 지난한 틈에도 스며오는 한 줄기 리듬의 바람인 이유에서이다. 그를 이야기로 만들면 재미있는 삶이 전개된다. 생활에 리듬을 갖는다면 우리 몸과 마음은 시처럼 신선해져 감히 지치지 않는 법이다.

시 쓰기는 자신의 서정을 풀어가는 노정이다.

시를 쓸 때엔 다음과 같은 데에 착안하면 좋은 시를 쓸 수 있다. 생활에서 떠나 시가 실패하는 것은 움직이는 일을 쓰지 않고 고요한 것만 쓰기 때문이다. 움직임이 없는 시는 정체된 시, 그건 고인 물과 같은 썩은 시이다.

(1) 장면보다는 일, 담화식 화법을 서술한다.

(2) 화자를 설정하고 그 화자가 서사를 주도하도록 장치한다.

(3) 움직이며 살아 있는 비유나 상징을 적용한다.

(4) 서정도 서사로 풀어가는 스토리텔링 방식을 택한다.

(5) 시어와 이미지의 대구적 배치로 효과를 준다.

(6) 관련된 이야기를 시에 도입하여 감동을 배가시킨다.

시의 스토리텔링에 대한 사례를 읽는다.

옛날, 고대 나라에 한 시인이 있었다네. 그는 당대의 음유 시인이었다네. 어느 해 여행을 좋아하는 그는 배를 타고 낯선 나라로 가려고 했다네. 그는 덕망이 높아 사람들로부터 늘 칭송을 받았고, 보석또한 많이 갖고 있었다네. 뱃사람들은 돈만 낸다면 원하는 곳까지태워다 주겠다고 나섰다네. 그런데 그의 보석들을 본 뱃사람들은 곧탐욕에 눈이 멀어졌다네. 배가 바다 한가운데 왔을 때 뱃사람들은그를 덮쳤다네.

그들은, 당신을 바다 속에 던져버리기로 했으니, 이제 죽을 수밖에 없다고 했다네. 놀란 시인은 그저 목숨만 살려달라고 빌며, 보물을 모두 주겠다고 말했다네. 만약 계획대로 자신을 바다에 빠뜨리면큰 불행을 자초할 것이라고 경고도 했다네.

하지만, 그들은 음모가 탄로날까 두려워 결국 시인을 죽이기로 마음을 굳혔다네. 음유 시인은 마지막으로 자기가 시를 읊고 악기를연주할 수 있게 해달라고 부탁을 했다네. 시 읊기가 끝나면 스스로바다에 뛰어들겠노라고 했다네. 그들은 그러도록 허락했다네. 하지만 그들은, 만약 시인의 노래를 듣게 되면, 스스로의 마음이 약해지리라는 걸 잘 알고 있었다네. 그래서 부탁을 들어주기는 하되, 그가노래하는 동안은 귀를 막고 있기로 했다네.

시인은 노래를 부르고 악기를 연주하기 시작했다네. 그 음률에 파도가 덩실대고, 춤추는 물고기들과 바다 괴물들이 나타났다네. 뱃사람들은 노래가 끝나기만 기다렸다네. 마침내 시인은 노래를 끝으로,그의 악기를 가슴에 안고 검은 심연으로 뛰어들었다네. 그러자, 시인의 노래에 감동받은 괴물이 불쑥 솟아올라 그를 태우고 유유히 사라졌다네.

한참 후, 큰 고기는 시인을 갈대밭에 내려놓았다네. 그 후, 시인은 사람들과 함께한 시절을 그리며 무인도의 바닷가를 걷곤 했다네. 어느 날, 그렇게 걸으며 시를 읊고 있을 때, 갑자기 바닷물을 가르며 그를 구해준 괴물 고기가 나타났다네. 그리고 목구멍에서 무엇인가 쏟아냈다네. 놀랍게도 그것은 뱃사람들에게 **빼앗겼던** 보물이었다네.

사실 시인이 바다 속에 뛰어들자마자 뱃사람들이 보물을 나누려다 큰 싸움이 일어났다네. 그들 대부분은 죽었고 배는 좌초되었던 것이네.

— 노발리스, 『푸른 꽃』[2] 제2장에서

이 글을 읽고, 음유 시인이 읊은 시와 연주에 감동받은 괴물의 자세를 생각해보자. 반면 시인의 노래를 듣지 않으려고 귀를 막은 뱃사람들의 속셈은 무엇일까.

현재와 미래에 대한 스토리텔링은 어디까지 왔는가.

덴마크 미래학연구소의 미래학자 롤프 옌센은, 이젠 정보가 아니라

2　노발리스(Novalis, 1772~1801)의 『푸른 꽃』은 현실과 꿈의 경계를 넘나드는 낭만주의 문학의 대표 작품으로 작가가 세상을 떠나고 1년 뒤에 출간된 미완성 소설이다. 유복한 가정의 아들로 자라난 주인공 하인리히는 어느 날 한 나그네에게서 '푸른 꽃'에 대한 전설을 듣고 꿈속에서 그 '푸른 꽃'을 보게 된다. 그 꽃은 하인리히의 마음을 장악하고, 답습적인 생활에서 벗어나 새로운 세계로 떠나게 한다. '푸른 꽃'을 찾아 여행을 떠난 그는 도중에 상인, 광부, 기사, 시인 등을 만나며 그들의 삶과 전설 등 여러 이야기들을 듣는다. 어머니의 고향에 도착한 그는 스승의 딸이자 그가 사랑했지만 죽은 마틸데를 만난다. 그리고 그녀가 자신이 꿈에서 본 '푸른 꽃'임을 깨닫게 된다. 그는 자연은 인간을 위한 도구적 존재가 아니며, 인간 또한 자연으로부터 독립된 존재가 아님을 깨닫고 자연을 자체로 바라보는 진리에 다다른다.(노발리스, 『푸른 꽃』, 김재혁 역, 민음사, 2003. 해설 참조)

이야기를 바탕으로 한 사회가 대세이며, 새로운 사회, 꿈과 감성을 파는 사회(Dream Society)로 진진되었다고 지적했다. 따라서 그는 이젠 창의적인 이야기를 생산품처럼 만들어내는 인공지능의 사회가 되었다고 했다. 요즘은 각 지역의 지자체나 단체에서 효과적인 홍보 활동을 위해 스토리텔링을 도입힌다. 심지어 자기소개서나 기업체가 출시한 제품 설명도 이 기법을 활용하고 있다. 자신의 시를 스토리로 변형시키고 독특한 시적 화자를 설정한 다음 기존의 시적 진술과 담화 형식을 바꾸어 묘사, 전개하면 큰 효과를 거둘 수 있다.

좋은 스토리텔링 시의 표현 비결은 소리 내어 읽기에 있다.

모든 글에는 소리 내어 읽어야 글맛을 느낄 수 있다는 암묵적 전제 조건이 숨어 있다. 글을 소리 내서 읽는 학습법은 우리 선조들이 오랫동안 실천한 전통적 공부 자세였다. 이 같은 습성을 글을 쓰고 고치는 데 적용하면 큰 효과를 볼 수 있다.

(1) 자기가 쓴 글을 여러 번 소리 내어 읽으면서 퇴고하면 한결 세련된 글을 쓸 수 있다.

(2) 눈으로 보고 장면을 머리로 생각하며 입과 혀를 통해 소리를 내고 귀로 듣게 되므로 한 번에 다섯 번을 읽는 효과가 있다.

(3) 특히 시를 외울 때 소리를 내어 읽으면 빨리, 틀리지 않고, 정확히 외울 수 있다.

(4) 소리 내어 읽으면 정신과 몸, 눈, 혀, 입술, 호흡, 귀, 목, 가슴, 배의 복식호흡이 자연스럽게 이루어져 다이어트와 건강에 좋다.

(5) 일상에서 30분 읽기를 반복하면 대인 관계, 강의, 대화에서 몰라보게 자신감이 생긴다.

(6) 소리 내어 읽으면 어휘력의 증가, 친화력의 향상으로 인기를 끌수 있고, 특히 소리 내어 읽으면서 고치면 바른 문장 쓰는 일에 효과가 나타난다.

글쓰기의 요령을 알고 제대로 쓰자.

(1) 관념에서 나와 실제의 세계로 가도록 하라. 글에서 실제의 경험과 체험이 중요한 구실을 한다. 경험과 체험에는 직접 경험, 간접 경험, 독서, 일기, 편지, 영화, 음악, 미술, 산책, 명상 등이 있다. 그러나 글은 이러한 체험의 기록보다는 그 체험을 바탕으로 한 작가나 시인의 정서를 기록하는 것임을 알자.

[예] 막스 뮐러, 『독일인의 사랑』

> 흘러 나오는 것은 늘 참된 실체가 아니다. 그것은 반사된 영상에 불과하다. 오직 세상의 태양이나 불꽃에서만이 실체를 보고 가질 수 있다. 요즈음의 경험이란 모두 전자 영상에서 흘러 나오는 일종의 모방이다. 진실된 실체가 아니다."
>
> —『독일신학』[3]에서

---

3 『독일신학』의 원저자가 누구인지는 알려져 있지 않다. 루터도 '그 저자는 하나님만 아신다'고 말한 바 있다. 그러나 루터가 이 책을 성경과 아우구스티누스 다음으로 유익한 책이라고 격찬하면서 세 차례나 직접 편집, 출판하고 타울러를 '독일 교회의 아버지'라고 찬양한 것으로 보아 아마도 타울러를 저자로 생각한 것이 아닌가 생각한다. 타울러가 아니더라도 이 책의 저자는 타울러와 동시대 사람이거나 적어도 '하나님의 친구들' 중 한 사람이었을 것이다. 우리의 관심을 불러일으키는 것은 이 책에 나타난 메시지가 타울러의 분위기와 매우 비슷하고 훗날 루터의 종교개혁에 영향을 미쳤다는 점이다.(이윤재, 「요한 타울러와 독일신학」, 『영성의 발자취』, 시냇가에심은나무, 2013)

(2) 긴장되는 시작과 놀라운 결말을 준비하라.

시의 첫 행, 글의 첫머리가 시의 성패를 좌우한다. 번뜩이는 생각을 뒤로 미루지 말고 첫 행에 구사하라.

[예] 에밀리 브론테, 『폭풍의 언덕』

작가가 워더링 하이츠 언덕의 드러시크로스 저택을 찾아가는 부분에서 첫 시작을 "1801년 집 주인을 찾아갔다가 이제 돌아오는 길이다"라고 쓰고 있다. 반면 소설의 끝 부분은 "히스와 초롱꽃 사이를 날아다니는 나방을 보고 풀을 스치는 바람 소리와 더불어, '저렇게 조용한 땅속에 잠든 사람을 누가 편히 쉬지 못하리라 상상할 수 있을까'를 생각했다"라고 맺는다. 흔히 역사적인 일을 서술하기 쉬운 이 소설의 처음과 결말에서 이렇게 감각과 감동을 섞는 서술을 함으로써 독자의 궁금증을 더욱 미묘하게 자극한다.

(3) 떠오르는 것을 놓치지 말고 메모하라.

메모야말로 좋은 글의 원천이다. 이는 동서고금에서 알려진 인물들이 이구동성으로 강조한 말로 새삼스럽지가 않다. 일시적인 메모란 오래되면 잊기 쉬우므로 바로 작품화해야만 한다.

[예] 메리 앤 셰퍼 · 애니 배로우즈, 『건지 아일랜드 감자껍질파이클럽』

이 소설은 등장인물들이 주고 받은 편지와 메모, 전보 등으로 이루어진 책이다. 일상적인 글로서의 메모가 작품의 중요한 위치로 변화된 사례를 볼 수 있다. 흔히 생활에서 메모는 글을 쓰기 위한 수단이 된다. 그러나 이 소설에서는 메모가 그대로 소설의 주인이 된 셈이다. 즉 메모를 기반으로 쓴 게 아니라 메모 자체를 사건의 중심으로 하여 소개한다.[4] 그러므로 이 책은 손에서 놓지 못할 만큼 **빠져들게** 한다.

(4) 봄비 또는 낙엽 소리, 달빛이 고이도록 마음의 창을 열어놓아라.

아이들의 계절 감각이란 어른의 그것보다 더욱 돋보이게 하는 법이다. 계절이 알려주는 서정을 놓치지 않고 동심의 정서나 문청의 감각으로 열어놓는 일이 좋은 서정을 일으키는 힘이 된다.

[예] 김용택 시집『섬진강』

[예] 이준규 시집『토마토가 익어가는 계절』

---

4 이 소설의 저자 메리 앤 셰퍼는 칠십 평생을 도서관과 서점에서 일했으며, 지역 신문의 편집자 겸 문학 클럽 회원이기도 했다. 늘 자신의 책을 쓰고 싶다고 소원하던 저자에게 그의 오랜 문학회 친구가 말했다. "닥치고, 글을 쓰라." 그 말에 자극을 받아서 쓰기 시작한 책이『건지 아일랜드 감자껍질파이 클럽』이다. 이 소설의 줄거리는 다음과 같다. 2차 대전 후 불안한 나날을 보내던 줄리엣은 어느 날 건지 섬에서 온 편지 한 통을 받는다. 옛날 줄리엣이 가지고 있던 찰스 램의 수필선집을 우연히 소유하게 된 한 남자로부터였다. 책 사랑에 대한 편지를 받은 게 계기가 되어 건지 섬의 주민과의 편지를 계속 주고받는다. 줄리엣은 점점 모르는 사람들과 '감자껍질파이 클럽'이라는 북클럽에 관심을 갖는다. 전쟁 중에 우연히 만들어진 '감자껍질파이 클럽'의 이야기를 소재로 삼고 싶었던 줄리엣은 결국 건지 섬으로 찾아가게 되고, 그곳 정 많은 사람들이 사는 섬에서 자신의 인생을 새롭게 찾는다. 책의 중심축은 '책과 사람' 그리고 '전쟁'이다. 전쟁이 상처를 남기고 고통을 주었다면, 책은 자아와 희망을 준다. 평생 독서와 담을 쌓던 사람들이 책에 서서히 빠져들게 된다. 평생 책만 읽어온 사람보다 더 열정을 가지게 된다. 책 속에서 '전쟁의 모습은, 모순적일 만큼 인간적이다. 섬 사람들이 하는 전쟁 이야기는 독일군을 무작정 비판하지 않는다. 섬에서 엘리자베스는 독일 군인과 사랑에 빠졌고, 군인들은 인간적인 도리를 다했다. 피해자이지만 가해자를 무작정 비난하지 않는 포용력을 보인다. 전쟁은 상처를 입히지만 인간다움을 베푸는 희망도 있음을 드러낸다.

문을 연다. 흐른다. 흰색에 더해지는. 문 앞에 서다. 멈추다. 서 있는 너. 돌아서는 몸….

흐르는 너는 주름이 깊다. 문을 밀고…. 서다. 앉다. 그가 말한다. 흘러. 사보텐 하나.

사보타주 하나. 매미에서 귀뚜라미까지. 그가 말했다. 금잔화. 엉겅퀴. 수국. 개밀. 쐐기풀.

— 이준규, 「문」 부분

끝으로 좋은 시를 쓰려면 나태에서 벗어나야 한다.

시를 쓰고 발표하는 일에 주의해야 할 몇 가지 점이 있다. 이를 실천하는 것은 다소 힘들지만 좋은 글을 쓰기 위해서는 반드시 실행해야 하는 일이다.

(1) 창작 기회를 놓치지 않을 것

(2) 언어를 남용하지 않을 것

(3) 떠오른 이미지를 미루지 않을 것

(4) 퇴고를 유보하지 않을 것

(5) 발표에 용기를 잃지 않을 것

시를 쓰는 일은 시인 자신이 삶에 대한 방식을 새로이 가다듬는 일이다. 이 다섯 가지는 다른 것에 우선하여 실천해야 하는 일들이다. 그런데 습작생들 중에는 (4)번까지를 실천하고 정작 마지막인 (5)번을 실행하지 않고 묵혀놓는 일은 더 많다. 썼으나 용기를 잃고 쌓아만 두는 사람이다. 글이란 자신을 넘어 오기 같은 발표하고자 하는 힘이 작용해야 한다.

쓰기와 고치기

1. 작문은 짧게 퇴고는 길게

이는 글 잘 쓰는 사람들이 교훈 삼아 이르는 이른바 '황금의 법칙'이다. 처음부터 하나하나 문장을 다듬고 퇴고하느라 시간을 소비하기보다 하고자 하는 이야길 먼저 질러버리고 난 후에 고치라는 것이다. 『뼛속까지 내려가서 써라』의 작가 나탈리 골드버그도 "멈추지 말고 계속 쓰라"고 한다.[1] 방금 쓴 글을 읽기 위해 손을 멈추는 순간, 진행 중인 글을 조절하려고 머뭇거리기 때문이다. 순간 빛나는 착상은 작가의 머리에서 도망친다. 그는 철자법이나 구두점, 문법마저 무시한 채 글쓰기를 진행해야 한다고 말한다. 점 하나 고치려는 순간 마음속에 떠오른 단상을 놓칠 수 있다는 우려에서이다.

---

1 나탈리 골드버그, 『뼛속까지 내려가서 써라』, 권진욱 역, 한문화, 2013, 28~29쪽 참조.

하프의 명수였던 오르페우스는 끔찍이 사랑하던 아내를 독사에 물려 잃은 후에 저승의 신 하데스를 찾아가 구원을 요청한 그리스 신화의 주인공이다. 모든 이들의 가슴을 후벼 파는 연주로 하데스마저 감동시킨 오르페우스는 마침내 아내를 데려가도 좋다는 허락을 얻는 데 성공한다. 그러나 오르페우스는 하데스의 마지막 시험을 극복하지 못한다. 즉 아내가 자신의 뒤를 잘 따라오는지 되돌아보아서는 안 된다는 절대 금기를 어겨 결국 영원한 작별을 고하기 때문이다.

이 시점에서 오르페우스 이야기가 주는 교훈은 무엇일까. 마지막 문단을 완성시키기 전까진 앞의 문장을 쳐다보지 말라는 의미이겠다.

작문과 퇴고 간의 시간 투자 비중이 8대 2나 9대 1 정도에 머무르던 글쓰기는 이제 정반대로 바뀌어야 한다. 도자기는 초벌구이보다는 재벌구이, 재벌구이보다는 삼벌구이를 통해 명품이 탄생된다. 그림도 밑그림보다는 색칠하기에 더욱 신경 써야 한다.[2]

모름지기 글은 단숨에 써내려가야 한다. 이른바 일필휘지(一筆揮之)의 서예 원칙과도 통한다.

2. 연암에게 글쓰기를 배우라

연암 박지원은 문필로 생업(生業)을 삼은 사람이다. 문장에 관한 그의 일화가 많다. 이중존(李仲存)의 『소단적치(騷壇赤幟)』에 쓴 서문 「소단적치인(騷壇赤幟引)」은 그 대표적 사례이다. 그의 지적대로 글을 잘 짓는 사람은 이미 병법을 아는 사람이다. 이를 인용하면 다음과 같다.

2   심훈, 『한국인의 글쓰기』, 파워북, 2007, 354~355쪽 필자 재구성.

글자는 비유하면 군사이고, 글은 비유하면 장수이다. 제목은 적국(敵國)이고 전고(典故)와 고사는 전장의 보루이다. 글자를 묶어서 구(句)를 만들고, 구를 묶어 문장을 만듦은 대오를 편성하여 행진하는 것과 같다. 음으로 소리를 내고 문채(文彩)로 빛을 내는 것은 징과 북을 치고 깃발을 휘두르는 것과 같다. 조응(照應)은 봉화(烽火)에 해당하고, 비유(譬喩)는 유격병에 해당하며, 억양 반복은 육박전을 하여 쳐 죽이는 것에 해당하고, 파제(破題)를 하고 결속하는 것은 먼저 적진에 뛰어들어 적을 사로잡는 것에 해당한다. 함축을 귀하게 여김은 늙은 병사를 사로잡지 않는 것과 같고, 여운을 남기는 것은 군사를 떨쳐 개선하는 것이다.

무릇 장평 땅에서 파묻혀 죽은 조나라 10만 군사는 그 용맹과 비겁함이 지난날과 달라진 것이 아니고, 활과 창 들도 그 날카로움과 무딘 것이 전날에 비해 변함이 없었다. 그런데도 염파가 거느리면 적을 제압하여 승리하기에 충분했고, 조괄이 대신하면 자신이 죽을 구덩이를 파기에 족할 뿐이었다. 그러므로 군사를 잘 쓰는 장수는 버릴 만한 군졸이 없고 글을 잘 짓는 사람은 이것저것 가리는 글자가 없다.

진실로 훌륭한 장수를 만나면 호미, 고무래, 가시랭이, 창자루를 가지고도 굳세고 사나운 무기로 쓸 수 있고, 헝겊을 찢어 장대에 매달아도 훌륭한 깃발의 정채를 띠게 된다. 진실로 올바른 문장의 이치를 깨치면 집사람의 예삿말도 오히려 근엄한 학관에 펼 수 있으며, 아이들 노래와 마을의 속언도 훌륭한 문헌에 엮어 넣을 수가 있다. 그러므로 문장이 잘 지어지지 못함은 글자 탓이 아니다.

자구(字句)의 아속(雅俗)을 평하고, 편장(篇章)의 고하(高下)만을 논하는 자는 실제의 상황에 따라 전법을 변화시켜야 승리를 쟁취하는 꾀인 줄 모르는 사람들이다. 비유하자면 용맹하지 못한 장수가 마음속에 아무런 계책도 없다가 갑자기 적을 만나면 견고한 성을 맞닥뜨린 것과 같다. 눈앞의 붓과 먹이 꺾이는 것이 마치 산 위의 초목을 보고 놀라 기세가 꺾인 군사처럼 될 것이고, 가슴속에 기억하며 외던 것이 마치 전장에서 죽은 군사가 산화하여 모래밭의 원숭이나 학으로 변해버리듯 모두 흩어질 것이다. 그러므로 글을 짓는 사람은 항상 스스로 논리를 잃고 요령(要領)을 깨치지 못함을 걱정한다. 무릇 논리가 분명하지 못하면 글자 하나도 써내려가기 어려워 항상 붓방아만 찧게 되며, 요령을 깨치지 못하면 겹겹으로 두르고 싸면서도 오히려 허술하지 않은가 걱정하는 것이다.

비유하자면 항우(項羽)가 음릉에서 길을 잃자 자신의 애마가 앞으로 나아가지 않는 것과 같고, 물샐 틈 없이 전차로 흉노를 에워쌌으나 그 추장은 벌써 도망친 것과 같다.

한 마디의 말로도 요령을 잡게 되면 적의 아성으로 질풍같이 돌격하는 것과 같고, 한 조각의 말로써도 핵심을 찌른다면 마치 적국이 탈진하기를 기다렸다가 그저 공격 신호만 보이고도 요새를 함락시키는 것과 같다. 글 짓는 묘리(妙理)는 이렇게 하여야 성취할 수 있을 것이다.

나의 벗 이중존이 우리나라의 역대 과거 문장을 모아 열 권짜리 책을 만들고 이름을 『소단적치(騷壇赤幟)』라 하였다.

아! 여기 수록된 글들은 마치 수많은 전쟁을 치르며 승리를 거둔 병사와 같은 것이다. 비록 그 문체와 격식은 서로 다르고 정밀함과 조잡함이 섞였으나 모두 승리할 비책을 가지고 있어서 아무리 견고한 성이라도 함락시키지 못할 것이 없을 것이다. 그 날카로운 창과 예리한 칼날은 무기고같이 삼엄하며, 시기에 따라 적을 제압하는 것은 군대를 지휘하는 묘리에 부합한다. 이를 계승하여 문장을 지을 사람은 모두 이 길을 따르리라. 반초(班超)가 서역 50여 국을 정복한 것도 같은 방법이 아니었을까.

비록 그렇다 하더라도 무턱대고 옛 전법(戰法)을 흉내내다 실패하는 수도 있고, 옛 전법을 역이용하여 승리를 얻는 수도 있다. 그러므로 상황에 따라 전법을 구사하는 것은 또한 그 시점이 중요한 것이다.

'소단적치인' 중 '인(引)'은 문체의 명칭으로 서문(序文)과 마찬가지이다. 즉 『소단적치』라는 책에 붙이는(引) 서문이란 뜻이다. '소단(騷壇)'은 원래 문단이란 뜻인데, 여기서는 문예를 겨루는 과거 시험장을 가리킨다. '적치(赤幟)'는 한나라의 한신이 조(趙)나라와 싸울 때 계략을 써서 성의 깃발을 뽑고 거기에 한나라를 상징하는 붉은 깃발을 세우게 하여 적의 사기를 꺾어 승리했다는 고사에서 나온 말로, 전범(典範)이나 영수의 비유에도 쓰인다. 요컨대 소단적치란 과거에서 승리를 거둔 명문장들을 모아놓은 책이란 뜻이다.

3. 연암식 글쓰기 논리를 알자

연암은 다음과 같은 논리를 세워 글쓰기를 강조했다.

1) 정밀(精密)하게 독서하라

독서는 푹 젖는 것을 귀하게 여긴다. 푹 젖어야 책(세상)과 내가 서로 어울려 하나가 된다. 문자는 다 같이 쓰는 것이지만 문장에는 쓰는 사람의 개성이 드러나는 법이다.

2) 관찰(觀察)하고 통찰(通察)하라

통찰은 결코 저절로 오지 않는다. 반드시 넓게 보고 깊게 파헤치는 절차탁마의 과정이 필요하다. 문제가 풀리지 않을 때는 거리를 두는 것도 좋다. 그럴 때 문제를 객관적으로 인식할 수 있다. 그것을 일컬어 약(約)의 이치라고 한다. 문제를 인식하고 나면 언젠가는 본질을 깨닫는 통찰이 오는 법, 네가 갑자기 깨달았다고 한 그 순간이다. 넓게 보고 깊게 파헤치는 과정을 일컬어 오(悟)의 이치라고 한다

문자로 된 것만 책이 아니다. 책에는 세상사는 지혜가 담겼고 정밀하게 읽을 필요가 있지만, 그렇다고 늘 책만 본다면 물고기가 물을 인식하지 못하듯 그 지혜를 제대로 보지 못한다. 기껏 박람강기(博覽強記 : 동서고금 책을 읽고 여러 사물에 대해 생각하는 것)만 자랑하게 될 뿐, 알아야 할 것은 알 수가 없다는 말이다. 즉 요약하고 깨달아야 할 대상은 책에만 있는 것이 아니라 천지만물에도 이치가 흩어져 있다는 뜻이다. 그런 눈으로 보면 세상이 하나의 책이고, 비로소 천지만물은 제 안의 것을 보여준다. 책을 꼼꼼하게 읽은 다음엔 객관적 입장에서 관찰하고 바라보아야 한다.

세상이라는 책도 마찬가지다. 그게 바로 약(約)의 원리다. 약을 알고 난 뒤 넓고 깊게 반복하다 보면 불현듯 통찰의 순간이 온다. 개인의 좁은 안목과 시야가 확장되면서 보편적 이치가 드러난다. 그렇게 오(悟)의 단계에 이르면 비로소 그 사물에 대한 글을 쓸 수가 있다.

3) 원칙을 따르되 적절하게 변통하여 뜻을 전달하라

옛것을 모범으로 삼고 변통할 줄 알아야 한다. 바로 '법고이지변(法古而知變)'의 이치다. 또한 변통하되 법도를 지켜야 한다. 이것이 바로 '창신이능전(創新而能典)'의 이치다.

증자의 제자인 공명선은 책을 읽는 대신 스승의 행동을 보고 배우는 길을 택했다. 공명선의 길이야말로 독서를 창조적으로 변통한 것이다. 한신(韓信)도 마찬가지였다. 배수진은 병법에서 금하는 것이었지만 한

신은 무턱대고 병법을 따르는 대신 병법의 참 의미를 읽어냈다. 이 또한 창조적 변통의 사례이다. 남의 의견을 아무 생각 없이 답습해서는 좋은 글이 될 수 없다.

4) '사이'의 통합적 관점을 만들라

대립을 아우르면서도 둘 사이를 꿰뚫는 새로운 제3의 시각을 제시해야 한다. 그러기 위해서는 내가 서 있는 자리와 사유의 틀을 깨고 나갈 준비가 되어 있어야 한다.

사이는 법고나 법고창신과는 또 다른 경지이다. 사이의 묘를 깨닫게 되면 '법고'니 '창신'이니 구분하는 것이 무의미하다. 양쪽의 중간, 이쪽저쪽을 꿰뚫는 사이의 묘를 깨닫지 못하고 쓴 글은 헛것이다. 사람 사이의 만남도 마찬가지다. 사이의 묘를 알아야 사귐의 의미가 깊어진다.

양쪽의 입장을 모두 고려하는 식의 역지사지(易地思之)에 머물러서는 안 된다. 보다 중요한 것은 양쪽의 입장을 고려해 무엇을 얻을 것인가이다. 그래 반드시 새롭고 유용한 대목을 창출해야 한다. 그러기 위해서는 서 있는 자리와 사유의 틀을 깨고 뛰어나갈 수 있게 준비되어야 한다.

① 첫번째 원리 '법고의 묘'

처음 글을 쓰고자 할 때, 명심해야 하는 원리이다. 정밀하게 읽고 대상을 객관적인 입장에서 관찰하는 건 법고의 묘를 익히기 위한 방법이다.

② 두번째 원리 '법고창신의 묘'

법고창신은 법고, 즉 옛 짓을 그대로 따르는 깃과, 칭신 즉 새로운 것을 받아들이는 것의 조화를 의미한다. 옛것을 따르되 변화를 수용하고, 새것을 받아들이되 옛 법도를 지켜야 한다는 뜻이다. 그래야만 고루하지 않으면서도 참신한 글을 쓸 수 있다.

③ 세번째 원리 '사이(間)의 묘'

글쓰기의 중요한 원리이다. 법고와 창신의 대립 및 조화로운 배치는 중요하다. 대립을 극복하는 방책에 대해 주목한 자는 흔치 않다. 구별과 대립을 포섭하는 동시에 그 단계를 넘어서야 한다. 양분(兩分)된 논리에서는 드러나지 않는 새로운 글쓰기가 시작되기도 한다.

5) 11가지 실전수칙을 실천하라.

① 명확한 주제 의식을 가져라.

② 제목의 의도를 파악하라.

③ 단락 간 일관된 논리를 유지하라.

④ 인과관계에 유의하라.

⑤ 시작과 마무리를 잘하라

⑥ 사례를 적절히 인용하라.

⑦ 운율과 표현을 활용하여 흥미를 더하라.

⑧ 참신한 비유를 사용하라.

⑨ 반전의 묘미를 살려라.

⑩ 함축의 묘미를 살려라

⑪ 여운을 남겨라.

6) 분발심을 잊지 말라

한 번 뱉으면 사라지고 마는 말이 아니라, 지극한 초심으로 한 자 한 자 새겨가는 글로써 세상에 자신의 뜻을 증명하는 것이 글 쓰는 사람의 기본 자세이다. 각고면려(刻苦勉勵)라는 말은 글을 쓰는 사람에게 주는 자주 쓰이는 말이다.

글쓰기에서 가장 중요한 것은 바로 글의 힘을 믿는 것이다. 왜 글을 쓰게 되었는지 잊지 않고 모든 기쁨과 분노와 슬픔을 글에 쏟아붓는 것이다. 흔히 글을 쓸 때 스트레스를 받는다고 하지만 글은 스트레스를 해소하는 차원이 되어야 한다. 스트레스를 다 풀어버리는 글이 된다면 좋은 글이다. 그런 마음 없이 쓴 글은 헛것이다. 그런 마음이 없이 글을 쓴다면 삶의 방향을 읽고 엉뚱한 곳을 헤매게 된다. 글에 힘을 쏟지 않고 다른 것에 기대는 순간 그 글은 가치를 잃고 만다는 사실을 명심하자.

현대시의 창작 기법론
— 묘사와 서술, 그리고 비약(飛躍)을 중심으로

1. 들어가는 말 : 장면 묘사 또는 일의 서술

일반적으로 시란 어떤 '장면'과 '일'에 대한 객관적인 진술 또는 주관적인 감정 표현으로 조직되는 한 형식이다. 그것은 '묘사'와 '서술'이라는 전통적인 표현 양식을 통해 비로소 작품으로 구조화 된다.

시인은 시를 통하여 '장면'의 '묘사'와 '일'의 '서술'에 대한 정서적 통합을 꾸준히 모색한다. 그는 화자를 통하여 이 과정을 수용하고, 명실상부한 그의 오소리티에 의하여 '묘사'와 '서술'을 명주실처럼 뽑아낸다. 그 뽑아내는 기술과 질은 오직 시인만의 역량이다. 시인이 시 쓰기에 공을 들이는 것은 결국 '좋은 시'를 얻기 위한 노력에 다름 아니다.

예를 들어 뜨락에 핀 꽃을 화폭에 담아내듯 그려내는 것은 하나의 '장면'을 '묘사'하는 것이고, 그 꽃으로 인한 사연과 에피소드를 압축하여 제시함은 일종의 '일'에 대한 '서술'이라 할 수 있다. '묘사의 시'와 '서술의 시'를 분류하는 것도 그런 의미를 독자에게 시의 묘사와 서술을 통해 주제와 사상을 상대적으로 알리려는 의도이다. '묘사'와 '서술'의 관계는 화자의 상황에 따라 독특한 네트워크를 유지한다. 시에서 묘사되는 '장면'이나 서술되는 '일'은 화자가 보아온 대로 과거에 익숙한 경험이나 특별한 체험, 그리고 세계에 대한 상상으로 접근하기 마련이다. 시는 그러한 배경에 따라 인간사 모든 희로애락의 정서'를 발현하는 것이다.

이처럼 시인이 시를 이끌어 가는 데 '장면'[묘사]과 '일'[서술]은 뗄 수 없는 하나의 '관계'로 특별한 인과적 과정이라 할 수 있다. 그러나 이와 같은 묘사와 서술은 시에서 '비약하기'를 위한 하나의 전초전(前哨戰)에 불과하다.

'장면'의 '묘사'와 '일'의 '서술'은, 시인의 감정으로부터 비롯하여 독자의 느낌을 유발하는 데 유용한 요소들이다. 그러나 참다운 시의 가치란 결국 '결과'의 '비약'으로서 작용한다고 할 수 있다. 이 비약이란 비유하건대 일종의 도움닫기로서의 시 창작의 한 기법이다. '묘사'와 '서술'을 거쳐 달려와 힘껏 '도약'하여 '착지'하기까지가 시 창작의 가장 중핵적인 관건인 까닭이다. 결국 시가 어떤 성공 점을 향해 달려가는데 그것의 절정 코스가 곧 '비약'이라는 것이다.

시에서 지성적인 '비약하기'의 강조는 T.S. 엘리엇에 의하여 본격화되었다고 할 수 있다. 그리고 I.A.리처즈나 W.B. 예이츠, A. 헉슬리 등

현대시의 창작 기법론

---

1   인간주의적인 시의 태도는 오래된 작시법이다. 르네상스 시대의 철학적 조건부터 '우주의 중심이 곧 인간 이성'이라고 하여 데카르트적 사고방식이 작용했던 사실도 그런 인간주의적 의지다. 그 윤회적 사상은 지금도 유효하다고 할 수 있다. 자연과 우주적 질서가 곧 인간 삶에 의해 확인되고 증명되기 때문이다. 시인이 점지한 풍경[장면]과 사연[일]에 대하여 화자가 관련짓는 '장면'과 '일'은 곧 하나의 '좋은 시'로서의 관건이자 크게는 우주적 질서에 편제 또는 재편된다.

에 의해 다양한 양태로 발전하게 되었고, 이후 '비약'은 중요한 시 창작 기법으로 자리하게 되있다.[2]

T.S. 엘리엇을 위시한 시 이론가들은 이미지만으로는 시가 복잡다단한 근대 이후의 사회적 상황에 대처하기에는 한계가 있다고 보았다. 그래서 그들은 시적 사상과 정서적 감정의 통합은 '비약하기'를 통한 행동 조직에 근거해야 한다고도 했다. 그리고 그것의 배경은 주지적인 태도에 바탕을 두어야 한다고 주장했다. 소위 '객관적 상관물'이란 말로, 구체적인 대상으로서의 주관 자체를 지성의 작용에 의하여 힘을 얻고 일상에서 탈속하듯, 뛰어넘는 '순발력'이 있어야 한다는 것이다.

2. 비약, 숨은 시상 읽어내기

1) 비약, 읽어내기

그러면 비약이란 무엇인가.

비약은 다양한 의미로 다가갈 수 있으나, 우선 시가 상투적인 의미나 형식적인 이미지를 뛰어넘을 때 이를 '비약(飛躍)'이라고 할 수 있다. 이 것은 건너편의 언덕에 핀 아름다운 꽃을 꺾기 위하여 발 앞의 개울물을

---

2 시에서 비약하기 기법에 대하여, T.S. 엘리엇은 '본격태'로 처음 시행을 진행한 후 후속 이미지를 평범하게 유지함을 설명했고, I.A. 리처즈는 '적용태'로 비약 후의 시상을 적용하는 이미지가 강해야 함을 설명했으며, W.B. 예이츠는 '다양 태'로 시의 초행부터 말행까지 다양한 비약하기가 필요함을 설명했으며, A. 헉 슬리는 '발전태'로 비약하기 후 시의 여운과 여백이 중요함을 설명했다. 이와 같 은 비약하기의 기법과 사례 중에서 이 글에서는 주로 헉슬리의 '발전태'를 기반 으로 여러 시의 표현 사례를 삼아 설명하기로 한다.

훌쩍 건너뛰어 넘는 것과 같은 것이다. 이 경우, 개울은 시인의 마음에만 있을 뿐, 그 존재가 감추어져 생략되고 언덕 위의 아름다운 꽃만이 눈앞에 확대되어 나타나게 된다.

신라 성덕왕 때 유행했던 향가 「헌화가(獻花歌)」를 보자. 순정공이 수로부인과 함께 강릉 태수로 부임하기 위해 가던 중 바닷가에서 점심을 먹게 되었다. 그때 깎아지른 바위 위에 철쭉꽃이 활짝 피어 있는 것을 보고 미모의 수로부인이 좌중을 둘러보며 저 꽃을 꺾어 내게 바칠 사람이 있느냐고 물었다. 하지만 수길 낭떠러지 절벽 위라서 그것을 꺾으려 나서는 사람이 없었다. 그때 마침 소를 끌고 가던 한 노인이 소를 멈추게 하고 절벽 위로 올라가 마침내 꽃을 꺾어 바치며 다음과 같은 노래를 불렀다고 전해진다.

(1)
짙은 자줏빛 바위 끝에
잡고 있는 암소를 놓게 하시고
나를 아니 부끄러워하시면
꽃을 꺾어 바치오리다.

— 견우노옹(牽牛老翁), 「헌화가」

이 이야기에서 노인의 행동과 말은 그 누구보다도 대담성을 지닌 비약에 해당한다. 절벽 위의 꽃은 현실로 떠오르기 전의 이미지이다. 그러나 노옹의 과단성과 비약적인 활동으로 그 꽃은 꺾어져 수로부인 앞에 바쳐져 현실화된다. 꽃은 바라보는 대상 그리고 상상 속의 이미지가 이미 아닌 것이다.

그러므로 비약을 다른 쪽에서 말하면 '작은 시상 감추기'(언어학에서 말하면 일종의 개념적 사물 이름을 뜻하는 '시니피에')라고도 할 수 있다. '비약하기'란 앞에 있는 개울물을 가로실러 뛰어넘듯, 형식적이고 일상적 이미지나 구태의연함을 탈속하듯 벗어나거나 뛰어넘지 않으면 안 되는 필연적 운동으로 일종의 '큰 시상 드러내기'(언어학에서 말하면 일종의 표현적 사물 이름을 뜻하는 '시니피앙')이다. 독자에게는, '발단적 이미지'와 '도약적 이미지', '착지적 이미지'가 작용하게 되고, 그 사이에 일정한 간극과 여백을 메우도록 하는 그 유의미적 독서가 요구되는 것이다. 이는 시의 '애매성'³을 극복할 때 사용되기도 한다. 애매성의 범주가 크면 시가 어렵다는 비판을 받는다. 비약하기 전의 상황에 대하여 독자 나름대로 유추하게 하는 것도 시인이 장치한 이 '애매성'의 덫을 통과하는 한 방법이다. 독자의 시에 대한 의미 도달, 그때의 깨달음을 전제로 한 의미 있는 '복선(伏線)'이라 할 수 있다.

(2)
막힌 하수도 뚫은 노임 4만 원을 들고
영진설비 다녀오라는 아내의 심부름으로
두 번이나 길을 나섰다
자전거를 타고 삼거리를 지나는데

---

3 W. 휠라이트는 시에 있어서 상징은 시인에 의하여 그 의미가 조작되는 '애매성'이라고 밝히고 있다. 이 상징에는 '약속 상징'과 '장력 상징'이 있는데, 이 가운데서 '장력 상징(張力象徵, tensive symbol)'에 속하는 것이 바로 의미의 '애매성'이라 할 수 있다. 따라서 그것을 알리기 위해 필연적인 의미의 조작, 즉 또 다른 애매성의 추구가 필요하다. 그러므로 시는 상징성 속에 애매성을 필연적으로 지닐 수밖에 없다고 본다.(Philip Wheelwright, *Metaphor and Reality*, Indiana Univ. Press, 1968, p.93 참조)

굵은 비가 내려
럭키슈퍼 앞에 섰다가
후두둑 비를 피하다가
그대로 앉아 병맥주를 마셨다
멀리 쑥꾹쑥꾹 쑥국새처럼
비는 그치지 않고
나는 벌컥벌컥 술을 마셨다
다시 한번 자전거를 타고 영진설비에 가다가
화원 앞을 지나다가 문밖 동그마니 홀로 섰는
자스민 한 그루를 샀다
내 마음에 심은 향기나는 나무 한 그루
마침내 영진설비 아저씨가 찾아오고
거친 몇 마디가 아내 앞에 쏟아지고
아내는 돌아서 나를 바라보았다
그냥 나는 웃고 있었고
아내의 손을 잡고 섰는
아이의 고운 눈썹을 보았다
어느 한 쪽,
아직 뚫지 못한 그 무엇이 있기에
오늘도 숲 속 깊은 곳에서
쑥꾹새는 울고 비는 내리고
홀로 향기 잃은 나무 한 그루
문 밖에 섰나
아내는 설거지를 하고
아이는 숙제를 하고
내겐 아직 멀고 먼
영진설비 돈 갖다주기

　　　　　　　　— 박남철, 「영진설비 돈 갖다주기」 전문

이 시는 일에 대한 서술이 주종을 이루지만 군데군데 비약을 장치하여 독자의 눈을 번쩍이게 하고 있다. 가령 영진설비집 주인에게 돈을 갖다주러 갔다가 유혹받아 돈과 시간을 써버린 "병맥주", "자스민", 그리고 영진설비와 아내의 꾸중 중에 본 "고운 눈썹" 등의 장치가 그것이다. 그것들이 없었더라면 이 시는 하나의 산문으로서 더 가치 있을 뻔했다. 이처럼 '비약하기'는 시인이 시를 구상함에 기본으로 갖추어야 할 기법이자 요소이다. 어떤 시인은 이것을 특별한 비방(秘方)처럼 간직하기도 한다. 시에서 '비약'은 아이러니, 재치, 유머, 해학일 수도 있고, 아니면 풍자, 은유, 상징으로 나타나기 마련이다. 호기 있게 독자의 관심을 끌 수 있는 비약은, 시인의 체험을 집약, 축약, 달관시킬 때 더 차별화된다. 이런 건너뛰기의 비약을 시에서 어떻게 읽어낼까 고민해보는 일도 독자가 시를 이해하는 데 좋은 계기가 된다.

2) 비약, 다리 놓기

시인과 독자 간에 놓이는 시에 대한 이해의 다리는 서로의 상상력을 넓히고 공유하기 위해서 반드시 필요한 장치이다. 즉 독자와 시적 공감대 형성을 위한 한 통과의례라고 할 수 있다. '상상력'이야말로 시인과 독자 양편에 대한 이해와 감동을 동시에 제공한다. 상상력은 사고력과 더불어 경험과 지식의 깊이를 유도함은 물론 심리적 설득, 그리고 '인간성 함양'이라는 교육적 효과를 얻는 데에도 이바지한다.[4]

독자가 상상을 발휘하며 시를 읽는 것은 서로의 체험을 공유하고자

---

4   최규판, 「시창작의 문제 연구(1)」, 『문예연구』, 1995, 겨울호, 113~114쪽 참조.

하는 심리적 기제이다. 이와 같이 '느낌의 다리 놓기' 시도는 시인에 기대어 독자가 평범하게 이해하려는 실질적인 행위라고 할 수 있다.

오늘날 문학의 양식과 직조는 갈수록 다양해지고 있으며, 시인과 독자 사이의 '느낌의 다리 놓기'도 점점 세분화되고 있다. 새로운 상징파나 앙티로망, 신형태주의, 포스트모더니즘에서 상당수 시인들은 상상을 통한 이 '비약하기' 기법을 사용하여 효과를 얻고 있다.

이처럼 시에서 '비약'을 위한 출발과 그 착지는 중요하다. 다양한 묘사와 서술의 결과를 뛰어넘는 창의적인 비약은 좋은 시를 위한 주요 기법이기 때문이다. 이제 시에서 느낌 주고받기, 즉 감정에 대한 교류의 다리 놓기를 통하여 비약의 상상력이 독자에게 어떤 반향을 일으키는지 보기로 한다.

(3)
단 하나의 잠자리가 내 눈 앞에 내려앉았다
염주알 같은 눈으로 나를 보면서
모시 같은 두 날개를 연잎처럼 수평으로 펼쳤다
좌우가 미동조차 없다
물 위에 뜬 머구리밥 같다
나는 생각의 고개를 돌려 좌우를 보는데
가문 날 땅벌레가 봉긋이 지어놓은 땅구멍도 보고
마당을 점점 덮어오는 잡풀의 억센 손도 더듬어 보는데
내 생각이 좌우로 두리번거려 흔들리는 동안에도
잠자리는 여전히 고요한 수평이다
한 마리 잠자리가 만들어놓은 수평 앞에
내가 세워놓았던 수많은 좌우의 병풍들이 쓰러진다
하늘은 이렇게 무서운 수평을 길러낸다.
― 문태준, 「수평(水平)」 전문

잠자리에 대한 묘사가 주종을 이루는 작품이다. '묘사'와 '서술'에 동원된 비유들은 모두 자연물들이고, 그 묘사의 핵심에는 불교적 이미지가 자리 잡고 있다. 예를 들어 "염주알"에 비유된 "잠자리의 눈"과 "연잎"에 비유된 "날개"가 그것이다. "염주알"과 "연잎"은 곧 "눈"과 "날개"를 상징한다. 염주알 같은 눈과 연잎 같은 날개의 관계에서 잠자리 곤충에 대하여 시인이 가지는 의미의 스케일은 헤아리기 어려울 만큼 크다.

이야기를 더 진지하게 몰아가보자. 화자는 날개를 옆으로 펼친 채 정지해 있는 잠자리를 "고요한 수평"으로 묘사한다. 잠자리에 대한 섬세한 관찰과 감각에 선적인 지각이 담겨 있다. 시인은 잠자리에 자신을 의탁하는 대신, 현실의 미혹에 갇혀 있는 세속의 자아를 설정한다. 그 세속적 자아는 "병풍"에 비유됨으로써 현실의 화려함이 한갓 그림에 지나지 않고, 결국 쓰러질 가공의 세계임을 환기시키고 있다.[5]

시의 끝부분, "내가 세워놓았던 수많은 좌우의 병풍들이 쓰러진다"를 거쳐 이 시가 당도하는 것은 "하늘"이고 이어서 그는 "무서운 수평을 길러낸다"는 구절을 구사함으로써 바로 "무서운 수평"이라는 다소 낯선 곳으로 비약한다. 수평을 위해 자신이 주변에 세운 병풍들이 쓰러지기 때문에 수평은 조용하다 못해 무섭기까지 한 것이다. "고요한 수평"을 위해 병풍을 세우는 일이나 "무서운 수평"을 위해 병풍을 쓰러지게 장치하는 일은 이미지의 도움닫기를 거쳐 "하늘"로 비약하기 위한 발전적 틀이다. 화자의 시선은 지각의 세계에 닿아 있는데, "무서운 수평"이라

5   고형진, 「전통적 서정시의 언어연금술과 불교적 상상」(기획특집 : 2000년대 서정시의 전망), 『현대시학』 2007년 8월호, 190~191쪽.

는 화자의 분리를 통해 "하늘"이라는 시적 공감의 자리를 마련하고 있
는 것이다.

(4)
농업박물관 앞뜰
나는 쪼그리고 앉아 우리 밀 어린 싹을
하염없이 바라다보았다
농업박물관에 전시된 우리 밀
우리 밀, 내가 지나온 시절
똥짐 지던 그 시절이이
미래가 되고 말았다
우리 밀, 아 오래된 미래

나는 울었다.
　　　　　— 이문재, 「농업박물관 소식 —우리 밀 어린 싹」 부분

(5)
먹붓을 들어 빈 공간에 선을 낸다
가지 끝 위로 치솟으며 몸놀림하는 까치 한 쌍
이 여백에 폭발하는 울음…

먹붓을 들어 빈 공간에 선을 낸다
고목나무 가지 끝 위에 까치집 하나
더 먼 저승이 하늘에서 폭발하는 울음…

한 폭 그림이
질화로같이 따숩다.
　　　　　　　— 송수권, 「세한도」 전문

먼저 시 (4)를 살펴보자. 여기서 "농업박물관"은 사실 도시가 밀어낸 농업문명의 무덤이다. 박물관이란 이미 생명을 다한 것들의 역사적 집적소이기 때문이다. 생명을 중심에 두고 있는 농업조차도 근본 형체가 파괴되는 일이 벌어지는 현실이다. 이제 농업은 현대 도시문명의 질주 앞에서 조용히 그 생명을 다하고 마는 것인가. 그래서 박물관 설립의 유행은 시의 화자를 울게 한다. 아니 화자를 포함하여 우리 모두를 울게 하는 상황을 제시한다.

"우리 밀"에 대하여 시인은 "오래된 미래"로 상정하고 있다. 그는 "지나간 시절" 속에서 "오래된 미래"를 찾으며, 미래에 대한 꿈을 갖고자 한다. 그때 나약하지만 농업박물관 앞뜰에 자라고 있는 밀의 "어린 싹"을 발견한다. 그 밀싹은 그에게 미래의 한 상징으로 다가오는 것이다.[6] 지나간 미래가 되어 갇혀버린 농업박물관의 현실, 하지만 그 박물관 밖에서 돋아나 생명력을 세우고 있는 "어린 싹" 앞에서 그만 화자는 감정의 동요에 묻히는 것이다. 그래서 시의 마지막 행에 "나는 울었다"라고 집약적 비약을 하고 있다.

또 시 (5)는 여백의 미를 얼마만큼 허용할 수 있는가를 보여준다. 즉 한 편의 시에서 그 여백의 넓이와 깊이의 정도를 추슬러 보여주는 작품

---

6   이 시는 '생태시' 또는 '생명시'라고 할 수 있다. 시의 화자는 문명화된 도시 속에서 도시의 냉엄한 현실을 뚫고 나아가 생명의 희망을 키워보려는 미래 사이에서 벅찬 감정으로 울음을 터뜨린다. 이문재 시인은 그 스스로를 '근대-도시-자본주의의 사생아'라고 규정한다. 그는 그 도시 속에서 성정했지만, 정통 주류가 아닌 소외자처럼 아파하고 주눅들어하는 느낌에 젖어 살고 있는 것이다.(정효구, 「도시, 서정, 도시적 서정시」(기획특집 : 2000년대 서정시의 전망), 『현대시학』 2007년 8월호, 201~203쪽)

이다. 까치의 울음과 나는 모습을 대비시킴으로써 비약의 모습도 달라진다. 먼저 까치의 울음을 보면, 1연에서 2연으로의 연결 과정은 까치의 울음이 "여백에서 폭발하는 울음"이었지만 어느새 "저승이 하늘에서 폭발하는 울음"으로 변화하고 있음을 보인다. 즉 여백에서 저승까지의 비약인 것이다. 이는 화자의 감정상에 일으키는 놀라운 정서적 비약이다.

다음으로 까치의 나는 모습을 보면, 나뭇가지 위로 "몸놀림"하며 치솟는 "까치 한 쌍", 그리고 그들이 체온을 나누며 살고 있는 "까치집"을 묘사하고 있다. 사실 이들은 지상에서 멀다. 그러나 화자는 지상 가까이 자신의 품으로 그 체온을 가져온다. 이것 또한 내부적 이미지의 비약이다. 즉 하강의 비약이라 할 수 있다. 이처럼 비약이란 반드시 뛰오르는 것만이 아니다. 공간 높이 날고 있는 까치를 지상의 품으로 내려오게 하여 그 체온을 독자에게 전해주는 일도 비약하기의 한 기법이다. 그래서 시에서 "까치 한 쌍"과 '까치집'은 "한 폭"의 따스한 "그림"으로 변화하고 '그림의 온기'를 비약적으로 가져와 "질화로같이 따숩다"는 화자의 '감각의 온기'로 변하게 함으로써 따스한 화자의 감정을 대신하고 있다.

3) 비약, 시상 감추기

우리 속담에 "가랑잎이 솔잎을 보고 바스락거린다"고 하거나, "똥 묻은 개 겨 묻은 개를 나무란다"는 말이 있다. 곧 적반하장(賊反荷杖)의 아이러니를 지칭하는 말이다. 이 함축된 속담을 통해 세상을 교화하려는 이야기는 많다. 우리는 그것을 '비웃음'이라고 하지만, 실은 생략과 건너뜀의 비약의 표현법에 다름 아니다. 동양에서는 여백을 남기는 비약의 속담, 격언, 에피소드가 많다. 서양의 유머나 위트와는 조금은 다른 성격을 깊고 있는 축약과 비약의 아포리즘이나. 나음 시에서는 비약이 어떻게 사용되고 있는가를 잘 알게 해준다.

(6)
두들겨야 나는 소리를
얼마나 맞은 몸둥아리길래
저리 신명나게 혼을 뺄까

그래, 그래
한 많은 세월
눈물겨운 목숨,
두들겨 패라 더 아프게

둥더쿵, 꽤괭쨍쨍, 징징
내장 채 홀렁 빼가는

오, 새디스트여!
                                    — 김대규, 「사물놀이」 전문

시에서 '비약'은 앞서 말한 도움닫기의 넓이뛰기에 이어 일견 높이뛰기와도 같은 방법이다. 상징과 이미지의 시상이 높으면 독자가 이해하는 데 시의 벽을 뛰어넘기가 좀체 어렵다. 반대로 독자의 수준과 뛰어넘는 수준이 너무 낮으면 평범한 이야깃거리로 해당 시에 대한 감동이 우러나오지 않는다. 이것도 시일까 하는 의구심이 날 뿐만 아니라 작품성도 떨어지고 내용이 유치해지는 수가 있다. 그러므로 비약하기는 적당한 높이나 넓이로 조절되어야 할 필요가 있다.

높이뛰기대를 머리카락 하나 걸리지 않고 아슬아슬 넘도록 하는 장치는 도움닫기를 거쳐온 후의 '비약하기'의 절정이다. 이때 알맞은 가로대 고르기가 필요하다. 가로대가 휘거나 부러져 있으면 높이뛰기의 기교나 미학은 무너지고 만다. 마찬가지로 시에서 어휘 표현이 정확하지 않으면 '비약하기'의 시어는 잘 전달되지 않는다.

우리는 좋은 작품을 두고 흔히 '뛰어난 작품'이라는 평을 하는데, 이는 주로 비약의 정도가 적당한 높이에 다다른 경우, 그래서 여백의 미가 있는 시를 두고 하는 말이다. 이 도약점을 독자는 나름의 육감으로 점지한다. 살짝 넘어가는 감상에서 한껏 묘미를 느끼는 것이다.

위 「사물놀이」는 전통의 가락과 장단을 뛰어넘는 즉 비약을 사용하는 대표적 사례이다. 긴 세월 동안 민중 감정을 넘나드는, 말하자면 맺힌 한을 푸는 고유의 정서를 말하면서도 비약의 일품을 놓치지 않는다. 화자는 이 굿거리에서 "신명나게 혼을 빼는" 몸뚱아리는 실컷 "두들겨" 맞아야 한다고 생각한다. "한 많은 세월" 동안 매만 맞으며 견뎌온 "눈물겨운" 모습이다. 그야말로 우리 민족답게 질긴 "몸뚱아리"인 것이다. 같은 의미지만 '몸'과 '몸뚱아리'는 말의 뉘앙스에 차이가 난다. '몸'이란 똑바로 세우고 바르게 가져야 할 의미로 쓰이지만, '몸뚱아리'란 말은 '두들겨' 맞고 견디어내는 데에 써야 제대로의 뜻이 발현된다. 화자는 지금 맞고 있는 것에 만족하지 않고, 오히려 "두들겨 패라 더 아프게"라고 울부짖는다. 말하자면 결국 '새디스트'가 되라는 명령이다. 그는 매를 맞으며 "내장채 훌렁 빼가도록" 하는 그 새디즘에 맡겨버린다. 북이나 꽹과리, 징은 사람에 의해 맞는 게 아니라 이젠 스스로가 쾌감에 사로잡혀 자신을 매질하는 것으로 인식하고, 그럼으로써 독자에게 그러한 쾌감을 반동 받도록 하는 것이다.

우리는 이 시를 읽으며 "일마나 및은 몸둥아리길래"로 상징되는 '사물 (四物)놀이'의 의인법과, "둥더쿵, 꽤꽹꽹꽹, 징징" 하고 우는 의성어의 쾌감을 교묘히 합하여 그 소리가 마치 나의 혼에서 들려오는 듯한 착각을 일으키게 된다.

우리가 사물놀이 장면을 보고 있으면 바로 이와 같은 '건너뛰기'의 무아지경을 헤매게 된다. 이때 "새디스트여!"라는 한마디로 비약하여 시를 팔팔 살아 있게 하고 있다. 구질구질한 다른 설명이란 필요 없다. '새디스트'가 되는 것, 이는 '사물놀이'를 관람하는 청자의 비약이고 화자의 뛰어넘기인 것이다. 그래서 본능처럼 쾌감에 찬 소리가 질러진다. 그것은 실제 사물놀이를 연주하는 사람 못지않게, 거기 정신을 빼앗기고 구경하고 있는 관객도 일치된 감정 발로라 할 수 있다.

앞의 관점에서 비켜 나와 다음 시를 읽어보자. 비약이 시인의 정서를 상징적으로 집어넣는 예를 볼 수 있는 경우다.

(7)
싱그러운 바람이 분다
소나무 향기가 산을 타고 내려와
송편에 들어 앉았다
추석은 내일 모레, 밤하늘의 별은 주먹만 하던
열사흘, 초저녁 달이
창문을 열고 대청에 들어오면
전등불을 꺼야 한다
가을이 익은 소리, 귀뚜라미가 진치고
저녁에 먹은 송이버섯은
산동네 소식을 전해 왔다

입안에 가득찬 산냄새가
도시에서 찌든 때를 훌훌 벗기고
가을을 단번에 먹은 나는 신선이 되었다.
　　　　　　　　　　　— 성기조, 「가을을 먹고」 전문

　비약이 대[竹]의 매듭처럼 멈추었다가 다시 시작한다. 체험의 점진적
진술이 차례화된 작품이다. "소나무 향기가 산을 타고 내려와 송편에
들어앉았다"라든가, "저녁에 먹은 송이버섯은 산동네 소식을 전해 왔
다"는 묘사와 서술의 과정을 거쳐, "가을을 단번에 먹은 나는 신선이 되
었다"는 결구의 비약에서 도술 같은 변신을 읽게 되는 까닭이다. 가을
을 먹고 신선이 된다는 것, 그것이 바로 '비약하기' 대목이다. 행과 연의
서술을 지나오면서 변신을 위한 체험적 사례들이 질서 있게 전개됨을
보인다. 그러므로 '가을을 먹고 신선이 되는' 갑작스런 비약일지라도 그
분위기가 아주 자연스럽다. 즉 화자가 체험해본 대상에 바탕을 둔 건너
뜀이 이해되기 때문이다. 이제 이 시에서 비약이 어떤 차례로 전개되는
지 보이면 다음과 같다.

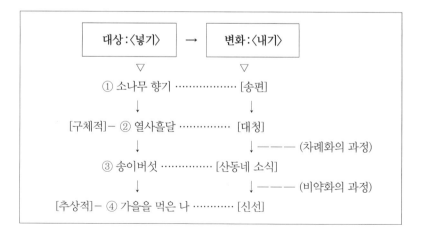

도식을 가로로 보았을 때, 그 발전 차례는, "소나무 향기"는 "송편" 속에 있고, "열사흘 초서녁 달"은 "내청"으로 들어오며, "저녁에 먹은 송이 버섯"은 "산동네 소식"을 전한다. 이렇듯 차례로 서술되어 오다가 "가을을 단번에 먹은 나"는 "신선"이 되는 비약을 한다. 그러나 체험을 근간으로 한 논리적 절차를 견지하고 있어서, 비약 자체가 전혀 생경하지가 않다.

도식에서 종으로 내려오는 시상을 보면, [송편→대청→산동네→신선]으로, 대상에 대한 차례화의 작업이 구체물에서 추상물로 바뀌고 있다. 시점에 대한 구성도 가까운 사물 "송편"에서, 멀리 있는 존재 "신선"에 이르기까지의 원근법적 구성을 하고 있다.

추석과 관련한 것들, 예컨대 시의 발단이 된 "싱그러운 바람", "소나무 향기", "밤하늘의 별", "송편", "열사흘 달", "귀뚜라미 소리", "산동네", "송이버섯", "산 냄새" 등 다양한 사물들과 연관 짓고 있다. 그리고 보내온 선물 "송이버섯", 즉 가을을 먹은 자신은 벌써 "신선"이 되었다는 끌어내기의 한 오르가슴 격인 건너뛰기를 과감히 시도한다. 화자가 지닌 보편적 이미지를 비약적으로 적용한 작품이라 할 수 있다.

4) 비약, 날카로운 순간들

다음 시에는 '비약' 부분이 잘 눈에 띄지 않는다. 화자가 말하는 것처럼 "흔한 잡초는 어디나 있기 마련"이다. 잡초는 "차돌밭 자갈밭에 엉키어 부대끼는" 존재다. 그러나 마지막 연을 보면 풀에 대하여 "서슬 푸른 칼날"을 간직한 것으로 이미지가 건너뛰어 비약하고 있음을 보인다. 하찮은 잡초가 갑자기 "칼날"처럼 '서슬 푸르게' 다가오는 것이 그것이다.

물론 "풀잎"과 "칼날" 사이에는 공통된 이미지가 있지만, 1연부터 묘사한 잡초의 희미하고 약한 존재에 비하면, 이 부분에서는 "칼날"이란 비유로 번뜩이며 동시에 날카로운 비약을 시도한다.

⑧
흔한 잡초는
어디나 있게 마련
사는 일이 다를 뿐이네.

길섶 가장자리
쇠똥에 묻혀 있어도
꼿꼿하게 살아갈 뿐.

청청한 잎
하늘로 치솟아
서슬 푸른 칼날로 사네.

— 김재흔, 「잡초의 노래」 부분

흔히 잡초는 민초로 상징된다. 사람들의 발에 '부대끼며' 세상에 '묻혀' 살아가기 때문이다. 그럼에도 그는 언제나 '꼿꼿한' 자세를 잃지 않는다. 그 생명 의식은 어떤 식물보다 강하다. 그만큼 '치솟은' 잎에서 "서슬 푸른 칼날"이 연상된다. 이것이 바로 비약하기가 주는 효과가 아닐까.

또 다른 관점에서, 민중의 삶을 긍정하고 있다면, 시대적 성향을 반영한 시로도 볼 수 있다. 독자는 당대의 중요한 정신사적 과제를 인식함으로써, 미래 지향적 가치를 끌어낸다. 그 점에서 독자는 시를 읽으며 시대를 파악하고 창조하는 데에 주체적으로 참여하는 것이다.

(9)

시는 내 영혼을 살리는 극약, 이미 나는 세상의 모든 시를 詩로 변
환하는 마우스

— 김경은, 「중독」 부분

참 당돌한 메시지의 시다. 이 시구는, 김경은의 최근작 「중독」이라는
시에서[7] 말한 첫행이다. 한 사람의 "영혼을 살리는 극약"처럼 즉효성이
있는 시가 과연 있기는 하는 것인가. 시가 영혼을 구하는 언어의 책임
을 가지지 못할 때, 시인이 구하는 마이더스 같은 "마우스"는 한낱 꿈일
지 모른다. 하지만 좋은 시를 쓰기 위해서는, 이미 발표된 시를 포함하
여 아직 발표되지 않은 모든 것들을 "詩"로 변환시키는 기적과도 같은
포괄성의 비약, 그 마이더스의 손이 시인에겐 필요하다. 자유자재로 쓸
"마우스"를 무릇 가져야 한다는 것을 강조하는 것인데, 당당한 것은 이
미 그런 "마우스" 자체가 자신이라는 것이다. 참 부러운 집착이다.

늘 시를 읽으며 느끼는 중에, 아포리즘으로 살아 있는 말이 있다. 가
령 "말에 대한 결핍과 과잉을 조절하지 않으면 인간으로서 실패한다"
는 호세 오르테가 이 가세트의 그 강조식 경구이다. 그는 『대중의 반
역』이란 책에서, "모든 사람들의 말은 '결핍'으로 자신이 표현하고자 하
는 바를 다 담아내지 못한다"고 지적했다. 그러면서 한편 그는 "모든 말
은 '과잉'이기도 하여 내가 전달하지 않았으면 하고 바라는 말까지 전
해지고 만다"고 하였다. 그는 전자의 언어의 '결핍'과 후자의 언어의 '과

제1부 이야기로 창작열을 얻다

---

7   김경은, 『너를 읽어야 할까』, 천년의시작, 2006, 37쪽.

잉' 사용을 들어 사람들이 적재적소에 언어를 배치하지 못함을 지적하고, 또 무분별한 언어를 씀으로써 언어의 방종과 낭비를 질타했다. 반역사적인 미몽에서 깨어나지 못하는 원인이 바로 사람들의 좋지 못한 '말'(언어)에 있다는 것인데, 참으로 교훈적인 말이다.[8]

스페인 국민에게 주는 언어의 경종을 떠나서, 무분별한 전자통신 매체의 언어와, 자고 나면 숨 가쁘게 바뀌는 은어 사용의 세대, 그리고 무엇보다 언어(말)을 효과적으로 부려야 하는 우리 시인들이 경청해야 할 금언이라고 생각한다.

우리는 시인으로 살아가는 한, 말과 언어에 대한 학습은 적어도 그것이 하루 아침에 이루어지지 않는다는 깨달음을 동반해야 할 것이다.

3. '비약하기'로 시 쓰기

1) 비약의 사상과 정서

지닌 생각이 푸르면 표현하는 언어도 푸른 법이다. 창의적 시상은, 그 표현도 능동적인 현시를 즐긴다. 이와 같은 논리로 '시적 언어의 울림'에 대하여 생각해보기로 한다. 지상에 미만해 있는 '결핍'과 '과잉'된 언어를 극복하고, 자연이 일으키는 '반란'과 '절제', 그리고 '후회'에 대한 울림의 언어, 나아가 '사랑'과 '추억'에 반추된 감동의 언어에 대하여

───────

8　스페인 국민철학자였던 호세 오르테가 이 가세트(José Ortega y Gasset, 1883~1956)는 독일에서 철학 공부를 마치고 스페인에 돌아온 1902년 당시, 물질문명의 방종과 낭비를 일삼고 있는 국민들에게, "어찌하여 역사를 잃어버리고 깨어나지 못하는가?" 하고 힐문했다.

각각 계기적으로 고찰할 필요가 있다. 깨금발 놀림 같은 디딤돌을 놓고, 다음 시에서 비약의 숨긴 언어들을 찾아보기로 한다.

(10)
장수식당 수족관 속에
입술 깨진 메기들이
옹기중기 모여 있다
장수식당 수족관 밖에
입술 붉은 사람들이
메기수염 건져내며
뜨거운 매운탕 떠먹는 걸
물끄러미 내다보고 있다

자꾸만 메기들이 죽어야
장수식당이 장수할 것이다

— 반칠환, 「장수식당」 전문

이 시는 '장수식당' 수족관에 갇힌 메기들이 식당 안에서(이 시에서와 같이 메기의 눈으로 보면 수족관의 밖이다) 메기탕을 먹고 있는 사람들을 물끄러미 내다보고 있는 장면을 객관적 묘사로 보여준다. 수족관의 메기들은 자신들을 먹고 있는 사람들에 대해 전혀 모른다. 아니 알아도 모르는 척하는 메기의 지나가는 일상적 서술로 보여주는 것이다. 하지만 시의 결론은 "자꾸만 메기들이 죽어야 장수식당이 장수할 것"이라는 숨겨둔 비약으로, 인간이 저지르고 있는 생명체에 대하여 무관심함을 일깨워준다. 그래서 어떤 생명 사상을 일으켜주는 이데올로기가 내재되어 있는 듯하다.

(11)
승부역에 가면
하늘도 세 평 꽃밭도 세 평

이 봉우리에서 저 봉우리로
구름 옮겨가는 소리
지붕이 지붕에게 중얼거리는 소리
그 소리에 뒤척이는 길 위로
모녀가 손잡고 마을을 내려오는 소리
발밑의 흙이 자글거리는 소리
계곡물이 얼음장 건드리며 가는 소리
나를 물끄러미 바라보던 송아지
다시 고개 돌리고 여물 되새기는 소리
마른 꽃씨들 싸르락거리는 소리

소리들만 이야기하고
아무도 말하지 않은 겨울 승부역
소리들로 하염없이 붐비는

고요도 세 평.

— 나희덕, 「소리들」 전문

승부역의 공간에 대해서는 아무도 말하지 않은, 그래서 결국 소리 없는 고요가 세 평뿐인 넓이일 뿐이다. 그것들은 다음과 같이 차례화되었다. 즉 '하늘-꽃밭-고요'에 이르는 분위기와 느낌의 크기가 모두 '세 평'으로 같게 설정되어 있는 것이다.

"하늘도 세 평"-하늘 점유 [도입]

"꽃밭도 세 평"-지상 점유 [전개]

"고요도 세 평"-소리 점유 [결말]

승부역에서 나는 각종 소리들이란 많다. 이 중에서 특히 열거하고 있는 항목들에는 '구름-지붕-모녀-흙-계곡물-송아지-꽃대' 등이 동원되었다. 이러한 사물과 연결된 의미소들은, [구름-옮겨가는 소리], [지붕-중얼거리는 소리], [모녀-마을을 내려오는 소리], [흙-자글거리는 소리], [계곡물-얼음장 건드리는 소리], [송아지-되새기는 소리], [꽃대-싸르락거리는 소리] 등이다. 이렇게 붐비는 소리들은 한마디로 시에서처럼 고요의 넓이를 말해준다. 그게 세 평씩이다. 여기에서 "아무도 말하지 않은 겨울 승부역"은 사실 1차적 비약이다. 그리고 마지막 행 "고요도 세 평"은 결론짓고 싶어 하는 화자가 시도한 결론, 즉 2차적 비약이다.

시는 이처럼 2차적 비약이나 3차적 비약으로 경도가 심해질수록 독자를 반전시키는 효과를 얻는 수가 많다. 그 정도를 더해갈수록 시다운 시로 존재하는 것이다.

다음은 문정희의 「물방울」이란 시다. 이 시를 읽어보면, 아름다운 비약을 통한 좋은 시란 멀리 있는 게 아님을 깨닫는다. 시인이 경험한 사연과 이미지에 조금만 더 울림을 제공한다면, 보다 시는 알차게 나오기 마련이다.

다음 시는 처음부터 끝까지 맥이 잘 통하면서도 마무리 부분에 비약을 적절히 함으로써 아름다운 반전을 꾀한다. 시란 시상이 처음부터 마지막까지 흐트러지지 않아야 좋은 시로 성립하는 법이다. 아울러 시적 비유도 참신해야 한다. 적확하고 개성적인 비약하기에 도달하는 것은

시뿐만 아니라, 시인 자신의 모든 말에서 적용되는 중요한 책임이자 기
본이다.

(12)
초여름 운동장
만국기 펄럭이는
어린 날의 수돗가에서
한 남자 아이가 내 얼굴에 뿌리고 간
차가운 물방울

플라타너스 푸른 숨결로
내뿜던 고백
처음으로 H_2O가 아니었던
오묘한 물방울
무지개 재료?

그 속에 상아 건반이 있었는지
지금도 포로롱 피아노 소리 울려오는
하늘 아래 가장 작고
투명한 프러포즈

그날, 초여름 운동장
만국기 펄럭이는 수돗가에서
한 남자 아이가 내 얼굴에 뿌리고 간
소스라치게 맑은
첫 물방울 세례

내 얼굴에 소롯이 남아 있는 초여름

현대시의 창작 기법론

반지 만들어 오래 끼고 싶은
단 하나의 보석알

— 문정희, 「물방울」 전문

　청신한 울림을 주는 "물방울"처럼 맑은 시다. 때는 화자의 소녀 시절
로 돌아간다. "초여름 운동장 만국기 펄럭이는 수돗가에서" 장난으로
물세례를 뿌린 한 남자아이의 순진한 사랑 표시가 투명하게 읽힌다. 사
실 한 남자아이의 사랑 표시인지, 물세례를 받은 소녀가 부딪친 첫사랑
의 눈 맞춤인지는 분명치가 않다. 시에서 구태여 따질 필요는 없지만,
유추한다면 물세례를 맞은 소녀 편에 있지 않을까.

　이 시의 배경은 초등학교 운동회 날이거나, 그 운동회를 위한 총연습
때 무렵이다. 초여름 더위를 잠깐이나마 잊기 위하여 수돗가에서 벌인
장난꾸러기 짓은 어지간하면 누구나 겪었을 법한 이야기다. "한 남자
아이가 내 얼굴에 장난삼아 뿌리고 간" 그래서 소스라치게 차가우면서
도, 한편 "소스라치게 맑은" 그 "물방울"은 소녀의 전율 같은 사랑에 대
하여 어떤 도체(導體) 역할을 한다. 이 시의 매력은 바로 물 맞은 순간이
차가워 소스라치게 놀라면서도, 순간적으로 "소스라치게 맑은 물방울"
로 환치하는 비약의 순발력에 있다.

　첫사랑의 느낌은 바로 "물방울"과 같은 첫눈에 반한 그 '눈독'이다. 이
인원 시인이 「사랑은」이란 시에서, "사랑은 눈독들일 때, 가장 아름답
다/하마/손을 타면/단숨에 굴러 떨어지고 마는/토란 잎 위/물방울 하
나"라고[9] 노래한 바도 있다. 눈으로 생각하고, 눈으로 느끼는 순간적인

9　대학로 카페 '비어할레'에 걸린 시 「사랑은」의 전문.

절정의 미학이 첫사랑이라 할 수 있다. 그 첫사랑은 시가 가리키는 바 "눈독"과 "물방울"로 표현되었다. 문정희 시인의 「물방울」도 "소스라치게 맑은 물방울"을 맞을 때의 그 '눈독'이 지금껏 남아서 추억의 한 삽화가 되고 있는 것이다.

그러나 뭐니뭐니 해도 이 시에서 비약에 대한 빛나는 부분은 마지막 연에 있다. "내 얼굴에 소롯히 남아 있는 초여름/반지 만들어 오래 끼고 싶은/단 하나의 보석알"이라는 대목은 가히 절창이다. 남자아이가 뿌린 그 시절의 "물방울"이, 지금에 와서 "오래 끼고 싶은" 반지에 비유될 만큼 잊을 수 없는 첫사랑의 눈을 간직함은 참신함을 넘어 놀라운 재치이다. 화자는 그 시절의 "맑은 물방울"이 자신의 반지에 "단 하나의 보석알"로 박히기를 바란다. 시의 결구는 어느덧 "물방울" 맞은 자신의 얼굴에서 소년의 순후한 '사랑'을 환치해낸다. 영원히 잊지 않을 화자의 "반지"에 박힐, 그리고 소년이 뿌린 "보석알"로 변화되는 그 '비약하기'로 시의 국면을 전환시키고 있음은 바로 시의 성공점이자 감동점이다.

하나 더 추가하자. 우리에게 신선함과 놀라움을 주는 시어는 "단 하나의 보석알"에서 그 "단 하나"가 상징한다. 화자에겐 참으로 놓칠 수 없는 사랑의 추억 그 '메타'이기 때문일 것이다.

2) 풍자를 통한 '비약하기'

시를 쓸 때는 가급적 '기지'와 '풍자'를 살려 쓰는 게 좋은 일이지만, 그것이 늘 샘솟듯 솟아나는 것은 아니다. 쓰다 보면 '기지'란 어쩌다 자신도 모르게 이루어지는 수가 있다. 독서, 작업, 산책, 사색, 여행 중, 아니면 새벽 머리맡, 또는 쓰는 순간순간에, 그것은 머리 낮게 부딪쳐

오는 수가 있다. 그 시간을 놓치지 않고 메모하여 후일 시 속에 잠재되도록 잘 지장해야 한다. 그것을 읽을 때 독자는 마냥 즐거워지는 법이다. 시도 소설이나 극처럼 즐거움을 주어야 하는 이유가 여기 있다.

시인은 '기지'와 '풍자'를 통한 '비약하기'의 자원 개발에 노력하여야 할 일이다. 그래야 시를 퇴보시키지 않고 좋은 시로 발전시킬 수 있는 것이다.

(13)
카드 긁어 친구 술밥 샀더니
아내가 바가지 긁어댄다네.
서로 등 긁으며 살 날 위하여
상처 안 나도록 살살 긁세나.

— 노환상, 「살살 긁기」 전문

지금은 '긁기'가 최고 방책인 시대일까. 어떻게 보면 현대를 살아가는 인간의 세상은 '긁기'의 연속일지 모른다. 사람들은 카드를 긁고, 바가지를 긁고, 구부린 등을 긁는다. 산다는 게 '살살 긁기'라고 이름 짓는 일의 행위에서 위트와 유머가 보인다. 화자의 여유로운 감정을 빌려와 자신의 이미지에 불어넣어볼 만하다. 그게 "상처 안 나도록 살살 긁세나"와 같은 부드러운 청유형의 비약하기에 담겨 있다.

(14)
오장 육부를 숫자로 재고 그림을 그리더니
영상으로 크게 확대해서
그놈을 집중 추궁하고 살핀다
흑백은 그늘져 울퉁불퉁한 주름이 있고

칼라는 연분홍 꽃이 보이는데
인술에 밝은 박사님은 긁어내면 되겠네요, 한다
예리한 칼로 잘라내고 꿰매는 것 아니고
레이져빛 칼로 찢어발긴다고 한다
눈은 망막박리, 치질은 항문정형 수술까지
복숭 뼈는 철사 넣은 큰 수술을 세 번 하였지요
머리는 파 뿌리 얼굴은 지렁이 골에
찢어진 낙엽 쪼가리 투성인데
내장까지 폐기되어 조각내려나!

　　　　　　　　　　　— 김형철, 「투병기 1」 전문

　사람마다 병마를 이겨내려는 본능과 건강해지려는 욕구는 목적 이상
으로 강렬하다. 투병이란 누구나 생에 한 번 이상은 겪기 마련이다. 시
의 제목이 「투병기」이지만, 투병 과정을 상세하게 묘사한 것이라기보다
는, 결국 병에 대한 검사적 진술이 자세하여 시가 '풍자적'이라는 데에
독자와의 합의점이 있다.

　"오장 육부를 숫자로 재고 그림을 그리더니 영상으로 크게 확대해서
그놈을 집중 추궁하고 살핀다"는 것처럼 암 조직에 대한 CT나 MRI의
결과를 놓고 관찰 묘사한 사실만 봐도 그러하다. "그놈"이란 물론 암을
견디고 있는 조직의 덩어리다. 그 조직에 대해 투시하는 장면을 보고
"흑백은 그늘져 울퉁불퉁한 주름"이 있고, "칼라는 연분홍 꽃"이라고 묘
사하고 있다.

　시에 나타난 바와 같이 화자는 눈, 치질, 복숭뼈 등 세 번이나 큰 수술
을 했다. 그런데 병원에서는 또 수술을 요한다고 호소한다. 그의 "머리
는 파 뿌리"이고, "얼굴은 지렁이 골", 그리고 "찢어진 낙엽 쪼가리 투성"
이라고 자신의 형상을 풍자적으로 과장하기도 한다. 한술 더 떠서 이제

는 "내장까지 폐기되어 조각내려"고 하는 병원에 자신을 풍자적으로 과장하여 걱정한다. 화자의 염려가 독자에게까지 피급되는 울림이다.

이 시는 4편으로 연작되어 있다. 병을 앓아본 사람, 중대한 수술을 겪은 사람만이 쓸 수 있는 시다. 무엇이 이 시인에게 이 시를 쓰도록 했을까. 암 조직 제거의 큰 수술을 받는다는 신체적 울림과 경험이 중요한 모티프가 된다. 무릇 시란 이처럼 모티프의 기호화가 중요한 것이다.

(15)
가래에 섞인 핏방울이 채송화처럼 곱다

물릴 젖꼭지가 모자라도록 마누라는
어쩌자고 애들만 잔뜩 낳아놓았을까.

생명 같잖게 아무 데 꺾어다 심어도
잘 살겠지.

— 강우식, 「채송화」 전문

"아무 데"나 "꺾어다 심어도" 잘 사는 그 강한 생명력의 채송화를 마누라의 다산성에 비유한 작품이다. 집안 살림은 구차한데 "어쩌자고 애들만 잔뜩 낳아놓았을까"라는 행에서 보이는 대로 화자의 걱정이 실린다. 하지만 걱정할 일이 아니다. 아무 데든 놔두어도 아이들은 채송화처럼 잘 자랄 것이다. 그의 아이들은 야생의 잡초성이다. 대표적인 예로 "물릴 젖꼭지가 모자라도록" 아이들을 많이 낳은 마누라의 순박한 모습과 건강한 모습이 눈에 보듯 그려지고 있다. "아무 데 꺾어다 심어도" 잘 사는 채송화의 체질을 마누라의 다산성과 연결지어 비약하기로 가다듬은 작품이다.

3) '비약하기'로 시 쓰기

위에서 설명한 것처럼 비약하기로 시 쓰는 기법에는 다양한 요령들이 많이 있다. 이러한 다양한 시의 운용 기법을 알고 시를 쓰는 것은 독자에게 다가가는 한 중요한 일이다. 이와 같은 비약을 효과적으로 표현하기 위하여 관련된 시 쓰기에는 어떤 방법들이 있을까 내가 평소 생각했던 지론을 보인다.

(1) 영상매체의 시대에도 시인은 여전히 오랜 골방에서 독서하고 고뇌하며 시를 쓸 때에 가장 값진 시를 빚는 법이다.

(2) 시에서 반복법이란 잘 쓰면 '보약'이 되지만 막연한 투로 쓰면 팔팔한 시도 쉽게 죽이는 '독약'이 된다.

반복, 그것은 인체에 투여하는 약처럼 꼭 필요한 만큼만 사용해야 효과를 본다. 불필요한 언어를 너무 방만하게 사용하거나 흔해빠진 시어를 무의미적으로 반복하면 좋은 시도 그만 듣기 싫은 잔소리로 바뀐다. 불필요한 잔소리는 시가 명품임을 포기한 채 스스로 쓸모없이 해진 걸레처럼 되어버린다는 사실을 알아야 한다.

(3) 시는 쓰여질 때 바로 써야 한다.

즉 시기를 놓치면 다시는 그런 시가 나오지 않는다[10]는 원리이다. 시를 구성하는 이미지에 대한 영감이란 제 때를 만나야 한다. 시는 배설

---

10 졸저, 「지혜의 눈보다는 독특한 눈」, 『반란과 규칙의 시 읽기』, 푸른사상사, 2008, 160쪽.

하듯 저절로 써질 때 좋은 시가 되고 쉬운 시가 된다. 한참 배설하다가 중시할 수는 없지 않은가.

우리 민담엔 떠오른 시 한 구절로 살인을 한다는 이야기가 있다. 즉 "임궁에선 범어 끝나고 하늘 색 깨끗하기 유리로다(琳宮梵語罷 天色淨琉璃)"라는 구절을 두고 김부식(金富植)과 정지상(鄭知常)이 싸우다 결국 시상(詩想)을 빌려가려는 김부식을 정지상이 화장실에서 죽인다는 이야기가 『백운소설(白雲小說)』에 나온다. 이렇듯 순간적인 이미지와 시상은 시인에게는 큰 기회다. 뷰 파인더 안에 상이 잡힐 때 순간 셔터를 눌러야 하듯 착상에 대한 포착이 중요하다. 그때를 놓치면 다시 그런 시상은 머리에 오지 않는다.

(4) 시의 초점화가 중요한 관건이다.

초점화란 일반적으로 시인과 화자 즉 시의 주체가 주목해서 인식하는 행위를 뜻한다.[11] 시의 초점화는 시의 처음 부분 쓰기에서 이미 그 성패가 좌우된다. 각기 다른 초점들을 개괄하기 위해 그것을 이동하여 처음부터 끝까지 같은 톤으로 유지하는데, 대상과 화자의 심리적 거리를 조절하는 것이 바로 초점화의 기법이다. 『성호사설』을 쓴 실학자 이익(李瀷)은 선비적 시심을 '처음의 긴장을 끝까지 지니고 가야 함'을 주장하여 죽균송심(竹筠松心)을 예로 들었다.[12] 말하자면 시에서 주제의식이

---

11 무슨 일에서든 첫 행보가 중요하다. 시의 첫행을 어떻게 쓸 것인가도 그렇다. 시의 신행(新行)길, 시를 처음 시집 보내는 첫 울음이 무엇일까. 시적 긴장에서 힘을 빼는 평범하기 짝이 없는 序頭로는 시를 성공시키지 못한다.(졸고, 「시의 처음과 마무리에 거는 기대」, 위의 책, 154쪽 참조)

12 조선 시대 영의정이었던 상촌(象村) 신흠(申欽)도 시의 주체적 통일미에 대하여

일관되어야 한다는 것이었다. 이와 관련하여 다음 시를 읽으면 그 같은
논리가 더욱 선명해질 것이다.

(16)
병원에 갈 채비를 하며
어머니께서
한 소식 던지신다

허리가 아프니까
세상이 다 의자로 보여야
꽃도 열매도, 그게 다
의자에 앉아 있는 것이여

주말엔
아버지 산소에 다녀와라
그래도 큰애 네가
아버지한테는 좋은 의자 아녔냐

이따가 침 맞고 와서는
참외밭에 지푸라기라도 깔고
호박에 똬리도 받쳐야 겠다
그것들도 식군데 의자를 내줘야지

싸우지 말고 살아라
결혼하고 애 낳고 사는 게 별거냐
그늘 좋고 풍경 좋은 데다가

'선비론'과 '비선비론'을 들어 비교했다.(위의 글, 147쪽 참조)

의자 몇 개 내놓는 거여.

— 이정록, 「의자」 전문

이 시에서 비약은 우리에게 편안하고 자연스럽게 인지된다. "세상이 다 의자로" 보인다는 어머니가 겪은 고난의 삶에 대한 체험적 논리가 그 사실을 더욱 다지게 한다. 화자의 어머니가 달관하듯 말하는 바, "의자 몇 개 내놓은 거"라는 인생살이의 결론 비슷한 것은 삶에 지쳐서 의지하는 의자를 구한다는 자체가 너무 자연스러운 비약이다.

(5) 내용을 적당한 곳에서 정지시킬 수 있어야 한다.

긴 췌설로 이루어지는 시는 쓸데없는 주정뱅이 잔소리처럼 감동은커녕 시가 지겨울 뿐이다. 시상을 늘려 쓴 이미지가 식상함에 자신의 상상을 내어주기 때문이다. 문제는 독자에게 상상하고 유추하도록 하는 그 가차 없는 꼬리 자르기가 필요하다는 것이다. 그런 여백의 시구, 비약의 종결 기법은 독자를 다른 차원에서 감동시킨다.

(17)
울타리를 없애고 나니
참으로 시원하다
훤히 트인 들녘은
다 나의 정원
하루 종일 사람 그림자 하나 없어
시원하다

나마저 가고 나면

얼마나 더 시원할까.

— 김윤성, 「울타리」 전문

이 시는 비약하기 기법으로 접근하면서도 위에서 말한 시의 이미지 여백과 여유를 적절히 살린 작품이다. 화자는 환히 트인 들녘과 소통하기 위해 울타리를 없앤 동기에 대해 말하고 있다. 답답하게 갇혀 사는 곳에서 넘어와 울타리 없는 시원한 들녘을 바라보니 시원하다는 느낌을 말하고 있다. "나마저 가고 나면 얼마나 더 시원할까"라는 부분에 시원함이 더욱 비약적으로 드러나 있다. "나마저"라는 부분에 역설적이거나 해학적인 의미도 내포되어 있다. 시공을 뛰어넘는 자유자재함 그 여백과 여유로움이 묻어나는 작품이다.

(6) 여백은 미래 지향 또는 현실 상황을 압축 제시해야 한다.

여백이란 아무것도 없는 게 아니다. 시에서 말하고 싶되 그것을 다만 빈 공간으로 남겨 감동과 정서의 메아리를 키우는 것이다. 일종의 상징으로 독자에게 다가가는 시인의 실루엣이다. 다음 시 두 편은 그러한 경우를 설명하기에 적합한 사례이다.

(18)
눈발 치는 이른 아침 겨울 용문사에 가보았다
천년을 넘게 살아 거무칙칙한 은행나무

벗을 것, 다 벗어 던지고 바람 앞에 알몸

그렇지만 껍질 단단해 계곡에 박힌 돌멩이 같고,
그 속에 박힌 옹이 어머니 젖가슴 같으니,

때 되면 잎을 토해내 천 년을 더 살겠다.
— 김영재, 「용문사 은행나무」 전문

(19)
팔등신 몸에 고품격 의상을 걸치고
퇴폐한 자본주의처럼
쇼윈도 안에 마네킹이 서 있다
오렌지족을 따라갔는지 머리는 없다

오래 동안 쇼윈도 안을 기웃거리던 여자가
간절한 마음으로 자기 머리를 잘라
마네킹 위에 얹어본다 황홀하다!
경계를 넘어 마네킹이 걸어 나온다

쇼윈도 밖에 머리 없는 여자가 서 있다.
— 강만, 「압구정동 풍경」 전문

위의 시들은 끝 부분에 비약을 하고 있음이 공통된다.

시 (18)은 화자가 겨울 용문사에서 본 천 년을 산 은행나무가 인상적이었다는 사실을 말하고 있다. 그리고 화자는 그 인상에 대해 "때 되면 잎을 토해내"고 다시 "천 년을 더 살겠다"는 추측도 한다. 천 년을 살아온 은행나무 "껍질"이 "계곡에 박힌 돌멩이"처럼 "단단"하고, "어머니 젖가슴 같"이 한의 응어리인 "옹이"가 "박힌" 몸이기에 그렇다. 이 시는 이처럼 미래를 향한 이미지의 비약을 한다.

시 (19)에도 끝이 흥미 있게 읽히는 비약 부분이 있다. 쇼윈도 안의 마네킹에다 자기 머리를 상상 속에 얹어 보임으로써 밖에 서 있는 여자의 머리가 없어진다는 이미지로 대상과 화자의 교차된 상상을 한다. 쇼윈도 안의 마네킹에 입혀진 '고품격 의상을' 이미 자기가 입고 있다는 생각으로 마네킹과 자신의 위치를 착각하는 것이다. 옷이 너무 맘에 들어 마네킹과 자신과의 전위를 상상하는 자극적 심리가 그럴듯하게 묘사되었다. 그래서 비약은 쇼윈도 밖에 머리 없는 여자가 서 있다는 논리로 가능하지만 또한 불가능한 것을 현재의 몽상이 가능하게 하는 비약이다. 이처럼 비약의 착상이 특이하다.

시 (18)과 (19)의 끝부분 비약 기법은 대조적으로 다르다. (18)은 때 되면 잎을 토해내 "천년을 더 살겠다"고 미래를 긍정적으로 예고하고 있다. 미래 지향, 존재가 싱싱하여 영원히 앞으로 나아감을 의미한다. 그러나 (19)는 전위의 현실 상황, 그러니까 지금 멈추어 있음에 의미를 두는 비약이다.

4. 맺는 말 : '비약', 집어넣기와 끌어내기의 마무리

시에서 '묘사'와 '서술'의 과정을 거쳐 당도하는 '비약하기'는 '집어넣기'와 '끌어내기'의 정신력, 그 언어적 산물이다. 시인은 묘사나 서술을 통하여, 이를 소재로 하여 비약, 승화시키는 사람이라 해도 과언이 아니다. 시의 목표를 설정하고 어떤 시상을 동원하는가에 따라 지향성은 달라진다. 독자는 주체적으로 수용하지만 이미지는 시인에 따라 다른 '집어넣기'와 '끌어내기'를 시도한다. 시가 이렇듯 현상의 굴절화와 형상화를 통해 시대상을 표징하고 또 끌어낸다는 점에서 '비약하기' 기법은 유기적인 관련성을 보인다. 이 '굴절적 형상화'가 바로 시에서 중요하게 다루는 '비약의 '집어넣기'와 '끌어내기'로 나타난다.

하나의 시구는 어떤 사연과 구체적 체험 층이 내포되면서 탄생하기 마련이다. '비약하기'는 이 내포적 탄생 과정에서 '영감(靈感)'으로 탈출해 온다. 영감은 다기한 궁리와 꾸준한 시행, 즉 '묘사'와 '서술' 결과의 한 '귀결점'이라고 할 수 있다.

시인이 상징적 '비약하기' 방법을 잘 터득하면 '좋은 시'는 따놓은 당상이다. 평론이 '비약하기'에 대한 창작 동기를 불어넣어주는 일에 노력하는 일도 중요하다. 이 모두 독자에게 시를 친근하게 안내하는 길이다.
무릇 시인들은, 이 '비약하기' 기법을 익혀 '좋은 시'에 다가가는 기회를 놓치지 않기 바란다.

제2부

묵인의 풍자와 소통하다

묵인(默人), 그 극복의 시 의식
― 황광해의 시

1. 여는 말

흔히들 외형적 음성언어가 유창하거나 그가 가진 췌설적 정보가 많다고 해서 반드시 좋은 시가 낳아질 수 없다고 한다. 시 창작이란 내면적 사고와 의식에 관한 공감 이미지(agreed image)의 통합에서 시적 표현이 주가 됨을 말하며, 시의 존재가치(the value of existence)가 외표에 보란 듯이 드러내는 게 아닌 은연중에 표현된다는 걸 시사한다.

시인들의 행태를 조사한 바에 의하면, 시 정보에 대해 남다른 소유능력이 있거나, 그 정보를 말하기로 풀어가는 시인이 역설적으로 훌륭한 작품을 창조해내지 못한다고 한다. 어떤 면에서는 일상생활에서 조금은 어눌증(linguistic inarticulation)을 보이는 시인이 좋은 시를 빚어내는 경우가 더 많다는 것이다. 시적 경험층(poetic experience)이 두터울수록 입으로 발화(發話)되는 구화적(口話的) 지식보다는 안으로 삭혀가는 내면적 율조(internal rhythm)를 더 잘 뽑아낸다는 의미이기도 하다. 한

편의 좋은 시를 위하여 얼마 동안 두문불출(杜門不出)하며 자신의 내면을 낚고 있을 때, 속에서 은밀히 문 열고 나오는 시는 분명히 여느 작품보다 질 좋은 생산물이 될 수 있다. 에너지 충전 창작과정이 성공한 예는 비단 시에서뿐만 아니라 여타 예술 작품에서도 보이는 현상이다. 스스로가 외형적 에너지를 누르는 축적형(蓄積型, accumulated type)의 인간이 시인이라 할 수 있겠는데, 바로 이 부류에 속하는 사람이 몇 달 전에 요절한 황광해(黃光海) 시인이다.

황 시인은 28년이란 짧은 생애를 한 치 여유도 없이 살다 간 하나의 묵인(默人)이라 할 수 있다. 살아 있는 우리에게 앳된 에스프리 하나씩 각인시켜놓고 저세상으로 향한 황광해 시인. 부르지 못한 노래와 한(恨)을 가슴에 묻고 떠난 그녀의 문학적 편모(literature features)를 더듬는 것은 불우한 영혼에 대한 기구의 마음이라 해도 좋을 것이다. 물론 황 시인이 걸어온 연혁에 비해 빠른 감도 없지 않으나, 요절한 시인의 작품을 개인사적으로 성찰되어야 할 필요가 있기에 서둘러 본고를 쓰게 된 것이다.

따라서 본고는 가정의 오이디푸스적 갈등(complication of oedipus)이 황 시인의 작품에 미친 시 의식, 그리고 어려움을 견디며 공직과 학문 탐구를 병행하며 산 절정기로부터 짧은 결혼 생활, 그리고 운명적 죽음으로 닫게 되기까지의 고독한 시혼을 묶어 정리함으로써 황광해 시에 깔린 묵인의 위치를 파악해보고자 한다.

2. 탐구적 자세의 생애

황광해 시인의 유년 시절은 불우한 도피의 시기라 할 수 있다. 즉 아버지와의 사별(死別) 이후 어머니의 개가(改嫁)로 빚어진 단절된 가족 유대로 말미암아 시련 속에서 성장한 시기였다. 그런 환경이 그녀에게 방황과 열등 의식으로 살아갈 숙명을 짐지게 되었다. 그러나 그녀는 내면적 갈등을 견디며, 자신의 성취를 꿈꾸며 성장했다. 외모는 가냘프지만 표현의 강도가 높은 시와 고독한 문학관에의 입지전적(立志傳的)인 자세 등이 그것을 말해주고 있다.

그녀는 고등학교를 졸업한 이듬해 공무원 시험에 합격하고 일선 면사무소로 배치, 근무하게 된다. 그리고 다음 해 어려운 가운데서 방송통신대학 국어국문학과에 입학한다. 그녀는 행정직 공무원으로 주위로부터 성실 일변도로 일한 사람이란 평을 들었다. 공부와 공직, 시 창작에 이르기까지 일인삼역(一人三役)의 역할을 해내었다.

평가의 대상으로 삼은 대부분의 시는 그녀가 이 시기에 힘겹게 창작한 것이다. 이 시기는 학연(學緣)에 의한 '미리내' 동인 활동과, 지역 연고에 의한 조직 활동, 한국문협 무안지부 회원으로 활동한 시기이다. 또한 『동양문학』 신인상에 당선하여 역량 있고 패기에 찬 시들을 선보이기도 했다. 그녀의 문학적 발전기는 미리내 동인의 습작기와 무안문인협회 회원으로서의 등단 후의 활동 등, 두 가지로 나눌 수 있다. 전자는 한국방송통신대학 학업 관계로 광주에서, 그리고 후자는 직장 관계로 무안 지역에서 활동한 것이다. 따라서 작품 발표도 『미리내 시와 산문집』(5~7집), 한국방송통신대학 국어국문학과 문집 『등불』(6~7집), 그리고 『무안문학』, 등단지 『동양문학』 등의 지면을 할애받는 게 주 무대였다.

그러나 그녀의 이 같은 작품 활동은 1991년 5월 결혼으로 중단되었으며, 생활환경도 강원도 산간벽지로 바뀌는 등 상황은 순식간에 바뀌었다. 그녀는 선천적으로 약한 체질로 가난 속에서 신혼의 보금자리를 폈으나 생계에 시달리며 임신을 하게 되었고, 출산기에 무리한 노동과 영양실조로 그만 안타까운 생을 마치고 만다.

새벽을 맞기 위해 몸부림치다가 져버린 꽃봉오리로 총명한 문학은 다 피우지도 못한 채 떠나버린 그녀. 돈 없어 약 한 첩 쓰지 못한 빈한한 산골에서의 고통스런 산고(産苦), 그 절박한 아픔을 메아리로 남기고 생에 종지부를 찍었다. 그러나 이승에서 미처 쓰지 못한 시를 마저 쓰기 위해 저승으로 잠시 무대를 옮겼을 뿐이다.

3. 황광해의 시 의식

황광해의 시적 편모들은 앞서 밝힌 바와 같이 『미리내 시와 산문집』과 『무안문학』, 『등불』, 『동양문학』 등 몇 안 되는 지면에서 찾아볼 수 있다. 문집별로 발표 작품의 제목을 일별하면 다음과 같다.

(1) 『미리내 시와 산문집』 제5집 『못 갖춘 마디로』(1989.5) : 「아버지의 강(無心川)」, 「새벽을 기다리며」, 「끝」, 「친구여」, 「뱃길 따라」, 「어머니」

(2) 『미리내 시와 산문집』 제6집 〈심마니의 소원〉(1990.4) : 「심마니」, 「기다림」, 「마음이고 싶어요」, 「거리에서 오래된 시계」, 「사랑을 맞이하여」

(3) 『미리내 동인집』 제7집 『우리 이제 바람으로』(1991.3) : 「상처 – 빠리 클럽」, 「도시인1」, 「잠과 꿈」, 「그립던 눈동자와 마주치면」

(4) 동인들의 연가 시집 『기쁜 이별』(1991.4) : 「눈동자」

(5) 『등불』 제7·8집(1991.2) : 「소금강(小金剛)」, 「사루비아에게」

(6) 『무인문학』 제3호(1990.10) : 「아버지의 강(無心川)」, 「심마니」, 「지금 그리고 영원히」, 「그러한 모든 것들은」, 「새벽을 기다리며」

(7) 『무안문학』 제4호(1991.10) : 「도시인1」, 「잠과 꿈」, 「눈동자」, 「병(病)」

(8) 『동양문학』 1990년 10월호 : 「병」, 「낙엽에 묻혀」(신인상 수상작품)

(9) 미발표 작품 : 일기, 서간, 수필 등

문집들에 발표한 대표작을 중심으로 시 세계에 접근해보고자 한다. 이는 황광해 시인의 의식이 밟고 간 편력이 시 의식의 궤적으로 정리되는 개괄적이면서도 다소 구체적인 검토가 될 것이다.

1) 떠나감에 대한 자의식

황광해 시의 대부분은 우선 떠나감, 즉 유랑 의식이 들어 있음을 보인다. 자신에 대한 정처가 뚜렷하게 부각되지 않으면서도 자의식이 엿보이며, 떠나가는 사람에 대한 미련이 곳곳 스며 있다. 자신이 겪은 환경에 대한 반작용적(反作用的) 사유(reactional thinking)라고도 할 수 있겠다. 그녀에게 유랑의 이미지는 갈등적 가족관계와 밀착되어 있다. 특히 어린 시절 잃은 아버지에 대한 그리움은 어머니의 개가로 인하여 짙은 시적 "무심천(無心川)"이 되었을 것이다. 이와 같은 유랑의 이미지는 그녀가 말했듯 「아버지의 강(無心川)」에서 보다 상징적으로 의미화된다.

당신의 강가에 뿌려진
마지막 그 눈빛

허공을 향한 채 떠나야지.

어디서나 부딪쳐
피 터지는 아픈 상채기로
내 눈길 얽히려 드는
당신의 강입니다.

행여
이 하늘 아래 당신 한 몸
뉘일 곳 없을까 보아
그리 떠나셨나.

—「아버지의 강(無心川)」 부분

아버지에 대한 그리움은 "피 터지는 아픈 상채기"로 지금도 남아 있으며, "두 팔 벌려 안을 만큼" 간절한 소망으로 점철된다. 누구에게나 이별한 가족에 대한 그리움이 있기 마련이지만, 황광해 시인의 경우 "오십팔 년의 생을 잠기우고" 떠나간 "무심천"을 아버지의 강으로 환치하고, 그 아버지를 자신의 떠나감으로 형상화하여 우리 가슴을 적시는 감동을 준다. 그녀는 아버지가 떠나간 거리를 조금이라도 좁히고자 하는 희구로 "두 팔 벌려 안을 만큼만 당신의 강을 주기"를 바란다. "무심천", 죽어 건너야 한다는 '레테의 강'과도 같은 강을 사이에 둔 아버지와 자신을 일체화로 꾀하려는 간구(懇求)가 있다.

시인에게 떠나감의 이미지는 「뱃길 따라」에서 고독과 상실감으로 나타나 어쩌면 그녀의 죽음과 결부된 종말의 자의식으로 연결된다.

낯선 거리에 화인처럼

네모 반듯 정리된 완행열차 차창에도
면역되지 않는 삶의 눈물 자국이
온통 지면을 채울 때
기도의 언어를 상실한 오늘의
나를 보게 됨은 서글픔이야.

닻을 내린 배로 가득한 부두에
꿈을 묻혀 두고 돌아들 간
어부들

새벽이 오기 전에
잠이 들어야지
오또마니 등을 내보이기 시작한
꽃망울이 필 테니.

— 「뱃길 따라」 부분

위의 「뱃길 따라」는 "낯선 거리"에 비쳐지는 자신의 당혹감, 그 "화인"
된 표정, 그것이 "완행열차 차창"에 서린 시인의 "눈물 자국"이 "지면을
채우는" 슬픔에 드러난다. 시인은 한마디 기도의 말도 생각해내지 못하
고 슬픈 구렁에 빠지는 자신을 발견하게 된다. 그것은 2연의 "꿈을" 묻
고 돌아간 "어부들"이라는 저녁 부두의 을씨년스런 풍경과 연관된다.
그녀에게 자구적 노력은 삶의 은신처에서 이루어진다. 그 은둔은 "새
벽이 오기 전에 잠이 들어야"하는 것에서 종착역이 숨어 있음을 보여준
다. 은둔은 마지막 행, 즉 "오또마니 등을 내보이기 시작한 꽃망울"을
기다리는 내면을 나타낸다. 제목에서 풍기듯 뱃길을 따라가는 파도의
갈기의 여운을 암시하고 있어서, 그녀의 떠나감이 한낱 감상주의에 묻
히지 않고 있음을 보여준다. 황광해 시인의 은둔 심리는 자폐적인 그물

이 아니라, 실루엣처럼 그리움의 은유로 희망적인 메시지를 담는다.

2) 고독과 죽음의 이미지

앞서 소개한 「뱃길 따라」가 삶에서 "면역되지 않은 눈물 자국"으로 얼룩져 "지면을 채운" 사람이나, "꿈을 묻고 돌아간" 어부를 시적 화자(poetic persona)로 등장시켜 간접적 대리사유(代理思惟, proxy thinking)를 유도하고 있다면, 「아버지의 강(無心川)」은 "강가에 뿌려진 마지막 눈빛"을 두고 떠나버린 아버지를 "모진 그리움"으로 바라는 직접적 사유시(direct thingking poem)라 할 수 있다. 즉 전자가 화자의 주변적 인물을 대리 표현하여 간접적으로 허무와 고독을 기술한 데 대하여, 후자는 화자 중심적 인물의 생을 직접 서술하여 "두 팔 벌려 안을 만큼 당신의 강을 주소서"라는 아버지의 죽음을 화자의 삶으로 옮기는 간구(懇求)의 이미지를 설정한 것이다.

그런 시인의 주변적 인물의 삶이나 중심적 인물의 생이 한결같이 "떠남"과 "죽음"이라는 끝장 속에서 존재한다는 것은 비극이다. 이 점은 시인의 유녀 삶이 순탄치 못하고 굴절의 연속이었음을 드러내며, 그 상황이 이미지에 무의식적으로 개입된 결과로 보아진다.

다음의 「끝」에서는 이 같은 떠남과 죽음의 상관적 장치가 화자의 고독감에 얹어져 있는 경우이다.

> 순결한 첫 새벽의 음영에
> 소롯이 드러난 내 가는 팔목
> 얼마 값을 주어야 하나
> 일었다 스러지는

생의 희비에
산다는 것을 가슴에 대고

부여했던 의미들
잘 익은 사과의 향내처럼
내 가슴도 늘 같은 향기로
꽃 피우기를 얼마나 바랬던가
어설픈 몸짓으로
세상을 향해 날아보는
날개 하나
벼랑을 목표 삼아 나는 새는
언제나 나 혼자뿐.

　　　　　　　　　　　　—「끝」 전문

　시에서처럼 그녀의 새벽은 "가는 팔목"으로 힘겹게 일해야 하지만, 일
견 "생의 의미"를 가슴 벅차오르도록 맞는 일이다. 시인은 자신이 "부여
했던 의미들"이 "사과 향내처럼" 풍겨 오고, "의미"가 꽃피기를 소원한
다. 그러나 그녀가 바라는 스스로 행동은 "어설픈 몸짓"에 지나지 않으
며, 고단한 날갯짓일 뿐이며 열등의식(inferiority complex)으로 젖어 있
다. 시의 마지막은 시인의 절대 고독(絕對孤獨, absolute loneliness)이 잠
재된 시구로 구성된다. 열등의식적 존재를 자의식(自意識)에 심는다. 즉
"어설픈 몸짓으로 세상을 날아보는 날개 하나"와 "벼랑을 목표 삼아 나
는 새는 언제나 나 혼자뿐"이라는 상대적 고독감과 자의식의 발로가 그
것이다. "벼랑"의 "끝"을 향해 날아가는 존재, 그것은 곧 죽음의 이미지
이다. 따라서 내용과 제목이 압축적으로 연쇄되어 있음을 읽을 수 있다.
　이 시는 황광해 시인이 공직에서 모범을 보이며 살았던 시기의 작품

이나, 과거 불우했던 바를 자의식의 한 회상으로 돌이켜 창작한 것이다. 아니면 그 시절에 써놓았던 작품을 『미리내 시와 산문집』에 다시 손질한 게 아닐까 한다.

3) 갈등 속의 극복 의지

시인의 내면에 흐르는 의식은 오이디푸스 콤플렉스(oedipus complex)적 갈등을 보인다. 시적으로 성숙된 표현과 승화된 의식이 갈등을 극복하고 있으나, 작품 곳곳에 가족적 갈등과 자신이 방황한 발자국들이 찍혀져 있음을 볼 수 있다.

> 늦여름과 초가을 사이를 오가면서도
> 그 모습 그대로인 널 보면서 알았지
> 우리 엄마 가슴에 피는 독한
> 사랑앓이였다는 걸
> 뜬구름 흐르듯이 떠도는 아버지
> 꼬막만한 방에서 제 몫 다투는 아이들
> 모두를 위한 진한 가슴앓이였다는 걸.
> ─「사루비아」 부분

> 가슴 뿌리에 저도 몰래
> 박혀 있는 이 모진 그리움
> ─「아버지의 강(無心川)」 부분

> 이 두 줄기 눈물로 답할 수 없는
> 당신의 삶이기에 차라리
> 당신의 미소를 닮아 봅니다.
> ─「어머니」 부분

그녀 생에 있어서 비극은 가족의 엉클어진 매듭일 것이다. 어머니의 추상적 떠올림으로 말미암은 아버지와의 갈등과 그때 다가오는 아버지에 대한 "그리움", 어머니 입장을 이해하면서도 품는 아쉬움과 모멸감, 형제나 남매 사이의 "제 몫 다투는" 심리와 감정의 충돌이 보인다.

오이디푸스 콤플렉스는 사람들에게 보편적이라는 사실에 부가해서 오이디푸스적 원망과 욕구들이 일반화되어 나타난다. 물론 부모에 대한 자해적 공상 및 이성에 대한 정한적 욕구도 포함된다. 한마디로 오이디푸스 콤플렉스는 양친에 대한 이중적 태도이다. 즉 일면 질투로 소원(疏遠)했던 양친에 대해 부분적으로 차지하려는 원망의 이중적 태도(double attitude)이다. 그러나 이는 진실한 연애 또는 강한 창조적 욕구와 발산으로 연결된다. 사랑의 감정과 창조적 승화가, 시인의 짧지만 전 생애를 통해 촉구된 계기들이 얼마 되지 않은 시편들에서 현시된다. 그러므로 고무적이다. 즉 그녀에게 있어서 복잡한 가족 관계와 갈등은 시 창작, 그리고 학문 탐구의 승화된 에너지로 바뀐 것이다. 황광해 시인의 의지적 단호함과 노력이 건져낸 인간 승리라 할 수 있다.

앞서 작품의 토막과 관련된 갈등적 감정들이 원초적이거나 본능적으로 표출되지 않고 시인의 승화 장치, 그리고 여과적 이미지로 나온 작품들이다. 이 같은 창작은 황광해 시인의 극기의 자세에서 비롯된 결과라고 본다.

4) 방황 끝의 종착지, 사랑

강렬한 사랑은 한편 욕구 좌절에 따른 반작용이자 그 생명력이다. 황광해의 경우가 바로 그 열정을 뿜는 주인이다. 즉 방황과 일탈의 구도 속에서 겪은 갈등, 혐오와 멸시, 자기 학대의 죄의식으로부터 벗어나려는 방황을 끝내고 오로지 자기 대상을 찾아 생명력을 쏟는다.

　시 「사랑을 맞이하여」에 나타난 사랑에 대해 살펴보면 의미를 접할 수 있다.

> 정결한 언어로 당신 손에
> 드리는 윤택한 이 마음
>
> 조심스런 발걸음을 내딛는
> 내 더운 심장
>
> 선한 눈동자에
> 연이은 고개 끄덕임
>
> 순박한 소유의 꿈
> 눈물겨운 연분의 끈
> 생명 중의 생명
>
> 사랑을 맞이하여
> 하나는 더 이상 외롭지 않은
> 숫자
>
> 사랑을 맞이하여
> 너와 나는
> 지상에 좌표 없는
> 균형 잡힌 종착지.
>
> ──「사랑을 맞이하여」 전문

　이 시는 사랑에 대한 축약적 정의(定議)를 암시한 아포리즘적 표현 (aphoristic expression)으로 이루어진다. 사랑의 체험적 결론들이 화자의 내면적 감정과 조응하여 진술된 압축 경구가 돋보인다. 사랑은 "정결한 언어"로 대상에게는 "윤택한 마음"이며, 그 대상을 향해 닫는 "더운 심장"이거나 "순박한 소유의 꿈"과 둘만의 "눈물겨운 연분의 끈"이다. 결국 사랑은 "생명 중의 생명"이라는 핵심을 도출한다. 이 같은 결론은 다음 5연과 6연에서 사랑은 "외롭지 않은 숫자"와 "균형 잡힌 종착지"라는 2차 전개로 "생명 중의 생명"이라는 화자의 사랑관을 뒷받침해준다.

사랑의 이미지와 아포리즘화는 화자가 오랫동안 갈등에서 획득한 종착지, 사랑학임을 알 수 있다. 이제 이 어구들의 관계를 구조화하여 화자의 이미지 전달을 보다 구하면 다음과 같다.

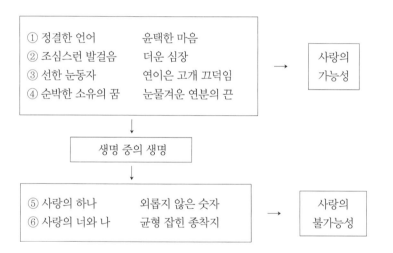

표에서 보듯이 "생명 중의 생명"인 사랑은, '언어-마음', '발걸음-심장', '눈동자-끄덕임', '소유의 꿈-연분의 끈'으로 연쇄적 시어와 의미적 이미지들에 의해 대칭되어 있다. 그리고 이 같은 생명 핵심체로서 사랑은, "하나[개체]-외롭지 않은 숫자", "너와 나[둘]-균형 잡힌 종착지"라는 도식으로 정리할 수 있다.

이 시의 1~4연은 사랑의 가시적 접근을, 5~6연은 사랑의 불가시적 접근을 시도하고 있음에 주목할 필요가 있다. 황광해 시인은 '사랑의 가시성', 즉 "정결한 언어"로 "윤택한 마음"을 끌어내며 "조심스런 발걸음"으로 걸어가서 상대의 "더운 가슴"을 겨냥하고 다가가 "선한 눈동자"로 눈짓 신호를 보내면 "고개 끄덕임"으로 상대를 긍정해준다. 그래서 "소유의 꿈"은 곧 "연분의 끈"에 의해 이루어지는 가시성을 나타낸다. 하지만 시인은 그 가시적 사랑에만 만족하지 않고 있다.

사랑을 기다리는 개체의 나는 혼자이지만 "외롭지 않은 숫자"이며, 사랑의 한 몸이길 원하는 "너와 나"는 좌표는 없지만 "균형 잡힌 종착지"를 향하여 점을 찍어가는 과정을 드러냄으로써 형이상학적이면서도 불가시적 사랑을 표현한다. 사랑의 형이상학적 체계(metaphysisical recognition)에서 순박한 사랑을 간구하며, "소유의 꿈"을 "조심스런 발걸음"으로 다가서는 "더운 심장"과 보법은 다른 여성에게서 예를 찾아보기 어려운 현상이다. 더구나 그것이 비축된 관념과 기술적 행위의 구도로 짜 맞춰 사랑을 포착한 높이 살 만한 에스프리이다.

이상에서 살핀 바와 같이 「사랑을 맞이하여」는 황광해 시인이 오이디푸스의 심리적 갈등(psychological complication)을 앓으면서도 그것을 사랑의 이해로 극복한 심리 표출이라 할 수 있다.

5) 만들어진 시와 쓰여진 시

위 「사랑을 맞이하여」가 사랑의 전체성을 읽은 재미, 즉 그것의 보편적 폭을 건너는 맛을 주고 있음에 비하여, 다음 「눈동자」는 열정적 사랑을 묘사하여 주체성이 돋보이게끔 한다. 「눈동자」는 사랑의 의지와 열애를 가슴에 안겨다주는 개성적 깊이를 깨닫게 해주는 시이다. 그래서 일까. 전자의 시가 '만들어진 시'라는 느낌이 드는 데 반하여, 후자의 시를 읽으면 '써진 시'라는 느낌이 온다. 즉 인위적인 시와 자연발생적 시의 감각적 구별이 시 읽기를 통하여 스쳐온다는 뜻이다. 따라서 인위적인 시는 독자의 심성과 의도에 영합하면서 이미지를 가능한 한 구조적인 틀(constructional mould)에 맞추는 교과서적 작품 만들기에 이바지한다. 그러나 자연발생적인 시는 독자와 시인의 공유된 영감과 순발력에 호소하면서 이미지의 자유화와 개방화를 촉구한다. 시 읽기에서 보다 진한 감동이 생긴다면 그것은 순발성이 보이는 자연발생적 시에서 가능할 것이다. 이 같은 문제와 관련하여 윔서트(William K. Wimsatt Junior, 1907~)와 비어즐리(Monroe C. Beardsley, 1915~)는 그들이 공동으로 쓴 『의도주의의 오류(The Intentional Fallacy)』에서 작품의 인위적이고도 의도적인 계획적인 창작에 대해 경계해야 한다는 논지를 전개하고 있다. 이는 황광해 시인을 포함한 현 우리의 시단에도 시사하는 바 크다고 생각한다.

> 만일 현대 시인들에게 특징적인 결함이 있다면 '계획수립'을 지나치게 많이 한다는 것이다. 시의 의도성은 몇 가지 비평적 문제의 하나로서 우리는 그것을 가지고 보다 추상적인 의도주의의 문제를 설명하였던 바, 오늘날에는 가장 중요한 설명이 될지도 모른다. 시의 한 방법으로서의 의도성(암시성)은 최근 몇 작품에 있어서 낭만적인 의도주의적 전제의 극단적인 결과인 듯싶다.[1]

1   윔서트와 비어즐리(N. K. Wimsatt Junior & Monroe C. Beardsley, 이상섭 역, 『의도주의의 오류』(세계평론선, 세계문학전집 90), 삼성출판사, 1978, 376쪽.

이와 같은 의도적이며 인위적으로 쓴 시에 대한 비판관은 황석우(黃錫禹)의 「시화(詩話) – 시의 초학사(初學者)에게」라는 시론에서도 언급된바, 그는 주로 시어의 표출에 관한 인어(人語)와 영어(靈語)의 구별을 들고 시에서 쓰이는 말은 영어(靈語)일 것을 주장하였다.[2] 여기서 인어(人語)는 인위적·의도적인 시어에 해당한다면, 영어(靈語)는 시인의 영감 표출에 의한 자연발생적·무의도적인 시어에 해당한다고 볼 수 있을 것이다. 황석우의 영어 유용론을 다음과 같이 피력하고 있다.

> 詩에는 人語와 靈語의 別이 있다. 詩의 用하는 語는 곧 靈語이다.
> 靈語랑은 人間과 神과의 交涉에만 쓰이는 한 語學일다.[3]

황광해 시인의 자연발생적인 시 즉 쓰여진 시로 윔서트와 비어즐리에 의하면 '비의도적·비인위적인 시', 그리고 황석우에 의하면 '영어의 시'에 해당하는 주관성과 개성적인 깊이와 시로 「눈동자」, 「잠과 꿈」, 「병(病)」, 「아버지의 강(無心川)」, 「지금, 그리고 영원히」, 「그러한 모든 것들은」 등의 작품을 들 수 있다.

> 누구 때문이라고 말한다는 건
> 너무나 슬픈 일이다.
> 사람들 사이에서 얻어지는 기쁨이나
> 슬픔이 전부일 수 없는 세상
> 쇳물로 녹아내리는 보고픔에
> 형체 없이 젖어오는 가슴이

---

2   정종진, 『한국현대시론사』, 태학사, 1991, 64쪽.

3   황석우, 「시화(詩話)」, 『매일신보』, 1919.8. 정종진, 위의 책, 64쪽 재인용.

있을 뿐이다.

(중략)
시간이 흐를수록 선명해지는
땅의 진솔한 법칙 앞에
생명의 시작과 끝이
모든 것을 잠식시키며 다가설 때
가고 오는 세상이
언젠가 하나로 귀착되는
오묘한 운명의 되돌이표가 되는 것을.

— 「눈동자」 부분

시인의 열정에 의해 '써진 시'의 대표적 작품이다. "쇳물로 녹아내리는 보고픔"이라는 강한 연정 의식이 직설적 발화로 나타난다. 특히 "형체 없이 젖어오는 가슴"과 같은 심화적 언술과 서로의 "눈동자"가 마주칠 때부터 "생명의 시작과 끝이 모든 것을 잠식시키며 다가설 때"까지를 집중 묘사한다. 결국 "운명의 되돌이표"로 귀착하는 걸 사랑하는 사람의 "눈동자"로부터 감지해내는 애정을 보인다. 사랑을 하면서 맞이한 자연발생적 시심이 아니고서는 발휘할 수 없는 일이다.

이 같은 시적 발양(發揚)은 대상을 화자로 변환시키는 이른바, 대상의 화자화(話者化) 기법인데, 앞서 설명한 '써진 시' 즉 '자연발생적인 시'의 효과에 한몫을 한다.

위에 예시한 「눈동자」도 화자가 사랑을 나누는 서로의 눈동자 속 자체의 변용이다. 시가 파급적 호소력을 지니며 대상을 가까이 듣고 이해할 수 있는 공감에 부가적 가치를 얻는다.

6) 시적 대상 자체의 화자화(話者化)

황광해 시인은 대상을 자연적 양식에서 주로 찾으며, 그 깊이로 자신과 함께 침잠하는 시점을 즐긴다.

'자연적 양식'의 시란 인간과 자연이 감정이입이 이루어지는 시를 말한다. 이 같은 시는 대상으로서의 자연 또는 그 세계상이 재현된 작품이다. 이러한 양식의 시는 대상을 구체적 사실적으로 드러내며,[4] 마치 시인이 그 대상인 것처럼 묘사해 보인다. 즉 대상 자체의 화자화를 꾀하는 것이다. 이 같은 '자연적 양식'으로서의 시, 대상 자체 묘사에의 이론을 밝힌 사람이 문학의 공간적 원리를 연구한 예술가 보링거(Wilhelm Woringer)이다. 그에 의하면, 같은 시대라도 지역에 따라 예술의 양식이 다르게 표현된다는 것이다.

황광해 시인의 '시적 대상 자체의 화자화' 현상은, 요즘의 엇비슷한 시, 그리고 상투적인 자신을 화자로 사용하는 경우와는 구별되어야 할 필요가 있다. 그녀는 화자의 체험적 혜안을 가지고 있기 때문에, 때로 대리적 감동을 의도하기도 한다. 구체적 예를 "삶에 대한 고통을 기쁨으로, 번뇌를 만족으로 회유"하며 승화시킨 작품 「상처」, 「병(病)」, 「낙엽에 묻혀」, 「소금강(小金剛)」, 「기다림」, 「심마니」, 「거리에서」, 「오래된 시계」 등의 작품에서 찾을 수 있다. 이러한 '대상의 화자화'를 통해 이미지에 활력을 주는 시를 몇 더 인용해 보인다.

> 보이지 않는 손과 손이 엉켜 붙어
> 좀체 떨어지질 않는다.

---

4   오세영, 『문학연구방법론』, 이우출판사, 1988, 62쪽 참조.

봉사되고 귀머거리가 되어도
자꾸만 발이 달떠 흔들거리고
옷깃을 움켜 쥐는 손에는 정맥이
톡톡 튀어 오른다.

— 「상처 빠리 클럽」 부분

가릴 곳을 가리고
치장할 곳을 치장했어도
하루 종일 나신(裸身)이 되어
타인의 시선이 아프다.

— 「병(病)」 부분

푸를 청
찰나에 끝나버린 생명일 수 없어
몇 겁의 그늘에 지새워도
죽음만큼 강한 벌로써
호흡하는 생명이 되리라.

— 「낙엽에 묻혀」 부분

참 생명이
몽롱한 살갗을 헤집고 밝아오는 곳
몇 안되는 산천어가 사는 데란다.

— 「소금강(小金剛)」 부분

새벽 찬 이슬
한 방울
두 방울, 등에 지고
설악의 깊은 골에 다다른다.
꿈을 캐오,

묵인(黙人), 그 극복의 시 의식

치성을 캐오.

— 「심마니」 부분

위의 시편들에서 나타난 바, 시인이 삼는 대상의 화자화와 환원은 발전할 가능성이 보였으나 아깝게도 단절된 채 나아갈 수 없는 박제와 같은 미라가 되었다.

황광해 시인의 '써진 시'에 대한 자연발생적인 힘은 그녀의 천부성을 확인하는 계기가 되므로, 앞으로 누군가 사후 작품 관리와 소개가 뒤따랐으면 한다.

그녀는 염세적인 인생관에서 해탈하듯 진한 삶의 출발을 펴는 푸른 세계상을 전개하였다. 그것은 "지난 밤의 어둠을 깨치고 새로운 날을 위해 심호흡"을 하는 새벽 기상과 "슬픔의 진통"과 같은 끈끈한 소리로 다가온다. 황광해 시인은 운명의 수렁에서 피어오른 한 송이 꽃과 같은 생의 출발, 그 보법을 익힌 시인이었다. 한때 "어두운 좌절을 반복"하는[5] 콤플렉스 생을 살았던 침체의 밤, 그래서 "밤이 오기를 기다리던 심사는 왜인고"라는 회의적 사유를 떨치지 못했으나, 종내는 "어서 밤이 새기를" 기다림을 추구한다. 그런 시의 기원은 "꿈을 캐고 치성을 캐는" 심마니 생을 닮고자 하며, "심해의 집착에 묻혀" 탐구 세계로 떠나는 염원과 화자의 일치를 꾀한다. 그래서 그녀는 "신앙을 쌓아가듯 걸음걸음

제2부 부인의 풍자와 소통하다

5　이와 같은 내용은 다음의 『동양문학』 신인상 당선 소감에서 밝히고 있다. "언제나 상심한 언어로만 채워지던 작은 가슴으로 안기에는 너무나 벅찬 기쁨입니다. 늘 새롭고 싶었고, 온몸의 세포가 살아 숨쉬는 사람이고 싶었습니다. 그것은 원하여 내 안의 나를 일깨우는 작업을 계속해 왔지만, 때로 찾아드는 기쁨보다는 절망의 연속이었습니다. (하략)" 『동양문학』 1990년 10월호, 162~163쪽.

을 옮기는" 조심스러우면서도 야무진 발걸음을 내딛은 시인이다. 그러
나 당당한 그의 보법은 "기어코 오르고야 말리라"던 설산(雪山)을 앞에
두고 믿음과 결심 하나만을 메아리처럼 남기고 사라졌다.

> 설산!
> 오늘은 기어코 오르고야 말리라.
> 긴 동면의 시간 속에서 축축히 젖은
> 어깨를 추스르면서
> 얼어 붙은 사지에 시린 눈물이 흐르고
> 무거운 고개를 들어 보니
> 거기, 고고한 자태의 설복!
> 그 사이로 내비치는 화려한 언어의 햇살들!
>
> ──「시작 메모」 부분

4. 닫는 말

이상에서 황광해 시인의 생애와 시 의식에 대하여 나름대로 낟가리
를 쳐 보았다. 그녀가 산 세월은 짧으나 평소 바랐던 묵인의 위치로 돌
아가다 보니 다소 긴 글을 줄이지 못했다. 그녀의 시적 성숙은 다른 사
람에 비하여 빠른 속도로 진행되었는데, 그 동기는 갈등적 가족의 한에
의한 콤플렉스가 오히려 문학적 승화에 도모했다는 점이다. 따라서 그
녀의 삶에 대한 극복 의지와 정신이 명료하게 작품에 스미었다고 할 수
있다.

황광해 시인이 지녀온 시 의식은 화자의 관점에 따라 여러 궤적을 쫓
을 수 있겠으나 본고에서는 그간의 발표 작품을 통하여,

(1) 떠나감에 대한 자의식이 강하다는 점

(2) 이러한 떠나남에 대한 자의식은 상대적 고독과 죽음의 운명적 이미시로 동해 있다는 점

(3) 유년 시절부터 겪은 불우한 환경이 잠재의식으로 쌓이고 그것이 문학적 승화로 이어졌다는 점

(4) 시인의 자의식, 가정 환경의 갈등을 극복하며 사랑을 이루었다는 점

(5) 시작 태도면에서 만들어진 시와 써진 시 양면을 추구했다는 점

(6) 시적 대상을 자체의 화자로 환원시켜 시의 호소력을 높였다는 점

등을 그 특징적 범주로 삼아 정리하였다. 그러나 본고가 짧은 기간에 걸쳐 쓴 점, 기본 자료의 부족 등으로 본격적인 시인론이 되지 못했음을 반성한다. 이 글을 쓰면서 시종 뇌리에 남은 것은 수필가 백순남 님이 쓴 황광해 시인의 추모 글 중에서 다음과 같은 대목이었다.

> 이 세상은 거칠은 시가 잡초처럼 우거진 질박한 터전, 그는 아마 볼썽 사나운 그 모습이 싫어 고운 시를 쓸 수 있는 곳으로 여행을 떠난 사람이다. (중략).
> 파리하던 평소의 얼굴이 서해 바다에 투신하는 낙조가 되도록 수줍어하던 시인 황광해.
> 그는 이제 갔다. 651202-2559918에 두 줄 빨간 교정부호를 님기고서 좋은 시를 쓰러 갔다.
> 그는 반드시 돌아올 것이다. 시인을 만드는 시 자체가 되어 우리의 가슴으로 돌아올 것이다. 그래서 시인은 죽어서도 죽을 수 없고 죽지 않는다. 다만 그를 기억하는 살아 있는 모든 자들의 이름들이 알게 모르게 그에게 죄 용서를 빈다.
> — 백순남, 「시를 쓰러 간 사람」 부분[6]

6   백순남, 「시를 쓰러 간 사람」, 『미리내 시와 산문』 제8집, 미리내 동인회, 1992,

황광해 시인이 활발하게 활동했던 미리내 동인회의 회장을 맡은 백순남 수필가가 황 시인의 곁에서 문학적 성장을 지켜보던 문우로서의 관심을 엿볼 수 있는 글이다. 이 글에서처럼 "고운 시를 쓸 수 있는 곳으로 간" 시인의 명복을 빌고, 또 그의 시가 사람들의 기억을 타고 와 새로이 평가받을 수 있기를 바란다.

끝으로 하마터면 잊을 뻔했던 우리의 소중한 시인에 대해 정리를 하도록 주선해주신 아동문학가 서오근(徐五根) 무안문학회 회장님, 또 고인에 대한 자료를 제공해주신 이희란 시인님과 안진영 님께 감사드린다. 혹 논의를 전개하는 과정에서 사실과 다르게 기술되거나 고인의 가족에 누를 끼칠 만한 기록이 있다면 너그러운 마음으로 이해하시기를 빈다. 필자는 오직 다 피우지 못하고 세상을 떠난 고인의 문학을 아끼는 충정에서 글을 쓴 목적 외에는 다른 뜻이 전혀 없기 때문이다.

131~132쪽.

독백의 저항과 자의식의 아이러니
― 김하늬의 시

1. 머리말

문학이 억압받는 자의 리얼리즘의 입장을 취하는 한 궁극적으로는 휴머니즘 추구에 도달하게 된다. 휴머니즘 문학이란 억압과 구속에서 반항하고 벗어나려는 인간의 기본권을 찾고자 하는 삶의 문학이다.[1] 그래서 이 문학은 사회의 부조리와 부패를 대상으로 한 타파 정신을 필두로 인간성의 본질을 성취하고자 하는 자유와 해방을 전제로 한다.

이를 현실의 인식 기반으로 볼 때 현대에 리얼리즘 추구의 시는 이미

---

1   억압하지 않은 문학은 억압하는 모든 것이 인간에게 부정적으로 사용하는 것을 보여준다. 인간은 문학을 통하여 억압하는 것과 억압당하는 것의 정체를 파악하고 그 부정적 힘을 인지한다. 그 부정적 힘의 인식은 인간으로 하여금 세계를 개조하지 않으면 안 된다는 당위성을 느끼게 한다.(김현, 「문학은 무엇을 할 수 있는가」, 김인환 · 성민엽 · 정과리 편, 『문학의 새로운 이해』, 문학과지성사, 1996, 23쪽)

있던 사실의 나열이 아니고 그 현실적 사실에 바탕을 둔 정의(正義) 앞에 서 있는 진실의 표출이다. 시에서 진실이란 가장 인간적인 진리이며, 소위 객관적 상관물(objective correlativity)의 방법[2]이든, 시인의 자아 개입이 주가 되는 시인 지향의 주관적 방법이든 인간적인 진실 토로에서 벗어날 수는 없는 일이다.

인간적인 대접 또는 사람답게 사는 것으로부터 소외당하는 층에 대하여 배려 내지 애정을 갖는 것은 먼저 사람의 주체와 소통하며 접근하는 일이다. 늘 소외의 그늘에서 살아가는 노동자, 농민, 그리고 도시 근로자의 삶은 그 형태가 시대에 따라 약간 달라지기는 하였으나 지금도 근본적인 개혁은 일어나지 않고 있다. 구조적 모순에 의해 인권이 마모돼가는 계층이 많다. 반면 상대적으로 부정에 의한 부를 축적하는 위정자도 많다. 무시당하는 사람들은 그 약함이 개인에게서 연유된 경우도 있지만, 실은 사회 또는 정치의 일탈 현상에서 빚어지는 예[3]가 많음을 본다. 진실을 추구하는 민중의 삶에 문학의 사회적 책임(social responsibility)이 따르게 된다.

사회적 모순에 의한 결과로서의 빈곤과 부조리에 대항한 시적 표출을 화자로 차용해 와 빈민 민중의 핍박을 노래하는 시인 김하늬의 작품

---

2   시에서 객관적 상관물이란 엘리엇이 1919년 「햄릿론(Hamlet and his problem)」
    이란 그의 에세이에서 사용한 말로, 시에서 모호성과 감정의 직접적 진술을 거부하고 사물 묘사의 구체성과 명확성을 강조한 것이다. 또 시인 지향의 주관적 기술은 시의 모호성과 감정 진술을 설득력 있게 표현하여 시인의 입장을 독자에게서 구하는 주관성과 그 의지성을 강조한 것이다.
3   장용학, 「갈등과 진실」, 『한국문학』1979년 11월호(통권73호), 한국문학사, 42~43쪽 참조.

세계를 논의해봄으로써 시인이 표출하고 있는 저항의 상징적 메커니즘이 어떤 경로로 진행되고 있는지를 살피고자 한다. 관련 텍스트는 시집 『희망론』(1991)과 『도시 빈민의 노래』(1992)가 중심이다.

2. 본론

1) 빈곤 상황의 제시

김하늬는 인간의 구속주의에 저항하는 자유주의적 형상화에 그동안 정열을 태운 사람이다. 우리가 몸담고 살아가는 도시의 뒷골목과 달동네, 그 주변 삶의 일상이 그의 시적 배경이다. 이렇듯 도시 빈민의 삶을 대상으로 한 김하늬의 시적 집중력은 우리 시대의 궁핍한, 그래서 좌절하는 삶을 드러내는 데 효과를 거두고 있다.

산업사회에서 부의 분배 문제와 인간 소외 문제는 심각하다. 그것은 정신과 육체의 두 수레바퀴와도 같아 어느 하나를 소홀히 할 수 없을 것이다. 예컨대 부의 분배가 하부구조의 물질적 토대를 이루고 있다면, 인간 소외 문제는 상부구조의 정신적 토대[4]를 이룬다고 볼 수 있기 때문이다. 예컨대 정경유착과 같은 도덕적 해이가 그러하다.

김하늬 시에는 이 같은 이중구조에서 부의 분배와 둘러싼 갈등 의식을 묘사한 작품들이 많다.

> 춥고 떨리고 배가
> 고파

---

4   반경환, 「무인칭들의 삶 — 최승호의 시 세계」, 『문학과사회』, 1990, 가을호, 1139쪽.

내가 사는 사당동 사람들은
산에서 겨울을 산다
골목에서도 쫓겨나고 거리에서도
밀려나
발 붙일 데를 찾아
자꾸만 산을 타고 올라와
내가 사는 사당동 사람들은
산에서 겨울을 난다.

— 「사당동 사람들」 전문

이 시는 "사당동 사람들"의 가난하고 "쫓겨나는" 생활을 리얼하게 그
린다. 그들은 "골목에서도 쫓겨나고 거리에서도 밀려"난다. 그러니 오
갈 데가 없다. 그래서 "발붙일 데"만 찾아서 "자꾸만 산을 타고 올라"가
사는 것이다. 그들은 정부로부터 "골목"이나 "거리"에서 쫓겨나면 예의
"사당동" 언덕으로 올라온다. 도시 빈민들이 집단으로 사는 산동네가
이곳이다. 물론 화자도 이곳에서 산다. 이렇듯이 빈민들이 "겨울을 나
며" 부대끼는 삶은 어제 오늘 일이 아니다. 그렇다고 해서 이 시의 화자
는 불평불만과 좌절을 푸념 삼아 나열하지 않는다. 화자는 "사당동 사
람들"의 쫓기는 삶을 제시해 보일 뿐이다. 시인은 시점을 고정시켜놓고
카메라를 조작하듯 삶의 실상을 비춰낸다. 그의 이 같은 관찰자적 화자
의 용례는 더 있다.

우리 집에는 아버지가 계시지 않는다
아버지가 계시지 않는다
　?
쉰다섯에 나무젓가락 만드는 공장엘 나가시고
우리 집에는 아버지가 계시지 않는다

아버지가 계시지 않는다
새벽 다섯 시쯤에 일어나 첫차를 타시고
대문을 나가신 채
우리 집에는 아버지가 계시지 않는다
아버지가 계시지 않는다
    !
점심 도시락을 싸든 채
하루 사천오백 원씩 받는 일터로 나가시고
우리 집에는 아버지가 계시지 않는다
아버지가 계시지 않는다

—「우리 집」 전문

이 시는 아버지 부재를 구체적 사례들로 제시 구사함으로써, 아버지의 노동으로 힘겹게 살아가는 가족의 궁핍과 인내를 느끼도록 한다. 즉 "쉰다섯에 나무젓가락 만드는 공장에 나가시는" 아버지, 그리고 "새벽 다섯 시쯤에 일어나 첫차를 타시는" 아버지, 아니 그보다도 "하루 사천오백 원씩 받는 일터로 나가시기" 때문에 집에 계시지 않는 아버지 모습은 희미하게 비칠지 모르지만 독자들은 더욱 선명하게 아버지의 상을 떠올릴 수 있다. "점심 도시락" 하나 싸들고 공사판으로 출근하는 새벽 다섯 시의 아버지 걸음걸이와, 나가면서 잠깐 뱉는 기침 소리에서 도시 주변의 삶은 뚜렷하게 떠오른다.

이와 같이 김하늬의 시는 빈궁 상황을 제시하여 독자로 하여금 소시민의 삶을 구체화시키는 데 이바지하고 있다. 그는 이의 효과를 얻기 위하여 제시자적 화자를 취하며 능동적 행위[5]를 기술하고 있다.

5   박호재, 「그의 시는 여전히 사회적 착안으로 정서의 지평을 확대한다 – 김하늬

2) 시의 사회학적 접근

김하늬 시에서 두드러지는 세계란 민중문학 속에서의 서정성을 키워간다. 외래문화의 제국주의나 자본주의에 이데올로기 집단을 강조하게 되는데, 김하늬의 시에서도 그 경향이 짙게 드러난다. 시집『도시 빈민의 노래』에는 시인의 체험들을 연작시 70편에 담아내고 있다. 이 시들은 거대한 도시의 변두리에서 시작되는 사람들의 궁핍으로부터 현실의 모순상을 끌어낸다.

> 나는 오늘 방에서 혼자 놀았다. 왠지 친구들이랑 딱지치기가 하기 싫었다. 대신 공책에다 먹고 싶은 튀밥도 그려 보았고 가지고 놀고 싶은 장난감도 실컷 그려 보았다. 한편 크레용으로 아빠 엄마의 얼굴도 그려 보았다. 하지만 여전히 즐겁지가 않았다. 나는 불현 듯 공장에 다니시는 아빠가 보고 싶었고 파출부로 날마다 남의 일을 도와주러 다니시는 엄마가 그리웠다. 그래서 한 번 밖을 나가보려 했는데 어둠 저편에서 괴상하게 생긴 큰 고목 하나가 입을 벌리고 있는 것이 보였다. 그리고 어디론가 급히 앰블런스가 달려가는 소리가 들렸다. 나는 갑자기 무서운 생각이 오싹 들었다. 이럴 때 아빠 엄마라도 내 곁에 있어주었으면 얼마나 좋을까 하고 나는 속으로 퍼뜩 생각했다.
>
> ─「조카의 일기」 전문

이 시의 화자는 혼자 집을 지키는 조카이다. 아빠와 엄마는 모두 "공장"이나 "남의 집"으로 일을 나갔고, 아이는 "어둠 저편"에 있는 "괴상하

의『도시 빈민의 노래』에 부쳐」, 김하늬, 『도시 빈민의 노래』, 두손, 1992, 112쪽 참조.

게 생긴 큰 고목"을 보고 "무서운 생각"이 든다. 그는 매일 이러한 두려움으로 심약해질 수밖에 없는 어린아이다. "이럴 때 아빠 엄마라도 곁에 있어주어야" 하지만 현실은 그렇지가 못하다. 그가 소유하고자 하는건 "튀밥", "장난감", "아빠 엄마가 곁에 있어주는 것" 등 너무나도 평이한 것들이다. 그러나 아이는 아무것도 소유할 수 없다. 그에게는 오직입 벌리고 있는 "큰 고목"이 무섭고, 귀를 찢는 "앰블런스"의 소리가 오싹하게 할 뿐이다.

여기에서 그가 소유하고자 하는 기본적인 것, 인간적인 것은 상실되어 있고, 위협적인 현실의 상징물들만 있다. 뿐만 아니라 이 같은 현상은 주인공 아이를 비롯한 도시 빈민들에게는 인간성 마멸의 현상으로 치닫게 된다.

아이에게서 일어나는 현실적 모순은 곧 이 시대가 안은 보편적 반발이며, 부의 불균형적 분배에서 빚어지는 사회구조라 할 수 있다.

위의 시 「조카의 일기」가 아이를 통해 사회적 모순을 극명하게 드러내는 데 일조를 했다면, 다음의 시 「간판쟁이 조용한 이야기」는 "간판쟁이"라는 직업을 가진 한어른의 행위를 드러냄으로써 이농(離農)을 문제시하여 정당화시키면서도 일견 이를 비판하는 투가 노정되고 있다.

> 그는 원래 나주에서 조그마한 간판가게를 하나 차리고 살았다.
> 한데 수해를 당한 뒤로부터
> 그의 가게는 날이 갈수록 망쪼가 들기 시작했고 얼마 후
> 부친이 운영하던 솜 공장마저도 급기야 문을 닫고 말았다.
> 그는 그때 물살을 따라 하염없이 떠내려가는
> 가재도구를 바라보며
> 정말 치밀어오르는 분노를 참을 수가

없었다.

그래 할 수만 있다면 그는 무엇이든 멱살을 잡고 뒤흔들어버리고 싶었다.

하지만 여전히 하늘은 차가운 채로 영영 말이

없었고

그는 갈 곳이 없었다.

기댈 곳이 없었다.

다만 땅바닥에 그저 덥석 주저앉고 싶은 마음만이

굴뚝같았다.

그렇다고 연일 딸랑딸랑 깡통만 차고 맹물만을 마시며 있을 수만은 없었다.

그리하여 그는 가슴 속에 칼을 품고 쑥대머리 그의 고향을 할 수 없이 등지기로 하였다.

그리고는 두 번 다시 아아, 나주로 돌아가지 않을 것이라고

그는 굳게, 굳게 마음 먹었다.

　　　　　　　　　　　　　　　　—「간판쟁이 조용한 이야기」 전문

　사회적 시의 표현에서, 시와 사회의 관계는, 그 이전의 관계인 시인과 사회, 그리고 그 이후의 관계인 작품 및 시인과 독자, 그리고 작품에 반영된 사회상의 영향면에서 살펴볼 수 있다. 시인과 사회의 관계에 속하는 것으로는 시인의 경제적 환경, 출신과 지위, 그리고 사회적 이데올로기(social ideology)가 있을 것이다. 이 경우 대부분은 시인과 사회적 실체험이 작품에 반영되기 마련이다.[6]

　김하늬의 시 「조카의 일기」나 「간판쟁이 조용한 이야기」, 그리고 「퇴

―――――――

6　정명환·이환·송동준·김현, 『20세기 이데올로기와 문학사상』, 서울대학교 출판부, 1988, 106쪽 참조.

근일지」, 「대도 조세형의 변」, 「사기」, 「박씨전」, 「애야」, 「우리」, 「그의 이름은 세일즈맨 한상원」, 「이사하기」, 「강환식 형」, 「동반사살」 등은 이 같은 시와 사회와의 관계를 유기적으로 맺어주는 일종의 '사회시(社會詩, social poetry)'라 할 수 있겠다. 물론 이야기로서의 사회시는 사회적 실체험(social experience)이 작품에 반영된 경우로 체험담(the story of a poet's experience)을 작품화한 예라 할 수 있다.

위에 든 「간판쟁이 조용한 이야기」는 시인의 주변인 "조용한"이라는 사람이 "두 번 다시 나주로 돌아가지 않겠다"는 이농 결심을 하기까지 과정을 계기적 삽화로 보여준다. 시에서, 그가 고향을 등진 이유를 "수해"에서 찾는 것은 표면상에 떠오른 원인에 불과하다. 근본적인 이유는 "수해를 당한 뒤"부터의 이야기이다.

그것은 "치밀어 오르는 분통"이며, "무엇이든 멱살을 잡고" 싶은 성냄, 그러나 "갈 곳"과 "기댈 곳"이 없는 것, "주저앉고 싶은 마음"이 "굴뚝같"다. 그가 성내는 대상이 시에는 밝혀져 있지 않지만, 시를 읽으면 사회 모순과 부조리, 정직하고 근면한 사람이 자연재해를 더 입는다는 역설 같은 걸 더듬게 한다.

이와 같이 시인의 사회적 실체험을 찾는 일은 그의 시에서 특별한 영역이다. 즉 시인과 사회, 사회와 작품의 관계를 파악해내는 그의 시에서는 이러한 유기적 병행 관계(organic keep pace with the reration)[7]를 토대로 전개된다.

7   특히 실증주의 문학은 이러한 면에서 시인의 전기적 연구에 많은 기여를 해왔는데, 여기의 김하늬 시인의 경우도 자신의 실제 체험이 작품 속에 담화의 형태로 표현된 무의식적 자동기술을 단속적으로 보여준다.(위의 책 107쪽)

3) 외로움 그 공동체적 연민 의식

김하늬는 1979년 여름『우리는 만나야 한다』라는 시집을 내었다. 통일을 주제로 한 이 시집은 당시 암울한 유신 체제의 정치 상황에서는 엄두도 못 낼 용기 있는 행동이었다.[8] 그리고 여기에 민족, 해방, 통일 등의 언어들을 민중적 서정으로 담아내고 있다.

김하늬의 시 세계를 해설하는『희망론』의 발문에서 김남주는 다음과 같이 정치·환경적 배경을 설명하고 있다.

> 통일을 주제로 한 시집『우리는 만나야 한다』는 조금은 관념적이고 당위적인 데가 없지 않았다.
> 물론 이것은 시인의 탓으로 돌릴 수는 없다. 왜냐하면 당대의 현실로 비추어 볼 때 통일을 구체적으로 언급할 수는 없었기 때문이다. 그래서 시인은 자기 시에 삶의 구체성을 불어넣기 위해 현실의 밑바닥에로 침잠을 기도한다. 그것이 당시 정권의 몰락과 동시에 시인이 가족과 함께 서울로 입성하여 포장마차, 행상 등을 하며 비참한 도시 빈민의 삶을 행함으로서 나타난 것이다.[9]

이처럼 그의 시는 실체험에 기초하며, 현실과 상황의 오리무중과 같은 삶을 역설적으로 보여주는 패러독스(paradox)를 담고 있다. 시집『우리는 만나야 한다』이후 그는 문학적으로 다시 방황하기 시작하지만, 삶은 전적으로 다른 것이었다. 즉 이전의 방황은 삶의 구체성을 담기

---

8   김남주,「현실과의 대결 의지와 저항 의식의 투철함」, 김하늬,『희망론』, 자유사상사, 1991, 127~128쪽.
9   위의 글, 127쪽.

위한 빈민의 소시민적 생활 사이에서 어떤 것도 선택하지 못하는 방황
이었지만, 이번의 방황은 시인이 쓰는 행위에 앞선 인간적이고 보다 근
원적인 데에[10] 있었다. 다시 말해서 시인은 개인적 삶과 공동체적의 삶
을 통합해야 하는 갈등에 부딪치게 된 것이다.

　다음의 시를 읽으면 그의 이 같은 갈등을 엿볼 수 있다.

　　그곳에는 외로운 사람들만이 살고 있네
　　나뭇가지마냥 힘없이 꺾여진 채로 사랑도, 이름도, 명예도
　　없이
　　다만 크고 빛나는 눈물만을, 흘리며
　　고독한 가수
　　죠르쥬 무스타키처럼
　　그곳에는 쓸쓸한 사람들만이 살고
　　있네.

　　　　　　　　　　　　　　　　　　　　　　 —「그곳」 전문

　시인이 애써 지칭하는 "그곳"이란 어떤 곳인가. 시에 나타난 바와 같
이 그곳은 "외로운 사람들"이 살고 있으며, 그들에겐 "사랑도 이름도 명
예도 없"는 것이다. 다만 "크고 빛나는 눈물만을 흘리며" 사는 곳, 하여
"쓸쓸한 사람들만이" 사는 곳이다. 이 사람들은 "나뭇가지마냥 힘없이
꺾여진 채"로 살아간다. 사실 그곳은 시인이 살았던 감옥을 지칭한다.
그러나 그는 "그곳"이라는 처소대명사로 간단히 상징화하여 그가 갖은
고뇌와 눈물로 보냈던 시절을 하나의 신화적 진술로 남긴다. "외로운"

───────

10　위의 글, 129쪽.

그래서 "눈물을 흘리는" 고독한 구치소의 생활, 갇혀 있는 자만이 지니는 절박감을 단 한마디 "그곳"이라는 처소의 기억을 통하여 쉽게 인식하게 한다. 그가 비록 "쓸쓸한 사람들"이라고 강조함에도 불구하고 독자의 가슴에 와 닿는 것은 시인이 베푸는 "쓸쓸한 사람들"에의 연민 의식(compassion feeling)이다. 그가 노래하는 공동체적 삶은 핍박의 민초들에 대한 연민에서 출발한다. 다음의 시에서도 그러한 감정으로 읽을 수 있다.

> 슬픈 마음으로 세상을 바라보면
> 세상은
> 참 아름답게만 보이는데
> 우리들은 도대체 무엇을 기다리며 날마다
> 살아가는 것일까
> 함부로 죽을려고도 하지 않고 오히려 두 주먹을
> 불끈 쥐고
> 우리들은 대관절 매일같이 무엇을 위해 살아가는
> 것일까
> 슬픈 마음으로 하늘을 바라보면
> 하늘 역시
> 참 부질없이만 보이는데
> 우리들이 아침마다 줄기차게 달력을 넘기며
> 손꼽아 기다리는 것은 과연
> 무엇일까
> 혁명일까, 사랑일까, 명성일까,
> 영광일까,
> 전쟁일까, 부귀일까, 몰락일까,
> 퇴폐일까,

이미 죽어버린 사람들이라고 생각을

하며

슬픈 마음으로 당신들을 바라보면

아, 당신들 또한

참 측은하게만 보이는데

　　　　　　　　　　　　　　　―「슬픈 마음으로」 전문

　세상을 바라보는 시인의 눈은 "슬픈 마음"으로 차 있지만 "무엇"인가 "기다리며" 살아가는 희망은 있다. 그가 바라는 건 "혁명, 사랑, 명성, 영광, 전쟁, 부귀, 몰락, 퇴폐" 등 어느 것이어도 좋다. 그러나 우리는 이것들 중 어떤 것을 "손꼽아 기다리며" 각자 "줄기차게 달력을 넘기는" 존재들이다. 쳐다보는 "하늘"이 아무리 "부질없이만 보여도" 우린 그걸 보기를 손꼽아 기다린다. "슬픈 마음"으로 바라보면 "당신들"은 "측은하게"만 보이는 연민 의식도 읽혀진다.

　이와 같은 외로움의 시, 연민 의식의 시는 왜 그에게 가능한가. 그것은 그의 삶이 그 같은 테두리로 일관돼 왔음을 반증한다. 그의 삶에 대한 축약성이나 대표성이 작품에 반영된 결과이다.

4) 저항 속의 독백, 그 자조적 진술

　시적 진술의 구조는 시적 묘사(poetic description)와 다른 형태를 지닌다. 시적 구조는 일반적으로 두 요인에 의해 결정된다.

　첫째, 대상에 대한 관찰(observation)을 축으로 하고 있으므로 시각이 일차적으로 구조를 결정한다. 그러므로 고정 시점, 회전 시점, 영상 조립 시점 등이 구조에 드러난다.

둘째, 관찰 대상이 어떤 성질의 것이냐에 따라 구조가 달라진다. 즉 서경적 대상(description of scenery), 서사적 대상(narration of thing), 심상적 대상(image of mentality)에 의해 달라진다. 시적 진술(poetic statemant)은 관찰이 작품의 축이 아니라 해명이 작품의 축이 된다. 그 해명은 독백의 형태를 취하고 있거나 권유, 또는 해석의 형태를 취하는데, 이들은 모두 자성(自省, self-examination)이라는 깨달음의 중심 구조를 갖는다.[11]

이 가운데 독백적 진술의 구조는 대체로 두 시점으로 나눌 수 있다. 회고적 시점과 기원적 시점이 그것이다. 회고적 시점은 과거를 통한 현재의 반성이며, 기원적 시점은 과거와 현재의 반성을 토대로 한 미래에 대한 희구나 우려의 형태이다. 행위의 측면에서 본다면 독백(monologue)은 화자도 청자도 자기 자신인 형태[12]라고 할 수 있다.

김하늬 시에는 독백적 진술이 많다. 이는 시인이 표현하고자 하는 내용을 받아들임에 있어서 독백 형식이 적절하리라는 판단이 섰기 때문이다. 이제 이 같은 독백적 진술이 두드러진 시를 예로 들어본다.

(1)
서울에서 살면 뭐, 문중에 빛나는 인물이라도
되나?
모두들 숫제 서울로만 기어 올라 갈려고 하는데
말도 하지 마라
서울 통속

---

11   오규원, 『현대시작법』, 문학과지성사, 1991, 158쪽.
12   위의 책, 159쪽.

원래 피라미, 조무라기, 똘만이들만 득실거리는 곳이
곧 다름 아닌 서울이다.

　　　　　　　　　　　　　　　 ―「서울에서 살면」 부분

(2)
나는 무척 솔직하여
탈이다
노골적이어서 병이다
마음 속에 있는 말을 산뜻하게 숨기지
못하고
늘 털어놓아 화근이다
손해다
개새끼 앞에서도 아이구,
선생님!
안녕하십니까? 하고
나는 상냥하게 인사할 줄
모른다

　　　　　　　　　　　　　　　 ―「솔직성」 부분

(3)
언제 죽을지 몰라
쥐도 새도 모르게 새도 쥐도
모르게
우리들 목숨
언제 끝날지 몰라.

　　　　　―「현재 진행되어가고 있는 전반적인 우리들의 삶에 관한
　　　　　　　다음 몇 가지 진술 · 진술1」 부분

위의 시들은 독백적 진술을 하고 있다. 앞서 분류대로 나눈다면 (1)과 (2)는 회고적 시점이며, (3)은 기원적 시점이라 할 수 있다. 그러나 김하늬의 시에서는 이 같은 분류는 기존 틀과는 맞지 않은 일면이 있다. 그의 독백은 그야말로 독백 그 자체에 있는 것이지 시점 설정에선 합리화되지 못한다. 그렇다면 어떤 시점의 갈래에 둘 것인가. 그의 독백은 다분히 자조적 시점(self scorn a viewpoint)에 속한다고 할 수 있다.

(1)의 시에서, "서울 통속"을 지적하는데 "피래미, 조무라기, 똘만이들만 득실거리는 곳"이 바로 "서울"이란 것을 냉소적이고 자조적인 투로 비아냥거린다. 화자는 서울의 비인간화를 꼬집는다. 또 (2)의 시에서도 "개새끼 앞에서도 아이구, 선생님 안녕하십니까?" 하고 상냥하게 인사해야 한다며 자조적 비웃음으로 대한다. 그리고 (3)의 시에서는 오늘날 자신의 삶을 의심하고, 언제 기약 없는 죽음이 닥쳐올지 모르는 "우리들 목숨"에 대하여 "현재 진행되어가고 있는" 각자의 삶을 진술하고 있는 모습도 자조적 입장에 있다. 특히 이 시는 그 같은 분위기가 더욱 짙게 풍겨오는 독백이라고 할 만하다. 흔히 다른 시인들은 독백으로 누구를 향해 하는 기원을 표출하는 수가 많은데 사실 엄밀한 뜻에서 이는 독백이 될 수 없다. 그러나 김하늬의 시에서는 이미 살펴본 것처럼 자신에게 자조적인 말을 퍼붓는 독백 그 자체에 비중을 더 많이 둔다.

> 미쳤구나 저 노을
> 해질 무렵에 피를 뿌리다니
> 우리들의 맑던 하늘을 더럽히다니
>
> —「진술 · 16」 전문

난 웃는다 쪼다같이 우리 나라 풍습에 따라 입을 씰룩이며 오른쪽

으로 웃는다 한번 웃기만 하면 묘하게도 잘도 틀어지는 입을 가지고
난 웃는다 반동적으로 웃는다 좀 보기에는 흉하지만 웃는 건 함부로
왼쪽으로 웃는 건 죄이므로 난 너를 째려보며 웃는다
— 「나의 웃음」 부분

그의 자조적 어투는 아이러니하거나 시니컬한 분위기를 풍긴다. 「진술 · 16」에서는 "미쳤구나 저 노을"이라는 시니컬한 어조와 "우리들의 맑던 하늘을 더럽히다니"라고 순결을 오염시키는 현대 산업사회의 시스템과 모순에 대하여 자조하는 모습이 드러난다.

또 「나의 웃음」에서도 이 같은 분위기가 짙게 풍긴다. "쪼다같이" 웃는 그는 "입을 씰룩이며" 웃고, "우리나라 풍습"과 맞는 웃음을 웃어야 하며 "묘하게도 잘도 틀어지는 입"으로 웃어야 한다. 이와 같은 자조적 진술이 특별한 경우는 "좀 보기에는 흉하지만" 웃음을 더욱 실감나게 하기 위하여 "왼쪽으로 웃는 것"을 피하고 오른쪽으로만 웃기 위해 "째려보면서 웃는다"는 진술이다. 이러한 냉소적이거나 자조적인 표현은 이 외에도 다수의 예로 찾아볼 수 있다. 「우리」, 「유혹! 유혹!」, 「내가 죽으면」, 「바람 그리고 바다」, 「말」, 「이—봐, 당신은 모르지?」, 「밤이 되면」, 「의처증」, 「죽음」, 「진술 · 4」, 「진술 · 8」, 「진술 · 10」, 「진술 · 17」, 「진술 · 18」, 「진술 · 37」 등이 그렇다.

5) 아이러니의 자의식적 지향

언어는 이질적인 두 사물을 축으로 연결하는 유사성(similarity)을 지각하거나 반대로 유사한 두 사물을 분리시키는 차이성(difference)을 지각하는 데 기여한다. 언어의 두 양상은 시에서 비유와 아이러니로 서

로 대립된다. 아이러니는 유사성의 부정으로부터 출발하는데, 한마디로 '거리'를 설정하고 객관적 진술을 하는 경우이다. 여기서 '거리'는 자아와 세계 사이의 외적 거리(external distance)인 동시에 분열된 자아(disrupted self) 사이의 내적 거리(inner distance)도 포함된다. 이런 점에서 아이러니는 비서정적 성격을 본질로 삼는다. 차이성을 발견하는 아이러니 정신은 분석적 정신(analytical mental)이며, 이는 지적 사고의 한 본질이다.[13] 김하늬 시는 자신을 분석하는 아이러니에 입각한다. 그 정신은 자의식(self-consciousness)으로 통하고 있음을 보인다. 이러한 아이러니의 자의식적 진술은 실제 세계를 분석, 비판, 풍자하는 산문 정신이며 서사적인 관점도 갖고 있다.[14]

이제 그의 시가 아이러니를 어떻게 자의식의 세계와 관련시켜 표현하고 있는지 살펴본다.

어둠에 묻혀
사람들이 딸려 온다
방으로
똥 냄새가 나는
방

---

13 김준오, 『시론』, 삼지원, 1991, 214~215쪽 참조.

14 시적 표현에서 자의식이 과잉되면 자아분열 현상이 보인다. 1930년대 이상의 시들이 그런 예에 속한다. 즉 「거울」이라는 시에서 '거울 속의 나'와 '거울 밖의 나'로 자신을 분리시키는 그의 자의식은 아이러니의 한 극점이다. 이처럼 자의식적 아이러니는 실제 세계에 관하여 분석, 비판, 풍자하는 서사적 관점이며 대상에 대한 소외적 행위를 창조하며 비판적 기능을 수행한다.(위의 책, 215쪽 참조).

총 냄새가 나는
방

— 「방」 부분

이 시에서 가리키는 "방"은 우리가 몸담은 일상의 방을 거부한다. 얼핏 "우리나라에는 방이 많다/방이 만원이다"라는 첫 행만 실핀다면 보통의 방을 떠올리기 쉬우나, 이 시에서의 "방"은 "해골처럼 뼈만 앙상한 사람들이 몰려 오는" 그런 방이다. "손을 뻗칠 수 있는 공간"도 없는 방, 그리고 "들어오는 사람은 많아도 나가는 사람은 적은" 방, "그늘"과 "무덤" 같은 그래서 "빛"을 "보고 싶"어 하는 방이다. 그렇다면 이 방은 두말할 것도 없이 감방이다. "똥 냄새"와 "총 냄새"가 나는 감방으로 "사람들이 밀려온다"는 시행은 정치범으로 몰린 사람들이 많음을 풍자적으로 알려주는 아이러니(satirical irony)의 한 소산이다.

밤이 되면
나는 습관처럼 두들겨 맞는다
흉터가 생긴다
부드럽고 검은 외투를 한밤에
휘감겨
밤이 되면
나는 꼭 길에서 벌렁 넘어진다

— 「밤이 되면」 부분

시인은 밤을 두려워하는 습관이 있다. 그러나 두려움이 일상적인 게 아니라 그만의 경험이 자의식 속에 굳어진 현상이다. 고문당했던 "흉터"가 다시 생기고 "습관처럼 두들겨 맞아" 밤이 되면 "얼굴에 멍이 드는" 것이다.

그것은 현상적으로 과거에 받은 고문이지만 지금도 진행 중이다. "가 죽장갑을 끼고 재빠르게/나의 눈을 가리고/입을 틀어막는 밤"의 고문에 그는 지금도 밤이면 "얼이 빠지고 주눅이" 든다. 이제 시인에게 있어 그 같은 고문이 현실적으로 없어졌지만 밤만 되면 그의 자의식 속에 한 강박관념(fear complex)으로 작용하는 단골이 된다.

그의 시에서 자주 등장하는 이 같은 자의식적 강박관념은 아이러니의 상반되는 두 개의 시점 가운데서 심리적 기능에 속한다고 볼 수 있다. 아이러니의 심리적 기능이란 시인과 독자 사이의 관계에 작용한다. 즉 시인과 독자라는 두 문명인이 일시적으로 맺은 계약(agreement)으로 인식케 하는 기능이다. 이때 독자는 아이러니에서 숨겨진 것(의미된 것)과 나타난 것(표현된 것)의 이중 의미(double meaning)를 자세히 캐내어야 한다.[15]

이와 같은 심리적 기능에 기초를 둔 자의식적 아이러니와 시인의 심리기능이 나타난 시를 더 살펴본다.

> (1)
> 나의 아버지가 죽기를 바라는
> 마음으로
> 나는 헛간에 불을 놓는다.
> 아버지는 나의
> 적이다
> 아버지만 정녕 잠들어 줄 수 있다면

15　위의 책, 224~225쪽 참조.

세상은 의외로 고요해질 수
있는데
아버지는 의자에 앉아 마키아벨리의
군주론만 읽고 있다
한 잔의 술로 비겁하게 노상 살아가며
기다릴 일이 아니다
내 초라한 어깨 위로 비록 불끈 솟는 힘이
나약하기 그지없다 하더라도
나는 아버지가 더 이상 나를 다스리는 것을 원치 않는다
아버지는 불을 두려워하지만 나는
불을 사랑한다
아, 불은 지키는 것이 아니라
지르는 것

—「방화」 부분

(2)
어찌된 노릇인지
나는 아내가 의심스럽다
다정한 척 나를 사랑한다고 말은
하지만
아내의 얼굴에 뜬금없는 손톱자국이
묻어 있는 걸 보면
나는 암만해도 아내가 수상하다

아내는 요즘 외출이 심하다
나는 그래서 아내가 칫간에 간다고
해도
괜히 가슴이 내려 앉는다
똥끝이 탄다

설마 아내는 나를 버리고 혼자 토껴버리는 것이나
아닐까?
나는 아내를 믿고 곤히 잠들 수가
없다
다리를 쭉 펴고 편하게 지낼 수가 없다

— 「의처증」 부분

(3)
봄이 오기 전에
나는 뭔가 얼른 달라져야 할 텐데
봄을 위해 아무것도 준비해 놓은 것이 없는
나로서는
봄, 그 화사한 봄이 오는 것이 두렵다.
문득 잘못 살아가고 있다는 생각만이 들 뿐
풀꽃도 나비도 햇빛도
봄, 그 눈부신 봄 때문에 두렵다

— 「봄이 오기 전에」 부분

위의 시 (1) (2) (3)에 나타난 바, 김하늬 시인은 자의식적 아이러니를
표출함에 자의식 자체 표현이 아니라, 그 자의식이 형성되기까지의 심
리적 과정을 진술하는 특징을 보인다. 이 점이 다른 자의식 시인들과는
구별되는 점이다. 그러기 때문에 작위적 자의식 냄새가 풍기지 않고 자
연스런 진술로 발전된다. 물론 각 첫 마디를 읽으면 우선 '낯설게 하기'
의 기법을 사용한 듯한 착각을 일으키지만 시를 끝까지 읽고 나면, 그
가 왜 "아버지가 죽기를 바라고" 사랑스런 아내를 "의심스럽다"고 여기
는지, 그리고 모든 사람들이 기다리는 "화사한 봄"을 유독 그만이 "두려
워"하는지를 깨닫게 된다. 이 같은 깨달음은, 그가 독백을 통하여 강박

된 세계를 일단의 상징으로 보여주는 게 아니라, 그 같은 자의식을 갖게 되기까지 시말적 문장을 표출하고 있기 때문에 가능하다. 그것은 그의 시가 지니고 있는 주제 의식의 일관성과도 통한다.

3. 맺는 말

문학작품을 논의의 대상으로 삼을 때 제기되는 문제는 해당 작품의 인식론적 관점(epistemological viewpoint)을 어떻게 설정해야 하는가이다. 즉 어떤 인식론적 기준으로 보는가에 따라 세계가 드러내는 양상이 다르다는 사실이다.[16] 한 시인의 작품을 읽고 선입된 감정으로 분석을 시도하는 경우가 많은데, 그 경우 선입견이 얼마나 작품 해석에 객관성을 발휘할 것이냐의 문제도 있다.

이 글에서 논의한 김하늬의 작품 세계를 조망함에 있어서도 제법 긴 논의를 했음에도 불구하고 이 같은 인식론적 관점에 회의적인 느낌을 떨쳐버릴 수가 없다. 그러나 그가 1985년 『시문학』의 추천을 계기로 작품 활동을 줄기차게 해온 과정에서 드러나는 몇 특징을 인식론의 주제로 선택해볼 수 있다고 판단된다. 물론 논자에 따라선 시를 다르게 바라볼 수 있다. 그의 시를 '정치 참여시'나 '사회 참여시'로 갈래짓고 빈민을 소재로 하는 폭로주의(exposurism)의 작품이라고 개괄하는 단편적 인식론을 전개할 수도 있다. 그러나 필자는 그런 단정에서 벗어나 김하늬 작품에 종합적 자리 매김을 하고자 하였다. 그것은 시인이 현재도 잠재력 있는 작품을 꾸준히 발표하고 있으며 자기 세계의 의미화를 시

---

16 박민수, 『현대시의 사회학적 연구』, 느티나무, 1989, 9쪽.

도하고 있기 때문이다.

앞서의 논의를 통하여 김하늬의 시는 다음 몇 가지로 나누어 요약해 볼 수 있겠다.

첫째, 그는 구속주의에 저항하는 자유주의 사상을 전개하는데, 그 대표가 도시 주변 사람들의 삶을 유기적으로 드러냄으로써 결국 부의 분배를 둘러싼 갈등의식을 표출하고 있다는 점이다.

둘째, 현실적 모순을 사회구조의 불균형(disproportion of society)에서 비롯한 것으로 규정하고, 이 같은 사회의 실체험을 시적 표현의 주 내용으로 다루고 있다는 점이다.

셋째, 암울한 정치 상황 속에서 용기 있는 시어를 구사하거나, 시인 자신의 고뇌와 고통스런 삶을 역설적으로 제시하여 개인적인 삶을 공동체적 삶으로 연대해가는 연민 의식의 세계이다. 그리고 그 연민 의식은 갇혀 있는 자, 고독한 자에 관한 연민으로 열려 있다는 점이다.

넷째, 시적 화자는 주로 독백의 형식을 취하고 있는데, 이 독백 투는 자조적 진술이 시 형식의 대부분을 차지하고 있다는 점이다.

다섯째, 시인 자신의 태도와 입장을 분석하는 아이러니 정신이 강하고, 이때 그는 서사적 관점에서 자의식 세계를 그려내는 산문 정신에 의존하고 있다는 점이다. 그리고 이와 같은 아이러니는 주로 자기 자신을 풍자하거나, 강박관념의 자의식을 동기부터 상세화하여 심리적 진술에 충실하고 있다는 점이다.

이상의 다섯 가지 특징 이외에도 김하늬 시의 특징을 더 살필 수 있을 것이다. 그러나 관점을 확대함은 앞서 말한 인식론적 범위와 수준의 문제와 결부되므로, 본 논의에서는 위의 다섯 가지 특징을 김하늬 시의 결론적 관점으로 파악하기로 한다. 이러한 일은 결과적으로 그의 시가 흔히 반체제적이거나 민중적이거나 또는 도시 빈민적 시회시라는 개념으로만 받아들여지는 데 대해 작품의 폭넓은 해석에의 가능성을 확대하기 위함이다.

이제 이념의 시대가 갔다. 체제라는 올가미는 더 이상 사람들을 괴롭힐 수 있는 무기가 되지 못한다. 아울러 투쟁적 언어가 시가 되지 못하는 시대도 되었다. 지금은 정보를 가장 우위에 둔 사회이며 그러한 정보를 모두가 공유하는 개방화의 시대이기도 하다. 시의 사회적 기능이 정보의 홍수 속에 어떤 모습으로 살아갈 것인가는 김하늬 시인을 포함하여 많은 민중의 삶을 대상으로 노래하는 시인들에게 함께 던질 수 있는 질문이다. 이제 이 질문에 답하는 다른 서정성을 연역해내는 그의 새로운 작품집이 나오기를 기대한다.

사랑과 그리움이 내면화된 의지
― 윤경자의 시

1.

'사랑한다' 이 말로 글 문을 열려 하지만, 치울 수 없는 가로막처럼 '그리움'이 누른다. 누군가를 그리워한다는 것은 지나간 사랑을 보듬고 달랜다는 뜻이렷다. 한때 긴장하며 나누던 사랑이 끝나고 나면 가슴앓이처럼 속수무책으로 '그리움'이 되어 터진다. 그것은 소리 없는 바이러스처럼 연인들의 마음을 치명적으로 침범한다. 포스터 앤 알렌(Foster & Allen)이 〈매기의 추억〉에서 노래했듯 "내 얼굴은 내가 쓴 문장으로 가득하니, 시간은 나의 펜(When you and I were young, Maggie)"일 것이다. 일찍이 숨어버린 내 사랑, 내 상처, 그리고 나서 '내 그리움'이 '나의 낭만'으로 자리 잡아간다. 하지만 오늘날은 예의 그리움의 시를 만나는 것도 쉽지 않다. 일회성의 편리에 회한의 영혼은 밀리거나 사라졌다. 그만큼 시인들도 변형된 수사로만 그리움을 쓰려 한다.

헌데, 여기 소개하는 윤경자의 시는 한때 잊었거나 지나쳤던 '그리움'

의 순정시학을 대변한다. 눈 감으면 보이는 풀꽃 편지 같은 것. 그러니 사랑, 우정, 추억 등을 한 상씩 차려놓으면서도 거기 특별한 의미 부여나 가식이란 없다.

시인은 현재 고등학교 국어 교사로 문학을 가르치며 시를 쓰는 사람이다. 그는 2004년『문학춘추』의 신인상으로 등단한 후 문학춘추작가회와 전남문인협회 회원으로 활동하고 있다. 첫 시집『내 가슴에 꽃물』을 낸 바 있고, 문학 교육의 경험과 함께 목하 창작 솜씨를 닦고 있는 중이다. 보건대 그의 사랑과 추억과 우정은 곧 인정임을 알 수 있다. 학교생활에도 자아 성취와 학생을 지도하는 일에 상호 일치시키려는 의지를 갖는다.

시가 되리.
핏덩이 울음으로 시작한 사랑
마지막 마치는 순간
짤막한 한 편의 시가
되리.

때론 기쁨이었고
때론 슬픔이었지만
모두 접어
딱 한 줄의 시로
남으리.

내가 품어온
짧은 듯 긴 사랑
긴 듯 짧은 사랑

모두 털어
딱 한 마디 시로
남으리.

그 사랑
다시 하지 않게 되는
그 날이 오면
딱 한 편의 아름다운
시가
되리

— 「시(詩)가 되리」 전문

이 시는 애절하다. 그 절절함으로 독자를 압도한다. 평생의 반려로서
뿐만 아니라, 죽어서도 시가 되려는 환생의 자세가 화끈, 타오르듯 옮
아온다. 죽으면 반드시 시가 되겠다는 의지는 강하고 비장하다. "핏덩
이 울음으로 시작한 사랑"이지만 "마지막"의 "순간"에는 "짤막한 한 편
의 시"가 되고자 하는 그 절망 속과 같은 염원을 지닌다. 훌륭한 "시인"
이 되는 것도 아니고, 마냥 "시" 자체가 되겠다는 일념. 내심조차 단호
한 성깔 있는 이 화자는 멈추지 않고 내친김에 치닫는다. "때론 기쁨이
었고/때론 슬픔이었지만/모두 접어/딱 한 줄의 시로/남으리"라고 거침
없이 말하듯 시에 관한 지사적(志士的) 시인이다. 깨끗한 마무리 구(句)
도 압권이고, "딱 한 줄"의 "딱"이 시사하는 단행적 효과도 크다. 시를
위해 과감히 몸을 던지는 비장미(悲壯美)에, 튕겨내는 시상이 시위에 걸
린 화살처럼 탄탄하다. 이제 "사랑"을 "다시 하지 않게 되는 그날" 그는
"한 편의 아름다운 시가 되는" 자리에 비로소 완전한 시의 화신(化身)이
될 법하다. 시를 사리로 남기는 다비식 같은.

이와 같은 결의에 찬 언증(言證)은 연마다 "시가/되리", "시로/남으리"로 종료하며 내면화에 낯을 내린다. 행 가름에도 시각적 효과를 장치한다. 모든 시를 자신에게 귀환하도록 압류한다. 말하자면 자학과 같은 자기 저당(抵當) 식이다. 시의 환시 단계는 '짧은 시-한 줄 시-아름다운 시'로 나열 발전한다.

2.

사람 그리운 가을 날
아름다운 순천만에 초대를 받았다.

35년 전 젊음을 바쳐
함께 했던 13살짜리 어린 제자들을
만나러 갔다.

그 때 그 어린 학생이
'그대 곁에 항상 있겠다' 는
사랑의 연서를 시로 풀어
세상에 내놓았단다.

국어를 사랑하고
시를 사랑하고
글 쓰는 것을 좋아한 것이
선생님에 대한
존경과 그리움이었다고…

아주 긴 시간의 고백을

순간의 언어로 남긴다.

—「그 어느 날의 일기」 전문

사람이 "그리운" 날에 "아름다운 순천만"에로 "초대를 받"았다는 자랑 같은 서두이다. 첫 주조(主調)부터 "가을 날"인 바에야 더욱 멋스럽지 아니한가. 드보르자크(Antonin Dvorak, 1841~1904)의 신세계 교향곡 2악장 〈꿈속의 고향〉에는 "지금은 사라진 동무들 모여 옥 같은 시냇물을 넘어"와 같은 추억의 가편이 있다. 아름다움만 남기고 지나가버린 세월의 흔적을 밟는 화자와 제자가 설렘으로 기약한 "순천만"에서 옛 정취를 복원할 것이다. 함께 발 담그던 시냇물처럼 메마른 너와 나의 마음이 적시니 더욱 정겹다.

그가 35년 전 젊음을 바쳐 가르쳤던 13살 소녀, 그녀가 고백한 흑백 영화와 같은 사랑 이야기다. "그대 곁에 항상 있겠다"는 "연서를 시로 풀어 세상에 내놓았던" 추억도 있다. "국어를 사랑하고 시를 사랑하고 글 쓰는 것을 좋아한 것"에서 시작하여 마침내는 "선생님"마저 "존경"하고 "그리워"하게 된 동기다. 교사로서의 보람은, 세월이 흐르는 사이에 이루어진 제자의 성취로 점증된다. 이른바 잠재적 교육과정, 시간의 강을 거슬러 반추하는 교사의 뿌듯함은 남다르다. "긴 고백을 순간의 언어로 남긴다"는 주석(註釋) 같은 마무리가 비약기법(飛躍技法)으로 압축되기도 한다.

"순천만"에서 만날 것을 초대받은 무드는 소녀와의 인연을 거쳐, 고백으로 남기기까지 '발단-전개-위기-절정-결말'의 전개를 거친다. 이른바 스토리텔링의 시적 기법이다.

너와
나
길 따라 와서

사랑되어 꽃으로 피고
그리움 되어 바람으로 날리고

마지막
한 점
잊음으로
하나가 되다.

—「인연」 전문

이 짧은 작품 「인연」에서도 그리움의 명료한 이미지가 의도적으로 소묘된다. 대상을 보고 싶어 하는 마음이 그리움이라면, "인연"은 그리운 대상으로 접근하고 확인하는 정서다. 2012년에 출시한 더 에이치(The H)[1]의 피아노곡 〈내 기억 안에 너를 가둔다(Locking up you in my memory)〉처럼 그리운 대상을 나의 인연으로 묶어두는 것을 상징한다.

시인이 그리워하는 바는 합환의 몸짓을 바란다. 외로운 날을 줄기차게 견디며 쓰는 화자는 "너와 나"의 길을 함께 와 "사랑"의 "꽃"을 피우게 된다. 세월 지난 "그리움"이 낙화이듯 지고, 지금은 "바람으로" 펄펄 날린다. 결국 만남의 인연을 "마지막 한 점"으로 "잊음으로 하나가 되"는 연리지처럼 복기한다. 인연은 곧 잊음으로써 더 공고히 되는 관계망

---

1   더 에이치(1985~) : 인천 출생, 2011년 자체 제작한 디지털 싱글 앨범 〈봄날의 기적〉으로 데뷔한 가수.

인 듯싶다. 이 작품은 "인연"은 꽃을 피우고 바람에 "날려"와 시와 한 몸
을 이루는데, 그게 몰아의 일체성으로 발전하는 과정을 다룬다.

3.

'인간은 등에 자기 이야기를 지고 나온다.'
항상 말씀하시던 어머니
가시고 십사 년째
해마다
칠월 백중
불쌍한 미물들을 방생한다.
'다음 생에는 꼭 좋은 몸 받으라고...'

그리도 못마땅하던
어린 시절
우리 어머니 모습 그대로
온 정성 다해
두 손 모아 빈다.

돌아서는
중생들 등을 향해
스님의 한 마디

'자기 방생도 하세요!'

인간은 등에 자기 이야기를 지고 나온다.

　　　　　　　　　　　　　—「자기 방생」 전문

중생(衆生)에겐 가정, 사회, 직장, 단체에 구속된 자신을 내려놓고 자유롭고자 하는 게 본능이다. 불교의 계율에서는 청정한 삶을 유지하고 마침내 깨달음에 이르러야 한다고 설파한다. 이 시는 살생을 피하는 데 그치지 않고 죽게 된 생명을 구해냄으로써 넓은 의미의 불살생계(不殺生界)[2]를 지키려 한다. 화자에게 방생(放生)이란 선택이 아니라 어머니 적부터 실천해온 의무이다.

정신을 채우기 위한 물질의 비움이 곧 방생의 철학이다. 지금 인간의 "등"은 헤아리기 힘든 멍에로 고통을 받고 있다. 어머니 말씀대로 사람은 각자 "자기 이야기를 지고" 태어난다. 하므로 업보(業報)이다. "스님의 한 마디"로 이 업보에 대한 갚을 길을 찾지만 "자기 방생"이란 결코 쉬운 일은 아니다. "다음 생에는 꼭 좋은 몸 받으라고" 기원하며, 화자는 어머니의 방생법(放生法)을 "십사 년"째 고수한다. 일관된 방생의 염원은 모두의 큰 힘이자 화자 스스로에게 다지는 의지일 것이다.

시의 구조는, "자기 방생도 하세요"라는 스님의 말씀을 나중에, 그리고 "인간은 등에 자기 이야기를 지고 나온다"는 어머니 말씀을 먼저 배치했다. 방생의 논리를 전환적으로 서술함으로써 극적 변화를 일으키기도 한다. 결국 자신에게 돌아오는 극의 전환법일진대, 바로 윤경자 시인의 윤리성이 그 점에 가까이 있다.

---

2   산스크리트어로 pañca-sila, 즉 재가(在家)의 신도가 지켜야 할 다섯 가지 계율로는, ① 불살생계(不殺生戒) : 살아 있는 것을 죽이지 말라. ② 불투도계(不偸盜戒) : 훔치지 말라. ③ 불사음계(不邪婬戒) : 음란한 짓을 하지 말라. ④ 불망어계(不妄語戒) : 거짓말하지 말라. ⑤ 불음주계(不飮酒戒) : 술 마시지 말라 등이다. 이는 불교의 우바 세계와도 같다.(곽철환 편저, 『시공불교사전』, 시공사, 2003, 참조)

정말 외로울 때는
조용히 내 안의 뜰을 거닐며
시를 만난다.
따뜻한 너의 가슴이 좋다.

참으로 슬플 때는
그 슬픔 속에서 살며시 빠져나와
시를 만난다.
모두를 받아주는 너의 가슴이 좋다.

이길 수 없는 고통이 와도
그 아픔에서 살짝 일어나
시를 만난다.
무엇도 덮어주는 너의 가슴이 좋다.

외로움, 슬픔, 고통
어느 때라도
시를 만난다.
너의 가슴에서는
누구도, 무엇도 저 혼자 고와진다.

—「저 혼자 고운 시」 전문

시를 읽고 쓰면 힐링의 효과가 난다는 건 잘 알려진 사실이다. 외로울 때는 "따뜻한 가슴"으로, 슬플 때는 "받아주는 가슴"으로 리듬의 겹겹을 지난다. 고통이 있을 때 "덮어주"는 게 음악이고 시다. 시를 만나는 가슴은 "누구도, 무엇도 저 혼자 고와진다"는 경지를 느끼고 있다. 시인이라면 다 같은 생각일 법하다. "누구도"는 사람이고 "무엇도"는 사물이다. 사람과 사물은 동시에 "혼자" 저절로 "고와지는" 시를 찾는다.

그래서 시의 기능이 힐링의 차원보다 더한 것에 있음을 현시한다. 외롭고, 슬프고, 고통스러울 때야말로 시를 만나야 하는 논리가 선다. 시는 "어느 때라도" 만나기만 하면 "혼자"라도 "고와지는" 것이다.

생각은 여일하게 시가 안정된 치유로 역할을 하는 것, 정서 순화가 청징하게 이어져가는 것, 그게 가령 시인에게는 생의 지렛대 가운데 점을 받치는 그리움의 도반일 터이다.

4.

숲 속에 혼자 앉아 있으면
무수한 만남이 찾아온다.

소리쳐 부르는 새들의 노래
멀리서 반갑게 달려오는 바람소리
가만가만 봉오리 여는 풀꽃들의 합창
눈 감고 들어야 들리는
나무들의 작은 속삭임

갈수록 서로에게 아픔이 더해 간다는
들짐승들의 안타까운 걱정
능선을 타고 내리는 작은 생명들의
다정한 발자국 소리
사람의 마을을 향해 다가오는
산그늘의 수런거림.

마음 문 열고
숨죽이며 귀 기울여야 들을 수 있는

참 곱고 아름다운 소리들

숲 속에 혼자 앉아 있으면
무수한 아름다움을 만난다.

—「숲 속에 앉아」 전문

　윤경자의 시에서는 내면 소리들이 안온하고도 차분히 들린다. 시인
이 재해석하는 소리이기보다 주변에 실재하는 작은 소리. 화자는 그것
을 "홀로" 듣고 아름다움에 경도된다. "새들의 노래", "바람소리"들은 보
편적으로 듣는 소리이지만, "풀꽃들의 합창", "나무들의 속삭임", "들짐
승들의 걱정", "생명들의 소리", 그리고 "산그늘의 수런거림" 등은 시인
만이 듣는 음률이다. "숲 속에 혼자 앉아" 듣는 밀어(密語)는 내밀하게
자라온다. 화자는 미세한 "마음의 문"을 "열고" 혼자 "숨"을 "죽이며 귀
기울여야" 비로소 들리는 숲속의 "참 곱고 아름다운 소리"에 매료된다.
　이렇듯, 아름다운 귀를 가진 시인의 시혼이 맑다. 순후의 밝은 소리,
그는 한때 외딴섬에서 순박한 아이들을 가르쳤다. 그 탓인지 교사의 영
혼이 시의 퍼소나에 반쯤 가려져 있다. 산골에서 청징하게 살아가는 소
녀적 정서를 머금은 그대로.

백목련 고운 잎이 망울져 기다리는 시간
창 너머 부서지는 물빛 한결 한 결에
희망을 쓰고 있는 소녀들 이름 하나씩 읊어본다.

하나, 슬하, 주리, 순예, 고운, 다슬……

갓 돋아난 쑥 한 웅큼 캐다주던 아이

현관과 방이 맞닿아 있는 좁디좁은 삶을
포도시 혼자서 헤치고 살면서도 해맑게 웃던 아이
해 저문 저녁에 잠긴 대문 열고 혼자 들어가면서도
언제나 그랬다고 아무렇지 않게 말하는 아이
2시간 거리가 충분한 길을 새벽마다 걸어서 등교하면서도
괜찮다고 무섭지 않다고 말하는 아이

좁은 방보다 아빠의 작아진 희망이 더 답답하다고
혼자 사는 집보다 집 나간 엄마의 삶이 더 아프다고
어둔 새벽길 두 시간보다 할머니의 아픈 몸이 더 어둡다고
슬픔에 가슴 아픈 소녀들이
나는 왜 이렇게 고맙고 아름다운가?

　　　　　　　　　　　　　　—「아직도 아름다운 여고 시절」전문

　"여고"라는 학교가 문학적 소재가 되는 일은 많다. 교탁에 올리는 꽃
송이 같은 소재로 어쩌면 교사만이 가질 수 있는 혜택일 것이다. 여고
경험이 있는 국어 교사라면 표현의 민감도를 더 적확하게 할 수 있다.
교사가 시를 쓰는 것은 자신의 경험 기록일 뿐만 아니라, 아이들과 교
분을 맺는 인성 함양이 되기도 한다. 전개의 구조로 보아 교사 경험과
오버랩시킨 부분도 있다.

　화자의 꿈 많은 여고 시절, "희망을 쓰고 있는 소녀들"의 "이름 하나
씩 읊어"보는 시간이다. "고맙고 아름다운" 날, "쑥 한 옹큼 캐다 주던
아이", "좁은 집에 살면서도 해맑게 웃던 아이", "잠긴 대문 열고 들어가
면서도 아무렇지 않게 말하는 아이", "새벽마다 걸어서 등교하지만 무
섭지 않다고 말하는 아이"의 이름들을 떠올린다. 그 시절에 함께한 친
구들은 하나같이 남을 배려하고 불편함에도 인내했다. 그 친구들을 지

금 보고 싶다.

가요에도 아름다운 "여고 시절"을 노래한 게 많다. 가령 이수미의 〈여고시절〉(1972), 김인순의 〈여고 졸업반〉(1987), 방주연의 〈자주색 가방〉(1987) 등이다. 낭만적인 우수를 눈물처럼 머금은 노래들이다. 최근 장나라의 〈I Love Shool〉(2002)은, 학교 시절의 "학교 앞 문방구점을 드나들던 아이", "사전 살 돈으로 군것질거리를 사먹는 아이" 등의 추억을 구체적인 묘사하여 기지와 유머로 윤색한다. 학교를 부정적으로 노래한 서태지의 〈교실 이데아〉(1998), 일리닛의 〈학교에서 뭘 배워〉(2003) 등의 노랫말은 학교생활 자체를 비판적인 랩으로 소화해내기도 한다.

다들 낭만적이라지만 "아름다운 여고 시절"은 제목과 같이 "아직도" 중년 여성들이 즐겨 쓰는 말이다. 여고의 언어는 오늘날 황폐화된 환경에서 인간적인 서정의 신선한 물을 뿌리고 있다.

5.

늦은 밤
외딴 섬 소년 소녀들의 꿈과 희망을 담은
밝고 환한 불빛이
교실 창을 넘어 뭍으로 간다.

우리에게도 이루고 싶은 소망이 있다고
꼭 이루어야 할 미래가 있다고
두 손 마주잡고 다짐하며
딱딱한 의자에서 내일을 키운다.

아버지 손에 들려진 그물망을 보며

어머니 허리에 버거운 다시마 포자를 생각하며
책장에 어른대는 푸른 파도를
힘차게 헤치며 하루를 넘긴다.

어릴 때는 몰랐던
등대의 반짝임
어부들의 길잡이가 되는 그 사랑
새기고 다지며 어둠을 가르는
늦은 밤 외딴 섬
산 아래 작은 학교의 교실 창엔 지금도 불빛이 빛난다.
　　　　　　　　　　　　　　　　　　　—「야간 자율학습」 전문

　　도시에 있는 고등학교에서 뜨거운 감자로 일컬어지는 게 "야간 자율
학습" 곧 "야자"이다. 어촌 학교에서 야자는 어떤 의미로 시화(詩化)될
까. 도시 학교 야자에 대해 시인들은 사람들은 일리닛 노래처럼 대체로
비판적이다. 그러나 시인이 쓰는 학교에 대한 관련 시는 내면적이며 긍
정적이다. 그는 아이들이 "아버지 손에 들려진 그물망을 보며", 그리고
"어머니 허리에 버거운 다시마 포자를 생각하는" 인성에 시의 출발점을
둔다. "책장에 어른대는 푸른 파도를 힘차게 헤치며" 일상을 지나는 어
촌은 날마다 삶의 최전선으로 가는 벅찬 희망이 있다.

　　자식들 뒷바라지를 하며 평생 어부로 살아가는 부모들은 "늦은 밤"
귀향을 하며, 외딴 섬 "작은 학교의 교실"에 켜진 불빛을 보며 안도한
다. 나는 이 고생을 하지만 자식은 미래를 위해 공부한다는 안심의 불
빛이기 때문이다. 늦은 밤 교실에서 비쳐 나오는 이 불빛은 등대 구실
로도 한몫을 한다. 물리적으로는 바다를 비추는 등대이나, 실은 어촌
사람들의 자식에 대한 희망을 상징하는 정신적인 등대라 할 수 있다.

해산물을 싣고 귀가하는 노동으로 지치지만, 가슴은 교실에 비추는 불빛만큼 따뜻하다. "불빛이 빛난다"는 결미는 작업하는 부모와 공부하는 아이들이 서로의 교류 전선을 타고 켜지는 불빛이다. 자식이 힘이라는 부모의 기대로 바라보는 "야간 자율학습" 시간, 부두에서 교실로 들어온 부모와 자식 간의 말없는 유대가 끈끈하다.

걷다가 아픈 허리를 콕콕 치는 부모와, 낡은 책에 묻혀 졸린 목덜미를 탁탁 두드리는 아이들, 줄탁동시같이 쪼는 한 경락일 것이다.

5.

시는 서정의 세계를 구축한다. 삶의 궤적을 추적하되 정서를 아름답게 입히는 절차가 필요하다. '부재/현존'의 사이에서 빚어지는 시인의 '추억/낭만'이 그 과정이다. 일상에서의 삶의 항목들은 수많은 사색(思索)을 통해 건져진다. 사색이란 시적 대상을 관찰하고 들여다보아 그것을 시인의 의식으로 조사(照査)하는 과정이다.

백과사전적 지식을 갖춘 조선 시대 실학자 홍대용(洪大容, 1713~1783)은, "시란 정(情)을 말로써 표현한 것"이라 했다. 그는 "좋은 시란 교졸(巧拙)과 선악을 따지지 않고 천기(天氣)에서 자연발생적으로 나온다"고 했다. '위항시집(委巷詩輯)'인 『대동풍요(大東風謠)』[3]의 서문에 붙인 글에

―――――

3   홍대용의 가사집 『대동풍요(大東風謠)』는 당시의 노래 가사를 집대성하여 펴낸 점이 높이 평가받는다. 이 책은 현존하지 않지만 그의 『담헌서(湛軒書)』 내집 3권 서(序)편에 실린 「대동풍요서(序, 서문)」에 따르면, 삼국시대부터 유행했던 1,000여 편이 넘는 우리 민요를 수록했다고 전한다. 거문고 등 악기의 명인이었던 홍대용은 중국에서 들여온 양금을 국내 최초로 연주했던 인물이기도 하다.

서, 그는 "입에서 부르는 대로 노래해도 말은 곡진한 마음에서 나오고,
알맞게 꾸며 배열하지 않아도 천신(天眞)이 드러나니, 나무꾼과 농부들
의 노래 또한 자연에서 나온다. 이는 문장의 자구(字句)를 뜯고 다듬어
고치면서 말인 즉 옛것을 들먹이면서도 천기를 손상시킨 사대부들의
시보다 도리어 낫다"[4]고 역설한 바 있다. 요체는 말을 비틀어 꼬는 현대
시에 대한 오해를 벗어나 자연스럽고 천진한 시로 농부들도 다 아는 쉬
운 시를 구사하는 게 중요하다고 역설한 것이다.

윤경자 시를 접하며 CD를 골랐다. 모차르트(Amadeus Mozart,
1756~1791)의 〈바이올린주곡 D장조 1악장 K-218번〉이다. 흐르는 운
율에 묻히며 시집을 편다.

서두에서 말한 것처럼 누구나 사랑하고 나면 그리워지게 되는 법이
다. 사랑은 현재형이고 그리움은 과거형이다. 사랑의 배를 부두에 접안
(接岸)시키며, 시집 출간에 대한 축하의 뱃고동을 켠다. 이제, 천기에 자
연과 그리움을 표현하는 시를 인정시학(人情詩學)으로 진전시키기 바란
다. 아울러 감각을 가다듬는 주문도 시인의 수용 체계에 덧붙인다면 혹
이중의 과제는 아닐까. 하지만 곡진한 칼을 예리하게 연마할사. 심오하
되 천진(天眞)을 드러낸 언어로, 그대 촉촉한 소리를 싣는 생활의 화법
으로.

4 홍대용은 이 책에서, "노래란 자기 감정을 서술하는 것이다. 감정이 말에 의해
   표현되고 그 말이 성문(成文)으로 구성된 것을 노래라고 하는데 잘되고 못되든지
   선악에는 관계없이 자기 생각에 있는 그대로 우러나온 것이 좋은 노래"라고도
   말하고 있다.

농법(弄法)과 풍자, 그 해갈(解渴)의 사물관
— 진헌성의 시

1. 들어가는 말

시인 진헌성의 시집에 대해 쓰는 두 번째의 글이다.

첫 번째의 글은 금남로 1가 1번지 시인의 집에 대해 우련의 정을 비쳐낸 바, 내 고교 시절의 회상에 터를 잡고, 전라도 토박이 심사(心思)의 시, 절대주의의 우주론적 시, 물리학에 기반을 둔 초미세의 시, 그리고 거침없이 쓴 무신론적 존재의 시 등을 욱여 두드려지도록 쓴 글이었다. 솔직히 그게 시인에 대한 나의 개안(開顔)이었다. 나름대로 그가 창작해 온 편력 자료에 의해 썼으나 그를 해설함에 잘못 짚어낸 부분도 많았을 것이다.

이제 와 고백컨대, 그의 시를 읽는 게 두렵고도 어렵다. 그건 600∼ 800여 페이지의 시집이 11권째라는 부피에의 중압감, 그리고 장강(長江)과 같은 도도한 시류(詩流)에 범접하려는 게 저어되고, 또한 그것을 다 소화하지 못한 채로 평필을 든다는 게 사실 망설여지기 때문이다.

그가 평생을 시업과 의술로 걸어온 세월처럼 중후한 생을 내 우문(愚問)과 천문(淺聞)의 자로 잰다는 게 가당치 아니하다. 나아가 비겁한 일이다. 더군다나 이번 시집『먼 귀엔 속눈』(제11시집)에는 총 1,119편이 수록되어 있어서 지금까지 발문 및 해설 사례에 비추어 평설은 거의 불가능한 일이다.

그가 다시 글을 청탁해 오는 날이었다. 하필 무더위가 기승을 부리는 때였으므로 땀과 함께 당분간은 핑계 삼아 주춤거렸다. 망설임이라고 해야 할 그 주춤거림은 솔직히 과제가 무거웠기 때문이다. 미루다가 9월 초, 운암산을 내려오는 숲 바람에 이끌려 불쑥 무슨 계시처럼 결국 노트북을 폈다. 첫 번째 글과 중복되지 않은 범주에서 그의 시를 네 가지 유형으로 묶되 우선 사물 개념의 시 중심으로 당해 시편을 해설하기로 했다. '진헌성표'의 사물관이 어떤 양태로 나타나 있는가. 궁금하기도 했지만, 또한 그게 본질적 접근이라 여겼기 때문이다. 방대한 양을 다 소화하지 못해 저어되지만 별수 없는 일이었다.

2. 메타시의 기법

내 일상이 진행되는 속도와 시에 대한 독서가 직관력으로 견지하도록 일견했다. 그럼 그렇지! 1,100여 편이 넘는 시 속에 황홀한 메타적 시 창작법이 463번에 부드럽게 안착하듯 집약돼 있었다니! 필자는「글」에서, 아리스토텔레스『시학』속의 창작을 지칭하는 포이에티케(poet-ice)와 모방을 유도하는 미메시스(mimesis) 관계를 표현한 이 글을 하나의 기법처럼 읽었다. 즉 1연의 "아름답고 부드러운 피부로 꼿꼿하고 뼛센 등뼈마디를 곱게 감싼" "여인"은 '미메시스'로, 2연의 "나무 아닌 바위로 솟아 견디는" "글"이란 '포이에티케'로 전환되지 않는가.

> 글이란
> 아름답고 부드러운 피부로
> 꼿꼿하고 뻣센 등뼈마디를 곱게 감싸
> 한길로 나서는
> 여인같이
>
> 바람 많은 섬에서는 나무 아닌
> 바위로 솟아 견디듯이나.

—「463·글」전문

　시에서 "글"이란, 자세가 "꼿꼿하고" "아름답고 부드러운 피부"에 싸여 있는 "여인"과 같다는 논지는 평범하다고 할 수 있으나 일견 독특하다. 시인이 쓴 시란 곧 미인에 비유된다. 돌올(突兀)한 미의 풍모가 느껴지도록 써야 함을 그리듯 들려주는 '메타의 시'라 할 수 있다. 그녀의 "꼿꼿하고 뻣센 등뼈마디"는 '시의 주제'이며, "아름답고 부드러운 피부"는 '시의 표현'이다. 화자는, 거친 풍파에도 "바위"처럼 우뚝 "솟아 견디듯이" 시를 써야 함을 말한다. '시 정신'이라고도 할 이 같은 태도야말로 그의 품격과도 일치한다. 작품으로서의 재현관(再現觀)과 창작관(創作觀)을 한눈에 알게 해준 대목이렷다.

3. 사물 개념시의 지향

　진헌성 시에 대한 유별화(類別化) 작업은 그동안 평자들이 다루어온 바 다양하나, 이번 시집에서 필자가 주목한 것은 사물에 대한 개괄의 시로 한정하고자 한다. 그것은 시가 이미 완숙기에 들어섰을 뿐만 아니라, 그가 바라보는 사물에 대한 명제적 정의(定議)가 세상 사물에 대해 우주론적, 철학적, 물리학적 시각으로 통합되며 아포리즘화하고 있는 이유에서이다. 사물에 대한 개념화의 과정이 시인다운 달관적인 태도를 보인다. 필자는 대체로 진헌성 시인의 사물 개념화 유형을, 1) 사물 개념의 시, 2) 우주적 사물의 시, 3) 사물에 대한 사유의 시 등으로 분류하였다. 이제 이와 같은 분류망을 바탕으로 사물 개념시에 대한 특징과 면모를 작품 사례를 들어 살펴보기로 한다.

1) 사물 개념시

(1) 등가적 개념

사물이란 개념과 더불어 존재한다는 인식은 실존주의 철학자들의 전유물이 아니더라도 대부분 사람들이 인정하는 경험론적 해석의 결론이다. 사물에 대한 대표시로 「3 · 날개」와 「7 · 밤하늘」을 골랐다. 이는 개념시의 압축미를 보여주는 일단으로 보이기 때문이다. 압축과 함축은 시인이 보는 경험관에 의해 '사물 A=사물 B'의 관계망이다. 이는 원관념과 보조관념 관계 차원을 떠나 사물에 화자가 경험의 진폭을 확장하며 철학적 사유를 입혀가는 변모를 보여준다. 그는 등가적 산물로서의 사물 간에 시적 의미를 추리 · 연역해내고 거기에 어떤 장력(張力)까지 부여한다.

> 한 끗 따라지, 나는 무중력.
>
> ― 「3 · 날개」 전문

베토벤의
점자 악보.

— 「7 · 밤하늘」 전문

하느님이 내리신
읍하고 마셔야 하는 독주다.

— 「238 · 세월」 전문

"나는 무중력"이라는 대표적 상징으로서 "날개"를 유추하는 데는 그
리 어렵지 않겠다. 그러나 "한 끗 따라지"라는 시상은 바로 그만의 발상
법이다. "한끗"이나 "따라시"는 도박에서 십중팔구 지거나 돈을 잃기 쉬
운 낙마 같은 끗발이다. 헌데 "날개"는 긍정적 어휘의 대명사이다. 난다
는 건 "무중력" 즉 중력을 제로화하며 도전하는 일이다. 자신의 가난에
대해 남들은 "한 끗 따라지"라고 비웃지만 기필 자신은 "무중력"이라는
말로 냉소적 자긍심을 갖는 것이다. 이렇듯 "무중력"을 "한 끗 따라지"
로써 극복하는 개념을 도입한다. 화자는 결국 [날개=무중력]의 관계를
설정하여 원관념과 보조관념의 지배로 풀어내는데 자신을 겸손하게 낮
춘 "한 끗 따라지"를 매개로 장치한다.

그런가 하면 「7 · 밤하늘」에 드러난 바, "베토벤의/점자 악보"라고 한
표현은 대상 파악의 이미지라 할 수 있다. 귀가 먹은 베토벤은 소리를
듣지 못했으므로 돌아오는 "밤하늘"에다 자신이 작곡한 리듬을 별자리
처럼 "점자"로 그린다. 수많은 별들이 그의 악보를 대신한 셈이다. 그가
밤하늘을 보면서 자신의 교향곡을 읊조리는 것이 시인의 눈으로 들어
와 결국 '밤하늘=점자 악보'라는 등식으로 증명해 보이는데 "베토벤"을
매개로 한 개념화가 돋보인다.

"세월"이란 싫든 좋든 겪어야 하고, 견뎌내야 하는 흐름이다. "세월"은 누구도 막을 수 없는 불결이며 그러기에 화자에게처럼 "독주(毒酒)"가 아닌가 한다. 누구나 "하느님" 앞에서 "읍하고 마셔야" 한다. 하므로 독배(毒杯) 또는 "독주"나 진배없을 것이다. "하느님"이 우리에게 "내리신" 것, 하지만 우린 존경의 "읍"을 하고서 마실 수밖에 없지 않는가. '세월=독주'의 동격 비유는 "하느님"을 존재의 주체로 했을 때 성립되는 등식이다.

진헌성 시에서 원관념과 보조관념의 사이를 이 같은 등가적 개념으로 좁힌 시는 더 많다.

(2) 차등적 개념

등가적 개념의 사물관에서 차등적 개념의 사물관으로 발전되는 이미지에는 어떤 것이 있을까. 다음 시를 예로 들어본다.

> 이다를 말함이 대자연이요,
> 아니다를 말함이 대인이다.
>
> ―「8 · 큰 것」 전문

'~이다'를 말하는 것은 자연(自然)을 대상으로 이루어지는 이른바 "대자연"(對自然)이고, '~아니다'를 말하는 것은 인간을 대상으로 하는 이른바 "대인"(對人, 對人間)이다. 즉 사연에 대해 긍정적 자세는 자연이고 부정적 태도는 인간이라는 진리를 깨닫게 해준다. 자연에서 배우는 인간상을 개괄해 보인 시로 알레고리의 한 맥락으로 파악된다. 이는 시인의 오랜 시적 '숙성(熟成)'과 자질적 '성숙(成熟)'에서 비롯된 결과로, 주로 자연과 인간에 대한 상대적 이치를 체계화 한다. 자연과 인간의 관계,

즉 '자연=인간'의 부등식 관계를 증좌한다. 이는 자연에 대한 인간의 낮춤을 상대적으로 강조한 경우이다. 그런가 하면 한편으로는 자연에 비해 인간의 왜소함을 교호하도록 주선하기도 한다.

> 각 원소들과의 공유결합능은
> 음전자 궤도간의 포용력에듯
>
> 울타리 넘는 오고감의 그릇 없이는
> 이웃과의 의좋음은 물 건너가
>
> 불독 개를 키우면
> 유독.
>
> ─「207 · 소통」전문

자고로 우리 옛 선조들에게 "소통"의 의미는 "울타리 넘는 오고감의 그릇"에 있었다. "울타리"나 담장에서 비롯한 월장(越牆)이란 말은 그래서 공유의 의미를 내포한다. 생일에 떡 따위를 이웃의 울타리 너머로 건네는 온정은 우리의 큰 미덕이었다. 또한 집안 대소사에 색다른 음식을 장만했을 경우 이웃들을 초대하여 베푸는 일 등도 그랬다. 헌데 지금은 그 "울타리 넘는" 그릇이 점차 없어지고 있다. 나아가 "이웃과 의좋"은 일이 "물 건너가고"도 있다. 심지어 층간 소음, 주차 다툼 등으로 이웃과의 폭력을 떠나 살인까지 저질러지는 수도 있다. 시에서처럼 무서운 "불독 개"를 키우는 집들도 있어 이웃들은 얼씬도 못하는 예도 있다. 이웃과 소통에 "유독"(有毒, 동음 dog)의 요소인 존재들이리라. 화자는 "소통"의 예를 도입부에서 "원소들과의 공유결합"과 "음전자 궤도간의 포용력"에 두고 이를 과학적 시각화로 제시한다. 소통은 모든 인간사(人間事)의 기본이다. '공유결합'을 바탕으로 한 '포용력'은 현대인이 지녀야 할 소통의 관건이다. 화자는 "불독 개"를 키우는 일로 대중 소통에 독소를 끼칠 게 아니라 '원소들의 공유결합'을 기반으로 '궤도 간 포용력'을 발휘해야 함을 역설한다. 그래서 "불독 개"를 키우는 일에 빗대어 유독(有毒)의 불통 사례를 풍자한다. 즉 '소통=공유결합=포용력'으로 기반이 되어야 하며, '소통≠불독 개≒유독'의 관계를 경계하라는 메시지를 제시한다.

> 고고학자들은
> 해골들을 찌로 쓴다
> 머나멀던 세월도 낚아 올리는
>
> 내 찌는 그 아닌
> 북극성 이깝의 하늘 고수레로
> 초승달도 보름달도 낚아 올려서
> 해원해 보내는
> 사무침마저 해원해 보내는
>
> 끝이 무한한 영원한 찌다.
>
> ―「339 · 찌」 전문

시에서 말하고 있는 "찌"는 낚시꾼에게 더없이 요긴하다. "고고학자들"에게 있어서 "찌"는 "해골"이다. 역사적 "세월을 낚"기에 좋은 물건이기 때문이다. 네안데르탈인이나 자바 원인이나 모두 해골로 추정해서 낚은 인류의 원인들이다. 그렇다면 시인의 "찌"는 무엇인가. 바로 "북극성"에 "이깝"하는 "하늘 고수레"이다. 이 "고수레"로 시인은 그가 바라는 "초승달도 보름달도 낚아 올리"는 것이다. 달을 낚아 올리며 누군가를 향해 "사무치"는 정을 "해원해 보내"기도 한다. 화자는 시인의 찌는 "끝이 무한한 영원한 찌"로 부르고 그렇게 스스로 자리매김한다. 이 같은 과정을 차례화해 보이면 '고고학자의 찌=해골=역사의 찌' & '시인의 찌=북극성 하늘 고수레=영원한 찌'의 관계로 설정할 수 있겠다. 즉 두 사람 "찌"의 차이를 비교함으로써 고고학자의 찌는 형이하학적, 시인의 찌는 형이상학적 관계임을 드러낸다. 시에서 궁극적으로 말하고자 하는 건 바로 "하늘 고수레"이다. 즉 시인의 "찌"이리라. 역사의 찌는 과거 지향적이자 추리적 지렛대와 같다. 시인의 찌는 미래 지향적이자 상상력을 발현시키는 풍차와 같다. 평이한 사물인 "찌"를 통하여 바라보는 인간사 차등적 개념을 철학적 사유로 근접시킨 작품이다.

2) 우주적 사물시

(1) 만유의 보편성

　우주를 비롯한 삼라만상 세존(世尊)이 곧 만유(萬有)이다. 만상에 가득 찬 유물(唯物)의 결과가 만유라면 그 근원을 0과 1로도 알아낼 수 있을 만큼 쉬운 말이다. 그럼에도 사람들은 이 만유를 풀기 어려운 물리학적 용어로만 알고 있다.

> 0과 1로도 알아낼 수 있는
> 쉽디 쉰 낱말이
>
> 만유(萬有)다.
>
> 　　　　　　　　　　　— 「1093 · 만유」 전문

"0과 1"의 위치가 만물의 시작이고 곧 끝이다. 철학적 만유의 의미를 시의 언어로 개념화하여 제시한 작품이다. 즉 '만유=0과 1'의 등식을 통해 세계의 존재 방식으로 일별해 보인다. 이 같은 수식의 이미지는 진헌성 시적 표상을 이루는 한 축이자 노상 그가 쓰는 만유의 보편성을 추구한 시작(詩作)의 경향이다.

(2) 물리와 문리의 보편성

다음 「1092 · 물리」에서는 이 같은 수식 이미지의 보편성에 대해 보다 진지한 도모를 꾀한다. 물리와 문리의 의미적인 상식 차이보다는 화자가 나름 재해석한 차이를 강조한다.

물리란
우주 숫자 순서화 이치의

터득함이다

그림자 같이 사람을 따라감이
문리(文理)고.

— 「1092 · 물리」 전문

"물리"와 "문리"는 자음 'ㄹ'과 'ㄴ' 받침의 음가적 차이가 있지만 뜻은 사뭇 다르다. "물리"(物理)는 "우주 숫자 순서화 이치"를 "터득"해가는 것이고, "문리(文理)"는 그림자와 같이 사람을 따라가는 것이다. 물리와 문리의 개념이 '물(物)'과 '문(文)'으로 구분되는 바, '물리=우주 숫자의 순서화'와, '문리=사람을 따라감'의 관계에서 '물리≠문리' 관계를 노정한다. 그러나 길은 다르지만 종국에 가서 "물리"와 "문리"는 "이치"를 "터득"하고 결국 이를 "따르"는 데서 한데 융합된다. 즉 '물 : 터득하다=문 : 따르다'의 관계이다. 바꾸어 말하면 개념 정리의 명사로는 구분되나 동사로는 합해지는 원리를 설득시키는 시이다.

(3) 0과 우주 무한함수

다음 시는 "0"을 주제로 다루고, "0"과 화자와의 관계망에 대해 정리해두고자 한다. 즉 "0의 뜻을 나만 모르고 죽을 것 같다"는 화두로 "0"에 대한 소외 의식을 드러냄으로써 더욱 "0"과 가까워지려고 한다.

　　　0의 뜻을 나만 모르고 죽을 것 같다

　　　0이란 거짓이다는 것인지 없다 함인지 제일로 큰 하늘이다라 함인지
　　　또는 이럴 수도 저럴 수도 있는
　　　씨의 포대라는 말인지

　　　세무사와 철학자와 종교가와 과학자간엔
　　　합의가 된 숫자인지

　　　0은 언어 중 가장 큰 언어인지
　　　긍정건진지 부정건진지
　　　세상이란 무대응이 맞다는 말인지

　　　XYZ 축의 종착점의 뜻인지
　　　우주의 시발점이란 뜻인지

나만 모르고 묻히겠다, 0의 묘지에

혹 0에도 스핀이 있는 것인지
지구처럼

또는 어디든 시작이고, 어디든 끝이다라 함인지?

0은 우주의 무한함수다.

— 「1068 · 0」 전문

이 시는 "0"에서 "거짓", "없는 것", "하늘"과 같은 의미를 추적하기
도 하고, 그런 의미의 "0"에서 "씨의 포대"를 유추해내기도 한다. 화자
에 의하면, "0"이란, "세무사, 종교가, 과학자 간엔 합의가 된" 수, "가
장 큰 언어", "긍정"과 "부정", "무대응", "종착점", "시발점", "묘지" 등으
로 평형화된 수이자 개념이다. 결국 이 모든 상상과 유추를 거쳐 "0"은
곧 "우주의 무한함수"라는 사실로 귀결한다. "0"은 많은 경우의 수일 뿐
만 아니라, "긍정"과 "부정", "시발점"과 "종착점", "묘지" 등 극단의 위치
에까지 올려지는 것이다. 그러나 결과적으로 '0=우주의 무한함수'로 개
념화되어 요약 정리된다. "0"은 "우주" 속의 "무한함수"이므로 결코 정
할 수 없는 테두리라는 결론이다. "0"에 대한 수학적 존재보다는 철학
적 사유가 담긴 시이다.

3) 사물에 대한 사유

(1) 비
화자는 주변의 사물을 어떤 사유 방식으로 보고 있는가. 그가 보는

사물 중에서 대표적인 몇 가지를 선정하여 논의한다. 한마디로 그의 자연 사물시는 카타르시스의 이전과 이후의 정서 차이의 결과를 비교하여 제시하는 특성이 있다.

> 웃어야 하늘이 향 맑아진 줄
> 아녀.
>
> 옴팍지게 울어서야 하늘.
>
> ―「29 · 비」 전문

"비"란 하늘이 우는 양태이리라. 이 동심적(童心的) 요소가 시의 발착점이다. 날씨가 웃어야만 하늘이 맑아지는 게 아니다. 울어야, 그것도 옴팍지게 울어야 생생하게 맑아짐을 느낄 수 있다는 역설이다. 비는 '울음'을 함유한다. 울어버린 다음에야 기다리던 맑은 하늘에 다다르지 않는가. 그러므로 이 시는 하나의 카타르시스(katharsis)로 읽힌다. 비온 후의 맑은 하늘이 그러하다. 새삼스럽지만 '카타르시스'란 시인이 정의한 대로 군더더기 하나 없이 짜여져 연민의 정서를 일으키는 형태로 상황을 깨끗하게 재현해내는 작업이다. 비 온 후에 바라보는 "향 맑은" 하늘에의 카타르시스, 화자는 그 상황을 희구한다. 비의 '울음' 뒤에 씻어낸 '맑은 하늘'이 변증법적 대비로 사물 개념을 보다 돋보이도록 장치한다. 개념의 망은 이처럼 두 대상이 상대적일 때 인상적인 보색 관계에 놓이는 법이다. 즉 '비=옴팍진 울음→향 맑은 하늘'의 관계가 성립하는 것이다.

(2) 눈

지금껏 많은 시인이 "눈"에 대해 서정적인 설파를 해왔다. 눈의 형상을 비롯하여 다양한 시적 형상을 철학적 사유로 풀어내는 특성은 전술한 바와 같이 진헌성 시에서 손쉽게 찾아볼 수 있다.

> 눈은 답은 아니다
> 미시로 봐도 거시로 봐도
> 끊음은 되지 않으나
> 하늘 끝에 이르는
>
> 쳐들린 일주문이다.
>
> ―「761 · 눈」 전문

눈은 우리가 보는 대로 말(답)해주는 것이라고 해서 그 바른 말(답)이 될 수 없다. 눈이 보는 정도에 따라 미시(微視)로 보거나 거시(巨視)로 보게 되는, 말하자면 시선이 끊어지지 않고 연속성을 가지게 된다. 시의 화자가 보는 사물도 미시, 거시 등 연속적이고 계기적으로 바라보기 마련이다. 그러기에 눈은 "하늘 끝에 이르는" 지점부터 빙 둘러보듯 "쳐들린 일주문"과도 같다. 보다가 돌아오면 다시 그 자리에 있다. 화자는 '눈→일주문'의 진전 관계를 추적한다. 전환점이 다시 돌아 시작점이 되듯 눈은 늘 "일주문"처럼 원형으로 움직이기 마련이다. 동그란 눈의 형상과도 같이. 세상과 사물을 바라보는 눈이란 모두 일주문과 상동(相同)된다. 원형의 눈과 둥근 세상의 사이에는 사이클이 있다. 그것은 윤회(輪廻)의 고리 즉 생의 환(環)이라고 할 수 있다.

(3) 숲

"숲"에 대한 화두는 늘 생태 환경에 우선적으로 놓이는 논의에 핵심적 존재이다. 생태나 환경 하면 우리는 늘 "숲"과 나무를 거론하기 때문이다. 그만큼 "숲"은 생태 구조의 대표성을 지닌다.

숲은 산소의 생모이며
탄소의 강금소로

하늘을 활딱 옷 안 입혀 키우는

보모이기도.

— 「917·숲」 전문

마르틴 하이데거의 말을 빌린다면 언어란 '존재의 집'이라고 한다.[1] 즉 언어는 집처럼 세워져 지상의 사실과 관념 세계를 담아내기에 좋은 질료이다. 상황과 존재를 '언어의 집' 속에 깃들게 하는 일을 바로 이 시에서 읽을 수 있다. 그 예로 "산소의 생모"이며 "탄소의 강금소"로 언어의 내포적 정의를 통하여 숲이라는 집의 가치를 상대적으로 높이고 있다. 뿐만 아니라 "보모", 그것도 "활딱" 벗기고 옷 안 입혀 키우는" 친환경

---

1 하이데거는 '언어와 세계'의 관계에 대해, "언어는 존재가 드러나는 장소(Ort)다. 언어를 어떤 장소로 규정한다면, 존재는 그 언어 안에 거주하는 것이다(wohnen)."라고 했다. 그런 의미에서 그는 언어를 "존재의 집(das Haus des Seins)"으로 본 것이다. 언어는 존재가 머무는 곳이며 세계와 사물을 인식하는 통로이다. 언어는 의사소통의 수단을 넘어, 인간의 사유를 지배하고 복속시킨다. 인간이 언어를 부리는 것이 아니라 언어가 인간을 부리는 것으로 인식한다.(하이데거, 『숲길(Holzwege)』, 신상희 역. 나남출판사, 2008, 14쪽)

의 "하늘"과 같은 육아의 원시적 모태를 강조한다. 시를 읽는 일은 시인
이 지은 '언어의 집'을 보며 그 속에 깃든 존재들을 만나는 일이다. 따라
서 시의 전개 내용을 '숲=산소의 생모', '숲=탄소의 강금소'→'옷 안 입
혀 키우는 보모'의 과정으로 설정하고 있다. "숲"이 좋은 건 그 안에 "산
소"와 "탄소", 그리고 "옷 안 입"은 아이를 키우는 바 보육의 보금자리,
즉 진정한, 온기가 도는 '집'으로서의 구실 때문이다. 핵심은 "숲"을 "산
소"와 "탄소"라는 구성 등식, 즉 '숲=산소+탄소→보육(보금자리)'으로
조직화해 보인다. 숲의 구성을 화학적 원소로 분해하고 이를 "보모"라
는 모태적 품으로 융합한 생태적 화학식을 시의 위의(威儀)로 전개한다.

(4) 꽃

꽃에 대해, "후손"에게 줄 때의 "이기주의 극한 상징"이 바로 "꽃"이라
는 정의는 바야흐로 진헌성다운 비판의 한 지적일 것이다. 아름다운 꽃
이란 결국 누군가를 위해 상품으로 바쳐진다는 자본주의의 한 현상을
꼬집는 시이다.

> 내 후손을 위한
> 이기주의의 극한 상징이 꽃이다
>
> 뇌물로 1,000만 송이 꽃으로 450그램의
> 꿀을 벌에게 바치는
>
> 최상의 사기술사 너, 꽃.
>
> ―「873 · 꽃」 전문

"꿀"을 뇌물로 "바치는" 경우, 그것은 알고 보면 "1,000만송이 꽃"의 꿀샘에서 나온 "450그램"밖에 되지 않는다. 말하자면 희소가치가 높은 "꿀"이란 계산이다. 그러므로 "꽃"은 "최상의 사기술사"라는 내막을 폭로한다. 이 시를 읽으면 꽃을 바치는 상대의 존경심이 맥없이 하락하고 만다. 그게 엄연한 사실이니. 꽃은 자체로서 생명을 다하고 스러져야 본래의 자연 생태성과 그 이법을 따르는 일이다. 그럼에도 "꽃"은 생명체로서의 존재를 자랑하기도 전에 싹뚝 잘리어 누군가에게 바쳐지는 상품으로 전락한다. 생래적으로 꽃은 잘리기를 희망하는 건 아니리라. 한편 이 시의 끝 부분은 "꿀을 벌에게 바치는" 꽃을 두고 "사기술사"라고 비판한다. 1,000만 송이라는 천문학적 꽃송이에서 만든 꿀 중에서 기껏 450그램의 꿀만을 벌에게 바치는데 이는 경제 원칙에 사뭇 어긋나는 일이다. 인간과 꽃, 그리고 꽃과 벌의 사이에 일어나는 이 가공할 셈의 비합리성을 발견하게 하는 묘미가 적지 않다. 시적 이미지 관계가 '꽃=이기주의 극한 상징'→'꽃=사기술사'로 발전하고 있음에서 그걸 맛볼 수 있다.

(5) 묘지

그의 시에는 '묘지'에 관한 작품이 상당히 많다. 시의 주제에서도 그런 사례가 더러 있다. 생의 말년의 위치에 와 있음일까. 묘지로 돌아가는 이법이란 누구나 맞이하는 마감과 하직의 절차이다.

> 하늘과 해와 구름에 흙이면
> 백 년 살고
> 여기 떼를 입히면 만 년 살제

모두 때때옷 입고 명절여든 즐비 나오셨다
양지바른 날.

— 「848 · 묘지」 전문

묘지는 "하늘과 해와 구름"을 머리에 이고 "흙"에 묻힌 사람들이 한 생을 쉬게 하며 자신도 그렇듯 누워 있다. 이제 존재는 흙 아래서 "백 년"을 "살"게 된다. 묘지에 "떼를 입히면" 앞으로 "만 년"을 "살"게 된다 고 한다. 지상에서는 "양지 바른 날" 성묘객들이 "때때옷"을 "입고" 모두 "즐비"하니 "나오셨"음을, 캔버스의 그림처럼 보여준다. 이 시를 읽으면 '언어는 세계의 그림'이라는 비트켄슈타인의 말이 실감 난다.[2] 말의 조 각들은 존재의 조각들이고 세계는 그림으로 나타난다는. 그림은 죽은 자의 묘지에도 산 자들의 명절 기운이 감돌게 한다.

묘지의 개념과 관련한 후손들의 성묘 모습을 개념에 부차시켜 '세계 의 그림'처럼 묘사한 시이다. 즉 망자는 '묘지=흙에 묻힘'의 관계에서, 후손들이 '때때옷=명절'로 부활하듯 비트겐슈타인식 언어의 희화화(戱 畵化)를 읽어볼 수 있는 대목이다. 나아가 '묘지→명절'로 이어지는 이 미지의 진전, 또는 사회적 관행의 보편성을 부여주기도 한다.

종합해보건대, 진헌성 시인의 사물 특성은 등가적 개념, 차이적 개 념, 그리고 다양한 사물로부터 사유적 개념 등으로 유발된다. 이는 시

---

2   언어와 세계의 구조에서, 이름과 대상은 '이름 붙이기'의 관계에 있고, 원자명 제와 원자사실은 '그림 그리기'의 관계에 있다. 언어의 형식이 세계의 구조를 반 영한다고 보는 이 생각을 언어에 대한 '그림이론(picture theory)'이라 부른다. 비 트겐슈타인에게 언어는 세계의 그림이다. 즉 언어는 세계를 보여주는 그림과도 같다.(남경희, 『비트겐슈타인과 현대 철학의 언어적 전회』, 이화여자대학교출판 부, 2005, 55~56쪽 참조)

인의 독특한 담화이되 '진헌성표'라고 이름할 수 있는 세계를 펼친다.

4. 나오는 말

진헌성 시인의 시적 톤과 화법은 여러 평자들이 지적한 바, 묵직하고 우주적이다. 또 철학적이고 무신론적이기까지 하다. 과감한 비문법성과 전라도식 어투가 교합되어 있다. 하니, 트럭에 비유하자면 덤프차와도 같다. 뿐만 아니라, 그의 시상은 동서를 가르고 고금을 아우르는 바 중원처럼 드넓게 전개된다. 특이한 화법과 언변(言辯)으로 다른 시인들이 흔히 빚는 낯설게 하기의 창작 태도나 기법상에 어떤 차별화를 띠는 감각도 있다. 그런가 하면 스타일리스트로서 일종의 역설의 반시적 사상도 마다하지 않는다.

필사는 지금까지 진헌성 시의 다양하고 장중한 궤적 중에서 사물의 개념들을 개괄한 작품을 중심으로 고찰하였다. 일상의 사물, 나아가 우주 만상에 대하여 그의 가치관이 실현된 과정이 다양함을 입증했다. 특히 근본적이고 원론적인 사유를 바탕으로 사물에 대한 개념화를 구현한 내용들을 살폈다. 그러나 방대 무변한 그의 시에 하나 작은 줄기를 거두어본 셈밖엔 되지 않는다. 말하자면 고구마를 다 캐지 못하고 불을 따기 위해 몇 가닥 줄기만을 뽑았을 정도에 머문.

무릇 시인들 중에서 사물의 개념화를 시도한 예들은 상당수 있다. 그럼에도 진헌성의 사물시는 물리학, 철학, 생물학, 천체우주학, 전라도 사회학 등의 폭넓은 배경과 풍자를 교접해낸 것으로 집약된다. 후일 이에 대한 논의가 이루어진다면 그의 시를 보는 관점이 더욱 확대되지 않을까 한다.

진헌성, 그는 시의 이야기꾼이다. 가령 고대 헤로도토스는 아테네를 비롯한 각지를 돌아다니며 진기하고도 해박한 이야기를 전하여 세기적 감동을 자아냈듯,[3] '진헌성표'의 시를 맛보는 시간은 특이하고 신기했다. 위에 거둔 설명대로 다양한 숙사적(熟思的) 사유와 독후의 적막이 주는 여백에 빠진 이유 때문만은 아니다. 낯설지만 해박한 수치와 공식으로 무장된 스터디한 흐름에다 기질적인 압축과 풍자, 그리고 무엇보다 독특한 어휘로 후려치듯 휘어진 농법(弄法)과 무장해제된 직설(直說)은 읽는 내내 누려볼 만했다. 끝장까지 읽을 동안 속으로는 '가자, 가자!'를 외웠다. 이를테면 눈만 뜨면 나타나는 새로운 지식이 쫓아오는 거듭된 촉발이었다. 이제, 고픈 배를 채운 뒤, 노를 젓는 품세로 천천히 그의 우주론과 사물관 앞에서 소기의 글을 접는다.

건장과 건필과 건시(建詩)는 매일, 매장, 매사 그를 위대하고 존재케 하리라.

---

3   헤로도토스(기원전 480~420)는 고대 그리스의 역사가로 '역사학의 아버지'로 불린다. 그는 각종 사료를 체계적으로 수집, 정확성을 기하였으며, 이를 생생한 줄거리로 구성하여 서술했다. 그의 저서 『역사』는 그리스와 페르시아 전쟁에 대한 자신의 탐구를 기록한 책이다. 특히 지중해와 흑해 주변의 여러 지역을 여행하면서 그곳 사람들에 대한 특징과 내용을 썼다.

디오니소스에의 여유, 그 풍자와 멋의 시학

— 신극주의 시

1. 시 창작의 동인(動因)

　우리의 삶의 유형은 다양하다. 대저 삶의 모습이란 복잡다단한 형태가 많다. 이런 가운데서도 여유와 멋을 아는 삶의 양태는 흔히 문학하는 사람들에게서 풍겨 나온다고 말한다. 그게 자연히 연륜과 겹쳐 나올 때 그 품격은 높아지기 마련이다. 이와 같은 멋과 풍류는 일찍이 임어당, 에머슨, 베이컨, 홍대용, 서경덕, 조지훈 등에 의해 논의된 삶의 방식이기도 했다. 관련하여 신극주 시인도 여유와 멋을 아는 문인이다. 그동안 많은 작품을 써왔으면서도 처음으로 상재한 이 시집을 통해 그는 풍자를 곁들인 여유와 멋의 필치로 노년의 지형을 도드라지게 선긋고 있다.

　그는 전남 장성군 동화면 용정리 출생으로 호가 가헌(嘉軒)이다. 계간『아시아서석문학』에 시「어느 처사의 훼절」외 2편이 당선(2008)되어 등단했고, 수필에도 뜻을 두어 동지(同誌)에「줄탁동시」외 2편이 당선(2009)되었으며, 『수필문학』에 수필 「도둑 술 이야기」 외 2편이 천료(2009)됨으로서 시와 수필 장르에 걸쳐 작품 활동을 하고 있디. 그는 중등 교직에 근무한 바 있다. 국어과 교원 출신답게 문학 단체 활동에도 적극적인 그는 아시아서석문학작가회 회장을 역임했으며, 현재 한국문인협회 정책개발위원, 한국수필문학작가협회 이사, 한국현대시인협회 이사, 한국산문작가협회 이사, 광주시인협회 이사 등 주요직을 맡고 있다.

시 수업을 한 지는 꽤 되었지만 그는 늦깎이 등단을 했다. 그만큼 내공을 쌓아 입문한 시인이라 할 수 있다. 주로 풍자와 위트 있는 시를 즐겨 쓰지만 짙은 서정성에 바탕을 둔 서경적 작품에도 일가견이 있는 시인이다.

가슴으로
쓰는 시가 서정시라지요

가슴에서
머리에 올려놓은 게 아니라
머리가 얻은
짜릿한 것을 밀어 내려서
가슴에 와
감동이 닿았을 때랍니다
머리는 읽고
가슴은 감동하고
다리는 걷고
힘은 건강해야 시라고 한답니다

머리와 가슴은
40cm거리라지만

달려온 기쁨은커녕
여느 태아에겐 40km도 넘는
이 험로

언제쯤 가난을 벗고
안팎이 환히 밝게
성찰의 힘 되어
단상에
붉은 깃발을 꽂게 될까요.

                           ─「붉은 깃발」전문

그는 자신의 시업(詩業)에 대하여 겸손함과 기다림을 아끼는 법이 없다. 이 시는 겸손의 시학을 구현한 대표적 작품이다. 그의 시를 이해하기 위해서는 우선 겸허와 대기(待機)를 앞세운 사유로 들어가는 게 필요하다. 형이상학적 서정에 대한 감정적 어투를 천천하고도 대위적(代位的)으로 진술함으로써 최근 유행하는 졸속주의 시에 일침을 가한다. 일견 시작(詩作)에 대한 은일(隱逸)의 자세를 드러내기도 한다. 그는 때로 전통적인 고전물(古典物)에서 시의 아이디어를 얻기도 하고, 현대적인 체험 사실을 바탕으로 풍자적인 시도도 한다. 팔순의 나이도 잊을 만큼 시적 상상력과 창작력이 왕성하고 문단 활동에도 내로라 할 만큼 열정적이다.

위에 보인 시는 시작(詩作) 활동에 대한 내면 성찰이 볼 만하다. 시인으로서 창작적 자존을 잃지 않으려는 깐깐한 품세도 엿보인다. 개성있는 시를 위해 나름의 서정 논리로 감정을 추스르면서 끝까지 주제를 끌어매는 견고함도 갖추고 있다. 위 시의 요지는, 시에 대한 습작 과정을 "가슴에서 머리에 올려놓은 게 아니라" 시적 감동의 순서 즉 "머리가 얼은 짜릿한 것을 밀어 내려서" 비로소 "가슴에 와 감동이 닿았을 때" 시를 써야 함을 이야기한다. 그는 이처럼 "머리는 읽고 가슴은 감동하고 다리는 걷"는 그래서 "힘"이 "건강한 시"를 쓰기 위해 노력한다. 대상을 경험하고 자신에게 미치는 감동을 말할 때 "머리"에서 "가슴"까지 오는 감동의 짧은 거리를 희구한다. 그 거리란 "40cm"이다. 시인 자신에게 오는 감정으로 이 40cm를 "달려온 기쁨"을 맛보기를 내심 바란다. 한데 그러기는커녕, "여느 태아"처럼 배 안에 조용히 있는 그는 40cm가 아닌 "40km"가 "넘는 험로"에 막혀 있다고 겸손해한다. 이는 자신의 완만한 시작 태도에 대해 자신의 능력을 낮추어 겸허하게 반성하는 것이다. 그만큼 시인으로서 조건에 대하여 우선 몸 낮춤을 배면에 비치고 있다.

무릇 시인이란 대상에 대한 감동과 정서를 원고지에 옮기는 힘이 구비되어야 하는데, 자신에겐 그 일이 마냥 "험로"라는 사실이다. 하므로 그는 좌절한다. 그러면서도 마지막엔 정서가 도달될 것임에 포기하지는 않는다. 언젠가 보잘것없는 시의 "가난을 벗고" 드디어 "단상에 붉은 깃발을 꽂게 될" 날을 희구하는 것이다. 그의 시에서는 이러한 겸양을 바탕으로 한 꾸준한 정진의 궤적을 읽을 수 있다.

2. 시적 화자의 전아(典雅)한 변용과 화법

시의 변용은 자아가 현상으로 나아가는 자연스러운 모티프이다. 이 경우, 대상의 동기화에 화자가 서정적 태도로 전환하기 마련이다. 윌리엄 워즈워스는 자신의 유년을 반추하는 하늘과 대지를 시적 변용의 대리로 취한 바 있다. 성인이 된 순간에서 깨닫는 아동기 정서의 변주와도 같은 것이다. 헤르만 헤세의 『싯다르타』에서 싯다르타는 완성자인

부처와 고빈다를 뒤에 남겨둔 채 숲을 떠나게 되고, 숲 속에 모든 걸 그대로 남겨둔 채 자신의 정서와 결별하게 된다. 그는 들어왔던 숲을 다시 서서히 벗어나면서 마음을 가득 메우고 있는 벅찬 의지를 깨닫게 된다. 유년에서 비롯하여 소년기와 또는 청년기로 넘어가는 그의 성장 문학에서 자주 목격되는 현상이다. 하면, 신극주 시인의 경우 정서적 변용은 어떤 절차를 밟고 있는가 알아보자.

> 운림산방을 보러갔었어요
> 연못가에서 꽃을 보았지요
> 진심, 변덕, 바람둥이라는 말을 품고 있었고
> 냉정, 거만, 무정, 처녀의 꿈도 따라 다녔어요
> 흰색, 연두색, 연한 자주색, 하늘색, 연분홍색들이
> 꽃차례로 옷을 갈아입느라고 진심을 내쫓더니
> 조금만 척박하고 긴조해도
> 가을이 손짓만 해도
> 바람둥이이듯 헷갈리게 하더라고요
> 꽃말의 임자가
> 아무리 나무수국이라고 하더라도
> 처음엔 이미지가 울렁거려
> 종잡기가 설더라고요
> 진심과 처녀의 꿈 사이에서 말이에요.
> ─「변용의 아름다움」 전문

　화자가 의도한 변용의 차례를 살펴보면, "(1) 연못가에서 꽃을 보았지요/진심, 변덕, 바람둥이라는 말을 품고 있었고/(2) 냉정, 거만, 무정, 처녀의 꿈도 따라 다녔어요/(3) 흰색, 연두색, 연한 자주색, 하늘색, 연

분홍색들이/꽃차례로 옷을 갈아입느라고 진심을 내쫓더니/(4) 조금만 척박하고 건조해도/가을이 손짓만 해도/바람둥이이듯 헷갈리게 하더라고요"라고 독자에게 어떤 보고 형식으로 말한다.

(1)에서부터 (4)에 이르기까지 보여주는 대상은 변용과 변화의 연속이다. 시 「변용의 아름다움」은 독자에게 '하더라고요'의 액자식(額子式) 문체로 독자에게 이중으로 전달된다. 이는 긴장감을 누그러뜨려 허물없이 독자에게 다가가게 한다. 그래, 시가 중재적(仲裁的) 화법(話法)으로 읽히는 것은 시인이 내적으로 대면한 타인 의식에서이다. 즉 화자가 본 꽃들을 제3자에게 전달하는 형식으로 대상의 아름다움에 대한 간접적인 친근감을 불러일으키게 한다. 마치 곁에서 말하는 것과 같은 중재법(仲裁法)은 객관적 사실을 구체적으로 알려주는 장치로 흔히 요즘 시인들이 시도하는 표현법의 하나이다. "운림산방"과 "연못가의 꽃"을 통하여 "진심, 변덕, 바람둥이", 그리고 "냉정, 거만, 무정, 처녀의 꿈"을 유추하여 "진심을 내쫓"거나 "척박"과 "건조"를 이유 삼아 내세운다. 화자가 보는 "나무수국"으로 "진심과 처녀의 꿈 사이"에서 오가는 순수 이미지를 구사함으로써 변용의 극적 결과를 구체화한다.

동적골,
실개천은 우리 집이고
여울물은 공기며 양식이다

가물과 큰물은 목숨앗이고
통발이나 족대질은 야만스런 살육이며
황새늦배새끼
부릅뜬 눈에는 살기가 번득인다

우리들의 유영(遊泳)을 즐겨
정서(情緒)를 키우면서도
쪼들림에 지친
막다른 골목에서
발버둥질을 팔짱만 낀다

비정한 인간들,
동산천 여울목 턱 높여
물 가두고 겨레붙이 살리라는
송사리들의 켜켜이 쌓인 아우성,
공허한 메아리여!

— 「아우성」 전문

　이 시는 생태 환경의 중요성을 깨닫게 하면서도 인식 전환을 시도한
다. "아우성"이라는 제목에서부터 느끼는 시사도 그 의비를 더한다. "송
사리" 떼가 살려달라 부르짖는 "아우성"에서 화자가 긴박하게 발하는
생명체의 존엄성을 읽을 수 있다. 절규하는 생명의 상응적 각인이 새삼
느껴진다. 그의 시에는 "동적골"이 심심찮게 등장하는데 이곳은 중심사
입구, 즉 자신이 정을 붙이고 사는 골짜기다. 이곳에 흐르는 "여울물"
은 "공기"와 "양식"일 정도로 화자의 생명과 가깝게 닿아 있다. 그럼에
도 불구하고, 사람들은 "송사리"를 "통발이나 족대질"로 잡으려 "야만스
런 살육"을 감행한다. 그때마다 잡을 게 없어 "황새늦배새끼"는 "부릅뜬
눈"으로 먹이를 찾아 나선다. 황새의 "번득"이는 과장법에 유머와 패러
독스가 저며온다. 자연 생태 사다리를 파괴하는 "비정한 인간들"을 비
판적이고 희화적으로 묘사한 작품이다.
　사람들은 "동산천 여울목"의 "턱"을 "높여" 흐르는 "물"을 "가둔"다. 화

자의 귀에는 "겨레붙이"를 "살리라는" 많은 "송사리들"의 "아우성"이 들린다. 하지만 "공허한 메아리"일 뿐이고 사람들은 모르는 척한다. 이를 받아줄 수 없는 각박하고 이기적인 사람들, 결국 이 시는 못살겠다는 "송사리"의 "아우성"을 통해 생태 환경의 교란을 고발하고 있다. 물론 여기에서도 특징인 변용의 전아체 문장을 통해 고발되어 시적 여유와 여백의 맛을 읽을 수 있다.

3. 디오니소스적 풍자와 편력의 시학

술은 생의 매듭을 풀기도 하고 세게 맺기도 한다. 술친구답게 그의 시에서는 디오니소스적 풍자를 읽을 수 있다. 무엇보다 자신의 술버릇과 연관되어 있음도 고백하는 데에 호응을 얻는다. 대부분 술을 먹고 얌전한 사람으로 바뀌는 경우는 드물고, 먹고 떠들며 자신을 백일하에 드러내는 수가 많다. 하지만 그의 시에서는 술과 더불어 인품이 더욱 겸손해지는 멋이 있다.

구두를 타고 세월을 싣는 구두쇠가 있다
하늘에서 땅을 거쳐 땅속까지
사통오달로 내닫는데
적재적량과 주행거리 한도를 넘기면
청춘의 바퀴는 거덜나나니
사뭇 노화를 늦추려고
굽에 반달징 박아 구두쇠로 거듭난다

위버섹슈얼한 꿍꿍이속 키높이를 쳐들고

첨단시대를 우렁차게 자부하면서
아우의 뒷굽에도
징으로 옮아야 한다는 큰 맘 먹은 쥔장

금지옥엽 피붙이 하나를 잃게 한
밉고 낡은 나를 내치거나 원망치 않고
되레 성형외과에서 보링한 뒤
코팅 화장을 하는데
퉤퉤 침꺼정 발라 사랑사랑하며
신문지 구겨 신골처럼 뱃속에 끼워 넣고
애지중지 진열장에 주화(駐靴)한 뒤
아련한 그 눈길로 쓰다듬는
쥔장의 휘하(麾下) 망망한 바다다

키높이를 타고 활강상승(滑降上昇)하면서
또그닥 딱딱 탭댄스를 이어내고
어떤 길이건 거침없이 내지르는
위트와 예지 넘치는 멋쟁이 쥔장이다.

— 「구두 이야기」 전문

시적 대상의 변용은 다양한 시를 추구하며 상징에 대한 기술이다. 신극주 시인답게 변용(變容)의 풍자와 과장법이 전향적인 작품이다. 그의 시에는 체계적인 풍자의 기제와 서정이 장착되어 있다. 구사된 유머는 "쥔장의 휘하"를 능가한다. 가령 "구두를 타고" 흘러온 "세월을 싣는" 사람 즉 "구두쇠"를 다루는 것이다. 그가 생활하는 "적재적량과 주행거리"의 "한도를 넘"긴 "청춘의 바퀴"가 "거덜난" 듯한 사람, 즉 "사뭇 노화를 늦추려고" 아직 덜 닳아진 "굽"까지에도 "반달징"을 "박"듯 "구두쇠로 거듭난" 사람이다. 그는 "위버섹슈얼한 꿍꿍이속 키높이" 구두를 쳐들고 "첨단시대"를 지나며 "우렁차게 자부하"는 쥔장이다. 나아가 자기만 그런 게 아닌, "아우의 뒷굽"도 "징으로 옭아야 한다"고 주장한다. 그는 닳아진 구두를 "내치거나 원망치 않고 되레 성형외과"에서 "보링한 뒤"에 그 구두에 "코팅 화장을" 한다. "퉤퉤 침꺼정 발라 사랑사랑"하고 "애지중지 진열장에 주화(駐靴)한 뒤 아련한 눈길"을 주는 것이다. 이 태도야말로 요즘 새것만 찾는 낭비 풍조를 꼬집는 시학이다. 그때 그의 "휘하(麾下)"란 여유로운 심정으로 바뀌어 모름지기 "망망한 바다"로 향해 드넓게 트이는 위치다.

쥔장은 이 구두에 의지하여 때로 "활강상승"하고 "탭댄스를 이어내"는 사람이다. 그는 "거침없이 내지르는" 사람이다. 그리고 "위트와 예지 넘치는 멋쟁이"로 돌변한다. "징" 박은 "쥔장"의 구두란 이렇게 미화되어 훌륭하기까지 하다. 조금은 우스꽝스럽지만 행간에 넘치는 풍자가 읽는 맛을 더해준다. 구두쇠의 상징인 낡은 구두를 징 박은 구두로 재탄생해 보이며, 활강상승의 멋쟁이로 바꾸는 삶의 전환적 변용 또한 볼 만하다.

백암산 수연산에 올라
황룡장터 영천리 사거리 백양사길
상투 잘라 배코치고 옷 갈아 입은 길

미로를 졸라 구멍 뚫으려고
숱한 눈안개 헤치며
좁아서 넓고 밝아서 어둡게 막힌 길
천만근짜리 삶의 길섶에

끊었지만 수포였지요

다섯째와 그 어미가 갔던 길
신항길 여순로 눈물 닦던 길
89번길 배고픈다리 길
덧없는 길 위에 뚝심으로 섰지요

에머슨 워즈워스 공·맹을 구걸하고
인쇄골목길 삼일대로길 목동서로길
시어(詩語)들이 모여 앉아 손금 보는 길
미궁에 녹녹찮은 신작로지만
목짐재 팔방망이길
열여섯 발바닥이 네 바퀴로 경주하는
고속화도로가 임의롭지요.

— 「긴 1」 전문

시인의 고향 장성의 주요 길을 도근점(圖近點)으로 화자가 거쳐온 정신적 편력들을 돋혀낸 가작이다. 각 연에 화자가 눈여기며 의식적으로 지나온 길을 재구성해 보이는데 이를 재구하면 다음과 같다.

[1] 소년 시절의 길 : 황룡장터 영천리 사거리 백양사길→상투 잘라 배코치고 옷 갈아입던 길(개화의 물결에 동승한 길)

[2] 청년 시절의 길 : 미로 졸라 구멍 뚫고 눈안개 헤치고 간 길→좁고 넓고 밝고 어둡게 막힌 길(천만근 삶의 길섶을 끊었으나 수포로 돌아간 길)

[3] 중년 시절의 길 : 다섯째와 그 어미가 간 길→신항길 여순로 눈물 닦던 길 89번 배고픈다리길(덧없는 길 위에 뚝심으로 섰던 길)

[4] 장년 시절의 길 : 인쇄골목길 삼일대로길 목동서로길→시어들이
　　모여 앉아 손금 보던 길(미궁에 녹녹삲은 신작로)
[5] 현재 화자의 길 : 목짐재 팔방망이길→열여섯 발바닥이 네 바퀴로
　　경주하던 길(임의로운 고속화도로)

결국 시인에게는 지나온 길이 고통의 연속이었다. 힘들었을 그 길이
지도상에서 표기된 현재의 편안한 길이지만, 이면에는 기억과 추억과
눈물 또는 혹독한 가난이 기계독 부스럼처럼 도드라진다. 그러므로 쓰
라린 길이다. 흔히 치유되지 않고 남은 상처는 시가 된다고 했다. 우리
에게 세월 저편에 남았어도 결코 잊을 수 없는 길은 얼마든지 많다. 이
시는 주변의 시어로 자신의 생의 편력을 오버랩시킨 작품으로 잔잔한
감동을 준다.

안주계의 스테디셀러가
이웃 베스트셀러 비위를 건드려
넌 네 주인이 만든 허수아비야

풋고추에 된장 멸치대가리 깍두기 열무김치
홍어앳국 닭똥집 청어과매기 울릉도 오징어가 맞장구치는
가장 평민적이고 오랜 사랑을 받아온
스테디셀러의 점잖은 자랑을 듣고

참다랑어 배꼽살회 연어훈제 잉어찜 멧돼지목살구이
청둥오리샤브샤브 송이버섯소금구이 참새탕 올갱이무침
값비싸고 계절 타는 게 흠이지만
빼어난 풍미는 술맛에 날개를 단다고

베스트셀러의 입에서 침이 흐른다 (하략)

　　　　　　　　　　　　—「디오니소스의 교훈」 부분

　반짝 팔리는 안주와 꾸준히 팔리는 안주를 대비하여 "베스트셀러"와 "스테디셀러"로 풍자한 아이디어가 일품이다. 바야흐로 시에는 주객들이 선호하는 안주가 호사스럽게 차려진다. 무슨 유행 옷처럼 반짝 팔리는 계절 안주는 "베스트셀러"이고, 예나 지금이나 술꾼들의 입을 변함없이 즐겁게 하는 건 이른바 "스테디셀러"라 한다. 그러니까 뭐 꾸준히 회자되는 안주이렷다. "풋고추에 된장, 멸치대가리, 깍두기, 열무김치, 홍어앳국, 닭똥집, 울릉도오징어" 등이 그러하다. 반면 "참다랑어 배꼽살회, 연어훈제, 잉어찜, 멧돼지목살구이, 청둥오리샤브샤브, 송이버섯 소금구이, 참새탕, 올갱이무침" 등은 서민의 호주머니로는 값을 감당하기가 쉽지 않은, 그러니까 세태를 반영한 "베스트셀러" 안주들이다. 술을 주관하는 디오니소스께서 들으면 사치스런 인간들이라고 벌을 내릴 법도 한 일이다.

　옥타비오 파스(Octavio Paz)의 지적대로 시는 "시인과 사회의 언어, 리듬, 신념"에서 비롯된다. 그러나 시는 그가 갖는 역사적 방식과는 얼마간 반대되기도 한다. 그는 『진흙 속의 아이들』에서 "반역사를 창조하는 것이 시인의 의도는 아닐지라도 시는 반역사를 창조하는 하나의 장치"라고 단언한 바 있다. 시의 과정이 "시간의 흐름을 역행, 변형시키기도 한다"고 주장한 그의 논리를 이 「디오니소스의 교훈」에서 눈여겨볼 수 있다.

　신극주의 시에서는 이와 같은 역행의 변형적 낯설게 하기의 기법이 심심치 않게 적용되는데, 이 시는 대표적 작품이라고 할 수 있을 것이다.

4. 남도 노동의 희화적(戱畵的)인 서정

남도인에게 밥상은 한마디로 힘이다. 민중의 밥은 지나온 시대에 그럴 수밖에 없는 존재였다. 우리 주위에는 남도가 지닌 밥상의 생명성과 진지성을 노래한 시인도 그만큼 많았다. 김영랑, 박용철, 서정주, 박홍원, 박노해, 김남주, 송수권, 김선태에 이르기까지 남도적 서정의 뿌리를 진지하게 캐어낸다. 그러면 신극주 시인에게 비친 남도의 정서는 어떻게 구현되고 있는가. 남도의 농사일과 탯말의 구성진 활용에서 그 특징을 찾아볼 수 있다.

특히 그의 시는 타 시인들처럼 자연의 풍광을 노래하는 게 아니라, 일과 사연을 노래한다. 시인은 가난한 시절 바쁜 농사철을 기억의 줄로 당겨온다. "멧재 불무질해/꼽쌀미밥 짓는다/이놈으 불무 가왓줄이/자꼬 베께지네"라며 매운 연기 속에서 애써 하는 "멧재 불무질" 노동을 하소연하는 품세가 희화적이고 리얼하다. 시의 맛이 낙낙한 현장성에 녹아 있다. 특히 향토어로 쓰인 '멧재, 꼽쌀미밥, 가왓줄, 자꼬, 베께지네, 꺼질라고 형께, 줄여각고, 작것이, 콱 집어던져 뿔끄나, 불땀인디, 재질 것잉가' 등 주로 명사보다는 서술형 어미에 탯말을 적용한 문장에서 유머가 넘친다.

> 멧재 불무질해
> 꼽쌀미밥 짓는다
> 이놈으 불무 가왓줄이
> 자꼬 베께지네

타던 멧재불이 꺼질라고 헝께
늘어져 헐거운 가왓줄을 줄여각고
다시 돌리면
이 작것이 시방 한 두 바꾸 돌다가는
다시 비께지는 것이여

허허, 이놈으 불무
콱 집어던져 뿔끄나 성깔지게

그나마 쬐끔 남아 있는 불땀인디
이 멧재불이 꺼져뿔면
꼽쌀미밥은 언제 끓고
뜸들여 재질 것잉가

자갈논 일꾼들 꼬르륵 날리나고
목젖이 방아를 찧는다고
소리소리 야단이 났는디.

— 「뜸들이기」 전문

시에서 낯설게 하기란 사물 앞에서 가지는 순수와 초심으로 되돌아
갈 때에 가능하다. 즉 맑은 심성과 밝은 지혜가 바탕이 되었을 때 비로
소 가능한 것이다. 밥 짓기의 한 과정인 「뜸들이기」는 순수와 초심을 남
도 사투리에 두고, 불무질로 밥 짓는 모습을 흥미있게 구사하고 있다.
작품이 보여주듯 시각적 청각적 효과를 높인다.

아마도 그의 시적 특징은 「가을이네」와 더불어 가을 주제의 「몽실몽
실」에 담긴 것 같다. 가을 들판에서 보는 오곡의 알찐 모습, 즉 "올해
도 입꼬리와 눈꼬리가 정다이 포옹하고 있"는 풍경이랄지, 화자가 보는

"동적골 아늑한 품"과 그 품에 깃든 "몽실몽실한 젖가슴" 등 감각적으로 표현되어 있다. "그득그득 열린" 모습을 시각적으로 그려내는 솜씨가 독특하다. 이로서 표현에 드러난 올올한 시적 기술을 볼 수 있다.

가을이네 아버지가
트위터에 메시지를 올렸다

육형제들 진지하게 훑고
쌀랑거려 서리 형님 오시기 전에
서둘러 설거지하자고 입을 모았네

부지런한 갈무리로 한시름 놓자
어련하실까
서리 형님 어김없이 내려와

때 놓치면 안 돼
논밭 다듬어
얼싸절싸 보리씨 묻어야지
입동 형님 오시기 전에

가으내
울긋불긋 오색 훈장 목에 걸었네.

— 「가을이네」 전문

「가을이네」는, "아버지가 트위터에 메시지를 올렸다"는 서두로 어쩌면 기존 농촌 아버지답지 않은 화법이다. 그래서 낯설게 하기를 시도한다. 아버지가 트위터에 올린 메시지를 육형제가 훑어본다. 아버지는

"서리"가 오기 전에 작물과 곡식을 얼른 "설거지하자고" 역설한다. 그가 강조하듯 모름지기 농사란 "때를 놓치면 안 되"는 법이렷다. "논밭"을 가는 작업을 거쳐 흙을 고르고 "다듬어" 즐거운 마음으로 "보리씨를 묻어야" 하기 때문이다. "서리 형님이 오신" 다음엔 "입동 형님"이 "오시"지 않은가 말이다. 이 시는 '아버지의 트위터'로 올라온 메시지를 통하여 가장(家長)을 중심으로 일하며 얻어낸 그득한 상차림처럼 가족들의 풍요가 볼만하지만 특히 독자에게 다음과 같은 느낌을 유발하고 있다.

[아버지의 트위터]

(1) 육형제에게 부탁→서리 오기 전에 서둘러 수확하자

(2) 때 놓치지 말자며 솔선→입동 오기 전에 보리씨를 묻자

(3) 열심히 한 결과→가을맞이 오색 훈장 목에 걸었다

이 시는 작업을 예고하듯 "울긋불긋 오색 훈장"을 "목에 걸"고 가을이 농사일을 독려하는 것을 아버지의 마음과 말로 치환 구사한 작품이다. 독특한 표현이 생동감을 더해준다.

> 올해도
> 입꼬리와 눈꼬리가
> 정다이 포옹하고 있네
>
> 양춘의 해살과
> 영등날에 착한 바람
> 가둬둔 터라

식생(植生)들
눈치코치 다 알고
콧노래가 구성지네

봄 여름
영롱히 풍요롭더니
뒤 차례
훼방꾼 장난질도 끄떡없이 내치고

이 가을
동적골 아늑한 품엔
몽실몽실한 젖가슴이
그득그득 열렸네.

— 「몽실몽실」 전문

이 시는 오랜 내공에서 빚어낸 작품으로 보인다. 「가을이네」와 「몽실몽실」이 주는 수확의 이미지는 그의 시적 성숙과 함께 승화의 세계로 안내한다. 그의 시 가운데 농촌 소재의 시는 이외에도 더 많다. 한마디로 그의 시는 풍자와 해학을 통한 대상의 희화화, 농촌 사연의 서사화 등을 관념적이 아닌 체험적 언어로 우회적으로 구사하는 특징을 보인다. 이는 그의 시가 건강하고 희망적이라는 증좌에 다름 아니다. 대상에 대한 표현이 직설적이지 않고 녹여낸 액젓과 같은 풍자의 논리를 세운다.

지금까지 신극주 시인의 작품에 스며든 풍자와 유머, 위트, 서정의 전아한 화법 등을 피력했다. 이 같은 기법은 시를 풍성하게 하는 다양한 방법들이자, 시를 현대화로 당겨오는 전위적 단계이다. 이제, 느지막하게 펴내는, 그러나 펴내서 다행이고 반가운 그의 시집 발간을 축하하며 이를 계기로 문운이 활짝 열리기를 바란다.

시란 빚어낼 때보다 빚는 이전의 발상과 순간이 더 중요하다. 좋은 시는 아이디어로 쓴다는 나름의 체험 때문만은 아니다. 신극주의 시에서 풍기는 발품, 발상, 발효, 발포성 시학이 그것을 잘 대변해주고 있다. 곰삭힌 그의 서정과 풍유가 빚는 결 또한 아름답지 않은가. 시인이 지속적으로 실행하는 발품이 바로 정품(精品), 그러니까 곧 좋은 시품(詩品)으로 연결되어 난해한 현 시단을 정화해가리라 믿는다.

순진무구의 정신, 또는 풀잎시와 풀빛시

— 박형동의 시

1. 머리말

비가 개자 문득 푸른 산이 돋보인다. 나무와 계곡과 바위의 풍치가 새롭다. 한 시인의 시를 이야기하자면 그가 어떤 인물인가에 품성과 인과를 두루 살펴보는 게 필요하다. 이른바 형식주의 비평론가들이 주장하는 신비평작 관점에서는 완전한 것으로만 파악한다. 때문에 외적인 지식이나 문학적 삶에 입각하여 설명하지 않고, 작품에 접근해야 한다는 단도직입적 입장에 동의해야 한다. 하지만 프랑스의 평론가 자크 바르장 같은 전기적 비평론자는 작품 속에서만 머무는 비평은 한낱 환상에 지나지 않는다고 호되게 깎아내리기도 한다.

간단한 전기적 사실을 거론한다면, 박형동 시인은 1949년 장성군 서삼면에서 출생하여 조선대 법학과를 졸업하고, 현재 광주경신여고에서 사회과를 가르치고 있는 교사이다. 한편으로는 교회에서는 장로 소임을 맡고 있다. 또 그는 문학 동인회에서 회원들로부터 작품 활동과 참

192

여 태도를 인정받아, 한국문협장성지부 부회장, 시류문학회 사무국장 등 중추적 직함도 갖고 있다. 말하자면 그는 직장이나 사회에서 중견의 위치에 있다고 할 수 있다.

결론부터 말하자면 그의 시에는 별유천지(別有天地)의 청정성(淸淨性) 과 같은 순진무구함과 오랜 종교적 청빈 정신이 면면에 배어 있다. 그의 작품에는 주로 순후를 추구하는 '풀잎의 시', '풀빛의 시', 그가 스스로 일컫되 '바보의 시'가 많다. 변화로만 치닫는 시대에 풀잎처럼 싱싱한 '바보 정신'은 어쩌면 미래 지향적이며 현명한 태도일 게 분명하다. 오늘날은 오염이 극심하여 인간 정신에까지 그 폐해가 이르렀다. 그냥 '바보'로 수절하고 있는 완벽성이 빛나 보이는 것은 이처럼 혼탁해진 세상 탓 말고도 그의 천성적 품성도 있다. 박형동 시인의 시를 읽으면, 지금 마악 떠올린 약수처럼 투명하여 배앓이를 곧 씻을 것만 같다.

흔히 말하는 것처럼 문학의 자세는 거리에서 이루어지는 게 아니다. 두더지의 굴처럼 후미진 골방의 책더미에서 자생되기 마련이다. 숨어 견디어내는 글쓰기와 청빈이 진실로 시를 알찌게 키운다. 정직과 순수를 지키는 것은 쓰러져가는 오두막을 치받드는 것처럼 힘들고 위험하기까지 한 일이다. 그러나 정직과 순수가 삶의 기본임에 어쩌랴. 낮은 발치로 내려가는 삶, '바보스러움'과 '순수함'으로, 쿨렁이는 오염을 견디는 건 가난한 삶이자 가장 인간적인 생이 아닐까.

그러고 보니, 우리는 언젠가부터 '순수와 정직의 바보 본성'을 잃은 지 오래되었다. 박형동 시인의 시를 통해 도망간 바보의 행방을 찾고, 때 묻지 않은 순진무구를 닮아보면 어떨까 싶다.

2. 풀잎 사랑이 깨우는 잠

R.M. 릴케가 『젊은 시인에게 주는 편지』에서 "자유롭게 사고하고 창작하도록 온갖 장애를 없애주는 일"은 시인에게 내심을 다스리도록 "순수의 힘을 주는 것"이라고 했다. 그것은 바로 우주 만상의 '순수', 인간의 '정직'과 '바보스러움'을 의미 있게 배우는 일이 아닌가. 릴케는 "우직함이 곧 진실함의 만삭"이라 했다. '우직함'에서 '만삭'까지의 단계를 실천하는 이가 박형동 시인이다. 그의 판단은 독자적이고 소신 또한 강하다. 그가 쓰는 시는 백지 공간처럼 깨끗한 내심에서 나오며, 강요로 나온 게 아님을 알 수 있다. 이것이 시인에게서 배워야 할 내심이다. 모름지기 시인에게는 겸허함으로 '만삭'을 채우며, 명료함이 '분만될 시기'를 기다리고서야 바야흐로 시가 탄생되는 법이다. 그는 그것을 다음 시에서 구슬처럼 꿰고 있다.

> 봄과 가을
> 여름과 겨울이 번갈아 다녀갔을 뿐
> 개울 건너 안산은 그대로다
>
> 나이를 쟁기질하며
> 수많은 산을 넘어왔는데도
> 들판 건너 안산은 그대로다
>
> 나는 아들의 손을 잡고
> 안산에 묻힌 아버지를 찾아간다
> 가슴에 묻힌 안산을 찾아간다

그리고 먼길을 떠날 때
산자락 사이에 묻어 두었던
내 꿈을 캐러 간다.

—「안산」 전문

처음엔 무심코 읽다가 한 번 더 읽게 만드는 시이다. 세상의 고적함이 아버지가 묻힌 안산에 있되, 화자는 부러 세우거나 추스르지 않는다. 안산은 마을 앞에 있는 흔한 산이다. 아버지의 무덤이 있는 산, 아들의 손을 잡고 산소를 찾아가는 장면이 영상처럼 정황적이다. 실은 "나이를 쟁기질하며" 지나온 세월 동안 "수많은 산을 넘어왔는데도" 아버지 자리는 늘 그대로이다. "들판 건너 안산"이란 옛 모습에서 오히려 안정을 취하는 의도가 잘 드러난다. 화자에겐 "그대로"라는 것, 그것이 늘 가슴을 충만하게 한다. 마음만 먹으면 그냥 돌아갈 수 있기 때문이다. 산소가 "그대로"[依舊]이기 때문에 그는 어김없이 "찾아가" 절을 한다. 만일 "그대로"가 아니라면 "꿈을 캐러 갈" 이유도, "산자락에 묻은" 아버지를 다시 만나야 할 까닭도 없을 것이다. 아버지의 산소는 이렇듯 변함없고, "가슴에 묻힌 안산"은 이름대로 편안한 산이다. 이 시는 변하지 않음에 대한 향수가 변해버린 몰인정을 극복해내는 믿음과 소망을 차분하게 표출한다. .

시인에게 쓰는 과정은 순차적으로 진행되는 게 아니다. 대상의 모습에서 시작할 수도 있고, 문득 떠오른 아포리즘이 시간에 따라 무르익거나 전광처럼 스치다가 구상되기도 한다. 화자가 추구하는 바 의미화가 새로이 감겨오는 작품이다.

풀잎이 좋아
풀잎을 감고
풀잎에 누워

구름 속에서 숨바꼭질하는
아기별과 이야기하다
별나라 왕자가 되는 꿈을 꾸고

풀잎 위로 미끄러지는
말간 이슬방울로
얼굴을 씻고 나서

찌르르 찌르르
흥겹게 목청을 돋구고 나면
아침 햇살에 물드는
풀빛 세상

—「풀잎 노래」 전문

그가 노래하는 자연의 품은 어머니 가슴처럼 다사롭다. 화자는 "풀잎이 좋아 풀잎을 감고 풀잎에 누워" 꿈꾼다. "숨바꼭질하는 아기별"이 되기도 하고 "별나라 왕자"가 되기도 한다. 잠을 깨면 "아침 햇살에 물드는 풀빛 세상"이 개활한다. 동화 같은 나라에서 화음으로 연주되는 '풀잎 노래'가 참 맑다.

시를 읽으매, 순수가 은잎처럼 빛난다는 것을 이마로 받는다. 풀잎에 서린 우주는 화자가 그리는 이상향, '풀빛 세상'을 빚어내는 비범이 발견된다. "아침 햇살에 물드는" 세계, 눈빛에 담긴 사랑, 이들은 투명하게 부풀어 오르는 자연의 오르가슴을 탄다.

미국 작가 헨리 소로는 어릴 때부터 숲을 좋아하여 숲에서 살다가 숲에서 숨을 거두었다. 45세의 짧은 일생이었지만, 그가 거닌 숲은 지금도 울울창창하다. 만년에 쓴『인생과 자연』에서 그는 숲을 두고 "상쾌한 저녁에 온몸은 하나의 감관(感官)이 되어 모든 털구멍으로 기쁨을 흡수"하는 과정의 극치를 표현했다. 인간의 자연 흡입론을 감각적으로 진술한 것이다. "흥겹게 목청을 돋구어" 노래하면 "아침 햇살에 물드는 풀빛 세상"을 맞는데, 이처럼 소로의 자연 흡입론이 문장 곳곳에서 발견된다.

> 말이 없어도
> 가슴 뜨거운대로
> 그냥 만나면 이루어지는 사랑
> 반갑게 마주보며
> 온봄을 뒤틀어 노래를 하면
> 더없이 행복하고
>
> 법이 없어도
> 넉넉히 아름다운 우리 땅에서
> 서로 어우러져 살아가면서
> 비바람 즐겨 맞고
> 밤마다 두 눈 마주 반짝이며
> 사랑을 주고 받고
>
> 우린
> 우린 그렇게 사랑해
>
> ─「풀벌레의 사랑」 전문

순수가 노래처럼 전언되는 시이다. 화자가 느끼는 "풀벌레의 사랑"은 "말이 없어도 가슴 뜨거운대로" 만날 법하다. 우로(雨露)에 젖은 난잎처럼 깨끗하고 촉촉하다. 그것은 감각에 전달해오는 데에 지체되는 바 없다. 바라보는 대로 눈맞추어 "이루어지는 사랑"이기 때문이다. 화자의 애정 또한 독자에게 편애하듯 특별하다. 풀벌레는 날개를 부비고, 밤마다 "눈을 마주 반짝이며" 사랑을 나눈다. "주고 받"는 속삭임이 인간의 사랑보다 진진함을 암시한다. "우린 그렇게 사랑해"라는 속삭임은 계기적으로 가슴을 울린다. 감동의 진솔함이 바람에 몰려오는 꽃잎처럼 은은하다. 귀를 간지럽히는 이슬방울은 화자의 고혼으로 빚어지고 세정된다. 일련의 시적 구조를 다음과 같이 직조화해 볼 수 있겠다.

「풀벌레의 사랑」 시적 구조

[말이 없는 사랑] ⇒ 뜨거운 가슴 ↔ 반갑게 마주 봄 ▷이루어지는 사랑
[법이 없는 사회] ⇒ 아름다운 땅 ↔ 어울려 살아감 ▷사랑을 주고받음
↓
[우리의 사랑] → 풀잎 사랑

이 시는 꾸밈없는 순수와 그것을 추종하려는 열정이 반복된다. "우린 그렇게 사랑해" 마지막 구절을 읽기 위해서 처음으로 되돌아가는 수고를 아끼지 않게 한다.

3. 꽃이 가르치는 것, 꽃으로 배우는 것

러시아 형식주의자 쉬클로프스키는 '낯설게 하기'가 독자에게 좋은 감상에 빠질 수 있게 한다고 하였다. 친숙한 이미지가 아니라 생소한

충격을 주는 이미지, 새롭게 활력을 주는 게 바로 '낯설게 하기'의 장치이다. 바닷가에 사는 사람이 파도 소리에 익숙해져 소리를 특별하게 듣지 못하듯이, 시에서도 평상시에 사용하는 친숙한 시어만 쓸 경우 호소력이 없다. 그러나 다음 시처럼 색다른 '낯설게 하기'가 거듭 읽도록 유도한다.

유대의 선지자(先知者)였던 이사야는 "어두운 곳에 보물은 숨겨지는 법"이라고 하여 인간 탐구를 삶의 기능으로 다루었다. 그것을 찾기 위해서는 뭇 상상력이 필요하다. 상상력은 발견의 고민에서 시작된다. 발견은 곧 '낯설게 하기'의 경이감으로 연결된다. 이 발견과 '낯설게 하기'는 순서적이라기보다는 동시적이라고 할 수 있다. 발견해놓고 보니 놀랍고, 때문에 시어는 더욱 눈에 잘 띄는 것이다.

나는 이름을 갖지 못한
그대의 옷,
구름결처럼 물결처럼
무늬지어 피어나는
그대의 빛깔이올시다

나는 빈 몸으로 피워내는
그대의 꿈,
천년 만년 주저앉은 채
자기를 잊어버린
그대의 바람꽃이올시다

그대 가슴에 패인 골 사이로
솜털 같은 뿌리를 박고서야

겨우겨우 숨결을 열어 가는
잿빛 사랑꽃이올시다

말라버린 눈물로
그대 거치른 살갗에
겹겹이 피워내는
눈물, 눈물꽃이올시다

— 「바위옷(1)」 전문

바위꽃은 화려하지 않다. 지금은 보기 드물고 소재 또한 특별하다. 바위꽃은 색깔이나 구조가 단조로움에도 불구하고 이에 대한 다양한 이미지를 다음과 같이 구조적으로 전개하고 있어서 주목된다.

즉 "그대의" '옷'→'꿈'→'가슴'→'눈물'은 종착에 가서 독자의 '눈물'을 요구하듯 바위꽃은 "그대의" '빛깔'→'바람꽃'→'사랑꽃'→'눈물꽃'으로 변화하는 이미지의 발전 경로를 거친다. 이미지의 점층은 점변하는 감정의 기승전결에 의하여 가시화된다. 계기화에 의해 행진된 종착점이 바로 "그대의" **"눈물"**과 "그대의" **"눈물꽃"**이다.

「바위옷」의 시적 구조

[그대의 옷] → [그대의 꿈] → [그대의 가슴] → [눈물]
▽　　　　　▽　　　　　▽　　　　　▽
[그대의 빛깔] → [그대의 바람꽃] → [잿빛 사랑꽃] → [눈물꽃]

조각가 로댕은, "작은 꽃은 곱지도 않고 화려하지도 않으나 평온하게 살고 그들의 운명을 감수할 줄 안다"고 했다. 자연의 섭리가 그렇다. 그는 "꽃들은 병들어 있는 사람에게 위안을 주며, 작가에게는 글을 쓰게

하고, 갇힌 사람들에게는 답답증을 풀어준다"고도 했다. 이처럼 만인에게 필요한 꽃은 청년기를 지날 때 '장엄한 존재'로 입지한다. 「바위옷 (1)」은 바위꽃의 점층 과정을 거쳐 이루어내는 눈물의 절정을 차용해와 화자 감정에 귀필된다. 시에서의 점층적 상상력은 응축을 기본으로 하는 상징적 은유법이다. 이는 '말로 표현할 수 없는 것에 대한 생생한 느낌을 불러일으키는 힘'으로 작용한다. 감동시키는 힘이 논리로 진행된다면 이미 그건 '낯설게 하기'를 포기한 죽은 시가 되는 것이다.

누렇게 시든 백합꽃을 내버리려다
싹싹 놀라 그만 두었다

잘려 와 내 앞에 꽂혀
물 갈며 다듬어 줄 때마다
짧은 순간 느끼던
찬란한 행복 속의 몇 날은 가고
마지막 향기까지 다 증발해 낸
꽃이었던 것을……

순백(純白)의 얼굴로
품위 있게 선 너는
흙에서 절연된 순간 끝나버린 생명인데도
메마른 내 영혼을 위해
남은 봉오리 마저 피우고
그 빛깔 다하였던 것을…

쓰레기통에는
어제 처박힌 쓰레기들의 아픔으로

가득 차 있었다

— 「화병 앞에서」 전문

아무리 시든 꽃도 꽃은 분명 고귀한 생명체이다. 그러기에 화자는 시든 꽃이나마 차마 버리지를 못한다. 살아 있는 것에 대한 특유의 미련 때문이다. 그만큼 화자는 생명에 대하여 애착을 지닌다. "잘려와 내 앞에 꽂혀 있는" 백합꽃은 이제 "마지막 향기까지 다 증발해낸 꽃"이 되고 말았지만 "순백의 얼굴"을 베푸는 "꽃"은 어찌 보면, 시들어서야 화자로부터 더 애지중지 아쉬운 감을 받는 존재다. 그러나 종국에는 쓰레기통을 채우는 운명에서 벗어날 수도 없다. 하찮게 시든 꽃에서도 애증의 정신을 발휘하는 휴머니티가 시인의 중요한 시적 모티프이다.

"참된 것은 창조적인 참된 가치"라고 펄 벅 여사가 말했다. 시간이 지나 시들더라도 시인은 꽃 본래 모습을 상기시키는 부활의 이미지를 추구하고 가치를 창작하며 키워야 할 일이다. 그것이 곧 시인만이 할 수 있는 가치 창조가 아닐까.

4. 바보가 부르는 노래의 진실

인간을 둘러싸고 있는 온갖 사물들은 수시로 인간에게 접근해 오며, 그 나름대로의 의미를 투사한다. 인간은 그 주위의 백사만물(百事萬物)에 적절히 대응하고 맞서면서 자신의 삶을 확장해나간다. 일한 대상과 인식 주체와의 상호 관련 속에서 외부 형상은 어떤 표상으로 나타나는가. 시인은 대상 이미지를 독자의 관념이나 사상으로 전환시킨다. 이는 인간 심정 표출의 가장 정제된 형식인데, 다음 시를 읽어보면 박형동 시인의 작품이 그러한 모습으로 다가가고 있음을 쉽게 알 수 있다.

> 바보로 살고 싶어요
> 바보끼리 살고 싶어요
> 거짓이 없고
> 싸움이 없는 세상에서
>
> 법이 무엇인지 몰라도
> 마음에 항상 질서가 있고
> 손해와 이익마저도
> 계산할 줄 모르는
>
> 바보로 살고 싶어요
> 바보끼리 살고 싶어요
> 병아리 아침 햇살을 보듯
> 송아지 시냇물소리를 가누듯
>
> 누구를 만나도 반가와 하고
> 누구를 보아도 헤헤 웃는
> 바보로 살고 싶어요
> 바보끼리 살고 싶어요

— 「바보의 노래(1)」 전문

바보의 우화는 우리에게 많은 것을 일깨워준다. 「바보 이반」이나 「바보 온달」 등 모두 바보였기에 성공한 사실을 아이러니로 보여준다. 그러나 박형동 시인이 노래하는 '바보'는 차라리 그보다 더 순박하다고 할 수 있다. 성공을 예견하지 말아야 하는, 아니 그런 것조차도 불경스럽게 외면하는 진정한 의미의 순박한 '바보로 남기'를 바라는 것, 그의 시

정신 속에 그게 녹아 있다. 시를 읽으면 "바보로 살고 싶은" 소원보다 "바보끼리 살고 싶어" 하는 공동체적 의식이 살아난다. "법이 무엇인지 몰라도 손해와 이익마저도 계산할 줄 모르는" 그런 "바보"로 살고 싶은 세상은 이 오염의 시대에 누구나 한 줄기 석간수를 마시고 싶듯 간절한 소망이다. 그러므로 그의 바보관은 하나의 유토피아라고 할 수 있다. 현명함보다는 어리석음이 더 그리운 시대에 우리는 어떤 삶을 살 것인가, 이 시를 읽으며 한 번쯤 그 삶을 생각해볼 필요가 있지 않을까.

박형동 시인은 「바보의 노래」를 통해 속엣 말을 다하는 친구이듯 특징적 어투와 세계를 보여준다. '바보 마음'은 그냥 우러나오는 게 아니라, 마음에서 비롯된다. 청정무구함이 배어 있기 때문에 그의 시편은 어떤 순진함으로 묶여 있다.

김형석 교수는 "현대인들에게는 지혜보다는 어리석음이, 반성보다는 꿈과 환상이" 그리고 "찾아올 산길보다는 발 밑의 꽃동산이" 필요하다고 그의 글 「현대인의 과제」에서 말했다. 어리석음을 못내 추구하는 사람은 이상주의자가 될 수 있다. 그러나 불행하게도 현대인들은 과거의 어떤 사람들보다도 지혜로워졌다. 그들은 독약이나 마취제를 사용하지 않고는 잠들 수 없는 것과 같이 인간적 운명, 인간력의 한계, 심지어는 스스로의 종말까지도 내다보고 있다. 마치 자기는 건강하다고 믿고 있던 사람이 암의 환자임을 알게 된 것과 비슷한 상태로 바뀌었다.

D.H. 로렌스도 예술가가 되고 싶다면 무엇이든 '정신의 순수성'을 지켜야 한다고 예술과 순수의 관계를 역설했다. 그는 "마음이 깨끗한 자는 복을 받는데 천국이 바로 그들의 것이기 때문"이라고 하여, 순수가 삶의 최후 보루이자 문학의 본질임을 일깨워 주었다.

박형동 시인의 겁 없는 '순수'와 '바보스러운 삶'의 지향은 한마디로 노자의 '무'와 '도'의 그 청빈과 무욕의 세계로 다가가게 하여 우리에게 하나의 큰 용기를 받쳐준다.

5. 맺는 말

이제 순진무구의 세계를 바탕으로 한 시집『바보의 노래』발간을 계기로 그의 시가 무르익고 순수의 세계로 나아가기를 바란다. 아울러 바보스러울 정도의 순진무구가 현대의 숨막히는 오염과 억지스러움의 거짓을 바람처럼 가뜬히 몰아낼 수 있기를 기대한다. 이것이 바로 '바보스러움'이 도달하는 또 다른 진실한 하느님의 세계가 아닐까.

현대인들은 아무리 스스로의 이성과 양심의 힘을 믿으려 하지만 거기에는 한계가 있기 마련이다. 지혜는 회의(懷疑)를 불러들이고, 깊은 생각은 언제나 우리를 소극적이며 부정적인 방향으로 이끌어가고 있다. 많은 실존주의 사상가들이 인간을 부조리, 불안, 절망의 존재로 해석했던 사실을 생각해보라. 세계사에는 어떤 특별한 목적이 있는 것이 아니며, 인류의 앞길에 탁트인 방향이 있다는 별다른 약속도 없다.

그러기에 어리석게 사는 방법을 깨달아야 할 것 같다. 시인이 꿈꾸는 유토피아가 그것이며, 이는 진정코 현명한 삶의 한 방법이라고 할 수 있을 것이다.

자생적 서정시와 회귀적 낭만시
— 조수자의 시

1. 글 열기

바람에 갈꽃이 날리고 있다. 바람 앞의 갈꽃처럼 긴 생머리를 날리며 한 소녀가 걸어간다. 아름답다기보다는 소박한.

우리 시대 낭만주의라는 바람을 안고 걷는 사람은 흔한 모습이 아니다. 겉모습이 낭만적인 사람도 속마음은 현실적이라는 데 놀란다. 머리로는 하늘을 노래하면서도 생활은 공해에 찌들거나 이기주의에 물든 참담한 모습이 그렇다. 왜 이런 이율배반의 생활이 존재할까. 그것은 기성세대가 즐기던 낭만적 삶이 영악한 시테크를 사는 신세대에게는 거추장스러운 일로 전락했기 때문이다. 하지만 낭만이 비록 구시대의 고리타분한 정서일지라도 시인은 이를 소중하게 다루어야 할 필요가 있다. 라이너 마리아 릴케도 시인들이 다루는 자연 서정이나 낭만이 시의 가장 오래된 친구라고 말하지 않았던가.

파괴되는 순수를 찾는 노력으로 비알밭에 일하는, 그래서 자연을 일구는 조수자 시인이야말로 각박한 세상을 지탱해주는 탄탄한 힘이 아닐까 한다.

이번 그의 첫 시집『아름다운 이야기 끝나지 않았다』에 담긴 시들은 고즈넉이 자연을 다독이는 시편들로 짜여져 있다.

그가 노래하는 사물에는 가을비 맞는 낙엽처럼 내밀한 자생적 소리가 들려온다. "아름다운 이야기 끝나지 않았다"는 제목에서부터 그 정서가 와 닿는다. 시인이 간직한 사연이 한(恨)의 세계임을 상징한 제목이다.

2. 낭만풍의 자생성 표출

그의 시는 아늑한 정서를 담고 있다. 마치 따뜻한 어머니 품속에 안기어 젖을 빨며 눈 감은 아이처럼. 그는 번쩍거리거나 이글거리는 사회를 묘사하여 시적 긴장을 고조시키고 그래서 독자를 겁나게 하지도 않는다. 다만 평이한 감각으로 조용한 정서를 노래하고 있을 뿐이다. 어머니가 수확하는 밭머리에 둔 고추, 옥수수 보따리에 갈꽃 한 줌 꺾어 넣듯 담백함을 담아낸다. 그뿐. 서정적 자립에 일치된 대상으로 독자에게 잔잔한 감동을 불러일으킨다. 한마디로 오욕과 야합하지 않는 청순함이 강물처럼 흐른다. 시관은 옛날이라는 시간적 회귀가 관점이다. 돌담 밑의 양지 녘, 또는 한밤의 정취가 흐르는 언덕으로 시적 공간을 삼는다. 시간과 공간의 회귀 속에 그는 푸른 언어의 속삭임으로 독자의 유대감을 높인다. 이 의식은「하늘 닮은 바다」,「어머니」,「망향의 노래」등에서 추출해볼 수 있겠다.

낭만풍의 귓속말로 자생력을 키워주는 조수자 시인을 만난 건 팔목

할 만한 소득이다. 그의 시에는 풋성귀나 나물 맛 같은 시어, 그리고 무명베옷과 같이 다숩고도 시원한 삶이 스며 있다. 농사 노동의 고딜픔을 삭이며 자연에 동화한 모습은 마냥 아름답다.

어린 팔목 내밀어도
잡히지 않는
원의 둘레를

미완의 염원으로
맴돌다 돌아오는
바람개비
바람이 불지 않은 날에도
스스로 바람이 되어
나만의 노래를 부른다

또 한 번의 벅찬
생을 위하여

— 「바람개비」 전문

이 시는 인고적 삶을 살아왔다는 걸 한눈에 알게 한다. 스스로 바람이 된다는 것, 미완의 염원으로 돌아오는 바람개비를 돌리는 결심이 드러나 있다. "또 한 번의 벅찬 생을 위하여"라는 결의로 삶을 가속화한다. 바람으로 화하여 우는 나만의 노래를 부른다는 건 결국 고독한 개척이다. 그게 고통이란 것을 굳이 숨길 수 있으랴.

따라서 바람개비가 바람에 의해서 돌아가는 것이지만, 실은 스스로 돌아가는 바람개비를 제시함으로써 굳은 의지로 살아가겠다는 걸 표출한다. 대상을 타율적 회전물로 인식할 수도 있겠지만, 화자는 "또 한 번의 벅찬 생을 생각하며 자신만의 노래를 부른다"와 같이 의지를 애써 추스른다.

우리는 슐레겔의 진술대로 서정시의 공통점이 자연 앞 화자의 홀로 서기라고 연역해 볼 수 있다.[1] 이는 그의 시작 태도가 홀로서기로, 솟아나는 샘물처럼 자연스러운 발상을 지닌다.

시란 의식적, 작위적으로 쓰는 것이 아니라, 성숙과 숙성을 통하여 자연발생적으로 발효되듯 씌여지는 게 좋은 시이다. 워즈워스는 '자생성(自生性, pontaneity)'이라는 말로 이를 설명했다. 자생성은 시인이 펜을 들면 뮤즈가 움직여 시를 완성시키는 내면의 힘이 작용함을 말한다. 시인에게 뮤즈와 접신이 경험에서 나오는데, 루스 핀네간에 의하면 이를 '낭만적 영감(靈感)'이라 부른다. 따라서 시란 자생적이며 자연스러워야 함을 새겨둬야 할 필요가 있다.[2]

그렇다면 이 같은 시인의 자생력은 어디서 나올까. 조수자 시인의 경우 서정적 삶에서 이를 뽑아낸다. 일에 긍정적 즐거움이 그의 자생성을

---

1   슐레겔(Friedrich von Schlegel, 1772~1829) : 초기 독일 낭만주의 운동을 고취하는 철학 이념들을 창안했다. 새로운 모든 사상들을 자유롭게 받아들인 그는 자극적인 『아페르쿠스(Apercus)』와 그리고 『아테네움(Athenäum)』을 비롯한 여러 잡지에 기고한 글을 통해 풍부한 연구 계획과 이론을 펼쳤다. 그는 보편문학, 역사문학, 비교문학이라는 개념을 만들어냄으로써 후대 문학비평에 많은 영향을 주었다.(오세영, 『문학연구방법론』, 이우출판사, 1988, 159~163쪽 참조)

2   시인이 자연을 생명체로 하여 낭만적인 분위기로 끌어와 사물을 예견했을 때의 낭만적 자연은 인위성과 반대되는 말이다. 그러므로 참다운 시란 본질적으로 자생적이어야 하며 무작위로 표출된 감정이 그냥 자연스러워야 한다고 본다.(Ruth Finnegan, Oral Poetry, Cambridgs Univ. Press,1973, p.33)

드러내고 있다.

자연을 소재로 한 시작 태도는 유기체적(有機體的) 사연관과 기연론적(起緣論的) 세계관의 한 반영이라 볼 수 있다. 유기체적 자연관은 그의 소재이며, 기연론적 세계관은 자연에 대한 그의 감정 진술이다. 이러한 자생적 자연시, 또는 뮤즈의 자연성에 충실한 시가 바로 그의 작품 세계라고 본다.

3. 자연의 구조화로 고리 잇기

그의 시는 자연성과 생명성에 연원하고 있다. 풍우에 닳아진 소나무처럼 견고한 뿌리를 박는다. 순수 사랑을 지향하는 낭만적 시어들은 우리가 옛날 지나왔던 오솔길이거나 또는 저녁 하늘로 열린 지평선같이, 아니면 비 갠 뒤 꽃밭 머리같이 물 젖은 감정 유로에서 볼 수 있다.

독자의 감동을 끌어내는 시어란 단순 어휘에서 비롯되는 게 아니라, 주제와 밀착된 언어로 빚어진다는 것은 일찍이 워즈워스도 말한 바 있다. 그가 언급한 시적 언어란 그것이 갖는 원시적 소박미와 정감미와 연결되며, 직관적 고백, 구어체 등으로 감각을 살려내는 것[3]이라고 하였다.

조수자 시에 있는 질박한 시어들은 워즈워스식 표현대로 소박한 언어라고 할 수 있다. 그의 시에는 우리가 잊고 살았던 낭만어, 섬세한 나비 눈에 뜨이거나, 풀벌레 울음같이 우리 귀를 뒤척이는 소리로 들린다.

---

3   오세영, 앞의 책, 160쪽.

가을엔
두 귀가 밝아져
키 작은 들꽃의
속삭임이 들리고

가을엔
두 눈이 밝아져
하늘 끝 맴도는
그리움이 보이고

가을엔
마음도 깊어
살며 사랑하며 죽는 일까지
노래하며 살게 한다.

— 「가을 서시」 전문

이 시는 독자에게 세 가지 메시지를 전한다. 가을에는 속삭임, 그리움, 노래함이 있다는 전언이 그것이다. 가을의 속성을 화자의 총화로 집약한다. 각 연은 대상을 귀, 눈, 마음의 감각기관별로 설정한다. "들꽃–하늘–사랑하며 죽는 날"이라는 공간적 형상과 더불어, "속삭임–그리움–노래하는 삶"의 표출항으로 고리 잇기를 하고 있다. 이 같은 구성은 도식에서와 같이 '총화항–투입항–매개항–산출항'이라는 일별화가 가능하다. 그것은 사물과 감정, 이를 포괄하는 시적 정의와, 그 정의를 단층화하는 구도로 압축할 수 있다.

따라서 「가을 서시」는 총화항에서 산출항에까지 감정과 매개가 일관적 고리 잇기로 총화항인 "가을"을 자리매김해내는 시이다.

[총화항]	[투입항]	[매개항]	[산출항]
	귀 ———— 들꽃 ————		속삭임
가을	눈 ———— 하늘 ————		그리움
	마음 ——— 사랑, 죽음 ———		노래

시어의 병치관계는 이미지를 탄력 있게 운용하는 데에 공헌할 뿐 아니라 자연스러운 시로 연동된다.

슐레겔에 의하면 시는 양분을 섭취하는 생명체이다. 즉 시인의 내적 체험에 의해 필연적으로 살아 있게 되는 것이다. 구조에서도 시인의 체험이 주된 작용을 하는데 이를 유기체 형식(organic form)이라고 본다.[4] 씨앗의 성숙과 결실에서 볼 수 있듯 자연 섭리를 주축으로 표현된다. 위의 「가을 서시」는 이 같은 자연 주축의 구조미학이 돋보이는 시이다. 조수자 시인은 살아 있는 자연의 한 부분에서 시의 구조성을 직조해나간다.

4. 순수 꿈꾸기 또는 그 회귀 의식

시인의 상상력이 중요하다는 건 여러 연구나 시인이 쓴 작품, 창작 노트에서도 수긍할 수가 있다. 시인 블레이크(W. Blake)는 "상상력은 아리스토텔레스의 지성과 감성을 시각화하는 작용도 아니며, 그렇다고 흄(T. Hume) 또는 18세기의 이론가들처럼 내적 감수성으로서의 연상

---

4   오세영, 앞의 책, 160쪽.

하는 힘이나 이의 개념화의 기능을 가리키는 게 아니다"[5]라고 하였다. 상상력을 자연과 경험으로 시를 유발하는 창조성과 연결되는 요소로 인식했다. 시인이란 사물들에게서 생명을 탐색하는 영혼적 자질을 지녀야 하며, 자연을 기저로 한 상상력이야말로[6] 바로 조수자 시인에게서도 확인되는 위상이다.

지리산 호랑이 이야기
들려 주는 할머니는
고향 뒷산 바람 잔 골에
잊혀진 듯 누웠는데

내 맘 속 호랑이는
늙을 줄도 몰라
오늘도 긴 담뱃대
물고 누워서

머루, 다래 익어가는
넓은 바위
그 산에 가곺단다
지척에서 안타까운

5   윌리엄 블레이크(William Blake, 1757~1827) : 영국의 시인, 화가. 그는 신비와
     공상으로 얽힌 시작(詩作)과 회화를 발표했다. 초상화나 풍경화처럼 자연의 외관
     만을 복사하는 시와 회화를 경멸했다. 일반적으로 보는 무감동한 작품을 부정
     하고, 이론을 벗어나 상상의 신비로운 세계를 묘사했다.
6   워즈워스는 상상력을 '인식의 기관(organ of knowledge)'이라고 부른다. 이는 사
     물을 변형시키는 힘인데, 비록 사소한 미물이라 할지라도 시인은 그 속에서 예
     언과 같은 강력한 묵시를 발견한다는 것이다.

지성적 서정시와 회귀적 낭만시

내 맘이사 아는 듯 모르는 듯

—「옛 이야기」 전문

　이 시는 할머니의 "옛 이야기"를 추억하여 "그리움"이란 경험적 메시
지를 전달한다. 할머니가 들려준 "지리산 호랑이 이야기"는 벌써 "고향
뒷산 바람 잔 골에 잊혀진듯" 누웠지만 화자의 호랑이는 잊혀지지 않고
생생하게 감돈다. 그리움의 실체인 "머루 다래 익어가는 산"에 가고 싶
은 반향도 일으킨다. 시에서 호랑이가 말한 부분을 화자가 재전달하여
동화적 분위기를 보인다. 상상력은 화자 속의 화자라는 액자 구조로 시
인이 말하는 메시지를 전달하여 전환을 꾀한다. "가곺단다" 또는 "그립
단다"라는 이중적 화자 장치는 바로 시인이 지향한 바 자연에로 귀환을
나타낸다. 따라서 낭만적 회귀 서정이 중심체를 형성한 시로 볼 수 있
다.

　상상력에 대하여, 미국의 문학이론가 르네 웰렉(Rene Wellek)은 "모든
시는 오직 상상력이며, 그것은 무한과 상교(相交)하여 무한을 지향하고,
그 상상력은 독자를 감동시키는 원동력으로 작용한다"[7]고 보았다.

　　물빛처럼
　　마음이 시린 날은
　　하늘을 본다
　　눈물은 흘리지 말아야지

7　이 말은 1824년 1월 21일자 르네 웰렉의 편지에 나오는 말이다. 특히 그는 『문
　학의 이론』에서 시의 구조를 이미지, 메타포, 상징, 신화로 분류하는 데 있어 상
　상력이란 기준과 작용을 강조하였다.(르네 웰렉, 『문학의 이론』, 강병철 역, 을
　유문화사, 1982, 143쪽 참조)

목아지를 젖히고
수도 없이 깜박이는 눈 속으로
내려 앉은 별, 별들
꿀꺽꿀꺽 삼켜버린 가슴에서
희디흰 그리움이 되었다.

　　　　　　　　　　　　　 ―「안개꽃」전문

　이 시도 앞의 「바람개비」와 같이 "안개꽃"으로 내색된 고통이 엿보인다.

　시에서 "안개꽃"이란 이미지를 "물빛 언어"로 함축하여 "희디흰 그리움"으로 피어나게 하여 더 돋보인다. 보고 싶은 그리움을 참고 "눈물을 흘리지 않기" 위해 "목아지를 젖히고" 쳐다보는 하늘, 그때 꽃은 "수도 없이 깜박이는 눈 속으로" 내려앉은 별들로 치환된다. 바로 꾸밈없는 서정이며 나홀로 정신이다. 물빛처럼 시린 날은 하늘을 본다. 그리움의 눈물을 참는 가상한 모습, "젖히고" 쳐다보다 눈에 앉는 별, 그리고 그 별을 "꿀꺽꿀꺽" 삼켜버린 가슴이 한 그리움으로 피어나는 마음은 눈물겹게 읽히는 정서이다. 이것은 조수자 시인의 순수성이며, 회상의 세계로 들어서는 감동의 행로일 것이다.

비 개인 뒤
뚝 뚝 떨어지는
연보라 꽃물로
속마음 적시고
거울 앞에 돌아와
옷 벗는 자의식

얼마만큼 길을 가다
뒤돌아 봐야만
내 모습 제대로
볼 수 있을까
너무 가까이도 아닌
너무 멀지도 않은 거리를
말없이 그렇게
내려가야 하리

나 또 하나의 등꽃으로
필 때까지.

— 「또 하나의 등꽃으로」 전문

　　우리는 시를 읽을 때 낱말은 생각하지 않고 대부분 한 문장을 읽는 것으로 만족한다. 그러나 시구(詩句) 단위로 읽으면 다른 맛을 느낄 수 있다. "하나의 등꽃으로 필 때까지"라는 제한적 단서는 "거울 앞에서 옷 벗는 자의식"을 안고 "가까이도 멀리도 아닌 거리"를 내려가서 피는 "꽃"의 과정을 차례로 보여주고 있다. 시구 단위 읽기가 주는 의미 즉 ① 꽃잎 지는 자의식→② 뒤돌아보는 제 모습→③ 말없이 내려가는 행위→④ 등꽃을 피우기 등의 과정이 그것이다. 따라서 하나의 등꽃을 피우기까지 등나무 스스로의 마음씀에 대한 묘사는 차라리 등꽃의 행복이다.

　　등꽃으로 피어나기까지의 전 단계 과정은 꽃을 피우게 하는 등나무만큼이나 인과적이다. 등나무의 줄기가 늘어진 형상에 의해 등꽃이 살아난 셈이다. 등꽃을 피우기 위하여 줄기는 더 낮추어 뻗어가는 것이다. 바로 조수자의 시적 겸손이며 자연의 이법에 의한 순수성을 표현한 시라 할 수 있다.

5. 글 닫기

이상에서 여러 접근으로, 조수자의 시는 잊기 쉬운 자연적 서정을 그만의 낭만적, 회귀적 정서로 노래함을 보았다. 자연의 총화항은 여러 매개항을 거쳐 산출항으로 발전함도 살폈다. 그는 낭만과 순수, 자립이라는 미학을 실천하는 무공해 시인이다.

이 시대 오염된 진창 세상에 전혀 때 묻지 않고 살아가는 시인을 만난다는 것은 얼마나 다행한 일인가. 이는 조수자 시인을 만난 작금의 기쁨이다.

겉껍질 벗기기식 이 해설은 그가 가시밭길의 삶을 남모르게 자책하며 살아온 것에 비하면 보잘 것 없는 한 군더더기가 될 것이다. 책상머리 구상식의 허구성에 묻히는 말하기는 아닐까 저어된다. 그러나 이 오류가 뜻밖에도 시인을 새로운 각오로 자극하는 수도 있음도 자위해본다.

그런 의미에서라면 휠러는 『해석의 기술』에서, 시 쓰기에 대하여 다음과 같이 언급한 항목을 차제에 되짚어 볼 필요가 있다. 그것은 조수자 시인을 포함, 모든 시인들에게도 필요한 말일 것이다.

첫째, 한 편의 시는 자율적인 세계이다. 시의 자율성은 독지에게 해석의 지평을 제공한다. 거기에 증거를 투입하고 그것을 시 속에서 기능적으로 역할을 하게 하여 의미를 드러나게 하라.

둘째, 시의 전체는 부분들의 총화 이상이다. 시의 한 부분이란 그 부분에 기능을 부여하는 거대한 문맥이 없다면 존재할 수 없다. 전체로서의 가치를 유도하고 부분은 전체와 호혜적인 관계를 나타내도록 하라.[8]

8   구인환 외, 『문학교육론』, 삼지원, 1992. 244~245쪽.

지성적 서정시와 회귀적 낭만시

이제, 조수자 시인에게는 앞으로 꾸준히 시도해온 낭만적 서정에 바탕을 두고 얼마만큼 자신의 고난과 형극(荊棘)의 삶을 단순한 서정이 아닌 절박한 현실적 삶 체계에 승화시키느냐 하는 문제가 남아 있다. 이는 힘겨운 작업이겠지만 시인에게 부여된 중요한 시적 과제가 될 것이다. 서정의 뿌리가 깊을수록 그것을 부러뜨리려는 고난은 더 버거운 법이다. 버거움에 반하는 이루어냄이야말로 시인의 성취 지표가 된다.

고언컨대 이번 첫 시집 발간을 계기로 단순성을 극복하는 발돋움질이 계속되기를 바란다. 선반 위의 보물을 내리기 위해서는 자신이 쌓아 만든 체험의 의자나 베개. 그리고 무엇보다 그것을 내리려고 하는 시도를 되풀이하는 발돋움질이 필요하다. 결국 귀한 그것은 마땅히 당신의 것이 된다. 하지만 직접 내려주려고 하는 사람을 바라보아서도 안 된다. 자생력을 자신의 서정으로 이끈 지금까지의 누적층이 있지 않은가.

고향 의식과 사물 관조의 시
— 최정우의 시

1. 들어가는 말

시는 인간 정서를 대변하는 미적 표현이다. 그것은 체험과 정서라는 기름진 흙을 딛고 피워 올린 한 무더기 꽃과 같다. 무릇 시의 꽃은 원래 퇴비 박은 땅에 거름이라는 유기질 정서를 담고 피워내야 탐스런 법이다. 이때, 괭이나 호미처럼 지속적 정서를 일구는 도구가 곧 언어이다. 우리는 언어에 의해 숨을 쉬고 언어를 습관처럼 먹으며 일상을 지낸다. 시인들은 좋은 언어, 알맞은 언어, 독특한 언어, 그리고 아름다운 언어를 구하고자 남다른 연습을 불사한다. 그래 언어를 의사소통의 주도적 수단으로 이용한다. 특정한 언어를 익혀 국제 경쟁에 대비하는 힘을 기르기도 한다. 때문에 사회가 언어 집단으로 이루어졌다는 말은 별로 틀린 말이 아니다. 앞서 지적한 바와 같이 문학도 이런 도구적 언어를 매개로 하여 존재 가치를 높이려고 한다.

언어는 시의 쌀밥이다. 매체인 언어를 먹음으로써 건강한 시의 몸체를 획득한다. 흔히 아는 것처럼 시는 언어를 탐색하는 문학이 아니다. 시는 종국에 좋은 언어를 차지해야 하는 획득의 문학이다. 과정으로서의 문학도 중요하지만 결과적으로는 시인에게 생산된 작품이 좋아야 시인으로서 존재가 인정되지 않는가. 언어의 밥을 얻기 위한 싸움이 시의 가치를 좌우하는 일이다.

시어는 정서를 대변하면서도 그것을 환기한다. 사람이 가지고 있던 정서를 나타내거나 그 정서를 새롭게 인식할 때도 적절한 언어 장치가 필요하다. 감정이나 정서를 표출하기 위한 최소한의 시적 분위기를 원한다. 시는 사회를 살아가는 인간 감정을 문자로 표출한다. 그래서 리처즈(Richards)는 시를 '정서적 용어(emotive words)'라 했다. 르네 웰렉(R. Welleck)도 시의 정서적 언어를 '내포적 언어(connotative words)'라 하여, 시에 인간 정서가 내포되어 있음을 강조하였다. 시는 정서로 녹아 있어야 하고, 언어가 상징적이어야 살아날 수 있다. 구체적이고 감정적인 정서를 바탕으로 비로소 시의 꽃을 피운다는 사실, 이것이 시인이 찾아가야 할 시적 이정표이다.

2. 시 개관 또는 실험적 정신

최정우 시인은 한창 체험의 흙을 부비며 정서와 창작에 저력을 다지고 있는 중이다. 그의 시를 보니, 시인으로서 완성에 이른 사람들에게서 느껴지는 진부한 언어가 없어서 좋았다. 그의 시어는 흐르는 물처럼 유동적이고 일견 실험적이다. 그는 다양한 시를 쓰며, 그 자체를 즐기고 있다. 운동을 처음 익히는 아이처럼 여러 응용적 기술을 시험 삼아 대련 구도에 사용한다. 그가 습작한 시만 해도 근 300여 편이 넘는 사실에서 가히 그의 실험 정신이 어떻다는 것을 가늠해볼 수 있다. 그는 시작 경험을 밖으로 드러내지 않고 안으로 다져왔다는 것, 자체가 시인으로서 자질을 갖춘 바나 다름없다. 그가 서문에서 말하고 있듯, "보이는 것보다는 보이지 않은 것을 추구"하려고 하는, 말하자면 비가시성(非可視性) 정신세계를 숨어 피는 달맞이꽃에 비유한다. "영육을 핥고 지나가는 봄의 뒷편에서 일구다 일구다 누워버린 등이 휜 호미의 아픔을 깨달으며" 시를 쓰고 싶다는 고통의 시 정신도 지니고 있다. 그 뿐인가. 시 쓰기에서 "영원한 푸념자로 머물고 마는" 일이 될지라도 시 쓰기를 지속하고자 하는 의지도 있다.

시집은 6부로 구성되어 있다. 제1부 "고향 가는 길"에서는 두고 온 고향에 대한 미련과 애정을 함께 표출하고 있으며, 제3부부터 제6부까지는 객관적 사물시 형태를 띤 것이 주종을 이룬다. 특히 고향과 부모, 가족을 살갑게 한 노래가 많은 게 특징이다. 「고향가는 길」, 「귀향」, 「아버님 지게」, 「저녁 어머니」, 「돌담을 헐며」, 「늦별초」, 「유년기」, 「바닷가 어머니」, 「사모곡」, 「용철이 형」, 「누이 동생」, 「망향」 등 고향 부모님을 그리워 하는 시편들이 대부분이다.

이와 같은 고향 의식을 지닌 시를 쓰는 반면 도시에서 느끼는 괴리적 비애 같은 상을 제시한 작품도 있다. 「도시의 달」, 「가로등」 등은 객관적 상관물을 통하여 화자의 이질감과 고독감을 표현한다. 한적한 시골, 사물과의 접지적 정서를 표현한 작품도 많다. 「시월의 창」, 「해변의 노옹」, 「교정의 칠월」, 「우체국을 지나며」, 「아파트」, 「사진첩」, 「풀꽃」, 「돌담」, 「메밀꽃」, 「가을밤」, 「여름 들녘」, 「아침을 담는 아낙」, 「장미의 새벽」, 「설야」, 「허수아비」, 「빈집」 등이 그렇다.

관찰자적 시점에서 사물의 상징을 표현한 시는 「비의 심판」, 「추락의 의미」, 「백지의 꿈」, 「방황」, 「억새와 소나무」, 「생명의 소리」, 「지천의 돌」, 「풀꽃 울음」, 「나복의 울음소리」, 「도끼와 징직」, 「후회하는 낙엽」, 「잡초의 노래」, 「별」, 「돌의 노래」, 「콩나물의 비애」, 「논개」, 「그림자」 등 인데, 주로 사물 특징을 유의적 기법으로 구사한 작품들이다.

화자의 애환을 이입시킨 작품으로는 「지척에 두고」, 「보름 아침달」, 「노을」, 「소한길 여행」, 「새벽 창가에서」, 「고난의 삶」, 「종착역」, 「만추의 창」, 「낙화」 등이 있다.

그의 시에서는 다양한 장난감처럼 세상의 일이 다 소재가 되어 있다. 짧은 기간에 소재를 그같이 동원함은 관찰과 관조가 생활화되었다는 것이다. 유년 시절부터 다양한 삶의 체험 즉 고향의 토양과 같은 기질이 오늘의 다소재적 시인으로 만든 것이 아닐까. 그는 정한 시간에 날마다 밥을 먹듯 시가 곧 일상이게 살고 있다. 시를 써야 하루가 흡족하다는 그는 시를 숨겨놓고 틈틈이 보는 비장품으로 가진다. 그렇듯 그는 끊임없이 작품을 매만진다. 어떤 힘이 용암 같은 시심을 용출케 하고 있을까.

3. 고향 의식의 시

그에게 고향 의식은 시를 생산해내는 공장과도 같다. 곧 시의 재료가 텃밭이자 정서의 땅에서 말미암은 때문이다. 거름을 빨며 자란 그는 고향을 어떻게 능률적으로 소화해내고 있는가. 시 세계에 다사한 어머니 마음처럼 영향 준 고향 의식과 가정·가족 지향주의에 대한 유다른 관심과 태도를 살펴보자.

(1)
고향이 그립다
감싸줄 이 없는 도심의 복판에
방황하고 있어도
어머니 속치마 같은 고향 산자락
긴 아픔 울어줄 영원한 내 태반

                                    ―「귀향」 부분

(2)
비좁은 땅에 네모 빗줄 그어 놓고
오로지 제것인양 공증하는 세태 속에
육신 담을 오막 한 간 없는 사람은
천공에 사각금 그어 높인다
이쯤 돌아갈 곳 있다는 것
얼마나 고맙고 다행스런 일인가
기다리는 사람 있어 등불 하나 들고
외진 마음 꼭 붙들어 맬
자기만의 쉼터가 있다는 것
얼마나 크나큰 신의 축복인가
이 밤 푸른 새벽 다시 눈을 떠도
나는 가난한 귀가를 또 서두른다

                                    ―「귀가」 부분

   인간을 비롯한 생명체는 저녁 깃을 치는 새처럼 귀소 본능을 지녔다.
크든 작든 집으로 돌아가는 것, 가서 '자기만의 쉼터'에 마음을 맡기는
바는 공통된 귀소 의식이다. 일과를 마치고 돌아간다는 것, 얼마나 즐
거운가. 그의 시에는 고향 의식과 귀가 의식이 함께한다. 유년에 대한
회귀 의식도 깔려 있다. 자기 땅에 "육신 담을 오막 한 간 없는 사람"은

"아파트"라는 즉 "천공에 사각금을 그어 높인 집"에서들 산다. 그들도 집으로 돌아간다. 비록 숲과 풀벌레가 없는 삭막한 허공일지라도 그곳은 새 둥지처럼 행복을 낳는 정겨운 곳이기 때문이다.

그의 시에는 이처럼 '고향 의식→귀소 본능→모태 의식'이 차례로 숨쉰다. 「고향 가는 길」, 「귀향」, 「유년기」, 「바닷가 어머니」, 「용철이형」 등의 작품에서 이 귀향적 자아가 모자(母子)의 품처럼 자리해 있다.

미국 심리학자 윌리엄 제임스(William James)는 "자극적 사실을 지각한 뒤에는 반드시 신체적 변화들이 나타나게 되는데 그 변화 의식이 곧 정서"라 했다. 시인의 고향 의식이나 가족 의식은 이향(離鄕)이라는 자극이 일어난 후에 향수적 정서로 적층된다. 마찬가지로 고향을 떠난 사람에게서만이 느껴지는 외로움이 그의 시 모든 문면(文面)에 숨어 있다. 한마디로 고향의 정은 공통된 현대인의 아픔임과 동시에 또한 잊지 못할 정한(情恨)이다. 탈고향에서 오는 오랫동안의 삶에 대한 변화와 자극, 그런 다음에는 고향을 향한 새롭고도 강한 귀향 의식과 정서가 생긴다는 것이 제임스가 말하는 정서의 의미이다. 또 그는 "상상은 과거 느꼈던 원물(原物)의 이미지를 재생하는 능력"이라 했는데, 이를 다시 '재생적 상상(reproduct imagination)'과 '생산적 상상(product imagination)'으로 나눈다고 한다. 즉 과거 감각적 이미지가 그대로 나타나는 것을 재생적 상상, 여러 원물에서 추출된 요소가 결합해서 새로운 전일체를 구성하는 것을 생산적 상상이라 한다. 그러므로 상상이란 바로 창조적 능력으로 연결되는 게 아니라, 전통적 고향 의식과 같은 체험적 정서를 기본으로 하여 새로운 이미지와 관념이 만들어진다는 게 옳은 이야기일 것이다. 그것은 식물이 자랄 흙과 밭이 있어야 열매를 딸 수 있는 이치와도 같다.

심지 푸른 등잔불이 타오르는
고향이 가득한 방
유년 시절
육신의 고독한 강이 깊게 흘렀다

아버지 무서워 책을 펴들고
어머니 젖내음 가시지 않은 코끝

— 「유년기」 부분

우리의 유년은 돌아갈 수 없는 영원한 세계이다. 화자는 "고향이 가
득한 방"에서 회귀를 꿈꾸는 사람이다. "고독한 강이 흐르는" 유년기는
어떠한가. 그는 아버지의 꾸지람이 "무서워" 책을 읽는 척하며, "어머니
젖내음"이 그리운, "코끝"에서 풍기는 망비의 세월에 있다. 끈질긴 남루
의식 자체가 고향의 의지가 아닐까.

고향 생각을 촉진하는 도구는 "등잔불", "방", "아버지", "어머니 젖내
음", "노을진 들녘", "어머니 베적삼", "호미", "어머니 손바닥" 등이다.
이것들은 화자의 감정적 때가 짙게 밴 사물이거나 또는 인물들이다. 그
것은 그슬리고 때 낀 부엌 벽처럼 고향집과 산천에 닥지닥지 붙어 있
다. 화자의 상징적 정이리라. 고향 앞에 부드러워지고 강변하지 못한
다. 그래서 고향 시란 객관적 상관물과 정을 분리해낼 수 없다. 안면 몰
수하듯 고향을 멀거니 바라보는 그 객관적 상관물이 될 수가 없는 것이
다. 거기엔 시인 자신도 모르게 끈끈한 감정이 달라붙기 마련이다. 그
래서 고향 시는 합리적이거나 객관적인 입장을 견지하려 하지 않는다.
이성적인 날카로움 같은 것은 때 묻은 고향의 감정에 저절로 묻혀버린
다. 서로 라이벌이었던 옛 친구를 10여 년 만에 만난 반가움처럼 무의

식 앞에 거리 의식은 그만 부서져버리는 것이다.

4. 화자와 대상의 객관화

최정우의 시는 두 유형으로 나누어 볼 수 있다. 사물과 감정이 바로 인접해 있어 분리가 불가능한 경우와 대상과 감정을 바로 뗄 수 있는 시가 그것이다. 앞서 설명한 고향 시는 전자의 경우이다. 그러나 이제 부터는 대상과 감정을 따로 분리할 수 있는 그의 시를 살펴보기로 한다. 차츰 상징성이 돋보이고, 화자는 렌즈를 보는 사진사처럼 객관적 대상에 대하여 바라보는 태도가 보다 냉정해진다. 즉 관조의 세계로 진입하는 것이다.

이는 데이 루이스(C. Day Lewis)의 "시적 이미지는 언어로써 구성된 그림"이라고 한 말에 관련된 카드를 비교하듯 견주어 볼 수 있다. 루이스의 말대로, "시적 이미지는 문맥 속에 인간의 정서"를 저류로 가진 것이다. 그래서 '은유를 사용한 감각적 회화'에 충실한 시, 말하자면 사물에 대한 절제적 이미지를 강조한 시를 중심으로 살피기로 한다.

막힌 하늘에 비가 샌다
무겁고 침침한 지붕을 뚫어
가슴팍 구석진 방
옹색한 세간하며 쓸어 내린다
회색빛 구름을 눌러쓰고
샛바람 날게 세워 독기 서린 눈으로
며칠 째인가
하늘과 땅 사이 검은 강이 흐르고

존재하는 이승은 찰나의 생명
나는 회색빛 이혼법정에서
흑백을 가리는 불빛 칼날에
현란한 핏강을 본다

　　　　　　　　　　—「비의 심판」 부분

　이 시는 보단 속의 갑갑한 아이처럼 정감에서 벗어나려 한다. 마치 어미 품을 박차고 날아가는 새와도 같다. 사람이 고향을 떠나 도시로 가서 첫 번째로 학습하는 게 비인간화이다. 이 시는 편리하게도 문명화되고 마멸되어가는 인간 삶을 상징한다. 이것이 우리들의 피할 수 없는 자화상적 모습이다. 화자가 시도하는 낯선 세계는 비극의 세상이다. 청승맞게도 "막힌" 곳에서 "비가 새는" 것을 보며, 화자는 "무겁고 침침한 지붕을" 보고 있다. 그러나 그는 집 밖으로 나오지 못하고 "가슴팍 구석진 방"에, "옹색한 세간"을 쓸어 내리는 것이다. 그에게 자유는 갇혔다. 비는 심리적으로 그 공간적 폐쇄를 상징한다. 결국 "하늘과 땅 사이 검은 강"을 보며, "존재하는 이승이 찰나"에 있음을 깨닫는다. 순간 죽음이 앞선다. 그 순간은 "현란한 핏강을" 바라보며 콤플렉스 감정이 인다. 자살이라도 하듯 "최후의 선고 공판 앞"에 선다. 우리가 사는 세상은 부조리의 비극에 갇혀 꼼짝도 할 수 없다. 세상의 존재들이 비의 우리 속에 갇히고, "현란한 핏강"에 휩쓸려 유유히 흐르고만 있는 것이다. 시에서 화자는 그러한 비의 속성을 그냥 묘사하듯 보여주기만 한다.

잃어버린 나를 찾고 싶은 날
깊이 간직한 사진첩을 편다
쉬임없이 구르는 세월의

아픔을 딛고 일어서는
내 잔형의 조각들

맑게 닦인 시간의 창에 기대어
세상 밖 거친 숨소리 들으며
바람의 끝자락에
새 한마리를 띄운다.

—「사진첩」 부분

　　추억의 낡은 "사진첩"을 넘긴다. 보는 재미가 어린 시절 오누이와 함께 선물받은 그림책처럼 쏠쏠하다. 사진첩을 들추는 일은 사람의 회상을 보다 진솔하게 하는 효과도 있다. 화자는 "잃어버린 나를 찾고 싶은 날" 기분만큼 우울하다. 소중히 간직해두던 "사진첩을 펴며" 추억에 잠긴다. 추억이란 "세월의 아픔을 딛고" 일어서는 화자에게는 더없이 귀한 "잔형의 조각들"이다. 생각해보면 잊을래야 잊을 수 없는 투명한 과거. 과거로의 여행을 하고, 거울처럼 맑게 "닦인 시간의 창에 기대어" 사진들에 담긴 주마등 추억을 하나하나 반추해낸다. 때로는 미소와 눈물과 연민의 고민과 함께. 바깥 세상은 돌리는 지구본처럼 어지럽게 돌고 있지만, 추억에 의해 허기증을 누그러뜨릴 수 있다. "바람의 끝자락에" 잠깐 동안 앉았다 날아가는 추억의 "새 한 마리"를 날리는 일이다. 하지만 그 새도 자연의 이법처럼 이젠 "사십대 추운 가을의 날개"를 접고 있다. 벌써 움츠러들고 의기소침한 나이임을 말한다. 자신이 벌써 "서투른 비상보다 편한 추락"을 선택하고 있지 않은가. 인위적인 물음의 선택은 아니다. "화무십일홍(花無十日紅)"과 같은 자연스러운 기울임이리라. 그래 그는 이제 마음의 "빗장"을 푼다. 그 일은 "지천명이 타들어 가도록" 계속된다. 지천명, 그렇다. 왜 지나온 세월 사십대를 "비상"
과 "추락"으로 인식했을까. 시에서처럼 그는 불혹을 넘기고 지천명에
입장하는 사람이다.

이제, 그의 번뇌 시 한 편을 읽어보자.

> 어느 먼 곳의 분신이 흩날려
> 창밖의 어둠 한 점 벗기는가 보다
> 세상의 적막은 뜰에 홀로 눕고
> 아직 남은 체온을 내리며
> 깊은 죽음이
> 하얗게 흩어지는 밤
>
> 야윈 등촉이 아스라히 걸린
> 모퉁이에
> 잠재된 과거의
> 빛과 소리가 스며들어
> 퇴색된 보따리를 풀고 있다.
>
> 이승의 순백한 영혼 하나
> 시리고 아픈 가슴 한 켠
> 이 밤 깊은 곳에 묻는다
> 더 차게 더 깊이

—「설야」전문

빙설처럼 차디찬 시이다. 칼날처럼 푸른 적설의 정서가 회한의 가슴
을 누른다. 화자는 "이승의 순백한 영혼"을 돌무지처럼 쌓는다. 아니 고
독감을 즐기며 영혼을 맡긴다는 게 맞는 표현일 게다. 적막이 "뜰에 홀

로 눕는" 밤, 쏟아지는 폭설, 그리고 잠을 밀친 그 앞에 화자는 "잠재된 과거"를 깨운다. "시리고 아픈 가슴 한켠에 묻는" 죽음의 묘사는 눈 오는 밤의 정서를 일단 비극으로 상정해낸다. 그에게 겨울밤은 쓸쓸한 시간이다. "죽음이 하얗게 흩어지는" 시간에 그런 정서를 느낀다. 그리고 "야윈 등촉이 아스라히 걸린 모퉁이"에 쏟아지는 눈, 과거 "퇴색된 보따리를 푸는" 순간이다. 죽음 같은 밤이 보여주듯 반란의 표현이 번뜩인다. 화자가 보내는 폭설의 밤은 "빛과 소리가 스며든" 적막의 시간이다. 설야에 고독한 시를 읽지 않을 수가 없다. 죽음의 시일까. 눈 내리는 밤의 고적감에 점층적 접근을 하기 위하여 애써 지우는 일이다. 화자와 함께 "이승의 순백한 영혼"을 묻는 일은 흰 촉루처럼 독자의 골수로 뻗친다.

5. 사물 관조의 고독

고독감에 대해 시인은 어떤 시선으로 바라보는가. 그는 한마디로 세상의 물욕보다는 정신적 시상을 관조적으로 나열한다. 일종의 선시(禪詩)라고 할 수 있는 「돌탑」을 읽어보면 지향하는 바, 세상의 오욕과 번뇌를 극복하는 선좌의 방법을 배우게 된다.

천년을 보듬고 살아온 번뇌의
물소리를 들으며
뼛골이 불거진 노승(老僧)
산문(山門) 밖에서 쌓아올린 욕망으로
금방 하늘이 잡힐 것만 같다
고뇌의 돌탑 아래

아픔 만큼 파란 이끼가 피어오르고
누군가 고갯길로 오실 것 같아
돌 하나 더 올려놓으며
깊은 밤 화롯불에 다시
번뇌 하나 묻는다

　　　　　　　　　　　　　　　—「돌탑」 전문

　시가 정원수처럼 정련되어 있다. "깊은 밤 화롯불에 번뇌 하나 묻는
다"라는 마지막 행에서 "돌탑"이라는 쌓기만 하는 적석(積石)의 통념을
뛰어넘은 재기가 번뜩인다. "번뇌를 묻는 일"로 화자 위치를 바꾼 일이
역설로 새길 만한 일이다. 끄집어내야 할 번뇌보다는 안으로 삭혀야 할
함묵, 그 접합 관점에서 쌓이는 생활고를 은유적으로 살려낸다.

　앞의 「설야」에서 눈 내리는 시간과 풍경을 바라보며 "죽음이 하얗게
흩어지는" 모습으로 끌어낸 대목과도 유사하다. "죽음을 묻는" 사람은
"뼛골이 불거진 노승"이다. 노승은 "산문(山門) 밖에서 쌓아올린 욕망"으
로 "금방 하늘이 잡힐 것만 같"은 한계를 모르는 물욕(物慾)을 풍자한다.
그러나 "고뇌의 돌탑 아래" 서면 고단한 여정으로 "누군가 오실 것"만
같은 예감이 든다. 그래서 화자는 "돌 하나 더 올려놓으며" 누군가를 기
다린다. 하지만 욕망을 눌러버리기로 한다. 결국 생이 부질없음을 깨닫
는 순간이다. 화자는 "번뇌를 묻는" 일로 그만 전위한다.

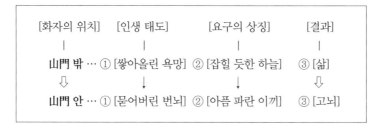

231

도식에서 보듯이 "산문(山門) 밖"과 "산문 안"의 관점은 사각형 안에 마주 보는 각처럼 대칭적이다. 이미지가 상반되어 있다. 시의 지향점은 주로 산문 안에 있다. 왜냐하면 세상 "욕망"을 채우는 것보다는 욕망을 비워내야 하는 "번뇌"를 지향하기 때문이다. 닿을 수 없는 "하늘"보다는 박토를 딛고 자라는 낮은 땅의 "이끼"이기를 소망한다. 그리고 고통스런 세상 "삶"보다는 고통을 버리는 노승의 "고뇌"를 높이 산다. 그러므로 이 시는 한 편의 선시(禪詩) 구실을 하는 셈이다.

이처럼 그의 시에서는 관조의 미학이 두드러지는 면이 있다.

> 시계처럼 빙돌아
> 시공의 빈터에
> 욕망을 키우다 낮추는
> 무명의 정체
> 숱한 날 의지를 꺾고
> 비전 없는 세상에 숨어
> 존재 가치를 부인한 채
> 검은 빛 옷 한 벌로
> 절명의 순간까지 더불어 사는
> 죄 없는 순박한 삶
>
> ─「그림자」 부분

사물시의 한 전형을 보여준다. 그림자의 의미를 이미지화하여 재해석한 솜씨가 가편이다. 그림자는 "욕망을 키우다 낮추는 무명의 정체"이다. 더구나 "비전 없는 세상에 숨어 사는 존재"로 그가 지닌 실존적 "가치를 부인한" 것이다. 그림자를 "검은 빛 옷 한 벌"로 죽는 순간까지 더불어 사는 "죄 없는 소박한 삶"을 사는 허무상을 상징하고 있다. 그림자는 "검은 빛 옷 한 벌"밖에 없는 존재가 아니다. 그게 끝 시의 부분에서 강하게 제시된다. 즉 그림자는 "청대 같은 의지"의 존재이다. 그림자의 외형은 부드럽고 연약한 모습이지만, 죽는 순간까지 "순박한 삶"을 견지하는 "청대"와 같은 꼿꼿함을 보여준다. 그래서 이 그림자가 주는 메시지는 내성적 고덕체적 삶이다. 이것이 바로 시인의 삶이며 화자의 "순박한 삶"의 한 변호일 것이다.

6. 나오는 말

최정우 시인의 시 의식에 유년의 고향과 어머니를 중심으로 가족의 품을 그리워하는 귀향 의식이 함께함을 알 수 있었다. 또 이와는 반대로 사물에 대한 객관적 거리에서 상징적 이미지를 추출하는 솜씨를 발휘하고 있음도 살필 수 있었다. 객관적 상관물을 대상으로 쓰는 작업, 한마디로 그는 주관적 고향 의식과 객관적 사물 인식의 서로 다른 양면성에 실험 정신을 반영한 셈이다.

시가 미적 차원에서 정의되고 미적 가치에 의해 평가된다면, 미적 가치를 재단하는 척도는 어디에 있는가. 평가된 가치는 타당한 것인가. 시에 대한 가치는 동전의 양면처럼 진위로써 판단되는 인식의 문제가 아니다. 시는 분석을 통해 판단되는 평가적 차원 문제이다. 평가적 차원은 진정으로 시가 감동을 줄 수 있을 때 가능하다. 시가 살아 있으려면 감동적이어야 한다.

그것은 소비자를 의식하는 상업처럼 욕구를 만족시켜줄 때만이 가능하다. 최정우 시인은 사물을 객관적 상관물로 장면에서 일어나는 것을 긍정한다. 시인 자신만의 개성적 정서를 거시적으로 표출한다.

무릇 이번 시집을 세상에 내놓음으로써 고통을 나누는 시인을 더 포용할 수 있는 계기와 마당을 마련하게 되었다. 이런 의미에서 창작의 발돋움질이 지속되기를 바란다.

제2부 목인의 풍자와 소통하다

토박이 서정을 잇다

기원의 시에 젖어든 비의 서정
— 박성은의 시

1.

거친 세상에서 기도는 한 줄기 빛의 역할을 한다. 우리 삶에서 어둠을 걷어내고자 하는 구원의 선을 발하게 하는 것이 그렇다. 그 영향은 알게 모르게 기도하는 자의 정성과 인내로 생의 전환적 작용점이 되기도 한다. 기도를 통하여 자신에게 부딪쳐 오는 어려움을 부드럽게 극복할 수 있는 곡점(谷點)에 놓이기도 하고, 어떤 간난(艱難)에 당하여 나아가야 할 바를 안내받기도 한다. 그것은 곧 기도의 성과들이다. 기도로 인해 도달하려는 행위도 중요하지만 사실 기도 그 자체만으로도 성스럽지 않는가.

필자에게 넘겨져온 시편들을 읽어보니, 박성은의 시에는 그런 간원(懇願)이 담겨 있었다. 기독교인답게 '기원(祈願)의 시'가 많은 이유이다. 그는 무안군 삼향면 임성리 한 성직자의 가정에서 출생하여 지금껏 기독교적 삶을 영위해온 그의 이력과 부합되는 시 세계를 표출하고 있다.

그는 사실 이러한 낭만적인 시와는 어쩌면 거리가 있다고 보는 한 수학 교사이다. 매사에 절댓값을 중요시하고 오차의 범위를 좁히려는 수학의 본질을 지키는 정확한 교사이다. 그는 이 분야의 저서를 두 권이나 가지고 있고, 교육방송 강의 등, 수학 관련 각종 연수와 출제 프로그램에 주도적으로 참여해온 사람이다.

그럼에도 불구하고 그의 시에는 사물을 바라보는 시선이 꿈꾸듯 하여 전혀 수학적이지가 않다. 시가 느슨하고도 정감의 폭이 넓기 때문이다. 아마 그것은 어려서부터 부모에게 기독교 정신을 배운 가력(家歷)과 시인 스스로가 오랫동안 목회 활동에 몸담아온 그 믿음과 유한 품성 때문이 아닐까 한다.

2.

그의 시 속에는 늘 촉촉하게 내리는 '비'와 같은 서정률(抒情律)이, 잠든 아이의 고른 호흡처럼 숨 쉰다. 소재를 다루는 태도가 아침 풀밭에 내린 이슬처럼 함뿍 젖어 있으면서도 자신의 미래를 예견하듯 그는 생의 잎사귀에 투명하게 구르는 시를 주로 다룬다. 쉽게 쓰는 시를 실현하고 있는 시인에게서만이 느낄 수 있는 사물의 직서법(直敍法), 그에게서 그것의 가능성을 읽는다. 일찍이 헤브라이의 예언자들도 문학작품은 누구에게나 이해되도록 말하고자 하는 바를 정확하게 표현하고, 독자가 알기 쉽게 써야 한다고 했지 않은가.

쉬운 시가 가능한 것은 먼저 주변 사물을 순수한 눈으로 바라보고 그 외피(外皮)를 정돈하여 가지런히 벗기는 일이다. 이제 작품에 담긴 서정성을 중심으로 그의 젖은 시 정신을 살펴보기로 한다.

기다렸습니다
하늘 문이 열리기만을
村老의 간절함이 하늘에 닿았나 봅니다

갑자기 많이 내린 비는
자기들의 목소리만 내고선 흘러 가버리지만
지속적으로 내리는 비는
촉촉이 적시며 머물다 기쁨이 됩니다

한 움큼 집어삼킨 웅덩이에 모여
통성명을 하고 무어라 재잘대고선
하나되어 합창을 합니다
우린 원래 하나였었다고

—「비의 연가(戀歌)」 부분

종교적 기원, 오랜 가뭄을 벗어나 비가 성취되는 순간을 하나의 연가풍(戀歌風)으로 소화해내고 있는 작품이다. 시나브로 내리는 비와 동아리진 몸이 이루어내는 "보람"이 자연스럽게 빚어져 있다.

말하자면 한순간에 떠오른 은유적 정서를 표출하는 게 시인데, 시인은 사물에 촉촉한 정서를 넣어주는 감정이입적(感情移入的) 작업을 시도하고 있다. 시에 담아내는 사물, 즉 "비"는 율격의 거름종이에 뿌려지고, 거기 알맞은 음량과 이미지의 기능적 작용을 주도한다. 이렇게 정제적(整齊的) 과정을 거쳐 나오는 시상(詩想)은 감정을 한껏 누그러뜨리거나 비약시키는 탄탄한 힘도 있다. 감정이란, 일상생활에서 겪는 촉각적 순간에는 고통스럽고 억제할 수 없는 것처럼 발현되더라도 일단 시의 형식을 취하게 되면 정돈미(整頓美)와 균제미(均齊美)에 의하여 재포장되어 나타나기 마련이다. 시인의 고르지 못한 감정은 서서히 순화되고, 불규칙한 눈길은 운율적 질서 속으로 하나씩 귀의(歸依)하게 되는 것이다.

화자는 갈구해온 "비"라는 사물에 "연가"라는 형식을 이항 대입하듯 하여 결국 독자에게 "합창"으로 제공한다. 지붕에 부딪는 빗소리에 씻어낸 마음은 다시 "지속적으로 내리는" 비와의 "통성명"을 연유해낸다. 그는 대화적 정서 속으로 조용히 다가와 "우리의 모습을 회복했다"고 노래한다. 빗방울이 모여 하나의 빗줄기를 형성하는 그 화합과 통합의 이미지를 도입한 것이다. 시인은 모두어 바람[希望]을 키우듯 가뭄 극복의 그 합일성에 뜻을 함께하고 있다. 모든 이처럼 그는 "원래 하나"인 하늘의 문이 열리기만을 기다렸던 것이다.

이제 그것이 이루어지는 비가 내리는 순간을 깨닫는다. 이는 "촌로의 간절함이 하늘에 닿았다"고 하는 대목에도 복선적으로 드러나 있다. 구태(舊態)의 삶 속에서도 새로운 성취감을 확인해 보이는 부분이 아닌가. 화자는 "갑자기 많이 내린 비" 내부에 스미는 "목소리만 내고" 그냥 흘러가 버리는데, 실은 그 순간을 아쉬워한다. 꿈속의 달콤함에서 잠깬 강처럼 놓쳐버린 것에 대한 미련, 사라진 찰나에 어렴풋하게 떠오르는 유년의 기억을 상징할까. 하지만 긴 시간에 걸쳐 "지속적으로 내리는 비"는 대지를 "촉촉히 적시며" 애무하는 "기쁨의 순간"으로 변환된다. 농사에 비의 유로성(流露性)과 합일성(合一性)을 모색하여 새롭게 묘사한 시의 날빛 그 부분이 사뭇 인상적이다.

3.

예술 작품에 종교·도덕적으로 관련된 문제를 어떻게 파악할 것인가에 대하여 논의한 미학자 폴켈트(Johannes Volkelt, 1848~1930)는 작품에 그것과 관련한 '유의의성(有意義性)'을 요구해야 한다고 하여, 작품 저층에 서려 있는 의미 캐기를 강조했다. 이 방법은 다음 「나무」를 살펴보면 잘 드러나 있다.

나무는 자연이다. 우리에게 인내와 용기를 가르치는 대표적 스승이다. 때로 "앙상한 서러움"과 "얼어붙은 몸"을 의지하며 "새들의 노래"를 벗삼아 사는 그 꾸밈없는 자연의 우뚝 선 상징물이 아닌가. 그러나 나무는 "그 모습 그대로"를 좋아한다. 겨우내 함께해야 할 그에게 "앙상한 가지"로 선 나무는 "서러움을 간직한" 채 묵묵하다. 그렇게 말없고 작지만 이들에서 큰 의지를 배운다. 추운 나무에 연민을 품었던 그의 긴 배려가 행간을 타고 따스하게 젖어들어 온다.

> 함께 있었어요
> 겨우내 찬바람 맞아가며
> 앙상한 가지에 서러움 간직한 채
> 외로움을 서로 의지하며 함께 있었어요
>
> 따스한 햇살위로 얼어붙었던 몸 녹이며
> 기지개를 펴고 있었지요
> 하지만 그 친구는 아직도 용기가 없나봐요
> 겨우내 얼어붙은 몸 하나 추스르지 못하고
> 일어서지 않고 있어요

아무리 손짓을 해도 모른척하고 있네요
새들이 노래하는 계절에노
그 모습 그대로 서 있답니다

—「나무」 부분

사람들의 외로움과 피곤함을 달래주는 청량제의 기능을 하는 나무. 나무는 화자가 말한 것처럼 "외로움을 서로 의지하며" 함께 사는 생명체로 우리의 심신을 가다듬어준다. 창 밖에 서 있는 모습을 외로운 가슴으로 바라보는 일, 그리고 그때 "우리들 세상이라고" 일러주는 일, 그 따뜻한 인보정신(隣保精神)을 "나무"로 하여금 새로이 지니게 됨을 느낀다. 그러나 사실 나무는 "겨우내 얼어붙은 몸을 추스르지 못하고" 있다. 이렇게 "일어서지 않는" 나무 친구에 대하여, 사랑하는 엄마의 자세로, 뒤돌아보는 딸의 심정을 헤아리는 정을 담뿍 안겨주고 있다. 그는 "외로움을 의지하며" 동반하는 자리로 귀속하게 된다. 그리고 "따스한 햇살로 얼어붙은 몸을" 녹이거나 "기지개를 펴며" 외로움을 달랜다. 그의 시에는 이렇듯 나무들의 작은 속삭임까지도 자기 내부로 끌어와 듣는, 수피 가득 거슬러 오르는 잔잔한 정이 배어 있다.

고리 없는 문 앞에
나 서성이고 있소이다

열어주기 전에는 들어갈 수 없고
소리치기 전에는 닫혀있을 수밖에 없는 이여
두드리기 전에는 열리지 않는구려

소리치고 두드리다 그만 지쳤을 때

제3부 토박이 서정을 잇다

그 안에 아무도 없음을 알았을 때
문 앞에 나 흩어지고 말았소이다

고리 없는 문 앞에
이미 갇혀버린 나
모든 것 내려놓고 기다림을 배우라 하네
—「고리 없는 문(門)」 부분

화자가 안타까워하는 것은 고되고 지난한 삶에 의욕을 다 채우지 못한 부분이다. 불만을 표시하는 사람에게 주는 생의 허허로움, 그가 감추고자 하는 압박감이다. 나가려 했으나 "고리 없는 문 앞에" 서성이게 되는 절벽 같은 안타까움이 있다. 그 문은 절대 "열어주기 전에는 들어갈 수 없는" 문이다. 물론 "소리치기 전에는 닫혀 있을 수밖에 없는 문"이고, 두드려도 함부로 "열리지 않는 문"이다. 그 문은 화자에게 "모든 것 내려놓고 기다림을 배울 것"을 종용한다. 그가 재삼 "두드리기 전에는 열리지 않는 문"이라고 거듭 하소연하는 게 안타깝다. 구원하지 못하는 절망에 떨며 이렇듯 오래 가슴 아파한다. 생각만 해도 답답하고 몸서리쳐지는 일, 그러나 "소리치고 두드리다 지쳤을 때 묘 앞에 흩어지고 만" 어이없는 일이었다.

이제사 모든 것을 포기하고 "기다림을 배우라"는 절대자의 가르침을 따르기로 한다. 하나님에 대한 의지가 그를 큰 안도감으로 안내한다. 이 「고리 없는 문(門)」은 화자가 살아온 기독교적 삶의 대표적 편린이라 할 수 있다.

많은 것을 잃고 살았습니다

병든 육신하나 둘러매고
허위 허위 숨가쁘게 살았습니다

때로는 당신의 눈동자 속에
피곤한 여장을 풀고 싶었으나
마음은 원이로되 육신이 너무 약했습니다

오늘에야 문을 열어주신 당신
나의 모든 것을 다 받아 주겠다는 당신
아, 나는 사립문을 열고 조심스레
당신의 뜰 안에 발을 들여놓습니다

—「회복 2」부분

　앞의 시「고리 없는 문(門)」이 "닫힌 문에 고리가 없어 나가지 못하고 기다림을 배우라 하는 당신"에게 보내는 절망과 체념을 나타낸 시라면, 「회복 2」는 "오늘에야 문을 열어주는 당신"을 설정함으로써 절망을 딛고 마침내 찾아가는 믿음의 회복을 다지는 작품이다. 그러나 "당신"에 대한 기대는 그저 조심스럽기만 하다. 이제 "모든 것을 다 받아주겠다는 당신"이지만, "당신의 뜰 안에 발을 들여놓기"는 아직 이르다고 여긴 탓일 게다.

　예술은 인간들의 유희 충동에서 발생하고 표현된다는 스펜서(J. Spenser)의 말이 상기되는 작품이다. 상실된 자아는 "꺼져가는 심지를 끄지 않으신 당신"과 마지막까지 "상한 갈대로 서 있는 나"를 비교하는 것이 어둠 속의 강한 불빛처럼 명징하고 짧다. 직접 나서서 "모든 것을 받아주시는 당신"과 그리고 "사립문 열고 당신의 뜰 안에 발을 들여놓는 나"를 설정하고 있는 것 또한 "당신"과 "나"를 대비하여 주객의 자리처럼 배열해놓고 있다. 그 대칭적 비교는 절대자와 자신을 극점으로 이끌어내지만 실은 동석(同席)이다.

톨스토이가 일찍이 언급한 기독교적 예술은 "신과 이웃에 대한 사랑을 통해서 사람들을 커다란 결합으로 끌어들인다"는 논리를 펴고 있는데, 이 시를 통해 그의 이데올로기를 새겨들어야 할 필요가 있다.

눈오는 날에는
하얀 백지 한 장 내게로 다가온다
마음까지 하얗게 씻어내어
무엇이든 그려낼 수 있어 즐겁다

눈오는 날에는
그동안 잊고 지냈던 이야기들 끄집어내
추억 여행하다가
마음의 고향 안에 안길 수 있어 좋다

우리가 잠든 사이
그 높던 당신의 천사들 보내시고
우리네들의 이름으로 세워놓은 모든 것들
다 덮으시고 잠시 쉬라 한다

— 「눈오는 날에」 전문

눈 오는 날에는 옛날의 그 순후를 꿈꾼다. 고향을 그리워하는 꿈이어도 좋고, 그동안 잊고 지냈던 사연 많은 이야기여도 상관없다. 눈 오는 날 친구를 생각하거나 자신을 회억하거나, 아니면 그 모든 것을 포용하며 조용히 휴식을 보내는 것도 좋다. 순결을 지향하는 의미의 날, 눈 오는 날은 특별한 은혜의 날로 정하기 마련이다.

이 시에서, 1연은 "하얀 백지 한 장이 다가오는" 눈의 흰 순결성과 "무엇이든 그려낼 수 있는" 가능성을 노래하고 있다. 2연은 "이야기를 끄집어내어 추억의 여행 안에" 편안함을 즐기는 그 자신의 이야기 생성과 고향에 몸을 안기는 포근한 정을 표현하고 있다. 3연은 눈 오는 날의 안온한 분위기를 "높던 천사들" 보내고 "세워 놓은 모든 것들 다 덮으시고 잠시 쉬라" 하는 감싸 안은 포용적 분위기를 노래한다. 이 시의 이미지는 "수행"과 "포용" 그리고 "휴식"의 차례로 발전하고 있는데, 그 사유(思惟)가 언덕 위에서 눈 쌓인 벌판을 보는 것처럼 차분하고 순탄하다.

이처럼 박성은 시인은 "눈"과 "비"의 소재로 조용히 젖어오는 서정의 분위기를 만들고, 거기 하나님과 함께한 편안함에 들고 있다. 성경의 "지치고 고단한 자 내 안에서 편히 쉬라"는 메시지를 시에서도 받아들인 것이다. 이렇듯 그의 시상에 대한 귀결은 "휴식"의 정서로 갈무리되고 있다. 사물에서 얻는 "포용"과 "편안함"이란 구조를 잘 맞추는 설계부터가 그러하다. 「눈오는 날에」는 이같이 하나님 품으로 가려는 화자의 심리를 헤아릴 수 있는 대표 작품으로 보인다.

4.

시는 인간의 소리 없는 외침일 뿐 아니라 내면의 규칙적인 움직임이다. 일견 아름다운 정서를 겨냥하는 오랜 서정의 꿈꾸기이기도 하다. 그 꿈꾸기에는 생을 구원하듯 기도시의 자릿값이 위치해 있다.

박성은의 시에는 기독교적 삶을 바탕으로 한 기원, 절대자에 대한 믿음의 서정, 그 하나님에 대한 의지를 젖은 서정에 의탁하는 시로 구성된 게 많다. 휴식의 정서를 다룬 시에는 위와 같은 시상들을 통류(通流)

시켜 그만의 기독교 정서에 합류토록 주도하고 있음도 알 수 있었다.

톨스토이는 "예술 창작은 그리스도를 토대로 감정 표현을 높이 평가해서 가려내야 한다"고 했다. 현대의 뛰어난 사람들에 의해 "여러 형태로 전개되는 종교적 예술 표현은 각 방면에 되풀이되고" 있으며, 그것이 실제로 "복잡한 인간 활동을 이끌어 가는 원리"라고 했다. 그 표현 활동이란 "사람들의 결합을 방해하는 육체적 도덕적 장애를 극복하는 일"이다. 그가 이를 『예술이란 무엇인가』에 걸쳐 강조했다는 사실, 그것은 지금에 와서도 전혀 변하지 않은 진리이다. 이처럼 기독교적 입장의 창작은 전통적으로 높은 평가를 받은 것이 사실이었다.

이제 이 같은 절대자에 향하는 삶을 줄기차게 영위해온 박성은 시인에게도 그와 유사한 의무감을 지울 수 있을 것이다.

그래서 고언(苦言)컨대, "당신"에게 주는 줄기찬 노래가 이번 시집 출간을 계기로 보다 성숙되고, 내면이 더 압축되는 시적 수련 작업이 뒤따르기를 희망한다.

이제 머지않아, 그의 시가 종교적 서정의 뿌리를 뻗어 안온한 휴식처에 스스로 길어날 것을 바라고, 그의 쉬임 없는 목회 활동에서 수확한 시의 또다른 자리가 한 차원 높게 자리 매김될 수 있기를 기대한다.

서정을 진솔하게 키우는 시학

— 오승준의 시

1.

시 쓰기가 처음일 때 아름다운 서정에 대한 그 설렘을 기억한다. 시인이 바라보는 사물에 서정의 눈이 내리고 빛나는 햇살이 은유적으로 조사(照射)된다. 저녁 단잠을 마치고 아침 잠을 깬 아이의 눈처럼 이슬 머금은 꽃송이는 경이롭게 비치기 마련이다. 사물에의 놀라움은 새삼 시상(詩想)을 계기적으로 자연 발생시킨다. 독자를 감동시키기 위해서 시인은 자신의 정서를, 도움닫기의 출발선에 선 선수처럼, 한 번 더 자세를 가다듬게 된다. 지금까지 별 느낌 없이 무심코 지나치던 사물도 바야흐로 새로운 눈을 달기 시작하는 것이다. 그것은 시에 대한 관심과 사랑의 눈이다. 그 눈으로 시인이 바라는 세계에 진입하게 되면 바야흐로 정서는 자연적인 리듬과 분위기로 무르익게 된다. 한 편의 좋은 시를 낚는 것은 그런 감정을 수용하고 종합하는 상상력에 의존한다.

시를 정서적 영향에 의해 형성되는 과정이라고 보는 견해가 바로 시의 '표현론'이다. 워즈워스(W. Wordsworth)는 이 과정을 '감정의 자발적 방법'이라고 강조하였다. 시의 '모방론'이 밖의 것을 안으로 가져온 행위라면 '표현론'은 속의 것을 밖으로 내보내는 행위이므로 '모방론'과 '표현론'은 대립적 관계에 있다고 할 수 있다.

　오승준 시인의 경우, 낮에는 공직을 수행하는 한편, 밤으로는 서정을 꿈꾸며 내밀한 감정의 자발적 분출을 조절하며 시업(詩業)을 닦아가는 시인이다. 그는 앞서 말한 '표현론'의 입장에서, 봄날 마악 잠깬 아이의 감동스런 눈으로 한창 꾸밈없는 시를 발현하고 있는 중이다.

운명으로 만나
그리움의 시간 속에
세월의 정 다져온지
버얼써 10년.

하얀 가슴 따뜻한 입술로
춥고 배고픈 세월
잘 견디어 준 당신

저 산너머 행복이 있다는 기다림으로
걸어온 세월만큼 또 그렇게
우리의 천사들과
우리의 미래를
힘차게 열어 갑시다

머지 않아
우리의 사랑
뿌려진 씨앗들이 기쁨을 노래하고

소망을 이야기하며
행복을 꽃 피우게 될 그날

내일의 무지개
당신의 가슴속에 피어날 때
나 거기 있어
당신의 벗되어
당신의 울안에서 사랑의 노래 부르리.

—「아내에게 바침」 전문

시인에게 아내는 동반적 역할을 한다. 그는, "당신의 벗이 되어 당신의 울안에서 사랑의 노래"를 부르리라고 한 표현에서 보듯이, 늘 아내와 함께하는 생을 즐긴다. 그는 아내에게 바치는 노래와 같이 따뜻한 가족주의적인 작품을 많이 쓰고 있다.

최근 도시화가 급속히 진전되면서 사회층도 두꺼워지고 있다. 그 속에서 개인은 부품으로써 구조화된다. 이 경우 자기 행동에 대한 인격적 체험은 미미하게 되고 만다. 현대 사회에서의 개인에 대한 익명성(匿名性)이 그것이다. 심지어는 가족 관계에서까지도 예의 익명성이 자리하고 있다. 그러나 이 시는 그런 방어벽을 뚫고 스스럼없이 가식의 옷을 벗는다. 독자에게 진지하고도 아름다운 자세로 다가온다. 시적 긴장은 다소 이완되어 보이나 읽기에 큰 부담이 없는 게 시의 장점이다.

아내와 "정을 다져" 10년을 살아오는 과정이 사랑하는 남편의 목소리로 다가와 독자에게도 그런 행복을 느끼도록 배려한다. 그의 표현대로 아내는 "하얀 가슴 따뜻한 입술로 춥고 배고픈 세월을 견디어 준" 동련(同輦)의 사람이다. 거기 익명성을 가장한 꾸밈이 있을 것인가.

사랑의 애틋함이 "내일의 무지개 당신의 가슴속에 피어날 것"이라는 기대로 설레고 있다. 이처럼 아내에 대한 사랑과 연민이 구체화되고 있는 점이 이 시에서 눈 여겨 볼 부분이다. 그는 "당신의 벗이 되어" 누구의 간섭도 거리끼지 않고 "당신의 울안에서" 노래를 부르고 있는 것이다. 이것이 그가 실현해 보이는 가족애(家族愛)의 행동이다.

내가 시를 쓰는 이유는
시인의 마음을 가지고
시인의 생각으로
시인의 노래를 부르고 싶기 때문

시인은
이웃의 다정한 아저씨이며
넉넉한 고향의 인심

시인은
마을의 맑은 실개천이며
가을 들판의 살아 있는 허수아비

비가 오나 눈이 오나
오직 그 자리에서
희망의 들풀로
사랑의 수목으로
생명의 바위로
세상과 인생과 시를 노래하는
영원한 벗
그런 시인이 되고 싶다.

빛나는 태양처럼

아름다운 낙조처럼
아이의 동심처럼 사는
그런 시인이 되고 싶다.

— 「내가 시를 쓰는 이유」 전문

이 시를 읽으면 시가 어려운 게 아니라는 사실이 분명해진다. 화자는 "시 쓰는 이유"를 엄마가 아이에게 말하는 것처럼 수식 없이 흘러가듯 말하고 있다. 그가 시를 쓰는 것은 "시인의 마음, 시인의 생각, 시인의 노래"를 부르고 싶은 단순함 때문이다. 췌설과 온갖 정보의 나열로 시를 난해하고 무기력에 빠뜨릴 우려가 전혀 없다. 시를 쓰는 동기가 진지하고 순수하고 시인답다. 어떤 드높일 명예나 자기 현시욕과 같은 이유도 없다. 그의 시는 이렇듯 깨끗하고 솔직하다. 그래서 화자는 늘 "동심처럼 사는 사람"이다. 그가 느낀 대로 정직하게 일하고 그것을 성실히 표현하면 그 뿐. 그렇게 쓰겠다고 느껴서 쓴 게 아니라 자연히 그런 시가 흘러나오고 있는 것이다. 화자는 늘상 "비가 오나 눈이 오나 오직 그 자리에서" 관성처럼 "시를 노래하는 벗"이 되고자 한다. 그의 마음 모두를 "희망의 들풀로, 사랑의 수목으로, 생명의 바위로" 채우려고 애쓴다. 그러기에 매양 "태양", "낙조", "동심" 등을 그리워하는지도 모른다.

요즈음은 시를 정직하게 쓰는 일도 어렵다고 말들 하지만, 그는 시의 정직성을 시를 쓰는 그 자체에 두는 시인이다.

2.

진솔하고 꾸밈 없는 일반적인 그의 시를 뒤로하고, 다음은 형태가 다른 한 편을 살펴보기로 한다. 그는, "달라지고 있는 세상에 자신을 고집

하고 있는 사람들"에 대한 자기 시적 태도를 군더더기 없는 감정으로
정려, 배치한다. 이와 같이 "원칙과 정의를" 실현하지 않고 "비겁과 위
선을" 보듬고 사는 사람들에게 저항하는 자세도 엿볼 수 있다. 그곳에
서 그는 편리와 일상주의를 함께 경계하고 있다. 그의 시적 체험에서
복합 구조를 느낄 수 있는 또 다른 의미의 즐거운 시 읽기이다.

> 달라지고 있는 세상에
> 옛 생각 옛 행동으로
> 자신을 고집하는
> 사람들은 가라
> 휘이 휘이
>
> 입술로는 원칙과 정의를
> 행동으로는 비겁과 위선을
> 생명처럼 보듬고 있는
> 그런 사람들은 가라
> 휘이 휘이
>
> 일은 적게
> 대우는 많이 받으려 하는
> 작은 양심을 품은
> 사람들은 가라
> 휘이 휘이
>
> 자신의 허물
> 감춰 두고
> 남의 잘못은
> 생활처럼 즐기는

사람들은 가라
훠이 훠이

힘 앞세워
이것도
저것도 가지려고
욕심 따라 다니는
사람들은 가라
훠이 훠이

— 「훠이 훠이」 전문

우리의 주변의 이기주의나 욕심을 "거부하는 몸짓"으로 이기는 것도 시인의 한 몫이다. 비겁한 자와 위선을 부리는 사람에게 자신의 소신을 굽히지 않는 것 또한 혼탁한 세상에 빛과 소금의 역할을 하는 것이다. 이 시를 읽으면 화자의 직설이 공격적으로 꽂히는 쾌감이 있다. 세상 부조리에 전혀 우회하지 않는 직공법(直攻法)이 찌르는 효과일 것이다.

음성언어 "훠이 훠이"는 새나 짐승을 쫓는 소리시늉말이다. 곡식을 쪼거나 농사일에 방해가 되는 동물을 멀리 쫓기 위한 외침이다. 1연은 "이기주의자", 2연은 "비겁자와 위선자", 3연은 "비양심가", 4연은 "허물을 감추는 자", 5연은 "욕심 따라 다니는 자"에게 그만의 거부의 외침인 "훠이 훠이"를 외친다. 이는 제시한 인물들에 대하여 강한 부정을 행사한다. 그만큼 그의 공직에 청렴성을 새로이 다지는 의미이기도 하다.

3.

어떤 중요한 일을 시도할 경우, 기도는 필요한 절차일 수 있다. 일상

에서 거듭되는 간절한 기원은 늘 성취를 꿈꾸며 우리 곁을 떠돌기 마련
이다. 그가 원하는 것이란 "믿음 주기"를 원하며, 기도하는 자에게 "강
건한 힘"과 "말씀을 실천하는 힘"이 부여되기를 원한다. 그는 "부족함이
없는 능력", 곧 매사에 완벽을 추구하는 힘이 내공에 채워지기를 바란
다. 바른 일을 실천하기 위해서는 그런 전능의 힘이 절대 필요하다. 그
것을 내려주도록 간구하는 것이 진정한 기도가 아닌가.

주여
제게 믿음을 주소서

날마다 당신의 사명을 다할 수 있도록
강건함을 주시고
당신의 말씀을 실천하는데 부족이 없도록
능력을 주시고
당신의 이름을 빛낼
지혜를 주소서

오직 당신의 거룩한 마음으로 살게 하시고
온전한 길을 갈 수 있도록
나의 손을 붙잡아 주소서

또한
내 영혼이 피곤하고 지칠 때
당신을 생각하게 하시고
내 기도가 당신에게 상달되게 하소서
그리하여 순진한 마음으로
임마누엘하게 하소서

나의 영과 삶이
새롭게 변화되게 하시고
은혜와 기쁨으로
성령 충만한 생활이게 하소서.

—「기도」 전문

화자는 오직 "당신의 거룩한 마음으로 살게 하시고 온전한 길을 갈 수 있도록 손을 붙잡아 주기"를 바란다. 기도가 당신의 힘에게 "상달되기"를 원하는 것이다. 시인에게 있어서 이 같은 간절한 바람은 믿음의 세계를 구하는 시적 긴장을 높이는 의미체로 작용한다. 화자는 이룸의 기쁨, 성취의 보람 같은 것을 바라기보다는 그것을 달성시킬 수 있는 힘과 지혜를 더 원한다. 보통 사람들처럼 성취 자체를 바라는 것이 아닌, 성취할 수 있는 그 힘을 원하는 것, 그것이 오승준 시인에게서 기릴 점이다. 그러므로 이 시는 말하자면 낮은 자세로 임하는 '기도시'라고 할 수 있다.

본적은 타향이지만
언젠가부터인가
우리의 고향으로
사원
마을
공원
고층 빌딩에까지
관상수로 우아한 자태를 뽐내며
시가문학의 중심에
우뚝 서있는 너

신록이 가득한 여름을 지키며
100일 동안
진홍
담홍
연보라
박색의 꽃무리로
찾는 이의 발길을 붙잡고
시객의 붓끝 멈추게 하는
역사 찬미의 너
(중략)
영원히 꺼지지 않는
생명의 불꽃으로
병든 세상
상처받은 영혼의
깊은 씨알되어라
백일홍아.

— 「백일홍」 부분

　담양에 있는 소쇄원과 식영정 등 주변의 가사문학권에 가보면 백일홍 군락이 많다. 화자는, 나무들을 푸른 산과 내를 배경으로 화선지에 그리되, 살아 있는 붓자죽처럼 일필로 꺾이어 살아 움직이게 한다. 백일홍나무는 거기 "우아한 자태"를 뽐내며 있다. 시인이 살핀 대로 "시가문학의 중심"에 등장하는 나무이다. 뜨거운 여름을 지키며 "시객의 붓끝을 멈추게 하는" 운치를 지니고 있다. 이러한 나무에 화자의 담담한 이야기가 적절히 녹아 있어서 여름의 그늘처럼 잔잔하고도 시원한 감동을 준다.

　이름이 그러하듯 백일홍은 "영원히 꺼지지 않는 생명의 불꽃"이다.

그래서 "병들고 상처받은 영혼"을 다스리기도 한다. 영혼이 있는 깊은 땅 속에 숨 쉬며 이를 다스리는 "씨알"이 되는 것이다. 백일홍은 왜 이처럼 "영혼의 꽃"일 수밖에 없는가. 송강 정철이 노래한 「성산별곡(星山別曲)」의 "자미탄(紫薇灘)"에 나오는 것처럼 시인에게 "백일홍"의 존재는 "찾는 이의 발길을 붙잡는" 주인공이 되는 까닭이다.

4.

시는 각박한 인생을 구원하는 정서이다. 그 길은 산과 들을 휘돌아 가는 굽이진 강물처럼 곡선의 서정성을 묘사한다. 우리가 시 세계에 접하는 단계는 폭넓고 다양하다. 어느 한 존재에 대하여 거듭나는 관점으로 시는 그 가치를 격려하거나 비판한다. 이렇게 시 정신은 화자에게서 보다도 독자에게서 더욱 진실해지고 현실적으로 가치를 인정받게 되는 것이다.

위에서 살펴본 바, 오승준의 시에는 현란한 수식, 난해한 시구가 없다. 또 특별한 기법으로 내세워 중무장되어 있지도 않다. 어떤 시는 그렇듯 시가 갖추어야 할 일말의 꾸밈도 배제한 채 벌거숭이로 독자를 압필한다. 그가 노래하는 대상은 자연 친화적이면서도 인간적인 향훈이 은은히 배어 있는 평범한 세상이다. 그것이 수수한 시를 바로 시답게 하는 요소가 되는 것이다.

고언컨대 이번 시집 발간을 계기로 시적 감정이 간추려지고 압축되어 발현할 수 있도록 내부를 다독이고, 자연적 리듬이 감미롭게 적셔들기를 기다린다. 정서의 힘 또한 이 거칠고 탈서정적인 세상을 구원하며 유유히 헤쳐나가기를 희망한다면 그도 이에 동참할까.

고독의 극복 그리고 사랑의 노래

─ 송윤채의 시

1. 돋움말 : '悔改'를 위하여

사람은 누구나 삶의 행복한 둥지를 그리워한다. 그가 소속한 가정으로부터 그것은 싹트고 이루어진다. 심지어 사람의 창의적인 생각까지도 가정 생활이 바탕 되어 재생산할 정도로 인간 성정(性情)의 원초지는 단연 가정이다. 인연의 가족들로 채운 가정이란 삶의 핵심 단위이자 소중한 집을 꾸려 담는 하나의 배낭이다.

사랑을 구현하는 가족의 장을 다른 말로는 식구, 가속(家屬), 권속(眷屬), 가솔(家率), 식솔(食率), 가실(家室), 소솔(所率), 합내(閤內), 합절(閤節)이라 한다. 그 대체 용어가 매우 다양하다. 그 뜻을 상세화하면 가족은 어버이와 자식, 형제 자매, 부부 등 혈연과 혼인의 사슬 관계로 이루어진 가계(家系) 사람의 집합이라 할 수 있다.

송윤채 시인은 한마디로 그런 가족과 가정을 사랑하는 사람이다. 가족을 소중하게 생각하지 않는 사람이 없겠지만, 특히 그가 가족에 갖는 기대는 교훈적인 것 이상이다.

이번에 상재하는 시집에는 가족과 관계된 노작들이 많다. 그중에서도 사랑하는 아내를 잃어 뼈저린 고독을 감내한 통절의 시, 자신과 자녀들에게 주는 교훈시가 있고, 그가 앓아왔던 고독을 솔직하게 펌프질해낸 사랑시의 호흡들이 있다. 그는 주변의 권유로 제2, 제3의 아내를 만났지만, '찌들고 지치도록' 수없이 속임을 당하는 등 실패를 거듭했다고 숨김없이 술회한다. 회한의 우여곡절로 현재 진심으로 사랑하는 사람을 만났다고 했다.

시집에는 고독한 삶으로 엮어진 자전적(自傳的) 시, 잘못 든 길에 대한 가슴앓이의 시들이 "고해성사나 눈물로 얻은 회개"처럼 모아져 있다.

이제, 송윤채 시인이 고독한 삶을 어떻게 극복해왔는지 그가 진술하게 부딪친 시적 대상을 통하여 가까이 면벽해보기로 한다.

2. 청유형의 아포리즘 : '가난한 시인'으로 남기 위하여

고난의 길에는 선(善)이 동행하는 법이다. 그는 그것이 진정한 행복이라고 믿는다. 시인으로 남기 위하여 그는 "가난을 노래하며 살아온" 사람이다. 추운 겨울 독방에서 "쓴 소주"에 "김치 한쪽으로 주린 창자를 달래는" 일에 얼마간 익숙해진 때도 있었다.

교육자답게 시인은 교훈적 아포리즘을 즐겨 쓰고 있다. 그가 교육을 실천해왔던 모습이 그대로 시에 반영된 셈이다. 시인의 체험에서 나온 전리품(戰利品)이 바로 그 교훈시가 아닐까. 루소는 『에밀』에서 '교육'이란 '지식과 인간을 가르치는 것에 문학을 접합시킨 것'이라고 말한 적이 있다. 그만큼 교육의 갈증은 문학과 늘 가까이 있다.

독자에게 기대하는 바 '물'은 그 형태적 모습에 의탁된다. 흘러가는 삶을 겨냥한 「물」에서 그 교훈성을 읽어내는 것은 어렵지 않다.

> 미움도
> 권위도
> 욕심도 없이 흘러간다.
>
> 바위가 있으면 비켜 가고
> 깊은 곳이 있으면 채워 가며
> 낮은 곳으로만
> 흘러간다.
>
> 시냇가 조약돌
> 수 천 년 세월 속에서
> 밤낮으로
> 반질반질 매끄럽게
> 어루만져 준다.
>
> 물 흐르듯 살아가자
> 덧없는 인생살이를.
>
> ─「물」 전문

'변함 없음'이란 '변화 없음'과는 전적으로 다른 '없음'의 의미를 지닌다. 대상에 대한 지속을 바탕으로 '변함없다'는 의미의 그 '영원성(永遠性)'을 추구하느냐, 답보(踏步)를 기반으로 '변화 없다'는 의미의 그 '정체성(停滯性)'으로 그냥 멈추느냐에 따라 '없음'은 차별화된다. '물'이 상징하는 바는 바로 그 '영원성'에 있다. 그것은 세월이 가도 '변함없이' 흐름을 유지하는 이유에서다. 시인이 노래한 대로 "바위가 있으면 비켜 가고, 깊은 곳이 있으면 채워 가는" 겸손과 평등을 닮은 게 바로 '물'의 압축률이다. 물이 항용 "낮은 곳으로만 흘러가듯" 화자 또한 낮게 살아갈 것을 겸허히 수용하기도 한다. 면면한 세월 동안 고난에도 좌절하지 않고 견디어온 그 '영원성'을 노래한다. 시에 공통된 진술은 끝 부분에서 교훈적 청유나 명령형으로 종결짓고 있음이다. 앞서 언급한 바와 같이, 아마 교육자 시선으로 보려는 그 가르침의 매뉴얼일 것이다. 스스로 다짐하듯 자계(自戒)의 구절 "물 흐르듯 살아가자 덧없는 인생살이를" 이라는 투호식 권유가 그런 본보기이다.

이 밖에도, 「실루엣」에서 "싫다고 푸념 말고 사람들아 선말하라", 「남과 북이 따로 있나」에서 "이제 마음에 빗장을 풀고 허심탄회 풀어보세", 「승자를 위한 권고」에서 "승리의 축배를 들기 위해 밤낮 없이 한 우물만 파보라", 「아들아!」에서 "포도주 같은 사람이 되어다오", 「웃음」에서 "행복하고 싶은 사람 항상 웃으며 살아요", 「승자와 패자」에서 "마음을 비우고 사랑으로 슬픔을 거두어라 패배 없이 얻어지는 승리는 값진 것이 못 되나니", 「새 출발한 딸에게」의 "감사하는 마음으로 열심히 살아라", 「가출 청소년들에게」의 "친구가 무엇이관대 공부를 학교 밖에 두고 방황하려 드느냐" 등 청유형으로 손을 잡아주는 그 교훈적 아포리즘을 볼 수 있다.

묵을수록 좋고
나이가 들어야
맛을 더하는 포도주

아픔도 쓸어 담고
미움도 쓸어 담아야
오묘하고 깊숙한 맛을 간직하는
포도주로 숙성된다는데

아들아!
그런 포도주 같은
사람이 되어다오.

— 「아들아!」 전문

　화자이 아버지가 아들에게 주는 다정한 기르침이 쉽게 다가오나. 평
생 교단을 지켜왔듯이 "타이르는 언어"의 콘텐츠에 익숙한 결과이리
라. 그 단순한 말에 무슨 책략이 있을 것인가. 아버지는 아들에게 저장
고에 숙성시킨 "포도주처럼" 향기 나게 살아가기를 부탁한다. 희로애락
(喜怒哀樂)을 겪어야 하는 세상에서 아들에게 "아픔도 미움도 쓸어 담아
야" 한다고 이른다. 만고풍상 인내의 가르침은 "깊숙한 맛을 간직하는"
발효를 추가 정보로 전한다. 잘 숙성된 포도주는 구미를 당기고 그것을
음미하면 유쾌함과 건강함도 보장한다. 말하자면 어디든 쓸모 있는 사
람이 되라는 의미다. "숙성된" 포도주가 "성숙된" 아들로 키운다는 논리
는 시인이 타고난 교육자적 카리스마를 시의 반열로 올린 구절이다.

　　A는 과정을 중시하며 살고,
　　B는 결과에 만족하며 산다.

　　A의 입에는 진실함이 있고,
　　B의 입에는 거짓이 있다.

(중략)

A가 즐겨 쓰는 말은 "다시 한 번 생각해보자",
B가 자주 쓰는 말은 "해봐야 별 볼 일 없다".

A는 B보다 열심히 일하지만 시간의 여유가 있고,
B는 A보다 게으르지만 늘 "바쁘다"고 한다.

— 「A와 B」 전문

이 시는 '긍정-부정적' 관계로 짝지어진 메신저 서비스를 제공한 시다. 심리학에서 '대조'는 상대와 짝을 이루는 비교에서 비롯된다는 말이 있다. 짝꿍이란 비슷한 유형이지만 한편 상반·비교하여야 하는 운명에도 놓인다. 어쩌면 인간의 근면성이란 대조의 개념 속에 빛을 발하는지도 모른다. A와 B는 비슷한 짝꿍이지만, 그들이 추구하는 특성은 반대 개념에 갇혀 있다. A의 장점에 의해 B의 단점이 보다 명백하게 드러나는 것이다. A는 잘못한 책임을 자신에게 지우고 B는 남에게 돌리며, A는 과정을 중시하고 B는 결과를 중시한다. 결국 독자는 "진실한 사람"과 "거짓된 사람"을 견주는 화자의 펜 자국을 따라가게 된다. 이렇게 적확하게 비교하는 것은 자신이 겪어온 품성을 통해 행동 수준을 높이려는 데 있다.

이 시에는 열심히 일하되 여유를 즐기면서 하라는 메시지가 강하다. 마크 트웨인은 "죽음을 맞이한 순간에도 일하려고 노력하라, 장의사가 일을 시작해야 할지 말아야 할지 망설이도록 하라"고 최후 순간까지 근면과 성실을 당부했다. 그런 마크 트웨인식 열정이 시의 끝 연에서 전달된다. A와 B의 차이란 결국 부지런함과 게으름의 차이라고 할 수 있지 않은가.

3. 마음과 마음의 다리 : '과목(果木)'과 '당신'의 인연

사랑하는 아내를 잃은 슬픔과 통절(痛切)이 전면에 봄비처럼 적셔온다. "열매를 떨군 과목(果木)"으로 상징화하여 짝 잃고 세상살이를 하는 고독을 전한다. 이제 그런 감정에 무겁게 실려온 시를 접해보자.

한때는 몸치장도 하고
미남이란 말도 듣고 사랑도 받았습니다.

탐스런 새끼들을 어루만지며
마냥 즐거워하시던 님이었는데
그 님은 하늘나라로 갔습니다.

잡초 우거진 텃밭에서
나날을 보내노라니
세상살이가 그저 슬프기만 했습니다.

다시 뵐 수 없는 님이시여!
이 안타까운 마음으로
한 평생을
어떻게 보내야 합니까.

—「과목(果木)의 슬픔」 전문

아내는 "새끼들을 어루만지며 마냥 즐거워하던" 인정 많은 주부였음을 알 수 있다. 아이들의 기쁨이었던 아내, 그러나 아내는 "하늘나라"로 가버리고, 화자는 어느 날 혼자가 되어 "잡초 우거진 텃밭에서" 무료한 나날을 보낸다. 그동안 "세상살이가 그저 슬프기만 했다"는 우울함이 가슴을 메운다.

이 시는 그런 고백적 눈물이 딛고 간 아픈 발자국이다. 살아야 힐 세월은 많은데 "한 평생을 어떻게 보내야" 하는가 고민하는 그는 가시울속의 채소처럼 시들어간다. 고독 속으로 통과하는 화자의 막막함이 한겨울을 나는 쓸쓸한 과목(果木)처럼 흔들려 온다.

미국의 시인 로이즈 와이즈는 「마음과 마음」이란 시에서 "우리들 마음과 마음을 이어주는 끈/그 끈의 길이를 짧게 하고파요"라고 노래했다. "끈"이란 곧 인연이다. "마음과 마음"의 다리이기도 하다. 송윤채 시인이 「바위 같은 사람처럼」에서 말한 "겉과 속이 같아서 사랑하지 않을수 없는" 관계로 "모래알처럼 많고 많은 사람 중에서 사랑과 영혼이 하나된" 인연이 아닌가.

> 모래알처럼
> 많고 많은 사람 중에
> 사랑과 영혼이 하나 되어
> 우리라는 텃밭에
> 행복의 씨앗을 뿌렸습니다.
>
> 작은 것을 소중하게 여기는 당신
> 들꽃의 은은함이 묻어나고
> 하늘과 노래하는 당신
> 나는 등뒤에 숨어
> 사랑의 씨앗을 뿌렸습니다.
> (중략)
> 그대가 바로

내 인생의 동반자
세상이 주신 고귀한 선물
언제나 포근한 가슴으로
애들까지 정성 다해 마음 써주니
당신 향기 정말 사랑합니다.

— 「당신의 향기·1」 전문

"당신의 향기"는 사랑하는 아내의 마음씨에서 비롯된다. 로이즈처럼 "끈을 짧게" 하고 가까이서 느낄 수 있는 사랑이 곧 "당신의 향기"일 것이다. 「과목의 슬픔」에서 이야기한 것처럼 그는 아내와 사별한 후, 주변의 권유로 여러 여인을 만났다. 실패를 거듭한 아픔을 수없이도 겪었다. 그런 그에게 변함없이 다가온 한 여인이 있었다. 그녀는 "작은 것을 소중하게 여기는" 사람, "들꽃의 은은함이 묻어나는" 사람, 그리고 무엇보다 "포근한 가슴"을 지닌 사람으로 나타난다. 지금의 아내는 화자의 말처럼 진정한 "인생의 동반자"이자, "세상이 주신 고귀한 선물"이다. 둘은 "사랑과 영혼이 하나 되어" 그들의 "텃밭"에서 "행복의 씨앗을 뿌리는" 작업을 진행 중에 있다.

니콜라스 브레턴은 "훌륭한 아내는 세상의 부와 바꿀 수 없다"고 했다. 그는 "상냥한 벗, 참을성 있는 실행과 경험이며, 그녀는 신의 은총이자 인간의 행복, 땅의 자랑"이라는 찬사로 좋은 아내의 이름 앞에 수식어 달아주기를 멈추지 않았다.

온갖 어려움에도 "언제나 포근한 가슴으로 정성 다해 마음 써주는" 아내의 모습은 2연에서 구체화된다. "작은 것", "들꽃", "노래"는 아내의 이미지와 밀접한 실존들이다. 그래서 고맙고 감사한다. 차마 앞에서는 보지 못하고 "등 뒤에 숨어 사랑의 씨앗을 뿌리는" 자신이기까지 하다.

방황과 좌절, 실패와 우울의 강을 건너 "고진감래(苦盡甘來)"이듯 브레턴이 말한 바, 비로소 소중한 아내를 얻은 감격이 잔잔히 물들인다.

> 당신 떠나가고 없어도
> 나 혼자 여기까지 살아왔소.
>
> 별이 뜨면 잠자고
> 해가 뜨면 일어나 일하고
> 나 혼자서 애들 키우면서 살아왔소.
>
> 당신이 그리울 때면 추억을 붙들고 울고
> 당신이 그리울 때면 애들을 하염없이 바라보았소.
>
> 살아온 나날이 가시밭길이었어도
> 절망의 구렁텅이에 휩쓸리지 않고
> 꿋꿋하게 살아왔소.
>
> 혼자 살아가기 너무 힘들어
> 애들의 뜻을 모아
> 당신 같은 현모양처 만나
> 남은 여생 서로 의지하며
> 둥글게 살아가게 되었소.
> ─「천상의 당신에게 띄우는 편지」 전문

아내를 잃은 슬픔을 딛고 "당신 같은 현모양처 만나 여생 서로 의지하며" 살아가고 있음이 옛 아내의 캐릭터 앞에 여실하다. 우여곡절이 시적 기교에 의존하지 않고 느낌 그대로 드러내고 있음에서다. 화자의 인생 역전이 담담하지만 독자에겐 눈물나는 편지로 장치되어 있다. 이렇듯 상실로 말미암은 삶을 보상받아 새 가정을 이루게 된 소식을 「천상의 당신에게 띄우는 편지」로 보내는 아이러니가 흰 고백성사처럼 들린다.

비스마르크의 말처럼 "사람이 지금껏 어떻게 살아왔느냐보다는 현재를 어떻게 살고 있느냐"를 가지고 의미를 부여하는데, 이 시는 이전 삶에 현재적 의미를 보란 듯 꽂는다.

4. 맺는 말 : '興望'의 삶을 위하여

송윤채 시인은 두터운 정(情)의 시를 쓴다. 한정된 공간에서, 망루의 조망선(眺望線)처럼 그 작품들을 한눈에 보이기에는 어렵지만, 가족을 사랑하는 마음과, 굴곡진 생에서도 현실에 긍정적 눈길을 주는 일은 독자가 동의하고 배워야 할 자세라고 본다.

상실이든 사랑이든 뿌리가 깊으면 그것을 바꾸거나 지키려는 삶은 더욱 버겁기 마련이다. 이 버거움을 극복하는 보법이 송윤채 시인의 「여망(興望)」이자 출발점이 아닐까. 시인이 「여망」에서 갈구한 바 "간절하게 너를 가까이에 두고 싶다/나는 세속에 살고 너는 내 안에 살고 남은 여생 살뜰히 살고 싶다/별빛 아래서도 내 마음 푸근히 느낄 수 있는 그 길"을 정언명법(定言命法)에 따라 데불고 가기를 바란다.

조선 시대에는 시가 '경국지본(經國之本)'으로 사회를 관류한 중심 사상이었다. 그 시대처럼 그는 경가지본(經家之本)으로 가족사를 엮어 가는 중이다. 「미완성 그림」을 완성한다는 "생애의 마음가짐"으로 시상에 애정을 입힌다.

이번 시집 발간을 계기로 대상의 어휘와 어조를 정선하고, "얼굴 없는

269

화가"처럼 "신비하게" 조율된 이미지로 세계를 열어가기 바란다. 또 서정의 자락 같이 화평과 「웃음」으로 그의 가정이 수놓아지기를 기대한다.

창작 수련에는 근본적이고 기초적인 공부가 더욱 필요하다. '역사'의 경우와 마찬가지로 '시'도 때로는 '용기와 끈기로 씌어진다'는 말이 있다.

"끈질김은 성취 요소이니, 오랫동안 문을 두드리면 결국 누군가를 깨우게 될 것"이라고 한 롱펠로의 단호한 예언을 기억하는 것도 필요하다. 그래서 '시집 발간이 바야흐로 문학의 시작'이라는 그 '정언명법'에 힘입을 수 있어야 한다. 사라질 것을 두려워하는 것은 시가 아니라 시인의 용기다.

사물의 차례화, 그 여유의 전환

— 김종의 시

1.

　시인에겐 무릇 시 쓰는 시간만큼 세상의 자유가 온통 그의 것이라 해도 지나친 말은 아닐 것입니다. 시인이 시에서 누리는 자유란 필요 불가결한 조건입니다만, 반드시 스스로가 확보해야 하는 요소이기도 합니다. 시 쓰는 자유 중에서 화자의 설정은 그를 자유롭게 하거나 반대로 구속하는 어떤 조건이 되기도 합니다. 어느 새벽녘, 시 창작의 삼매경에 빠진 그가 있습니다. 그때 갑자기 그의 뒤에서 눈을 가리며 '내가 누군지 알아맞혀보라'는, 친구의 느닷없는 습격처럼 피하지 못하고 고민해야 할 순간, 시의 두 틀은 명징하게 등장합니다. 고민이란 시를 쓸 때 현실과 문장은 반드시 같아야 한다거나, 아니면 서로 다를 수밖에 없다는 두 개의 메커니즘이 그것입니다. 마치 내 이야기를 내가 한 것처럼 쓸 것인가, 아니면 내 이야기를 남의 이야기처럼 쓸 것인가 하는 그 고민 말입니다. 나를 '나'처럼 이야기하거나 '남'처럼 이야기하거나 관심 없는 경우도 있겠지만, 사실 대부분은 자기 이야기를 말하는 '나처럼' 쓰는 경우가 많습니다. 현실과 문장이 같아야 한다는 것은, 이른바 '문체의 동화론(同話論)'이고, 현실과 문장은 반드시 달라야 한다는 것은 '문체의 화리론(話離論)'입니다. 즉 동화(同話)란 현실과 같은 화자이고 화리(話離)란 현실과 다른 화자입니다. 자신이 전격적으로 문면의 화자로 나서서 말하는 방법이 있는가 하면, 자신은 뒤에 숨고 그럴듯한 퍼소나와 화자를 내세워 말하는 방법도 있습니다. 시 쓰는 과정에서 그런 유형은 시인에겐 곧잘 부딪치는 문제입니다. 이러한 화자의 설정은 유행 세태를 반영합니다.

얼마 전 인기 영화 〈워낭소리〉[1]가 있었습니다. 사실 영화가 아니고 다큐의 일종이었지요. 소와 농부가 나누는 말이 낯설지 않고 참 진지하고도 잔잔하게 깔린 휴먼 드라마였습니다. 인정이 메마른 세태인지 그 인기가 날로 상종가를 쳤습니다. 문장론으로 치자면 영화는 픽션의 '화리론'이지만, 다큐는 논픽션의 '동화론'이라 할 수 있지요. 영화 탓일까요? 소에 다는 '워낭'인 방울이나 풍경(風磬)을 집 대문이나 추녀에 다는 세대가 늘어났다고 합니다. '워낭'은 어릴 때 보고 듣던 전라 지역의 그 '핑갱'이지요. '워낭 소리'를 듣는 것은 우리네 한가한 사람이지만 소의 입장에서는 사실 고달픈 일입니다. 봄 농사로 힘들게 쟁기질을 할 때면 더욱 그렇지요. 사실 워낭 소리는 농촌이 근대화되면서 주변에서 점

제3부 토박이 서정을 읽다

---

1 〈워낭소리〉: 다큐멘터리로 엮은 독립영화, 이충열 감독, 최원균 이삼순 배역으로 내용은 평생 태어난 땅을 지키며 팔순 농부 부부와 마흔 살이 된 소가 함께 삶을 엮어가는 이야기이다.

차 잊혀가고 있습니다. 옛것과 괴리되어가는 정서를 서투르지만 다큐 영화 〈워낭소리〉가 시의 적절하게 복원했습니다. 다른 엔터테인먼트의 스태프와 신(scene)처럼 앞뒤도 없는 질주와 귀청을 찢어내는 사이킥 조명, 락이나 랩과 같은 전자음들이 판을 치고, 무서운 아이들이 파괴를 일삼는 조폭의 미화물이거나, 이중적이며 삼각적 사랑의 조잡한 애정물 등 한국 영화가 안고 있는 고질화된 콘텐츠에 비하면, 〈워낭소리〉는 '풍경 소리' 자체만으로도 우리 현대인을 정화시키기에 충분한 전통적 브랜드라고 할 수 있습니다.

2.

요즘 워낭 소리에 깨어나듯 김종 시인의 신작들을 읽었습니다. 그의 신작을 읽는다는 것은 긴장하기보다는 새로움에 대한 어떤 페달을 밟는 일이지요. 그가 쓰는 요즘 시는 오르막이 아닌 평지 또는 약간의 내리막길을 달릴 때와 같은 가벼운 자전거 페달에 얹는 속도감과 같습니다. 정신의 쇄락을 지혜의 깨달음으로 환기하는, 그래서 운동 후에 바르는 물파스처럼 시원한 약효마저 찌릿하게 감지됩니다. 「한일(閑日)」, 「구름 높게」, 「흩어져야 오르나니」와 같은 시들이 그러합니다. 〈워낭소리〉와 같이, 여백, 여유, 여행이라는 '3여'에 빠지는 즐거움도 있습니다. 앞서 피력한 동화론(同話論) 유형(類型)으로 보이는 시인 주변의 솔직한 이야기가 읽히는 효과는 덤입니다.

3.

　김종 시인에 대한 지금까지의 작품론은 사실 많은 이들에 의해 다루어져왔습니다. 나는 이 글에서 이전 평자들이 보았던 눈으로 그의 작품을 보지 않으려고 합니다. 글을 쓸 때 다른 글의 참고가 참고로만 끝나지 않고 그것을 선입견적인 토반으로 삼아 모방 투가 새어나온다 하여 문체반정(文體反正)을 시행한 때문만도 아닙니다. 평문의 독창성이 위협 받는 세류에 빠져 허우적거리지 않아야 한다는 임제선사(林悌禪師)가 개득(改得)해준 바 "몸과 마음을 닦는 곳에서는 항상 주체성을 발휘하라"는 '입처작주(修處作主)'의 사상[2]도 더불어 생각났기 때문이지요. 글쓸 때마다 수시로 드러낸 이 구절이 대장간에서 갓 벼리어낸 불칼처럼 인식된 것은 최근의 일입니다. 그렇다고 김종 시인에 대한 평문들을 기왕에 쓴 그들의 눈과 잣대가 전혀 틀렸다는 것은 아닙니다.

4.

　대체로 김종 시인에 대한 평자들의 시선이란, (1) 사물의 질적 깨달음, (2) 미적 기교의 탁월함, (3) 이상 세계로의 발돋움 등으로 집약할 수 있었고, 최근의 평문들도 그런 대중적 범주를 크게 벗어나지 못합니다. 건방지지만 이제 그와 시, 시조를 보는 시선은 좀 수정되어야 한다

2　이는 "내가 어디에 있더라도 늘 주인이 되어 살아야 한다"는 뜻으로 임제선사의 어록 『임제록(林悌錄)』에 나오는 말이다. 원래는 '隨處作主 立處皆眞'이나 줄여서 '입처작주'라 한다.

는 나름의 인식이 이 글을 쓴 동기에 한몫을 했지요.

여기엔 몇 가지 이유가 있습니다. 그의 시는, (1) 총체적으로 그가 변화하는 세상을 즐겨 다룬다는 것이고, 그러기 때문에 『배중손 생각』(토방, 1994), 『춘향이가 늙어서 월매 되느니』(신아출판사, 1995)와 같은 사설시조집, 그러니까 앞서 말한 역사적 상황에 '나'와 다른 화자를 장치하는 화리론에서 떠나와, (2) 이제 자신과 생활 주변의 이야기를 작품화하는 『방황보다 먼 곳의 세월』(신아출판사, 1993)에서 보여준 바와 같은 다큐적인 상황으로 현실과 화자를 함께 인식한다는 것입니다. 그래서 앞서 언급한 동화론을 선호하는 경향이 최근부터 작동되고 있으며, (3) 이번 신작 발표와, 최근 펜문학상 수상 작품집인 『궁금한 서쪽』(시와사람사, 2008)에서 보여준 바, 일상의 시에 새로운 아이디어로 산뜻 발랄한 압축미를 모터보트처럼 장착한 신종 속도계가 두드러지고, 그 보트를 시의 호수에 달리게 함으로써 이미지의 빠르고 단순함을 회복시켜준다는 것, (4) 신세대 시인에게서 포착되는 시의 상품 포장 같은 일을 그도 바야흐로 노린다는 점입니다.

이제 이와 같은 관점을 근저로 이번에 선 보인 신작들을 살펴보기로 합니다.

하루해가 설핏 서산에 저물 때
한가닥 눈물 같은 빛이 어리다
어리는 빛은 폭포되어 쏟아지고
우리네 어린 날은 꽃 피어난 물보라

이제 잠잠한 듯 꿈틀대던 것들이
살아 있는 혼령으로 깨어날 차례다

이 풍진 세상을 허물고 다듬어서
새 살 돋는 행복을 노래할 차례다

— 「차례」 전문

변화란 변주를 이루기 위한 하나의 시적 시스템을 갖습니다. 말하자면 발전과 변화란 시인의 탈바꿈을 도출해내기 위한 극히 자연스러운 몸부림이라는 것입니다. 이 몸부림은 일종의 탈출 후의 어떤 방향을 가질 것인가를 고민하는 추구상입니다. 의식의 변화든 대상의 변화든 시인이 스스로 내재된 이미지와 상을 바꾸어내는 기술은 고가(古家)의 벽장에서 세월을 숨기며 지녀온 무슨 가보처럼 중요하게 사용되곤 합니다. 그러나 그의 시 「차례」의 첫수에서 그가 보는 세상은 객관적 대상이자 한편으로 주관적 중심입니다. "눈물", "폭포", "물보라"로 이어지는 물의 변주가 우선 눈에 들어오지요. "눈물"이 "폭포"와 "물보라"로 비약하는 단계들로 바뀌어 순식간에 어두운 계단을 뛰어오르다 마주친 이웃을 만나듯 독자 이마 앞에 포착됩니다. 이것은 화자가 몰두한 어린 시절에 대한 회상의 크기였습니다. 작은 "눈물" 방울이 큰 "물보라"로 확장되는 차례가, 특이한 장면을 보고 눈동자 크기를 확대하는 놀라운 사태와 비슷합니다. 2연에서 "꿈틀대던 것", "혼령", "풍진세상", "새살"로 이어지는 차례화도 볼만 합니다. "잠잠한 듯 꿈틀대던 것"이 어느덧 "이 풍진 세상"을 "허물고 다듬어서" 비로소 "새살"이 "돋는 행복"으로 다가옵니다. 그 과정은 "허물다"와 "돋는다"로 대칭된 사물 돋보기입니다. 앞 수와 대비한 구성미가 독자의 눈썰미를 받쳐주고 있지요. "새살 돋는 행복"이란 시인의 바람이자 세상의 우리가 도달하려는 목적지이기도 한 어쩌면 '워낭' 같은 것이 아닐까요?

이는 압축과 동화론적 화자를 동원한 경우라고 할 수 있지요. 시에서 이미지의 차례화는 물의 생성에 대입된 요소로 자동화되어 천천히 바뀌도록 장치합니다.

장마통에 쫄쫄해진
미역 몇 가닥을
날 좋은 날
빨랫줄에 널어 놨더니
이놈들 봐라?
온 집안 가득
바다 행세를 하네!

　　　　　　　　　　　　　　　　　　—「바다」 전문

비록 작은 사물이지만 여파나 행세는 무한히 확대된다는 메시지를 읽을 수 있는 시입니다. "미역 몇 가닥"의 덕으로 자신의 집은 이미 "바다"처럼 넓어졌습니다. 습기를 침투시킨 "장마통"을 겪고 나서 "쫄쫄해진 미역"을 "빨래줄에 널어"놓았는데, 그 미역은 심하게 짠 냄새를 풍기며 "바다 행세"를 하는 것입니다. 작은 것이 오히려 큰 "행세"를 하는 적극적 변화를 구체적으로 보여줍니다. 변화는 긍정적이든 부정적이든, 그리고 크건 적건, 다양한 움직임으로 시적 프레임을 따라 이동하지요. 이 시에서 "쫄쫄"해져 축축해진 "장마통"의 "미역"이란 흔히 보는 일상의 소소한 사물입니다. 그러나 온 집안이 제 놀이터인 양 "바다 행세"를 하며 코를 찌르는 냄새를 풍기는 "미역"의 위력은 그걸 널어본 사람만이 압니다. "미역"과 "빨랫줄"과 "바다 행세"로부터 느끼는 화자의 말 "이놈들 봐라?"의 사이에는 상호 유기적 관련이 있을 뿐만 아니라 불쾌

와 그 인내가 긍정의 언어로 전환되고 있습니다. 이것이 김종 시인만이 갖는 전환 기법입니다. 여기서 "미역"과 "빨랫줄"이 시각석 장치라면 "바다 행세"는 후각적 장치이지요. 시각에서 후각으로 이동은 "행세"라는 시어로 보다 적확해집니다. 나아가 '시각→후각' 과정에 "이놈들 봐라?"라는 언술 행의 사이에서 독자에게 다가가는 감정 정보는 윤활유 역할을 합니다. "행세"라는 상황과 맞아떨어지는 분위기와 표현이 꼬투리 속 다섯개 콩처럼 일품 배열법으로 제시됩니다. 시적 대상에 따라 이동하는 시선이 맞춤식이어서 유머를 부리는 여유나 속도감도 함께 느낄 수 있지요. '바다-아득하다'는 사실은 무겁고 피곤한 전통적 이미지입니다. 그러나 시는 그 틀을 벗어나 시가 알몸처럼 날렵해지는 순간을 만듭니다.

> 그대가 비록 곰이라 하나
> 쑥과 마늘로 연명한 곰이라 하나
> 스무 하렛 날의 맵고 독한 외로움
> 어둠 속을 파고 들어가 참고 견디며
> 기침소리 쿨룩이는 사람되고
> 너와 나 수태한 어메되어 돌아오고.
>
> ―「동굴의 힘」 전문

시조형의 시로 "쑥과 마늘로 연명한 곰"이, "맵고 독한 외로움"과 "어둠"을 견디어낸 고통의 시간을 구현하고 있습니다. 우리 신화를 소재로 했지요. 오히려 신화보다 생의 과정을 더 핍진하게 드러냈다고 볼 수도 있지요. 동굴에서 곰은 모진 추위와 굶주림, 근심의 고통을 극복하고 인간을 "수태한 어메"가 되었습니다. 인내와 극기가 절묘하게 도달한 지점입니다. 이처럼 "어메"의 힘은 신격화를 거쳐 마침내 인격화에 이릅니다.

"곰"에서 "어메"로의 변환은 서양에서 주장한 진화론적 규명이 절대 아닙니다. 어쩌면 민족의 토속적 운위 과정, 그러니까 곧 도통(道通)의 세계라고 할까요. 도통이란 인내의 오랜 발원적 기원과 주술적 기적에서 연유합니다. "기침소리 쿨룩이는 사람"이 자세히 보니 "너와 나 수태한 어메"임을 확인합니다. 이때 어둠의 눈, 그 형형한 빛을 상상해보기 바랍니다. 김종 시인이 구가한 "어메"가 되어 돌아오는 감동은 읽을수록 효과를 만득하게 합니다. 이것이 시를 읽는 묘미이며 시적 사상입니다. 사람으로 변환하는 중에 대표적인 매개체가 "쑥"과 "마늘"입니다. 단군 신화를 재구하여 "너와 나"를 "수태한 어메"로 가져오는 착상, 그것은 단순한 시적 사실에 앞서지요. 자연과 우주적 섭리인 절대 순환과 "어메"라는 전라도식 건강성을 발견해낸, 그래서 또 다른 강점으로 읽힙니다.

> 끈으로 와서 꽃이 피었다
> 꽃으로 와서 열매 익었다
> 열매로 와서 여물 들었다
>
> 여물 속에는 화살촉들 대기중
> 이끈 저끈 계절을 발사하는 중
>
> 크고 작은 여백을
> 메주처럼 주렁주렁 매달아 거는 중.
>
> ──「인연」전문

시에서 대상의 변화를 이루어내는 것이 곧 변주입니다. "꽃"이 피고 "열매"가 익고 "여물"이 든 것은 모두 "끈", 즉 "인연" 때문이지요. "화살촉"이 다양한 "인연"의 끈으로 "계절을 발사하"여 다시 순환시키는 화자와의 또 다른 "인연"을 가져옵니다. "메주처럼" 짚 끈으로 "주렁주렁 매달아 거는" 작업에 오버랩시켜 화자의 "크고 작은 여백"까지도 인연으로 매다는 그 완전성과 연대성을 보여주지요. 그의 인연관은 독특한 성과이며 창조적 소산입니다. 그가 걸어온 타인 배려의 정신과 결코 무관하지 않습니다. 시는 이러한 인연관을 단순 반복법으로 제시하지요.

세상의 인연이란 내 마음을 열고 누군가를 자연스럽게 들여보내는 일입니다. 그 인연은 마음을 험하게 먹으면 대상과의 관계는 험하게 되고, 마음을 관대하게 먹으면 대상과의 관계는 넉넉해진다는 『채근담』에 언급한 원리와 같습니다. 즉 "마음을 놓을 만큼 관대하며 평평한 것을 안다면 천하에 험한 인정은 저절로 없어진다(此心常放得寬平 天下 自 無 險側之人情)"는 것입니다. 이는 관평적(寬平的) 심성(心性)이 온정적(溫情的) 인정(人情)을 돋워낸다는 논리라고 하지요. 마음의 여백미를 살린 인연관에서는 이와 같은 여유와 관대의 정을 시적 요소로 설정하되 전통 사물 메주를 달아매는 짚을 배치하여 상징화하고 있지요.

담쟁이 푸른 숲이 취한 듯 번져간다
한철 소나기도 그리움을 건넌다
파도소리 내 기슭에 와서 한사코 부서진다

그냥 한그루 나무로 서서
지나치던 것들 교차점을 만들더니
운명이라는 돌탑 하나 세웠다

그리고 그리고는

내 가슴에 옮겨온 너, 두근거리는 맥박이 되었다
내 동공에 옮겨온 너, 반짝이는 별무리 되었다
내 온몸에 옮겨온 너, 허공 가득 사건이 되었다

돌탑의 맥박소리 하늘에 닿았다.

— 「돌탑」 전문

이 시는 이미지의 중층적 변화 과정이 치밀하고 단계적입니다. 그 어떤 무생물도 이와 같은 접목을 거친다면 완벽한 생명체로 기능할 것입니다. 바이오 시스템으로 장치하는 작품이 「돌탑」입니다. 왜 '돌탑'일까요. 우리 고유의 전통과 사상을 하늘에 닿을 만큼의 맥박과 고동을 감지하게 만드는 게 바로 돌탑이기 때문이지요.

그 과정을 지신밟기나 탑돌이처럼 한 땀씩 차례대로 밟아봅니다. '담쟁이−숲−번져간다', '소나기−그리움−건넌다', '파도소리−기슭−부서진다'는 1연에서 소재가 '담쟁이−소나기−파도소리'로 이어지고 있으며, '번져간다−건넌다−부서진다'로 동원된 동사의 발자국이 눈 위를 걸어간 발자국처럼 차례로 밟힌다는 걸 알 수 있습니다. 또 2연에서 '나무−교차점−돌탑', "그리고 그리고는", '내 가슴−내 동공−내 온몸'에 하나하나 "옮겨온 너"로 하여금, '맥박−별무리−사건'이 된 상황을 거침없이 나열하기도 하지요. 그러고 나니 "돌탑의 맥박소리가 하늘에 닿았다"는 결심 같은 결론이 납니다. "내 온몸에 옮겨온 하나의 사건" 그것은 곧 "돌탑"을 하나의 건장한 생명체로 바꾸어놓는 시법이지요.

5.

세계를 여행한 모험담 『신 아라비안 나이트(*New Arabian Night*)』를 쓴 영국의 로버트 스티븐슨(Robert Louis Stevenson, 1850~1894)은 그의 수필 「도보여행」에서 "마음의 문을 활짝 열어서 밖으로부터의 인상을 모두 받아들여야 하고 시정에 비친 풍물을 사색으로 윤색해야 한다"고 했습니다.[3] 그리고 '진정한 여행은 새로운 풍경을 보는 것이 아니라 새로운 시야를 갖는 것'이라는 『잃어버린 시간을 찾아서』의 마르셀 프루스트(Measle Proust, 1871~1922)의 지적에도 공감합니다.

김종 시인의 시적 대상으로서의 사물은 자기 변주와 통합니다. 세상을 사는 인간의 모습은 다양합니다. 삶의 기준을 중용으로 삼아야 한다는 말에 얼마나 동의하는가요. 변화하는 정황을 정확히 읽어내고 처지를 민첩하게 파악해서 역동적인 상황으로 실행에 옮길 수 있는 시인이야말로 진정한 시인이 아닐까 합니다. 중용이라 함은 흔히 싸구려식의 표현대로 말하듯 중간 영역이 아니지요. 사물에 다가가는 움직임의 묘사와 대처가 빠른 시인이라는 뜻입니다.

동양사상에서 항상 강조되는 것이 시(時)와 공(空)의 조화입니다. 우

---

3 제대로 즐거움을 맛보기 위해서는 혼자 도보 여행을 해야만 한다. 여러 명이 함께, 혹은 심지어는 두 명이 함께 도보 여행을 할 경우 도보 여행은 이름만 도보 여행이 되고 만다. 그것은 도보 영행과는 다른 무엇으로, 오히려 소풍에 가깝다. 도보 여행은 혼자 해야 한다. 가장 중요한 것은 자유이기 때문이다. 자기가 원하는 대로 자유롭게 멈춰 서기도 하고, 계속 길을 가기도 하고, 이쪽 길이나 저쪽 길을 따라갈 수도 있기 때문이다. 그리고 자기 리듬대로 걸어야 하기 때문이다.(로버트 루이스 스티븐슨, 『당나귀와 함께 한 세벤느 여행』 중에서)

리는 세상을 살아가며 전혀 예상하지 못한 시간에, 예상하지 못한 장소로 처해지는 경우가 종종 있습니다. 예측 난감의 시대에 필요로 하는 것이 대처 능력이고 이때 강조되는 것이 타이밍입니다. 바로 이 타이밍 포착이 중용적 참살이지요. 정확한 때를 알고 그것을 잡는 게 전략입니다. 상황의 변화에 따라 정확한 중용에 대처한다는 '수시이처중야(隨時以處中也)'의 원리입니다.[4] 수시(隨時)는 상황의 변화에 따르는 것, 처중(處中)은 이의 정확한 판단과 실행입니다. 중용은 역동적이며 지속적인 평형입니다. 고정된 중간이 아닌 움직이는 중간. 그러므로 하루의 중용이 아닌 평생의 중용으로 살아야 하는 이유가 여기 있습니다. 선비들이 지적했듯이 중용적 삶을 살기란 결코 쉽지 않습니다. 마찬가지로 대상에 타이밍을 맞추는 중용의 표현도 시인에게 어려운 일이지요.

6.

시인의 건강성은 대체로 신작 발표에 의해 가늠되고 증좌됩니다. 최

---

4 중용은 시중(時中)이다. 시중은 '주어진 상황(時)'에 '가장 적합한 답(中)'을 찾아내는 것이다. 세상은 무한히 변화하는데 그 변화에 맞춰 대안을 마련하는 것이 '시중'이다. '수시이처중(隨時以處中)'은, '상황 변화에 따라 정확한 중(中)을 찾아서 처해야 한다'는 것이다. 여기서 수시(隨時)는 상황의 변화, 처중(處中)은 그 상황에 따른 판단과 실행이다. 우리는 상황에 대한 분석을 기초로 시간과 공간을 읽어내고, 넘치지도 모자라지도 않은 결정을 내려야 한다. 중용으로 하루를 산다는 것은 쉬운 일이 아니다. 적당한 시간에 일어나 아침을 먹고, 감정을 조절하며, 가족이나 직원과의 관계에서 정확한 중(中)을 찾아내는 것이 중용의 일상이다. 넘치지도 않고 모자라지도 않으며, 변화하는 상황을 읽어내고 처지를 파악해 판단하고 실행에 옮길 수 있는 사람이야말로 오늘날 진정한 중용을 실천하는 자의 모습이라 할 수 있다.

근의 신작 수준이 종전의 수준에 미치지 못하거나 승하지 못하면 허약함을 드러내어 시인의 이미지 쇄신에 실패합니다. 문단에서 신작에 주목하는 이유가 다 있지요. 마르셀 프루스트도 "새로운 것을 발견하는 일 보다 더 중요한 것이 새로운 눈으로 사물을 보는 일"이라고 역설한 바 있습니다.

이제 김종 시인은, 대상에 새로운 시선을 주는 신작을 통해 위상 제고를 꾀하고 있습니다. 과거 산문화된 이미지의 다소 징후적인 트라우마를 극복하고 '3여'와 같은 여백과 여유로운 시를 솟구어 내어 더욱 창창하기 바랍니다.

시가 사는 집을 꾸미려고만 한다면 전하는 이야기가 싱거워지기 일쑤입니다. 스토리가 있는 시에 관심을 가진다면 더 풍성한 시의 집이 될 것입니다.

내면의 묵언을 활달한 서정으로 바꾸다

— 이태웅의 시

1. 들어가는 말

　시인에게 있어서 시상(詩想)과 시력(詩歷)은 상호작용의 관계에 있다. 시를 많이 써 보아야 시상이 는다는 것은 당연한 이치이다. 시상에 대한 시력 작용의 변인은 아리스토텔레스의『시학』이나, 공자가 제자를 가르치기 위해 편찬한『시경』에서 언급된 바와 같다.

　이태웅 시인은 1960년대로부터 현재에 이르기까지 꾸준한 시업을 쌓은 원로 시인이다. 그의 시를 대하면서 필자는 그간 소재 중심주의에 치우친 시의 관점에 스스로 제동을 걸 수 있었다. 즉 동원되는 소재가 특별하면 시가 특수성을 지닌다는 편견이 그랬다. 하지만 이태웅 시인은 소재 자체보다는 그 속에 전개되는 시상이 더 활달하고 외연(外延)이 거침없이 넓어진다는 점에서 나름의 생각을 수정하기에 이른 것이다. 『시간의 날개』라는 제목에서 감지되듯이 이 시집은 편찬 순서를 1960년대부터 최근 2010년대까지 10년 단위로 역순 배열한다. 이른바 편년사적(編年史的) 시집으로 시적 변모를 한눈에 일별토록 한 셈이다. 작품들의 시대별 화자 특성을 개괄해 볼 수 있는 이유에서이리라. 시인의 삶이 그러하듯 시대에 따라 조금씩은 다른 서정들의 진폭은 진진하고 체험적 집합체로 보인다. 시력과 시의 진원이라 할 수 있는 체험의 부피가 그만큼 광범하다는 것이겠다. 그는 1960년대부터 2010년대까지 60년이 넘도록 문학적 지층을 두텁게 쌓아왔다. 시집을 꿰뚫는 시인의 정서는 자연적 낭만과 자아 성취적 열정에 찬, 한마디로 고심과 고구의 흔적들로 역력했다. 그는 초등학교 교원, 전문직을 거쳐 교장으로 퇴임했다. 문단 진출한 시기는 1990년, 『한국시』에 「소묘곡」 외 4편이 당선되면서 본격 작품 활동을 시작했다. 그러나 문단 활동은 훨씬 더 거슬러 올라간다. 1973년 새마을문예창작경연대회 시 부문 입상을 비롯하여 1972년과 1976년에는 목포예술제 시화전 참여를 주도하기도 했다. 청호문학회, 해남문학회, 전남문인협회, 보성문학회, 함평문립회 목포문인협회 부지부장 등을 지낼 만큼 문단 활동 또한 왕성하다.

2. 무등과 황산, 그 웅혼의 기상

광주의 상징은 무등이다. 이 무등을 길라잡이로 서정과 저항을 아우르는 시인들로 박홍원, 범대순, 박주관, 김준태, 곽재구 등 우리 지역에 특히 많다. 그러나 이태웅 시인처럼 대양(大洋)으로 무적(霧笛)을 울리며 항해하는 해양 정신으로 쓴 시는 없는 것으로 안다. 다음 시를 보면 해양 정신이 무등에 살아난 웅대함을 느낄 수 있게 해준다.

(1)
무등은
밤마다 무적(霧笛)을 울리며
출항한다

금환일식을 굴리며
멀고 먼 대양을 향해
항해의 노를 젓는다

오대양과 육대주를 휘돌아
킬리만자로 만년설에 누워
표류하는 산의 통곡을 쏟아내며

노를 젓는다
바다의 노래로 노를 젓는다

무등은 새벽마다 여명을 열며
귀항한다

남북극점 오로라를 길어 올리며
백야를 끌어안고
귀항의 노를 젓는다

지중해와 에게해를 내달아
안나푸르나 빙하의 눈물로
표류하는 별들의 비탄을 씻어내며

먼 곳의 은빛 종소리를
아라온의 푸른 항해일지에

신고 돌아와

솟아오르고 있다
빛의 노래로 솟아오르고 있다.

—「무등의 항해」 전문

　화자에게 있어서 "무등"은 무한대로 확대, 전개되는 양상이다. 웅장하고 광활한 세계적 명소를 비유하며 누비기도 한다. 즉 "오대양과 육대주를 휘돌"아서 "킬리만자로 만년설"에 눕는가 하면, "바다의 노래로 노를 저어"가는 무등은 사뭇 개척적, 진취적이다. 무등은 "북극점 오로라를 길어 올리며 백야를 끌어안기"도 한다. 어디 그뿐인가 "지중해와 에게해"를 지나 "안나푸르나의 빙하"를 "눈물"로 씻어내며 "아라온"으로 달린다. 그 "항해일지"를 "신고" 마침내 "빛의 노래로 솟아오르"는 것이다. 무등의 웅혼을 표현함에 이렇듯 백야, 오로라, 지중해, 에게해, 안나푸르나에 이르도록 지구의 종단과 황단을 거쳐 무등으로 솟는 장경을 펼쳐 보인다.

　이를 도표화해 보이면 다음과 같다.

비유 연관	비유 주체	통과 매체	항해 지향
무등– 항해 비유 과정	무적	무등산	출항
	금환일식	태양	항해의 노
	오대양과 육대주	킬리만자로의 만년설, 산의 통곡	바다의 노래
	오로라	백야	귀향의 노
	지중해와 에게해	안나푸르나 빙하의 눈물	별들의 비탄을 씻어냄
	아라온	푸른 항해일지	빛의 노래

이러한 시상의 발현은 '도움닫기-도약-비약-착지'라는 '멀리뛰기' 같은 기법과 과정을 거친다. 구체화된 매뉴얼의 순으로 보면, '무적-금환일식-오대양 육대주-오로라-지중해와 에게해-아라온'의 답사 과정이 그것이다. 이는 항해 지향의 개념으로 '출항→항해의 노→귀향의 노→비탄 정화→빛의 노래'로 승화된다. 무등의 생성 과정과 역사를 항해에 비유하여 증좌하듯 보여준다. 그래서 결국 무등은 '빛의 노래'를 솟아낸다는 메시지이다. 도움 닫는 시상의 발전을 전범화(典範化)한다. 특히 비약의 단계로 앞의 웅장한 산맥과 빙하가 거론됨은 T.S. 엘리엇에 의한 시상의 '본격태(本格態)'나, I.A. 리처즈에 의한 이미지의 '적용태(適用態)', 또는 A. 헉슬리가 말한 상징의 '발전태(發展態)'와도 같다. 이른바 대상의 변전(變轉)을 거대한 장소로 비유한 세계적 표상이라고나 할까.

위에 표에 나타난 바, 시의 발전상은 '비유 연관→비유 주체→통과 매체' 등을 거쳐 '항해의 지향'에 목적하고 있어서 더욱 시의 중후함이 압도한다.

(2)
백아령에서
황산을 오르는 원시림 숲속 길은
하늘로 가까이 가는
천상의 층계였다네

내 생의 뒤안 길
쓸쓸했던 삶의 층계를 오르노라면
지상의 영욕이 마른 비늘같이

떨어져 나갔다네

산은 하늘 끝자락에 매달려
수없이 떠 내려가고
태초에 날아오른 한 마리 새
비래봉과 해후하며
뜨거운 포옹 나누었다네

서해협곡이
천 길 벼랑으로 떨어져
절강성 서호가 달려 내려오면
저녁놀 길게 끌며
도연명이 걸어나오네

서호에
떨어지는 별을 줍거나
천 개의 달빛을 닦아내는
긴 여행의 방랑자로 돌고돌아
이곳에 돌아온
바람의 눈썹

하늘이 떨어뜨린
천인단애(千仞斷崖)에
천 년의 세월이 비껴 서 있는 곳

한 순간 내 목숨이 부서지고 싶은
안휘성 황산의 배운정에
산그림자로 누우면

산은 여인이 되고
여인은 산이 되어 나에게
손을 내미네.

—「황산(黃山)에 눕다」 전문

「황산에 눕다」에서도 이미지의 발전 폭이 확대되어 보인다. 화자가
황산에서 시선을 리얼하게 멈춘 장소로 유인해낸 현상을 관념 이미지
의 연쇄 고리로 잇고 있는데 이를 요약하면 다음과 같다.

항	현상 이미지	관념 이미지	연관 상징	귀결 주제
1	백아령, 황산의 원시림	천상의 층계	약속 상징	○ 화자-황산에 눕다
2	생의 뒤안길, 쓸쓸했던 삶	지상의 영욕		○ 산여인-손을 내민다
3	태초의 비래봉, 새	뜨거운 포옹		
4	절강성, 서호	저녁노을 도연명	장력 상징	○ 주제-화자와 황산의 동화
5	긴 여행, 방랑자	천인단애 천년 세월		
6	안휘성 배운정, 산그림자	산 여인의 손		

문예비평가 휠라이트는 상징을 사실적 의미의 조작 이후에는 자기화
된 의미의 조작이 일어난다고 하여 이를 두 형식으로 나누었는데, 그것
이 '약속 상징'과 '장력 상징'이다. 약속 상징(約束象徵, promise symbol)은
의미 조작이 작은 반면, 장력 상징(張力象徵, tensive symbol)은 의미 조작
이 확대되는 특징이 있다. 이에 따라 이 시의 상징 체계를 나누면 1~3
항까지는 약속 상징, 4~6항까지는 장력 상징으로 "황산"과 관련한 확대
적 이미지로 상상(想像)을 관념적 이미지로 상징화했음을 볼 수 있다.
또 표를 종적으로 보면 제목 "황산에 눕다"와 끝부분 "여인은 산이 되

어 나에게 손을 내미네"라는 곳의 상징 관계, 즉 화자의 "늪다"와 여인으로 화한 산이 "손을 내민다"는 수작(酬酌)은 황산에 대한 사모의 정을 드러낸 압권 부분이다.

3. 화자의 '현상-되기'와 서정적 승화

예부터 가을은 편지의 계절이었다. 라이너 마리아 릴케가 시를 공부하는 젊은 카푸스 씨에게 보냈던 『젊은 시인에게 보내는 편지』, 그리고 시를 쓰는 여인에게 보내고 답장을 받은 것을 모은 『젊은 여성에게 보내는 편지』의 계절 배경이 대부분 가을이었던 것만 봐도 그렇다. 도스토옙스키의 『가난한 사람들』은 편지글로 씌어진 소설로 일생의 만년에까지 다듬고 고쳐 탄탄한 문장을 자랑한다. 모윤숙은 편지글로 『렌의 애가』를 써서 당대 베스트셀러 작가의 지위를 누렸다. 역시 가을이 주무대였다.

(3)
못다 쓴 편지들이
잉크병에
가득 담겨 있다

책갈피의
아픈 상처와 만나며
알라스카의 먼 꿈을 꾸는

시린 기억 저편의
못다한 사연들을 써 보낸다

그대여

내 편지 수취하거든

청명한 가을 오후에

낙엽 소리로 찾아와주오.

　　　　　　　　　　　　　　　　—「내 편지 수취하거든」 전문

이 시는 이태웅 시의 특징을 잘 드러낸 작품이다. "못다 쓴 편지들이 잉크병에 가득 담겨 있다"는 화두만 보더라도 시를 이끌어가는 솜씨가 벌써 노련하다는 걸 안다. 못다 쓴 글들이 머리나 가슴에 구구절절한 게 아니라 "잉크병"에 담겨 있다는 첫구는 이 시를 '낯설게 하기'에도 성공하고 있고 나아가 감동적이다. 잉크 빛은 아마 '파란색'이리라. "책갈피"의 "아픈 상처와 만나"는 화자는 "알라스카"(파란색의 빙설)와 더불어 "꿈을 꾸는 시린 기억"(푸른빛)의 "저편"에 있으며, 옛 시절 "못다 한 사연들"(푸른 청춘 시절)을 전달할 수 없었음은 얼마나 문학적인가. 그래 만일 "그대"가 "내 편지"를 "수취"한다면 "청명한 가을 오후"(파란 하늘빛)에 받도록 할 것이며, "낙엽 소리로 찾아"줄 것을 부탁한다. 청명한 가을은 '파란 잉크'로 사랑을 쓰는 그 편지의 계절이다. "파란 잉크"와 "사연들"이 이른바 들뢰즈가 이야기한 '현상(추억의 물건)-되기(사연의 표현)'의 틀로 빚어낸다. 그는 '정신은 몸의 이념이고 몸의 속성은 정신이 표현'되는 것으로 보았다.[1] 이 시는 이 같은 '이념-되기'에서 '현

<hr />

[1]　질 들뢰즈(Gilles Deleuze, 1925~1995)는 20세기 후반 프랑스의 철학자, 사회학자, 작가이다. 들뢰즈가 주로 주장한 것은 '침묵하게-되기'이며, 동시에 그 안에서 모든 것을 '말하게-되기'이다. 즉 말하는 것이 '됨'으로써 그것의 침묵을 '실천'하게 되는 것이다. 이것은 근대 철학에서 억압적 힘을 행사하는 이분법의

상-내면-되기'에 이르는 알레고리를 빚는다,

(4)
눈 속에서 솟아 올라
금빛 꽃을 피우는 얼음새꽃의
꽃잎이었으면 좋겠다

너의 눈빛 안에 비추인
떨고 있는 꽃잎의
기다림이었으면 좋겠다

너의 시린 가슴을 삶의
온기로 녹여 주는 꽃잎의
한숨이었으면 좋겠다

눈 쌓인 오솔길
네 발밑에 밟히는 얼음새꽃이
바로 나였으면 좋겠다.

　　　　　　　　　　　　　　—「얼음새꽃이었으면」 전문

극복을 의미한다. 몸과 정신은 이분법에 대해서 '정신은 몸의 이념이고 몸의 속성은 정신이 표현'된 것으로 보고 있다. 예컨대 '현상—되기'와 '체험—되기'도 그 같은 맥락으로 볼 수 있다. 그는 자기 자신을 극복해야 할 것을 악습으로 여기지만, 존재를 긍정적으로 받아들이고 즐길 줄만 아는 것이야말로 악습이라고 생각한다고 했다. 삶은 단지 살라고 우리에게 주어졌다는 주장엔 형이상학적인 차원이 결여되어 있다. 우리는 어떤 개념을 지각하는 순간 조직적으로 체계를 구성하게 되는데, 그 메커니즘은 다른 것을 생성해낼 수 없게 되며 소수의 개념만을 이해함 으로써 전체적인 구성을 보지 못하게 되는 단점이 있다.

사랑의 대명사로 "얼음새꽃"을 꼽는 사람이 있다. '얼음새꽃'은 얼음을 뚫고 황금색 꽃을 피운다고 해서 붙여진 이름으로 일명 '복수초'라고도 한다. 시인 곽요환은 "눈과 얼음의 틈새를 뚫고/가장 먼저 밀어 올리는 생명의 경이"[2]라고 노래한 바 있다.

　　인동의 끈질긴 자세, 눈 얼음 속에서 빛나는 금빛 꽃이다. 화자는 "너" 앞에서 "얼음새꽃"의 "꽃잎" 되기를 희망한다. "너의 눈빛 안에" 스스로 "비추"어낸 그래 "떨고 있는 꽃잎"을 기다린다, "시린 가슴"을 "온기로 녹여주는 꽃잎"이 불어내는 "한숨"이기를 바라며. 눈 내리고 너의 "발 밑에 밟히는 얼음새꽃"이 "바로 나"가 되었으면. 너를 위한 무한한 나의 희생이 화자의 바람이다. 얼음새꽃 앞에서 부르는 연가가 슬프도록 진진하다. 시인의 간절함은 마침내 "얼음새꽃"에서 꼭두서니처럼 빛난다. 언급한 대로 이 시는 제시된 '상황–현상–되기'의 실현적 양태를 다음과 같이 구성해볼 수 있겠다. 역시 들뢰즈에 의한 '현상–되기' 법칙은 곧 시상 전개의 대표적 형태이며, '현상–되기' 기법은 여러 시에서 목격된다.

조건 '상황'	제시 '현상'	화자 '되기'
눈 속	눈 속에 솟아 금빛 꽃을 피움	얼음새꽃의 꽃잎
눈빛	너의 눈빛 안에 떠는 꽃잎	꽃잎 기다리는 사람
가슴	너의 시린 가슴	온기로 녹여주는 꽃잎의 한숨

2　곽요환, 『지도에 없는 집』, 문학과지성사, 2010, 29쪽.

4. 삶의 편력과 '현상-되기'

다음 시는 화자의 철학관이 변화한 생의 편력이다. 그러므로 성장 시이다. 화자가 빛에 들어가는 일단이지만 한때 잃어버린 삶의 재발견일시 분명하다. "보편성", "주체성", "관계성"들과 만나는 시기란 화자가 지나온 생에 대한 한 고비들을 말해준다. 침묵 이후 그때마다 그는 길을 잃었다고 말한다. 들뢰즈식 관점을 이 시에 적용하면, 당시 상황에 대해 '침묵하게 되기'이며, 세월이 경과한 후 그 안에 모든 것을 '말하게 되기'로 이어진다. 내부에 쌓인 바를 담화적 외부 진술로 풀어내는 '내면-침묵/외연-발현'의 서정으로 읽힌다. 외연에 드러난 "빛 속으로 들어가는" 것은 앞의 '내면-침묵'의 시기가 있었기에 그런 서정이 가능하다.

(5)
생애의 긴 여정 갈피마다
길을 찾아 헤매었다

광야를 지나
높은 산맥의 '보편성'을 넘고
망망해에서 '주체성'과 맞닥뜨리며
동양사상의 '관계성'과 해후하였다

그러나 길 위에서 길을 잃었다

깨닫지 못해 이루지 못했으나
이루기 위해 노력해온

잃어버린 길들이 일제히 일어나
빛 속으로 들어간다

삶은 언제나 스스로 선택하는
새로운 길의
첫 걸음.

— 「길 위에서 길을 잃다 · 2」 전문

  베트남의 명상가 탁닛한 식의 보법이 얼마 전 나라를 풍미한 때가 있었다.[3] 명상 보법의 시작과 끝은 없다고 했다. 비움을 실천한 그의 본질이 이 시를 읽고서 새삼스럽게 떠오른다. "길 위에서 길을 잃"지 않기 위해서는 길만을 지키며 한 걸음씩 나아가야 한다. 그러나 우리 생은 호락호락하지가 않다. 수많은 길로 방해 공작이 앞서는 까닭이다. 진술한 바와 같이 "생애의 긴 여정"에서 "갈피마다 길을 헤매"는 수가 많은 이유도 있다.

  화자는 "깨닫지 못해 이루지 못했"음이라며 자책을 한다. 그러나 "이루기 위해 노력해온 잃어버린 길들이 일제히 일어나 빛 속으로 들어가"는 것을 바라볼 줄도 아는 희망적 메시지를 긍정하기도 한다. 이것이 이태웅 시를 읽는 힘이자 희망이다. 즉 그는 삶의 현실에서도 희망의

내면의 무의을 활발한 시정으로 바꾸다

---

3   세계적 명상 지도자이자 평화운동가, 시인인 탁닛한 스님은 2003년 3월 한국을 방문한 바 있다. 1926년 베트남 출생으로 1942년 16세에 불교에 귀의했고, 베트남의 불교 통합운동에 앞장섰다. 1960년 미국 유학으로 비교종교학을 공부했고, 베트남 전쟁시에는 반전 평화운동을 펼쳐 귀국 금지가 됐다. 1973년 프랑스로 망명한 스님은 파리에 '스위트 포테이토'를 세워 정착한 뒤, 1982년에는 프랑스 남부에 '플럼 빌리지'라는 명상 공동체를 구성, 수행에 전념하고 있다. 명상집『화(禍, Anger)』, 명상 노래집『자두바구니』가 있다.

언어와 메시지를 선택한다. 마무리하는 구절 "삶은 언제나 스스로 선택하는 새로운 길의 첫걸음"이듯이, 누구나 걸어온 삶이 실패하거나 잃은 적이 있다 하더라도 "새로운 길의 첫걸음"은 늘 놓이는 법이다. 이는 이태웅 시인을 포함하여 우리 모두가 추구할 희망의 길이자 도전의 길이며 명상 보법처럼 어떤 비움의 길이기도 하다. 앞서 언급한 들뢰즈의 과거 '침묵-되기'와 이제 '말하기-되기'의 실현 과정이 이 시의 배면(背面)이다.

(6)
뒷산 자작나무 숲이
찬 바람에 떨고 있는
초겨울 어느 날
손전화기에 문자 메시지가 들어왔다

"날씨가 넘 춥지요? 이거 입어요."

천사가 보내온 겨울옷
선물

한참을 들여다 보고 있는데
한 순간 그림 속의 옷이
천천히 걸어나와
나를 입는다

나는 겨울 속으로 들어간다.

— 「겨울 행복」 전문

이 시는 '판타지의 시'로 볼 수 있다. 「겨울 행복」은 옷을 입도록 선물한 그림, 즉 이모티콘이다. "날씨가 넘 춥지요? 이거 입어요." 지인의 추천이 메시지에 실린다. 헌데 화자는 천사가 보내온 옷으로 미화한다. "들여다 보고" 있으면 그 옷이 "걸어나와 나를 입"도록 되기 마련이다. 화자는 "거울 속으로 들어가"게 된다. 어떤 일에 집중하다 보면 자신도 그 속으로 경도되기 마련이다. 직접 돈을 주고 사 입지 않더라도 그림을 보고 있으면 자신도 모르게 따뜻한 옷을 입고 있는 자신을 발견한다. 그림이 현실로 되는 과정을 그렸다. 이 시는 신심리주의나 신상징주의의 경향을 띠는 작품으로 이 시인의 새로운 개척 분야로 자리매김해도 좋을 듯하다.

이 시를 중심으로 '현상-되기'의 단계를 설정하여 [체험(현상)-타자화(되기)]의 과정을 보이면 다음과 같다.

[시] 작품 보기	독자 체험 접근(현상)	변화 유도(되기)
1 단계	독자 체험과 공유	작품과 독자의 내면화
2 단계	시인과 공통 심리기제	작품과 독자의 내면화
3 단계	보편적인 정서 · 감정	작품의 타자화

5. 사물의 '내면-외연'과 '기표-기의'

다음 시는, 외딴 "산사의 산문에 기대어" 혼자 "항해"하며 기적처럼 울고 있는 "목어"의 귀착점으로 "녹차향"이 도입된다. 그것도 "몽골 소년"과 같이 "순록을 타고" 고난의 "먼 길을 돌고돌아" 마침내 녹차향 속"으로 들어가는 정경을 깔았다. 때로 "구절초 바람"이 '되기'도 하고 "이팝나무의 싸락눈"이 '되기'도 하며, "어느 영혼의 환생"을 꿈꾸기도 하지만 결국 "목어"는 그가 바라는 "첫물 녹차향"에 밴 "그리움" 속으로 들어가 우는데, 그게 목어가 우는 "풍경 소리"로 전환되어 '되기'가 이루어진다.

(7)
어느 산사의 산문에
기어 끝없이 항해하고 있는
목어를 본다

멀리와 흔들리는 바람이
산그림자로 돌아누우면
슬픈 무게로 자전하며
혼자 울고 있는

가끔은 구절초의 바람이 되고
이팝나무의 싸락눈이 되어
어느 영혼의 환생을 꿈꾸고 있는가

첫물 녹차향 같은 그리움이
목어의 젖은 풍경 소리로
울려 퍼지고 있다

문득 나는
몽골 유목민의 소년이 되어
순록을 타고 먼 길을 돌고돌아
녹차향 속으로 들어가고 있다.

—「목어(木魚)」 전문

이 시는 고아한 시상과 전아한 이미지를 구사하며, 그 흐름이 "녹차향"처럼 그윽하고 기품마저 돋보인다. 목어의 이미지를 드물게 '항해'로 유추하는 시상과 더불어 "몽골 소년", "순록"을 타고 "녹차향 속"으로 들어가는 영상의 의도는 독특하고도 시각적, 청각적인 요소를 두루 갖추고 있다. 순록을 타고 목장지기를 하는 몽골 소년이 멀리 녹차밭으로 숨어들 듯 사라지는 영상이 독자에게 잡힐 듯하다. 여기서 눈여겨볼 일은 "목어"가 "녹차 향"으로 들기 전 "구절초 바람", "이팝나무"에 내리는 "싸락눈"에 비유되며 이듬해 봄 "영혼의 환생"을 비는 과정이다. 이승의 모든 과업을 '기표(記表)'로 내세와 같이 미화된 녹차향을 '기의(記意)'[4]로 묘사한다.

이때 '기표/기의'의 내부는 '과업/녹차향'의 외부로 전환된다. 따라서 '내연/외연'의 서정적 흐름을 한눈에 보여준다.

시에 나타난 시각적 이미지를 중심으로 기의인 "녹차향"으로 도출되기까지 기표의 과정([ ] 속이 '기의', 밖이 '기표')을 순서대로 나열하면 다음과 같다.

(1) 목어 : 산문에 기대어 항해[화자의 여행]→(2) 산 그림자로 돌아누운 바람[목어의 외로움]→(3) 슬픈 무게로 자전[목어의 흔들림]→(4) 구절초의 바람[가을]→(5) 이팝나무 싸락눈[겨울]→(6) 영혼의 환생 기원

---

4 기표(記表, signifiant 시니피앙)와 기의(記意, signifié 시니피에)는 소쉬르(F. Saussure)에 의해 정의된 언어학 용어이다. 시니피앙은 동사 signifier의 현재분사로 '의미하는 것'을 나타내며, 시니피에는 같은 동사의 과거분사로 '의미되고 있는 것'을 가리킨다. 기표란 말이 갖는 감각적 측면으로, 예컨대 '바다'라는 말에서 '바다'라는 문자와/bada/라는 음성을 말한다. 기의는 이 기표에 의해 의미되거나 표시되는 바다의 이미지와 바다라는 개념 및 의미의 내용이다.

[봄]→(7) 첫물 녹차향[봄, 첫 녹차]→(8) 젖은 풍경 소리[목어가 녹차를 그리워함]→(9) 몽골 유목 소년[녹차를 가져옴]→(10) 돌고 도는 먼 길[찻잔에 감도는 녹찻물]→(11) 녹차밭 속으로 사라짐[감도는 녹차향]

독자에게 서정성을 불러일으키는 시가 오래 읽힌다는 것은 보편화된 결론이다. 그 첩경은 먼저 시인과 독자 사이에 '느낌의 다리 놓기'가 있어야 하고, 시인의 정서가 곧 독자의 정서로 인화될 수 있을 때 가능하다. 극서정시는 창작 과정에서 '묘사하기'에서부터 '복선 깔기'를 거쳐 '서정 주제 심기' 등이 차례로 작업된다. 그러나 이는 평자들이 의도적으로 절차를 마련한 것일 뿐이지, 실제는 시인의 잠재력 속에서 순서없이 일어나는 일이다.

(8)
어디론가 홀연히
물처럼 흘러가고 싶은
초겨울 오후

푸릇푸릇한 보리밭의
설렘이거나
살얼음 같은
찬 별을 보며 밤길 건너가는
산새의 빈 둥지에 잠든 별빛이거나

유년의 풍금 소리로 뒤척이는
산자락의 나직한 배냇짓 같은
사랑의 순간들이 돌아와

벼락같은 경탄에 떨며
날마다 내게로 걸어오는 그리움

눈물도 보이지 않고 떠나가는
만추의 고요와 이별하다

—「고요와 이별하다」 전문

이 시는 서정의 극치를 이루는 작품이다. 그 사례가 "푸릇푸릇한 보리밭의 설렘", "살얼음 같은 찬별", "산새의 빈 둥지에 잠든 별빛", "유년의 풍금 소리로 뒤척이는 산자락", "나직한 배냇짓", 그리고 그것들이 빚어내는 "사랑의 순간들"이다. 청춘 시절에는 "벼락같은 경탄"과 더불어 "내게로 걸어오는 그리움"이 있었다. 자아를 기울이는 "고요"가 그랬고 더불어 오는 "사랑"이 그랬다. 그러나 화자는 그러한 "만추의 고요"와 어느덧 "이별"을 한다. 못 잊을 사랑을 주던 가을은 "눈물도 보이지 않고 떠나가"버리기 때문이다.

우리는 아픈 생을 견디며 얼마나 많은 고요와 가을과 사랑을 떠나보내는가를 현재의 시점에서 되돌아보게 하는 시이다.

6. 나오는 말

이상에서 이태웅 시인의 시적 궤적을 들뢰즈의 '현상-되기'와 소쉬르의 '기표-기의' 모형에 입각하여 몇 작품을 살펴보았다. 만년의 낭만주의자, 서정의 맥락을 새로이 가다듬고 있는 시인의 시 세계는 오랜 시업 그대로 무게가 느껴지고, 특히 동서를 횡단하며 전개하는 이미지가 많음을 알 수 있었다. 한국시인사전에 나온 대로 그의 시 세계는 "동양적 서정을 부드럽고 아름다운 율조"로 읊고 있으며, "인간과 자연의 공감대를 형성"하고, "향토적 감각의 현실화"에 초점을 두고 있다. 한편 유연한 서정을 추구하고 "시적 구성의 밀도와 긴축성"을 위한 "리얼리즘적 지향"도 있다. 그러나 이번 시집에서 읽은 바, 리얼리즘의 경향 보다는 극서정의 시가 주류를 이룬다고 할 수 있겠다.

그는 사범학교 시절부터 문학 동인에 참여하여 문학적 길을 스스로 열었으며, 현직 교원 시절은 물론 퇴임 후에도 왕성한 시업을 하는 등 60여 년의 시력 경륜을 가지고 있다. 그러면서도 정식 시집 한 권 내지 않은 과작(寡作)의 시인, 그리고 완벽주의의 시인이다.

그럼에도 불구하고 이제야 작품 속에서 그를 만난 감회가 새삼 크다. 사실 필자와 시인과는 해남에서 교직을 함께 했고, 늘 내가 국어교육 지도에 목말라하던 시기에 좋은 학습 지도의 선배로서 숭앙해오던 차, 그만 광주와 전남의 분리로 적조했었다. 그러다가 세월의 강이 거듭 흐른 후, 광주 문단에서 다시 조우(遭遇)했다. 그런 동인(動因)으로 이 발문을 쓸 수 있었다.

이제 건필을 기원하며, 시집 상재를 계기로 '현상-되기'를 축원한다. 그가 작품에 피력한 바, 예의 "파란 잉크병에 저장된" 시를 더 많이 끌어내기 바란다. 세월이 흐른 뒤에도 좋은 시는 잊혀지지 않고 남게 되는 이유에서이겠다.

대상에 대한 존중심이 빚어낸 겸허의 시
― 이선근의 시

1. 들어가는 말

속절없이 유월이 '유우우어얼' 하고 흘러가는 내 서재 귀퉁이에서 한동안 지난(至難)한 생을 구원하듯 뜨겁게 달군 시점에 이르러 바야흐로 이선근 시인의 시집을 읽었다. 그가 투병(鬪病)해온 대로 생사를 오가는 세월에 값하듯, "풀 비린 향기"라는 시어는 일순에 내 가슴 깊이 심호흡처럼 멈추었다. 청춘 시절 나도 경도된 고향 산골의 작은 밭두렁에 앉았던 적이 많았다. 하교 후면 늘 소를 뜯기던 산자락 아래의 해 질 녘, 그러니까 옆구리 묵직한 시 노트를 꺼내 읽는 기분이었다. 가령 「순수」, 「안경」, 「누이의 물동이」, 「동천(東川)」, 「복호리 사람들」, 「깨꽃·1」, 「깨꽃·2」, 「가슴에 피」 등을 읽으며 잊고 산 유년을 반추하기에 충분했다.

이선근 시인은 순천 출생으로, 잘나가는 영관 장교를 지낸 바 있고, 전역 후 광주중앙유선방송사 지사장을 역임할 정도로 요직을 거친 인사이다. 그는 2015년 겨울호 『문학춘추』 신인 작품상에 시가 당선되어 등단했다. 이후 문학춘추작가회 및 광주문인협회 회원으로 왕성하게 활동하는 중이고, 2015년 12월에 시집『꽃이 되려는 조건』과 2016년 9월에『틈새로 달을 품고』등을 펴낸 바도 있다. 그러니까 이번이 세 번째 시집인 셈이다.

그의 시는 이 글 제목에서 말한 대로 존중과 양보를 바탕으로 겸허함을 견지한다. 아마도 오랜 군 생활에서 겪은 봉사적 인생관이 시 의식 속으로 들어온 게 아닐까 싶다. 한편, 투병 생활에서 얻어낸「천년완골(千年頑骨)」,「치유의 숲」,「입맛, 밥맛」등도 무릇 겸허의 이미지가 넘치는 율조이다.

더불어 전라도적 풍경을 그만의 정서적 용기에 담는 시도 많다.「마운(磨雲)대미」,「가을 서정」,「별무더기」,「꽃무더기」,「흙무더기」,「삶에 밴 풀 비린 향기」,「배고픈 날 풀 비린 향기에 취해」,「풀 비린 향기」등이 그런 유형이다.

각설하고, 이제 시인의 작품에서 겸허의 시학을 어떤 식으로 증좌하고 있는지, 그리고 이 시학을 통해 드러낸 존중심과 양보심이 빚는 정서적 신사도를 분석하고 검토할 시간이 되었다.

외출로 며칠 침잠했던지 먼지 앉은 책상을 물티슈로 닦고 노트북을 부팅한다.

2. 겸허의 아이러니, 그 알레고리

우선 다음 시를 보자. "꽃은 버려야 꽃이 핀다"는 화자의 논리가 필연적인 자연법칙으로 귀환한다. 이는 시인이 표방한 아포리즘답게 명제적이기도 하다. 꽃이 지고 나면 또 새로운 꽃이 피는 이치가 시에 자연

스럽게 배었다. 결국 자신의 화려함을 스스로 버려야만 더 나은 꽃을
피우는 것은 우주만상의 현상이자 피할 수 없는 한 법칙이다.

> (1)
> 꽃을 버렸던 목련
> 새순 돋아나거든
> 햇살 베는
> 바람 끝 칼날처럼 덤벼들 일 아니다
>
> 유성은 쏟아지는 마지막 순간까지
> 사력을 다해 불태우듯
> 꽃을 버려야 하는 것도 운명이 아닐까
>
> 어미는 삶을 버려
> 그 자식이 살아가게 하듯
> 살아간다는 것은
> 나를 버려간다는 것이다
>
> 나에게
> 아직 버릴 것이 있어서 다행이다
> 꽃은 버려야 꽃이 핀다.
>
> ──「꽃을 버려야 꽃이 핀다」 전문

한편 이 시는 일견 자기 성찰의 아이러니도 담고 있다. '아이러니
(irony)'란 '에이로네이아(eironeia, 僞裝)'에서 비롯되었듯,[1] 생사소멸(生死

---

1 '아이러니(irony)'의 용어는 그리스 아리스토파네스 희극의 등장인물 '에이론
   (Eiron)'에서 나온 말이며, '에이론'은 다시 '에이로네이아(eironeia)'에 바탕을 둔

消滅)에 바탕을 두고 즉자적인 "나"를 배후에 감춘다. 이는 3연에서 말한바 "어미는 삶을 버려 그 자식을 살아가게 하듯 나를 버려가"는 모순같지만 진리에 함의하는 부분이다. 이 아이러니에도 불구하고 시가 독자에게 아쉬움을 남기지는 않는다. 화자는 자식을 위해 "버릴 것이 있어 다행"이라고 조건 없이 동의한다. 현재의 "꽃"이 다른 세대의 "꽃"으로 변이되는 것 또한 그런 형태이다.

"꽃"에 대한 유추적 삶을 아이러니로 편재하여 두 개의 알레고리를 연계한다. 그 시상은 유동적이다. 이때 대상은 가면(假面, persona)을 쓰고 [변장(變裝)] 있으며, 버려야 하는 "꽃"으로 현시된다. 아리스토텔레스가 지적한 '아이러니가 곧 변장의 기술'임을 나타내는 사례로도 읽을 수 있겠다.

대상과 비유의 사이에 감춰진 실제

시적 대상	대상 : 모태 생의 마지막 장면	비유 : 변장의 기술 전이적 겸허로 이어짐	대상과 비유 : 실제 유추의 의미
1연 [목련]	꽃을 버림(꽃이 짐)	칼바람→햇살에 덤벼들지 않도록 →새순이 돋음	새 생명체로 이동
2연 [유성]	마지막 순간, 사력을 다해 불태움	꽃을 버림→운명	생의 연결
3연 [어미]	삶을 버림	자식→어미의 힘으로 살아감	자식을 위한 삶

말이다. 영리한 개 '에이론'은 타고난 재치로 적수인 허풍쟁이 '알라존(Alazon)'에 매번 승리를 거둔다. 플라톤의 대화에 나오는 소크라테스적 반어법은 이 희극에 기원을 두고 있다.

| 4연
[나] | 아직 버릴 게 있어 다행 | 새로운 꽃→자식의 삶 | 정신적 유산 |

"꽃을 버려야 꽃이 핀다"는 방식은 모태(母胎) 생의 마지막 과정이다. 새로운 꽃이 파생되는 그 자손에 이르는 전이적 삶을 노래한다. 이를 통해 현상적 존재인 '목련', '유성', '어미', '나'가 재탄생되어 유추적 존재인 생명체로 이동하거나, 자식을 위한 삶, 정신적으로 남긴 유산 등을 생성하는데 일조한다. 시의 배경으로 '목련-유성(流星)'의 사이, 그리고 '어미(母)-나'의 사이가 윤회적 알레고리로 성구(成句)되어 있다.

3. 대상의 목격으로부터 나온 겸사

다음 시는 화자가 어렸을 때 "덫에 걸려 밤새워" 울던 한 "고라니"를 목격하고 진저리쳤던 일을 바탕으로 씌어졌다. "덫에 걸려" 괴로워 한 "고라니"가 결국 화자 자신이 산 세월로 들어오게 된 소이연이 애틋하게 피력된다. "덫에 걸린 줄도 몰랐던" 세월에 갇혀 있다 보니 그 "덫"을 "벗지"도 "못하면서"도 "순수"만을 "바라고 있는" 자신을 되돌아본다.

> (2)
> 고라니, 덫에 걸려 밤새워 울어댈 때
> 나도, 열 살쯤 덫에 걸렸으리
> 어쩌면 순수를 잃어버린 나이
> 덫에 걸린 다리 자르지 못하면
> 부끄럽지 않게 살아온 성자라도
> 처연한 울부짖음과

살이 터져가는 몸부림

가슴 옥죄어야 하는 세월

모든 것을 그냥 덮고 가는 것은 아니리

슬퍼서 더 까매진 눈망울

금방이라도 눈물 뚝뚝 떨어질 듯하던데

나는, 그 후로 어린 시절 내내

짐승의 살 발린 고기를 먹을 수 없었다

내 안에 덫을 만들고

그 덫에 걸린 줄도 몰랐던 수많은 세월

마음의 덫 하나도 벗지 못하면서

순수를 바라고 있는 것은 아닌지

한 고라니를 제물 삼아.

─「순수」 전문

이 시는 무엇보다 인간들의 잔인성을 자기화한 뉘우침, 그 자책심이 엄격하게 진술된다. 자신의 일은 아니지만 마치 자신이 저지른 듯 성찰을 거듭한다. 유년에 보았던 몸서리쳐지는 인상을 성인기(成人期)로 옮겨와 리얼하게 읽힌다. 하기에, 유년과 성인 간의 감정적 진폭을 가감 없이 보여주는 작품이다.

논어에서 보이는 바, 시를 배움에 있어 사람의 유년적 정서 구조, 심리 요체는 시 창작의 주요 모티프가 된다고 했다. 시의 표현 기법이란 놀면서 익히고, 모여서 놀고, 혼자 놀고, 자주 놀아야 예술(시)이 형성된다(志於道, 據於德, 依於仁, 遊於藝)[2]는 원리를 『논어』의 술이편(述而篇)에

---

2   성백효 역주, 『논어집주』 술이편(述而編) 제7, 제6장 참조. 전통문화연구회, 2011,
    124~25쪽 참조.

서 가르치고 있음이다. 이 원리는 유년 때의 창작력을 중시한 배경에서 나온 지침이다. 사실 '유(遊)'란 시기적으로 '유년'에 발원되기도 한다. '유(遊)'는 '유(幼)'에서 비롯된다. 화자는 유년으로부터 온 금기(禁忌)가 지금도 이어짐을 "금방이라도 눈물 뚝뚝 떨어질 듯하던" 때라고 전언한다. "그 후로" 그는 "짐승의 살 발린 고기를 먹을 수 없게" 됨을 술회한다. 그 뉘우침, "덫"에 걸린 "고라니"를 보던 아이의 도달점, 그게 이 시의 모티프가 되었다. 이처럼 이선근 시인은 유년의 '유(遊)'와 '유(幼)'에 대한 소재를 즐겨 다루는데, 이 또한 겸허의 시학에 바탕을 둔다고 볼 수 있다.

(3)
밝은 눈으로만 보니
마음 열기 부끄러웠겠다

산꿩이 구애의 소리로
새벽을 깨우기 전까지
하늘과, 바다와, 숲은
색깔이 서로 비슷했었다

안경을 두고 나온 산책길
바다 끝에서부터 새벽은 붉어 오는데
내 눈은 희뿌연 안개로 가득했다

홍등을 흔들어대며 부르기에
바짝 다가가 정성껏 보니
헉! 붉은 입술 깨물고 있는 산딸나무
깨물어야 할 입술이 있는 나도

너처럼 부끄러워했었다

더러는 안경을 벗고
마음 다해 정성껏 볼 일이다.

— 「안경」 전문

사실 "안경"이란 익숙한 풍광이나 사물을 평범히 보아버리는 단점이
있다. 사물을 대충 보게 되는 습관 때문이다. 그래서 화자는 "더러는 안
경을 벗고 마음을 다해 정성껏 볼 일"이라고 조언한다. "안경"의 사물에
까지 그의 겸양지덕(謙讓之德)은 영향을 끼친다. 시인으로서 안경 벗는
일은 어쩜 묘사와 서술을 새롭게 할지도 모른다. 사실 이제 "안경"에 관
해 무엇이든 수월하게만 보는 도구라는 피상적인 걸 한 번쯤은 잊어도
될 듯싶다. 그는 불편하면 곧 안경을 쓰는 우리의 습관적 매너리즘에
대해 이 같은 풍자를 깐다. 그래 부러 눈을 불편하게 함으로써 대신 부
릅뜨고 자세하게 대상 보기를 하자는 것이다.

그 예로 "산책길"에 "안경을 두고" 나와 "희뿌연 안개"만 보이던 날,
무언가 "홍등을 흔들어대며 부르기에" 다가가 보니 "헉! 붉은 입술을 깨
물고 있는 산딸나무"가 손짓하지 않은가. 잘 익은 산딸나무 열매를 보
고 "깨물어야 할 입술"이 있는 "나도 너처럼" 대상에 "부끄러워"한 것이
다. 또렷한 촉감으로 "깨물어야 할 입술"을 깨닫는 것, 결국 "안경"을 벗
으니 살아난 겸사(謙事)의 감각이렷다.

독자는 시를 읽을 때, 문장과 머리에 떠오른 생각을 유기적으로 연
결한다. 이를 고려한 게 루멜하르트(D.E. Rumelhart)의 상호작용식 읽
기 모형이다. 이 모형으로 텍스트를 읽으면 시인이 의도하는 산딸나무
와 독자의 배경지식에의 산딸나무 모습이 통합되어 유기적으로 나타

제3부 토박이 서정을 잇다

나는 것이다. 그건 '독자의 경험, 감정'→'독자의 의미'→'글'(시인, 작가)→'문단'→'문장'→'단어'의 과정[3]을 밟기 때문이다. 독자의 경험적 입장에서 먹음직스러운 '산딸나무 열매'를 되살리는 감각(독자의 의미, 배경지식)이 시인의 문장(시인의 체험, 탐스런 산딸나무 열매)과 관련지은 구절에 오롯 담겨 있음을 본다.

4. 시적 소통과 화자

다음 작품은 시인 자신과 커피숍 주인장 사이에 일어난 일을 기술하고 있다. 즉 "그대의 고운 숨결"과 같은 아름다운 시적 소통을 다룬다. "미소가 박꽃 같은 주인장"은 "나보다 더 고운 숨결로 보듬어주는" 사람이다. 화자의 시에 대한 솔직함과 겸양이 조화롭게 재생산되었다. 솔직과 겸사가 혼용되어 부드럽게도 읽힌다. 그는 "문장만 나열되어 늘어진 시"를 주로 쓰거나 "더러는 내 시들"이 더 이상 "너울거리며 날지 못하고 가슴을 뜨겁게 녹이지 못"한다는 겸손한 약점들을 숨길 줄 모르는 소박한 시인이다. 시의 후반에서는 빛을 더 발한다. "그대의 고운 숨결이 있기에 나는 시처럼 (그를) 그리워하리라"는 가능성을 카페 "리나"에서 꿈꾸는 낭만도 잊지 않는다.

(4)
금호동, 커피숍 리나에는
젖비린 날갯짓이라

---

3   교육대학교 편, 『초등국어교육』, 교육과학사, 2015, 22~23쪽 참조.

너울거리지도 못하고

붉은 가슴 안고서

용암처럼 녹아내리지도 못해

간들거린 목숨 하나 잡고

문장만 나열되어 늘어진 시를

나보다 더 고운 숨결로 보듬어 주는

미소가 박꽃 같은 주인장이 계셨다.

시를 지우고 난 자리에

삶이 어룽진 빛을 그려내야 하는데

나는 뜨겁게 녹아보지 못했나 보다

더러는 내 시들이

너울거리며 날지 못하고

가슴을 뜨겁게 녹이지 못해도

그대의 고운 숨결이 있기에

나는 詩처럼 그리워하리.

—「금호동에서」 전문

시의 텍스트에 드러난 표상의 이미지를 밝힌 에반스(Evans)는 다음과 같은 차례로 방향을 제시하였다. 즉 ① 표상의 작용 알기 ② 이해를 바탕으로 시범 보여주기 ③ 자신의 생각 형상화하기 ④ 소통의 다양한 표상 사용하기 ⑤ 표상 양식 선택하기 등이 그것이다. 이 과정에 시를 대입해보면, ① '시를 지우고 난 자리' ② '삶이 어룽진 빛 그려내기' ③ '뜨겁게 녹아보지 못함' ④ '시가 너울거리며 날지 못하고 가슴을 뜨겁게 녹이지 못함' ⑤ '그대의 고운 숨결로 시를 그리워함'으로 연결된다. 이 계기화 과정에서 보이듯이 ①에서 ⑤까지 이미지의 통관이 한눈에 오른다.

(5)
너에게 나는 무엇이었나

바짝바짝 타들어 가는 입술로
생명 하나하나 밀어낼 때
붉은 이슬처럼 눈물 흘려본 적 없고
움 틔우며 내는 숨소리 파르르 떨릴 때
너처럼 몸부림쳐본 적 없고

너는 세상에 이미 꽃인 것을

나도 삭정이 먼저 꺾고
견디며 견뎌가며 살아가야
붉고 고운 꽃봉오리
다시 밀어낼 수 있으려나

너의 영혼 보듬을 만큼
아프도록 살아보지 못했지만
너는 세상에 이미 귀한 꽃인 것을
누구든 꺾인 꽃이 되지 마라

꺾이려고 핀 꽃 아니듯.

— 「꺾이려고 핀 꽃이 아니듯」 전문

꽃에 이르는 서정이 깊은 우물 빛만큼 그윽하다. 화려한 꽃 앞에 선 화자의 부끄러움은 "너의 영혼"을 "보듬을 만큼" 나는 "아프도록 살아보지 못했"음을 고개 숙여 회한한다. 일반적으로 '서정의 깊이'에 대해 브룩스와 워렌(Brooks & Waren)은 시인의 자성(自省)에 바탕 둘 때 그 깊이를 더한다고 말한 바 있다. 그렇듯 이 시는 첫 부분부터 "너에게 나는 무엇이었나"고 사성을 책문한다. 너에게 향한 나의 마음은 멀어지고 "타들어가는 입술"로 "생명 하나하나"를 "밀어낼 때" 나란 존재는 하등 "눈물"을 "흘려본 적"도 없으며 "너처럼 몸부림쳐 본 적"도 없지 않은가. 이에 와서 화자는 매조지를 결심하듯 귀결한다. "삭정이 먼저 꺾고 살아가야" 한다는 것, 그럼으로써 "고운 꽃봉오리 다시 밀어낼 수 있"다는 것을. 결국 화자가 말하는 바, "너는 세상에 이미 꽃인 것", 그러나 "꺾이려고 핀 꽃이 아닌" 것이다. 이 두 길항 사이에서 꽃의 생명은 곧 의지의 주문이라는 데로 주목된다.

5. 돌아본 고향의 정서

다음 시를 보자. 연작으로 쓰인 「복호리 사람들—보릿고개」이다. "복호리", 이는 시인이 태어난 곳으로 힘겹게 보릿고개를 넘었듯 가난한 곳이다.

⑥
구름을 물고 지리산 넘은
해와 달
산자락 휘감고 있는
섬진강에서
헤진 구름 모아 기우더니
별봉산 넘어가려 하고
은빛 물비늘은 바람을 접어
까치 머리 하얘지도록
오작교 만들어가자

그리움이

남겨진 그리움이

여기 별자리 하나 만들었네

호랑이는 엎드려

여우비 그리워하고.

— 「복호리(伏虎里)」 전문

　'복호리'는 "구름을 물고 지리산"을 넘어온 "해와 달"이 "산자락"을 "휘
감고 있는" 자연 속의 마을이다. 고향을 떠난 지 오래됐지만 화자는 "까
치 머리"가 "하얘지도록" 너와 나 "오작교"를 "만들어가자"고 청유한다.
복호(伏虎)와 오작교의 연결은 전통적 설계이면서 전혀 새로운 발상의
다리이다. "호랑이"가 "엎드린" 형국답게 장가들기 위해 "여우비"를 "그
리워"하는 부복(俯伏)의 품새를 그 다리에다 얹었다. 그가 두고 온 "그리
움"은 다시 "남겨진 그리움"으로 대체하지만 "별자리"가 만든 아늑한 마
을이다. 이 시는 전통적 고향을 노래하면서도 의인화된 격식이 잠재되
어 있다. 시다운 기준을 상징으로 세운 셈이다. "은빛 물비늘"이 "바람
을 접어" 까치의 머리까지 "하얘지도록 오작교"를 "만드는" 비유에서 그
런 방점을 찍을 수 있겠다.

　비유의 글쓰기와 관련하여, 연암(燕巖) 박지원(朴趾源)은 "법고이지변
창신이능전(法古而之變 創新而能典)"을 말한 바 있다. 이는 '옛 격식에 얽
매이지 않은 것은 좋으나 새것만을 추구한 나머지 가끔 황당한 길로 가
는 일이 있으니 글엔 바른 기준이 필요하다'고 경계한 것이다. 연암은
"글이 잘 되고 못 되고는 전적으로 내게 달려 있고 비방과 칭찬은 남에
게 달려 있는 것이니, 비유하자면 자기 혼자에게만 들리는 귀울림과 자
기는 못 듣고 남만 듣는 코골이와 같다"고 했다. 결국 자기화된 비유만

이 자연스러운 표현이라는 교훈이겠다.

이 시도 "복호리"의 풍수적 위치와 화자의 현상적 "그리움"을 한 작품에 '법고이지변'식으로 배치하여 비유라는 나물로 버무린 비빔밥 같은 맛을 준다. 또한 회화적 완결미가 눈썰미로 다가와 감각적 독자와 가히 면벽할 만도 하다.

(7)
4월의 볕이 따뜻한 날
중풍으로 쓰러진 지 수년
모처럼 마루로 기어 나와
평생에 마지막 햇볕임을 알았을까
처음 보이는 편안한 얼굴로
엄니를 찾아 불러놓고
모든 것을 내려놓은 듯
힘없이 두 손으로 잡더란다

임자 미안허네
사는 게 별거 있단가
힘들게 마지막 숨 몰아쉬더니
어렵게 한두 마디하고는
꺼억 하니 목숨줄 놓더란다
엄니의 하늘은 무너져 내리고
가슴 속 강은 통곡의 눈물로 넘치고
넋도 따라가고 싶더란다

한 줌 쥐었다 펴면
모래알처럼 흘러내린 그리움
가슴에 묻고 이십 년을 어찌 살았을까

지아비 곁으로 가신지 십 수 년
섬진강 내려보는 언덕배기에
하얀 영혼처럼 피어 있는 깨꽃
푸르른 강바람에 오늘따라
뚜~욱 뚝 떨어지고 있구나.

　　　　　　　　　　　—「깨꽃·2」 전문

「깨꽃·2」는 중풍으로 쓰러졌다가 "꺼억 하니" 그만 당신 "목숨줄"을 놓아버린 아버지의 죽음을 담아낸다. 아버지가 가신 날은 "하늘"이 "무너져 내리고" 화자와 어머니가 흘리는 "통곡의 눈물"은 강물처럼 넘쳤다. 누군들 슬퍼하지 않으랴. "섬진강 강바람"과 함께 당신 병구완 일로 고생한 어머니의 영혼의 소리가 들려오는 듯싶다. 그렇듯 "하얀 영혼처럼 뚝뚝 지는 깨꽃" 같은 어머니의 상을 드러낸다. 이 시상이 연결된 과정을 보이면 다음과 같다.

1연 : ㉠ 아버지의 중풍-㉡ 평생에 마지막 햇볕-㉢ 엄니를 찾아 부름-㉣ 모든 걸 내려놓음-㉤ 힘없이 잡는 손

2연 : ㉠ 미안한 마음-㉡ 마지막 숨-㉢ 목숨줄 놓아버림-㉣ 통곡의 눈물-㉤ 넋도 따라 가고 싶음

3연 : ㉠ 모래알처럼 흘러내린 그리움-㉡ 지아비 곁으로 가신 십수 년-㉢ 섬진강 내려 보는 언덕배기-㉣ 하얀 영혼 깨꽃-㉤ 강바람에 뚝뚝 짐

이미지 발전태(發展態)에서 주목되는 점은, 아버지의 죽음 지점을 어머니가 조심스레 내보이듯 "뚜~욱 뚝" 지는 흰 "깨꽃"으로 환치되는 부

분이다. 시의 호흡 또한 섬진강 바람처럼, 그리고 흰 깨꽃 향처럼 알싸하게 스친다. 어머니가 평소 애써 농사를 짓던 "섬신상 언덕빼기"도 보이는 듯하다.

시는 모름지기 "이치의 길에 빠지지 않고, 언어의 그물에 걸려 떨어지지 않도록 상황, 정서를 통합해야 한다(不涉理路 不落言筌)"는 송나라 엄우(嚴羽)가 강조한 시학[4]과도 통한다. 이 시를 비롯하여 시인이 구가하는 서정에는 쓸쓸함과 고적함이 노을빛처럼 칠해지는 경우가 많다.

6. 글쓰기, 그 겸허의 자세

다음 시를 읽으면 스스로에게 부끄러움이 앞선다. "쓰다 만 볼펜들이 한 움큼 넘게 쌓였다"는 서두를 보자 그런 생각이 든다. "볼펜 쓰레기"라는 제목이 압득해 오듯 필압(筆押)이 무겁게 인식되기도 한다.

(8)
세밑에 책상 정리를 하다
쓰다 만 볼펜들이 한 움큼 넘게 쌓였다

가벼운 터치로 조합 되는 문자들 앞에
심이 굳어지도록 버려진 너는
선명하게 그어지던 생명선은 사라지고

---

4 엄우(嚴羽)의 시학은 시에 자발적 흥취가 중요함을 일깨운다. 스스로 쳐놓은 언어의 통발에 시가 걸려들어서는 안 되며 언어라는 감옥에 갇혀서도 안 된다고 경고한다. 한 편의 좋은 시는 독자가 느껴서 알 뿐이지 일일이 따지지 않아야 함을 강조한다. 시가 교훈이나 이데올로기로 변질되는 바를 철저히 배격한 시학이라 할 수 있다.(졸저, 『반란과 규칙의 시 읽기』, 푸른사상사, 2008, 136~137쪽 참조)

마음 부끄럽게 보라는 듯
하얀 종이만 박박 긁어댄다

수형자 번호처럼 변하지 않은
구형 전화번호를 지우지 못함은
그의 마음을 버릴 수 없어서일까

쓰레기로 버려진다는 것은
생사를 떠나 헐벗은 영혼이 되는 것
너를 놓으려 하니
나는 가해자가 되어 간다.

—「볼펜 쓰레기」 전문

쓰레기의 한 무더기가 되도록까지 써 제껴진 문장의 세월은 무시될 수 없는 그만의 훈장이다. "가벼운 터치로 조합되는 문자들 앞에" 다 써서 "버려진" 볼펜들의 아우성이 들리는 듯도 하다. 한때 "선명하게 그어지던" 볼펜의 "생명선"은 이제 "사라"진 나이테에 사리 장엄처럼 묻히게 되었다. "부끄럽게"도 "하얀 종이만 박박 긁어대"기만 했다고 겸손해한 시인의 습작이 얼마나 깊었는가를 계산적으로 보여준다.

영화 〈파인딩 포레스터〉에서 주인공은 "글을 인상적으로 쓰되, 초고는 가슴으로, 재고는 머리로 써야 한다"고 했다. 또 "글의 첫번째 열쇠는 그냥 쓰는 거지 생각만 할 게 아니다"라고 한 대목에도 유의할 필요가 있다. 어니스트 헤밍웨이는 『무기여 잘 있거라』를 탈고하며 사람들에게 '영화의 엔딩 신처럼 연출하듯 글을 쓸 것'을 주문했다.[5] 그는 "쓴

대상에 대한 춘주심이 빚어낸 정화의 시

---

5 헤밍웨이의 문체는 '하드-보일드체(Hard-boiled Style)'로 사건 전개에 감정을 배제하고 사실적으로 표현한다. 그는 「글쓰기에 대하여(On the Art of Writing)」

다는 건 고통스러운 노력만이 요구"됨을, 치열한 작가정신으로의 글쓰기를 강조했다. 글이란 생각에서 존재하는 게 아니라 오직 씀으로써 존재하는 길임을 작가와 시인은 새겨야 할 일이다.

7. 생과 사를 보는 겸양

다음 시는 인간의 죽음은 바야흐로 "한줌의 재로 남는" 순간을 포착한다. "억겁의 인연"은 "눈이 짓무르도록 붉어지는 가을"에 마지막 "이별"과 같은 "아픔"이 솟는다. 햇살조차 가르고 "흙에서 시작된 생명"을 다시 "흙으로 보내는" 장례를 치르는 것이다.

> (9)
> 한줌의 재로 남았다
> 억겁의 인연을 비우니
>
> 눈이 짓무르도록 붉어지는 가을
> 이별의 아픔은 햇살을 가른다

제3부 토박이 서정을 읽다

라는 글에서 다음과 같이 말했다. "쉬운 문장으로 글을 쓴다는 것은 어려운 일이다. 그 누구도 교과서를 통해 자신의 문체를 배운 사람은 없다. 나 역시도 문장 학습법 같은 과정을 거친 적은 없다. 나는 자연스럽게 자신만의 방식대로 글쓰기를 배다. 그렇다고 해서 나 자신의 독특한 문체를 이룰 수 있었던 것이 아니다. 그저 쓰다 보니 우연히 그렇게 되었다는 것도 아니다. 나 자신이 치열하고 고된 글쓰기 훈련을 통하여 이루어진 것이다."(Writing plain English is hard work. No one ever learned literature form a textbook. I have never taken a course in writing. I learned to write naturally and on my way. I did not succeed by accident; I succeeded by patient hard work.)

흙에서 시작된 생명이라
흙으로 보낸다

지난했던 세월 가득 묻은 한지함
몇 년 동안 녹고 녹아
살면서 피우지 못한
꽃이 되려고
마지막 인연의 끈도 거둬간다
아픔 없는 별을 찾아

무서리를 견뎌낸 국화
한 줌의 재에서 피어난 것을.

— 「꽃이 되려고」 전문

그가 살았던 "지난했던 세월"을 묻게 된 날, "한지함"을 다시 보며 "살면서" 피우지 못한 "꽃"이 되려고 "마지막 인연의 끈"까지 "거둬가는" 그 순간을 잡으려 한다. 당하고 보면 결국 "한 줌의 재"에서 비롯되지 않는가. 그 재에서 "무서리를 견뎌낸" 한 송이 "국화"를 피워내는 발상도 가멸차다.

이 시는 시인의 작품 중에 히트작이라 할 수 있다. "꽃이 되려고"라는 제목과 한지 유골함에 이르는 생의 과정이 마디 호흡과 인유(引喩)의 규칙으로 전개되었다. 특히 마지막 5연에서 "무서리를 견뎌낸 국화", "한 줌 재에서 피어난 것"으로 귀결 짓는 폼은 적절하게 비약하면서도 시적 안정감을 동시에 얻는 부분이다.

(10)
경동맥 색전 시술 받고나면

세상의 산해진미도
맛볼 수 없는 그림이었더라

물 한 모금에 푸른 위액까지 토해야 하고
밥 냄새만 스쳐도 구역질이었다
입맛이 돌아야 밥맛을 알겠더라

사람과 사람 사이
싫어하는 것도 이러했을 것이다

보기도 싫고, 듣기도 싫고
말하기도 싫었을 것인데
돌부처처럼 인내하며 떠나지 않은 사람
오직 아내뿐이었더라

부부는 오만 정 띄었다 붙었다 하며
살아가는
입맛과 밥맛의 관계일 것을.

— 「입맛, 밥맛」 전문

「입맛, 밥맛」은 화자의 투병기를 솔직하고 유머러스하게 피력한 작품
이다. 환자의 체험이 시적 구조체를 이루고 숨김없는 정서를 드러내기
도 한다. 화자는 "경동맥 색전 시술"을 받았다. 그래 "세상의 산해진미
도" 그림의 떡에 지나지 않았을 것이다. "물 한 모금"만 마셔도 "위액"을
"토해"내고, "밥 냄새만" 맡아도 "구역질"이 나는 힘든 나날이었다. "사
람과 사람 사이"에 끼여 "싫어하는 것도 이러했을 것" 아닌가. 하냥 "보
기도 싫고, 듣기도 싫고, 말하기도 싫었을" 텐데, 그래 "돌부처처럼" 참
아가며 곁을 "떠나지 않는 사람"이 있다니. 바로 그 "아내"였다. 이 시는

"부부"는 오만 사랑의 정으로 "살아가는 입맛과 밥맛의 관계"임을 깨닫게 해준다.

도스토옙스키가 28세 때 총살형 선고를 받고 집행을 앞둔 순간, 그는 사랑한 여자를 향해 "사랑해"를 외쳤고 지나온 삶을 되돌아보았다고 한다. 하지만 바로 그때 황제의 특사가 도착하여 도스토옙스키가 무죄이니 석방하라는 명령을 전한다.[6] 그래서 극적으로 생환한다. 사람에게 마지막 남겨지는 건 항상 '사랑하는 사람'이다. 이선근 시인이든, 도스토옙스키이든, 누구든, 아무튼 그렇다.

8. 풀 향기에 밴 겸사의 노래

시집 표제에 붙인 "풀 비린 향기"는 그만이 간직한 고향의 향기이다. 누구나 고향의 내음을 지니고는 있으나 이처럼 인상 깊은 향내를 지닌 사람도 드물 것이다. 그러니 그에게 고향은 "간직할수록 그윽함이 깊어지는 그리움"일시 분명하다. "코끝만 매섭게 달구다가 사라지는 향기는" 더욱 "아니"다. 그건 "숙성된" 시인의 "삶"이었음을 화자가 말하지 않아도 행간을 통해 알게 해준다.

(11)
무거울 것도
가벼울 것도 없어야
벌이 날고, 나비가 춤추지

---

6   김선희, 『세상 모든 작가들의 문학이야기』, 꿈소담이, 2007, 151쪽 참조.

오래 간직할수록
그윽함이 깊어지는 그리움

잠시 코끝만 매섭게 달구다가
사라지는 향기 아니더라
오래 숙성된 나의 삶이었다

풋풋한 마음 없이
쉬 담아낼 수 있는가

내 삶의 조각들 사이에서
소리 없이 닳고 닳은 푸른 연골
분칠로도 치장할 수 없는
풀 비린 향기.

— 「풀 비린 향기」 전문

그렇다. 삶에서 "소리 없이 닳고 닳은", 나아가 "푸른 연골"의 "분칠로
도 치장할 수 없는" 향기, 그리고 심저(心底)에 가득한 향기, 그게 곧 고
향의 "풀 비린 향기"일 것이다. 그건 "풋풋한 마음 없이"는 "담아낼 수"
없는 향기이기도 하다. '고향' 하면 체질화된 영감을 일으킨 시가 곧 이
「풀 비린 향기」임이 오롯이 전달된다.

미국의 신비평가 윔서트(William K. Wimsatt Junior)와 비어즐리(C.
Beardsley)는 공동으로 쓴 『의도주의의 오류(*The Intentional Fallacy*)』에
서 시가 인위적, 계획적 창작에 기대는 걸 경계해야 한다는 논지를[7] 전

7　W.K. 윔서트와 M.C. 비어즐리는 1946년 「의도에 관한 오류」라는 논문을 통해
　　시인의 정신과 그것의 표현인 작품에 대해 세밀한 관심을 보이는 것은 시와 시

개했다. 시의 한 방법으로서의 의도성은 극단적인 결과로 빚어지기 일
쑤이다. 우리나라 초기 상징주의 시학을 도입한 황석우(黃錫禹)의 「시화
(詩話) – 시의 초학자(初學者)에게」라는 시론(詩論)에서도 이를 언급했는
데,[8] 그는 주로 시어 표출에 관한 '인어(人語)'와 '영어(靈語)'의 구별을 하
고, 시에 쓰이는 말은 '영어'일 것을 주장했다. '인어'는 인위적 의도적인
시어에 해당한다면 '영어'는 시인의 영감 표출에 의한 자연발생적인 시
어에 해당한다고 볼 수 있다. 시 「풀 비린 향기」는 자연발생적인 영어(靈
語)로 매김된 사례로 보아 좋을 듯 싶다. 이 "풀 비린 향기"는 연작시 소
재라 할 만큼 이선근 시인의 관심적인 재료이다.

9. 나오는 말

머리말에서 언급한 대로, 이선근 시의 특징은 곧 겸사(謙辭)와 겸허(謙
虛)의 시학이다. 생의 곡절을 직화법(直話法)으로 구사하면서도 숨겨진
자신을 살짝 드러내놓는다. 아니, 그냥 배어 나온다고 해야 옳을 듯하

의 근원을 혼동하는 것이며, 문학비평이 아니라 작가의 전기적 사실에 대한 작
가심리학에 불과하다고 주장했다. 특히 윔서트는 표현론적 관점이 성립하기 위
해서는 작가가 표현하고자 하는 것과 그것이 실제로 표현된 작품과의 일치가
전제되어야 한다고 보았다. 그러나 작가들은 자신의 의도를 은폐하거나 의식하
지 않은 채 창작에 임하기도 하며, 창작의 의도와 완성된 결과 사이에는 완전한
일치가 이루어지기 어렵다고 보았다. 이처럼 문학작품의 성공 여부를 확인하기
위한 기준으로서의 작가의 계획이나 의도는 확인할 길도 없거니와 바람직하지
도 않다는 것이 윔서트와 비어즐리의 주장이다.(인터넷 '다음백과' 발췌 인용)

8   노춘기, 「황석우의 초기 시와 시론의 위치 – 잡지 『삼광』 소재의 텍스트를 중심
     으로」, 『한국시학연구』, 제32호, 2011.12, 35쪽 참조.

다. 그는 당분간은 이 같은 시풍을 유지할 것으로 보인다. 그가 빚어내는 시어나 주장하는 어투노 솟는 갈기를 스스로 낮추는 장점이 있다.

이제 말을 바꾸어, 후일의 시를 나름대로 예견해 본다.

프랑스 인기 작가 베르나르 베르베르[9]의 소설에 「달착지근한 전체주의」라는 게 있다. 소설에는 '장 피에르 드 보나시외'라는 작가 자신과 닮은 젊은 소설가가 주인공으로 등장한다. 작가와의 대담 프로그램과 시사 매거진, 신간 소개, 토크쇼, 간담회 등 저널리즘적 소재를 끌어와 옴니버스로 구성한 독특한 소설이다. 소설의 후반부, 작가 드 보나시외가 미래 어떤 작가가 될 것인가를 토크쇼로 보인다. 과연 100년 후에도 살아남은 작가가 될 것인가를 추적하는 것이다.[10]

베르나르가 비꼬듯 예견은 '달착지근한 전체주의'에 안주하지 않고, 거듭난 창작열만이 100년 후를 장담하게 된다는 것이다. '달착지근함'보다는, 고통의 '쓰디쓴', 그래서 반복하여 '쓰고 쓰는' 작업을 기대하는

9　베르나르 베르베르(Bernard Werber, 1961~) 프랑스 소설가. 프랑스 툴루즈 출생. 툴루즈1대학 법학과 졸업. 1991년 소설 『개미』로 등단. 1988 뉴스기금 신인 기자상 수상.

10　베르나르 베르베르의 단편 모음집 『나무』(이세욱 역, 열린책들, 2007)에 소개된 작품 「달착지근한 전체주의」에는 잘못된 전체주의로 빠지지 말자는 메시지가 있다. 이 책에서는, 문학 대담 프로그램에서 유행하고 있는 성적인 책 『내 여자들』을 쓴 장 피에르 드 보나시외와 인터뷰를 한다. 대부분은 그 책을 읽고 칭찬한다. 심지어 대통령까지 좋다고 말한다. 어느 날, 뉴스에서 자신의 과학소설을 출간해주는 데가 없는 것을 비관하여 한 작가가 자살했다고 발표한다. 그 소설은 복제 문제를 다룬 『하얀 가운을 입은 바보들의 결탁』이라는 소설이었다. 100년 후, 문학 대담에서는 장 피에르 드 보나시외의 후손 알렉상드르 드 보나시외가 나와 예전에 자살한 베르트랑 아제미앙이 이 시대에 인간복제 문제를 다룬 소설이라고 칭찬하며 소개한다.

지도 모른다.

우리 역사상 503권의 저술을 남긴 다산 정약용 선생은 18년 동안을 책상다리로 앉아 집필하며 복사뼈에 세 번 구멍이 났다는 '과골삼천(踝骨三穿)'을 앓을 정도로 많은 책을 썼다[11]는 이야기가 있다.

이선근 시인을 비롯한 모든 시인이 작품 쓰기에 심고(審考)할 일이다. 결국 좋은 '작품만이 살아남는다'는 베르나르 베르베르식 종합 매체 의견을 빌려서 이 글의 결미를 평범하나마 더 어려운 요구로 묶어 던진다. 부디 건승과 건필로 펜촉 가득 "풀 비린 향기"를 담아내듯 창작력이 거듭 충만하시기를 바란다.

---

11 김동효, 「래피의 사색, 과골삼천」, 문화칼럼, 『아시아빅뉴스』 2017.1.6.

대상에 대한 존중심이 빚어낸 검허의 시

소년기를 반추하는 시학, 성인기를 풍자하는 시학
— 김진태의 시

1.

시의 언어는 기계벽돌처럼 대상을 찍어내는 언어가 아니라 그 대상이 생명의 약동으로 다시 생성되게 하는, 이른바 '살아 있는 언어'로 작동될 때 비로소 그 가치가 인정받는 법이다. 그러므로 시는 대상을 '재현'하기에 앞서 '현시'해야 할 필요가 있다. 철학자 질 들뢰즈(Gilles Deleuze)도 예술의 성패 문제는 결국 생성의 힘을 어떻게 포착하느냐[1]에 달려 있다고 보았다. 약동하는 생명이란 유기체에 대립되어 다양한 세력 사이에 끊임없이 전개되는 투쟁을 말한다. 그 투쟁이 없다면 유기체들은 죽은 존재에 불과하다. 시에서 '살아 있는 언어'란 이렇게 '대립되

---

[1] 질 들뢰즈(Gilles Deleuze, 1925~1995), 하태환 옮김, 『감각의 논리』, 민음사, 2008, 69쪽 참조.

는 세력' 사이에 긴장을 재현하거나 현시할 수 있을 때[2] 가능한 일이다. 그러므로 모름지기 시인은 자신의 시적 체험을 살아 있는 이미지로 환치시킴은 물론 그걸 박진감 있게 재현해야만 한다. 그게 곧 살아 움직이는 시렷다.

시인이 자신의 소년 시절을 시로 피력할 때, 화자는 과거로 퇴행을 한다. 그때 독자는 시인을 향한 호기심으로 유독 긴장하게 된다. 일견 시인은 스스로를 드러내는 일이 부끄럽기도 하므로 다소의 용기가 필요하다고 느낀다. 김진태 시인은 자신을 드러냄에 약동의 힘, 즉 시적 패기를 담는다. 리처즈(Richards)가 지적한 바와 같이 시에서의 의미, 감정, 어조, 의도가 살아 있도록 구조[3]를 잡는 것이다. 하여 그의 패기란 생태적, 감각적이라 할 수 있겠다.

외양으로 볼 때, 김진태 시인은 우선 체격에 목소리까지 우렁차다. 이름난 술꾼으로, 막걸리 판과 노래 시 낭송으로 좌중을 압도하기도 한다. 헌데, 내심 타고난 서정에는 세심한 정감도 은근히 스몄다. 그는 만년 향토애로 다져진 풍월의 완력도 있어서 친근감을 일으키는 시인이다. 최근 시도하는 그의 세태 풍자의 시 또한 성과를 거두고 있다. 소년기를 비롯하여 그가 지나온 가난한 삶의 편력을 가감 없이 드러내는 즉 살아 있는 시를 배출하는 용기도 있다.

---

2   김병국, 「가면 혹은 진실」, 『국어교육』, 제18~20호 합병호, 한국국어교육연구회, 1972, 110쪽 참조.

3   언어는 본질적으로 한 가지 임무만이 아니라, 동시에 성취해야 할 여러 임무를 지닌다. 리처즈(Richards)는 언어들의 이러한 여러 기능을 네 가지로 압축한 바, 의미, 감정, 어조, 의도라고 했다.(이승훈, 『시론』, 고려원, 1974, 234쪽 참조.)

우선 그의 성장 시 형태로 쓰인 소년 시절의 "자화상"을 살펴 고독한
생의 이력을 노래한 성서에 젖어보기로 한다.

2.

(1)
구름을 먹고사는 나에게
바람과 저녁놀이 내 친구의 전부였다

아버지가 심어놓은 벽오동 그늘에서
또는 '태풍의 눈' 속에서
애련한 어머니의 '가슴에 피'를 보듬고
눈물을 보탤 때나

벼이삭 노릿노릿 익어가는
엉덩이만한 논배미에
며루 떼들이 초가을을
통통 사를 때에도
정한수 떠놓고 신령님께
기대는 어머니였다

석남등(石南藤) 꽃보다 더 하얀 구름이
편편히 일어서고 있을 때나
싸락눈 스치는 적빈(寂貧)의 밤바다가
새벽에 첫닭 홰치는 소리를 듣고
일 년에 한 번씩 집 찾아오는 아버지의
신위(神位)가 사르르 연기로 승천하였다

아비 없는 내가
싸가지 있는 나로
홀어머니의 회초리가
길들이고 있을 때

구름과 바람과
저녁노을이 함께해 주었다

— 「소년기 자화상(自畵像)」 전문

　누구나 그렇겠지만, 전쟁에 겹친 보릿고개로 위험과 궁핍의 흉년을 산 "소년기"는 결코 행복했다고 할 수 없을 것이다. 그럼에도 불구하고 "구름을 먹고 사는" 꿈을 결코 버리지 않았으며 "바람과 저녁놀이 친구"였듯 착한 문학 소년으로 자라났다. 그의 가족은 "아버지"로 상징되는 "태풍의 눈"에다, 삶이 지난(至難)하고 질기기만 한 "어머니"로 대변된 한(恨)이 머문, 즉 "가슴에 피"로 자리했으니, 화자의 불우한 시절에 덤으로 얹힌 고통이었을 게다. 그나마 외지로만 돌아다니다가 "일 년에 한 번씩 집"을 "찾아오는 아버지"가 어느 해인가 갑자기 "신위(神位)"로 모셔지는 운명에 처하게 된다. 그런 아버지가 "하얀 구름"이 "일어서고 있을 때" 그리고 "싸락눈 스치는 적빈의 밤바다"가 "첫닭 홰치는 소리"를 실어다줄 즈음, 집을 찾곤 하던 일도 어느덧 사라지게 된다. 대신 어머니는 "엉덩이만한 논배미에"서 해마다 "며루"와 싸우며 고난의 농사를 짓는다. 그러면서 새벽마다 "정한수" 앞에 "신령님께 기대"며 근근 화자를 먹이고 가르친다. 무렵 "홀어머니"는 이웃으로부터 '애비 없는 호로 자식'이란 소리를 듣지 않기 위해 "회초리"질로 그를 곧게 키우려고 노력한다. 그렇게 아이는 성장하면서 "구름과 바람과" 바다에 떠오르다 사라지는 "저녁노을"의 고독한 추억에 이제는 몸서리를 친다.

이렇듯 시는 화사의 소년기가 고봉과 고독에 묶여진 바를 생년사적
(生年史的)으로 보여준다. 비평가 월터 베이트(Waler Bate)에 의하면, 시
에서 자연은 이제 옛날과는 다른 동적인 것을 추구해야 한다고 했다.
그것은 피동적인 복사가 아니라 능동적인 표현[4]이어야 한다는 것을 의
미한다. 전란 후 가난한 농촌에서 성장한 사람들이 공통으로 겪었던 시
절이 아닐까. 시의 화자는 이를 리얼한 필치로 능동태를 차용해 진술한
다.

(2)
－지발 딴맘 먹지 말그라 잉
징헌 놈의 시상 잘못 만나
너희 아부지 먼저 보내고
이제 겨우 만나러 간다.

신혼 5년 못 채우고
억겁 같은 오십 년 세월
황포 옷 한 벌 지어 입고
먼 길 떠나신 우리 엄마

첫날 밤 홑이불

---

4 "우리들은 자연과 본질을 정복하지 않으면 안 된다. 시인은 자연과 사물 안에 있
는 것만을 모방해서는 안 된다. 형식과 외형의 변화에 관심을 가지고 활동해야
하며 우리들이 사랑하는 것들을 모방할 때도 상징에 의해서 설명해주는 것을
모방해야 한다."(월터 · J. 베이트, 정철인 역, 『서양문예비평사 서설』, 형설출판
사, 1964, 146~149쪽 참조)

아버지 만나 덮으시라고
곱게 개던 아내의 두 어깨
흔들리며 떨고

삶에 지쳐 버둥거릴 때
바람 되어 오시고
부도로 허덕일 때
햇살 되어 오시는
우리 어머니
―지발 딴맘 먹지 말그라 잉

― 「유언」 전문

　어머니의 유언이 우리에게 사무치는 이유는 그녀가 자식을 위해 살
아온 굴곡 많은 삶 때문만은 아니다. 가진 것 다 내어주고 빈 껍질로 돌
아가는 흙의 몸이 곧 어머니인 까닭이다. 아니 그 어머니를 다시 볼 수
없기에 더욱 그렇다. 이 시는 어머니가 숨을 거둘 때 마지막 말을 화두
로 삼는다. 사실 "지발 딴맘 먹지 말그라 잉"은 이 땅의 어머니가 모두
에게 던지는 간곡한 말이다. "징헌 놈의 시상 잘못 만나/너희 아부지 먼
저 보내고/이제 겨우 만나러 간다"는 어머니는 지상의 숙제를 마친 걸
이렇게 증언한다. 우리는 살아가면서 남을 배신하거나 자신을 속이며
올바른 길을 걷다가도 시류에 좇아 "딴맘" 먹고 외로 트는 경우가 많다.
원하는 게 이루어지지 않는다고 그 길을 쉽게 팽개치기도 한다. 그런
우리에게 세상 어머니가 줄기차게 구하는 것은 애시 당초 간직한 맘을
버리는 그 "딴맘"을 먹지 않은 일이다. 한마디로 어머니는 주체적인 삶
을 역설한다. 거짓이 없는 진솔한 생, 오늘날 이 어머니가 있었기에 우
리의 현재가 존재한다고도 할 수 있다.

이처럼 김진태 시의 화법은 향토를 배경으로 강한 어머니의 완력적 언어로 들려준다.

(3)
유리창을 기어올라
땡 땡 땡 종을 친다

눈이 커다란 여 선생님
분필 쥔 채 달려오고
무섭게 생긴 교장 선생님도
헐레벌떡 뛰어 오신다
종소리에 스스로 놀란 눈동자가
종 불알에 매달려 흔들리고

혼비백산 달려온 어머니 먼저
교무실에 언짢게 초대 받았다
신기한 듯 쳐다보는 호기심들
'그렇게도 종 치고 싶었니
종 칠 소사가 되려면 아직 멀었어, 넌'

염산북초등학교 나온 후
세상은 종 칠 일이 많았지만
종 한 번 멋지게 칠 수가 없었다
새벽 잠에서 깨어나기 전
종각은 무너지고
새끼줄에 매달린 종 불알도 끊어져 있었다
푸석푸석 타들어가는 가슴은
불알을 움켜쥐었지만 탱자도 될 수 없었다

휴전선 걷어내고
녹슨 기찻길 달릴 수 있다면
부산에서 신의주까지 달릴 수 있다면
천지와 백록에서 아리랑도 부를 수만 있다면
무등산 생막걸리 걸판지게 먹을 수만 있다면
묘향산 더덕주 취하도록 마실 수만 있다면

머리가 깨져도 종을 치겠다
불알이 떨어져도 종을 치겠다

—「종(鍾)」전문

어린 시절 종을 쳐 보고 싶은 건 호기심의 하나였다. 종을 치는 학교 소사가 되는 게 꿈이었던 화자는 참지 못하고 기어이 "유리창을 기어 올라" 종을 치고야 만다. 그러자 담임인 "여 선생님"과 "교장 선생님"이 "달려오고" 아이들은 한 개구쟁이가 친 "종소리에" 놀라 학교 전체는 아수라장이 된다. 종을 쳐다보는 사람들의 뭇 시선은 "종 불알에 매달려"서 함께 흔들린다. 문제를 일으킨 작자는 그 어머니까지 학교로 부름(초대)을 받는다. 그는 말한 바와 같이, 성장하면서 "세상은 종 칠 일이 많"았다. 그러나 그에게 기회는 주어지지 않았다. 그는 맘 놓고 "종 한 번 칠 수가 없었"던 것이다. 종 칠 일이 없는 것이란 인생에서 어떤 생의 전환점이 될 계기가 없던 것을 상징한다. 전쟁과 시대의 변환으로 건재하던 "종각은 무너지고" 줄에 매달린 "종 불알도" 세월에 그만 "끊어"졌다. 결국 그는 "종 불알" 대신 자신의 "불알을 움켜쥐"어보았지만 "탱자도 될 수 없"는 비애가 찬다.

이 시는 부푼 꿈의 힘이 다하여 이젠 다음 세대로 넘어가버린 전성기의 "종"을 풍자한다. 5연에서는 바야흐로 "휴전선을 걷어 내고" 장차

"녹슨 기찻길"을 달려가는 환상과 바람을 뚝심 좋게 내지르기도 한다. 그렇게 된다면 "머리가 깨"지고 "불알이 떨어"지는 한이 있어도 종 칠 각오가 돼 있다. 어린 시절 호기심으로 울렸던 학교 "종"이, 어른이 되면서 마침내 통일에의 "종"으로 자리를 바꾼 순간이다. 아이가 자라 어른이 되기까지 성장 과정을 통일의 메시지로 전언하는 작품이다.

3.

(4)
이 곳쯤일까
빨강 전화 부스 타고
첫사랑 불러오던 길모퉁이
첫 새벽 쌓인 눈
꽁꽁 언 손 걷어 내고
또르르 또르르 번호판을 돌린다

5·18순댓집 노부부가 쪽방으로 쫓겨나자
허기진 주름살들이 오르내리던
광주공원 131계단
나이테만 한 두 해 허공에 쌓아놓고
어수선한 추억 안고 빈자리 걸터앉는다

찌든 세월 옹이 빠진 길게 뻗은 나무의자
빈자리 채워주던 그날의 함성들
핏빛 낙엽 떨어지면 텅 빈 벤치 채울까
벚가지 오늘도 차가운 꽃망울을 예비할까

소주잔들이 호기에 취해 소리소리 외쳐대며
헤진 주머니만 들쑤시던 암흑의 계절
즐비한 도야지 대그박들의 한숨이 깊고
은행잎 물 위에 뒹구는 소리
광주천을 밤새워 흐느끼는 소리들

—머리고기 대(大)로 한 접시!
소주꾼들 외치는 소리
찬 바람에 실려와 멈췄다 간다.

　　　　　　　　　　—「그들의 트라우마를 위하여」 전문

　진실의 역사란 곧 민중, 민초의 역사이다. 그것은 거짓이 없는 사실의 역사라 할 수 있다. 정치가가 쓰는 역사는 민초를 등에 업고 자기 입장대로 쓰니 비뚤어졌고, 재벌들의 역사 또한 부의 축적 과정에 왜곡된 사실로 둔갑한다. 심지어 지식인들의 역사까지도 아전인수(我田引水) 격으로 자기 합리화에 빠지는 게 다반사이다. 이에 반해 서민의 역사는 노동 뒤에 먹는 한 술의 국밥이나 소주·막걸리 같은 음식에 담긴, 거칠지만 그러나 진솔한 역사이다.

　이 시는 5·18 이후부터 현재에 이르는 광주 천변의 포장마차 풍경을 보여준다. "광주공원 131계단"에 "걸터앉은" 화자와의 관계, "5·18 순댓집 노부부"의 이야기 등을 전언한다. 한때의 "찌든 세월"이 흐르고 "옹이 빠진 나무의자 빈 자리"를 "채워주던 함성들"도 갔다. 그래, 이젠 "핏빛 낙엽만이 텅 빈 벤치를 채우"며 "차가운 꽃망울을 예비할" 뿐이다. 그러나 잊은 건 아니다.

　그 시절 "소주잔들"은 저마다 "호기에 취해" 있었다. 밤이면 "헤진 주머니"를 "들쑤시던 암흑의 계절"이기도 했다. 광주공원 포장마차 좌판에 "즐비한 도야지 대그박들"이 뱉어내는 "한숨 소리"는 한밤까지 "깊"
어가고, "은행잎"이 "물 위에 넝쑤는 소리"와 더불어 간간히 "광주천"에
는 "밤새워 흐느끼는 소리"도 들렸다. 어느 술집에선 "머리고기 대(大)
한 접시" 추가의 소리가 찬 바람결에 걸려왔다. 하여 "그들"은 "트라우
마를 위하여" 축배 아닌 한의 매듭 같은 술잔을 높이 들었다. 트라우마
가 치유되기를 희망하는 술잔. 그러나 이 풍경은 지금도 진행 중임을
어찌할 것인가.

(5)
푸른 바다에는
가난한 이웃들이 걸쳐야 할
푸른 옷이 없다
살찐 알몸 드러낸 파도가
은밀한 곳 가릴 마지막
천 조각 훔치고

남겨진 늙은 나체들이
법성포 굴비 두름 엮이듯
다랑 가지 덕장에 걸터앉아
낄낄대며 눈물을 훔치고 있다

갈색 바다에는
어두운 뱃길 밝혀 줄
등대도 사라졌다
호노란 노각의 찌든 피로가
굴욕의 능선을 숨차게 넘나들고

어둠이 내리는 항구에

절뚝이던 선장의 목발이
허공을 맴돌다
바다에 풍덩 빠져버렸다

한 바탕 소나기가 두들기고 떠나자
노젓 빠져 놀란 통일호 갑판도
거미줄 같은 그물을 열고
새 생명의 씨앗을 거둘 것인지
하늘 끝에서 선
가을에 가만히 숨을 기댄다

—「백수 해안 도로를 거닐며」 전문

백수 해안도로는 드라이브나 산책 코스 중의 하나로 인기를 끄는 길이다. 이곳에서 시인은 풍경에 대한 묘사를 하거나 거기 깃들어 있는 사연을 캐내는 데 남다른 감각을 가지고 있다. 「백수 해안도로를 거닐며」에서 보여주듯 풍경과 장면을 화자가 유추한 사연으로 연역해내는 감각이 그러하다. 1연에서 "푸른 바다"와 "파도", 2연에서 "늙은 나체들", 3연에서 "노각의 찌든 피로", 4연에서 "어둠이 내리는 항구", 5연에서 "노젓 빠져 놀란 통일호 갑판" 등이 화자에게 보여지는 장면들이다. 이들로부터 유추한 사연과 연메를 짓는데 풍경과 사연이 의존적이자 유기적이다. 이는 시인이 유년 시절부터 서해 바다와 함께한 결과로 이같은 감각은 다음의 관계망으로 연결질 수 있겠다.

연	풍경과 장면	화자가 유추한 사연	화자의 심리
1연	푸른 바다 살찐 알몸의 파도	은밀한 곳을 가릴 마지막 천 조각을 훔친다	뱃노동 현실

2연	남겨진 늙은 나체들	다랑 가지 덕장에 걸터앉아 낄낄 대며 눈물을 훔친다	삶을 위한 노역
3연	갈색 바다 노각의 찌든 피로	등대도 사라지고 굴욕의 능선을 넘나든다	굴욕의 인내
4연	어둠이 내리는 항구	절뚝이던 선장의 목발이 허공을 맴돌다 바다에 빠진다	어둠과 좌절
5연	노젓 빠진 통일호 갑판의 그물	그물을 열고 새 생명의 씨앗을 기다린다	어선의 기대

표에서 장면과 사연 그리고 발생된 화자 심리가 단계적임을 알 수 있다. **'현실-노역-인내-좌절-기대'**의 발전태(發展態) 과정에서 화자는 내면 변화를 수용한다. 고단한 현실을 인내하며 좌절을 딛고 결국 어선의 수확을 기대하는 것으로 마무리를 한다. 희망이 내재된 시상으로 생태적 건강미가 풍긴다.

⑥
시내버스 타고
빛고을 건강타운 가는 길
팔순 할아버지가
할머니 손을 꼬옥 잡고
흔들리는 버스에 겨우 오르자
앞 좌석 젊은이가 자리를 얼른 내어드린다

아내 손을 등 손잡이에 꼭 쥐어주며
―나 여기 가만히 있을랑께 염려 말고 꼭 잡아!

불안한 아내 눈동자만 지킨다

정류장 지날 때
할머니는 영감님만 쳐다보고
—다앙당 멀었우?
눈으로만 물어보면
—응, 아직 멀었구먼, 나 여기 가만히 있을랑께
차가 급히 출발할 때마다
눈물도 잠시 흔들리고
2인승 자리로 옮겨 앉은 노부부
아내는 손잡이 대신
남편 손을 꼬옥 쥐고
—다앙당 멀었우?
—금방 도착혀, 나 어디 안가고 여기 가만히 있을랑께

빛고을 건강타운 가는 시내버스 99번 안
사랑이 끈끈하다

—「노부부(老夫婦)」 전문

외롭고 몸이 불편해도 이 시를 읽으면 쓸쓸하지만은 않다. 그러므로 치유의 시랄까.「노부부」는 생의 막판을 조심조심 견디어가듯, 버스 안에서도 서로의 "손을 꼬옥 잡고" 있는 부부애는 남다르다. 나이를 먹어 장애 입은 부부이지만 휴머니즘이 짙게 풍긴다. 사실 할머니에 비해 할아버지는 여직 건강하다. 할머니는 할아버지에 의지하지만 한편 자기를 떼어놓고 내릴까 맘을 졸이기도 한다. 이에 할아버지는 정류장을 지날 때마다 "나 여기 가만히 있을랑께"라고 강조하며 거듭 할머니를 안심시킨다. 이에 비해 할머니의 조바심은 현실적이다. "다앙당 멀었우?" 불안 섞인 말이다. 이 짧게 반복되는 대화로 두 사람 정을 가까이 느낄 수 있다. 화자가 보는 세심한 기미(機微)가 얼핏 스치기도 한다. "정류장을 지날 때 할머니는 영감님만 쳐다본"다는 대목이 그렇고, "차가 출발할 때마다" 할머니 "눈물도 잠시 흔들리"게 되는 순간을 잡는다. 특히 후자에게서 그런 정감이 짙은데, 애련한 기미(機微) 시점을 놓치지 않은 눈이 빛난다. 화자가 목격하는 바를 쓴 "빛고을 건강타운 가는 시내버스 99번 안"은 다른 사람들은 보지 못한 것을 화자만이 본 게 아니다. 장면을 시로 발화하여 두 노인의 희망을 내다본 인본주의적 작품이다. 인생 황혼에 중심인물과 주변인물의 인간적 접근을 아우르는 수작일 법하다.

4.

(7)
푸른 달빛 아래
흰 목덜미가 수줍은
풀여치 소리 먼저
까만 눈동자가 흔들리던

눈 감아도
스치는 잎새처럼
가만가만 떨고 있는
은빛 이슬 같은

놀란 입술 둘이
뜨겁게 마주 보다
사각사각 베어 무는
늦서리 같은

뚝!

해당화 향이 짙게 밴

눈물방울 하나

별빛 아래 숨겨 놓은

첫 입맞춤

— 「첫키스」 전문

시는 읽는 이에게 시적 긴장이 자지러지다가 자신에게 재해석되어 돌아오도록 전개할 필요가 있다. 이에 대하여, 브룩스와 워렌(C. Brooks & R.P. Warren)이 지적한 바, "시는 작은 희곡(poet is little drama)"[5]이라 한 대목으로부터 상기된 정보이다. 드라마처럼 시를 구성하려면 전개 과정이 우선 극적이어야 한다. 앞부분에서 평범한 진술을 하다가 마쳐지는 종결에서 비약적 도약이나 함축적 맺음이 이루어져야 시에 역동성 내지는 탄력성이 부가되는 법이다. 마치 고무줄 총을 힘껏 당겼다가 목표물을 향해 놓는 수법과도 같다. "풀여치의 까만 눈동자가 흔들리는" 것으로부터 "가만가만 떨고 있는 은빛 이슬"과 "사각사각 베어 무는 늦서리" 같은 팽팽한 긴장감으로부터 "눈물방울 하나"와 함께 드디어 "첫 입맞춤"을 하기에 이르는 당김과 쏨의 과정을 서정의 품격으로 이르게 한 작품이다. 일견, 사물과 한 몸을 이루는 음악과도 같은 흐름을 유지한다. 기승전결의 구성과 이미지의 점층 배치가 그것이다.

베를렌(Paul Verlaine)도 그의 『시학(Art poetique)』에서 시 쓰기는 우선 사물과 한 몸을 이루는 음악으로부터 찾되, 그것도 절반쯤 박자를 취하고 감정과 틀림없는 말을 찾아내야 함을 강조[6]한 바 있다. 이 시에서도

5　졸저, 『한국 현대시의 화자 연구』, 푸른사상사, 2003, 20쪽 참조.
6　졸저, 『반란과 규칙의 시 읽기』, 푸른사상사, 2003, 68쪽 참조.

이 음악성을 수용, 논의할 수 있겠다. 시의 형태적 특징, 즉 각 연을 형용사형으로 마무리하고("눈동자가 흔들리던", "은빛 이슬 같은", "베어 무는 늦서리 같은), 끝부분에 "뚝!/해당화 향이 짙게 밴/별빛 아래 숨겨 놓은/첫 입맞춤"에 도달하기까지, 명사형 마무리에다 서정의 깔끔함까지 덧대어 비약적 귀결을 한다.

하여, 시는 경험적 "첫키스"가 감각의 시로 변주되는 형태미학적 압권이라 할 수 있다.

⑧
순희네 꽃집에 들러
5만원에 국화 한 분(盆) 모셔왔다

수런거리는 작은 정원
국향(菊香) 짙은 꽃숭어리 위에
너부시 내려앉은 호랑나비와
한참 사랑에 빠져 드는데
딸네에서 막 돌아온 아내가
'저녁 굶은 시어미 상'으로

―정원 것도 금새 필턴디 뭘라고 비싼 돈 들여서

―아니여, 요놈 보고 저놈들도 몸살 나서 빨리 핀당께

오후 새참 먹걸리는 굶어야 하나,
죄 없는 잔디 모가지만
뽀닥뽀닥 깎는다

―「가을 정원」 전문

346

일상적 경험에 터를 둔 작품으로, 생활이 곧 시로 변환되는 과정을 인과적, 유기적으로 보여준다. 아내와 남편이 던지듯 하는 투에 감칠맛과 읽을 맛을 더해주기도 한다. 화자는 집에 오는 길에 "순희네 꽃집에 들러 5만원에 국화 한 분"을 사온다. 그리고 그는 여유롭게 "꽃숭어리 위에 너부시 내려앉은 호랑나비"와 한참 "사랑에 빠져"든다. 여유 있는 분위기를 만끽하는데, 그때 마침 외출에서 나타난 아내는 "정원 것도 금새 필턴디 뭘라고 비싼 돈 들여서" 사 왔냐고 핀잔이다. 보니 "저녁 굶은 시어미상"이다. 이에 대해 "아니여, 요놈 보고 저놈들도 몸살 나서 빨리 핀당께"라고 되받아치는 화자의 익살은 내외의 평소 여유작작한 생활을 엿보게도 한다. 정원 관리에 아내는 '절약지향형'이고 남편은 '소비지향형'이다. 아니 그보다 낭만풍이 남편임을 알게 해준다. 두 사람이 서로 밀당하는 대화보다 익살스런 건 사실 후반부 진술이다. "비싼 돈"을 들인 화분의 대가로 아내가 종종 차려주는 "막걸리"상은 "오후 새참"엔 없을 것이니 "굶어야 하나" 걱정을 하는 것이다. 결국 아내의 눈치만 보다가 "죄 없는 잔디 모가지만" 깎는데 그것도 "뽀닥뽀닥" 힘을 들인다. "뽀닥뽀닥"이라는 의성어는 아끼기만 한 아내가 고깝다는 듯 화자의 반발 심리가 중층된 어휘로 시 맛깔을 더해준다.

시인은 "말을 다 마쳤어도 그 뜻은 무궁해야 한다"는 뜻의, 이른바 송나라 때 시인 엄우(嚴羽)가 그의 문집 『창랑시화(滄浪詩話)』에서 말한 '언유진이의무궁(言有盡而意無窮)'의 여운[7]을 추구하는 그 여백미(餘白美)도 풍긴다.

---

7   졸저, 위의 책, 130쪽 참조.

5.

지금까지 김진태 시인의 시를 소년기의 성장시(成長詩)를 필두로 유머를 품은 성인기의 활유시(活喩詩), 현재의 풍자시(諷刺詩) 등으로 나누어 살폈다. 이 밖에 거론하지 않은 다수 작품들도 크게는 이 같은 범주에 드는 것들이다.

김진태 시인은 조선대학교 평생교육원 '시의 이해와 창작'반에서 5년여 공부를 해온 모범 학생이다. 이제 졸업을 할 마당임에도 그는 쉬지 않고 시의 우물을 파고 있는 중이다. 그래서 세월 따라 일취월장(日就月將), 능소능대(能小能大)의 유머와 풍자를 주무르는 작품들이 많아지고 있다. 반면, 어머니와 관련된 고향 정감을 깊숙히 건져낸 시도 한겨울 겹바지 속처럼 뜨뜻한 온기를 전하기도 한다.

언필칭, 이제 이번 시집 발간을 계기로 시인의 건필을 바라며, 삶의 진폭이 큰 성품 고대로 옛 죽석방(竹席房)의 구수한 입심처럼 묵힌 서정들을 갈무리하고 다듬어서, 이른바 질 들뢰즈가 언급한 성숙하고 생동하는 이야기에 가까이 다가가기를 바란다.

기도의 시와 청빈의 시
— 김옥재의 시

1. 여는 말

무더위 속 농사일처럼 고된 생활에서도 시원한 물줄기 같은 은혜를 간구하는 기원의 시(祈願詩), 그건 정서를 안정시키고 자득력(自得力)을 얻는다. 이렇듯 오욕의 번뇌에도 침잠을 가다듬는 기도는 한 봉지 치유의 약이다. 기도는 성취적 감화이다. 그것은 시 쓰기에서 혜안으로 작용하고, 세상 풍파를 견디며 노를 젓듯 힘이 될 때가 있다. 대상에 기도하는 자세야말로 품계를 한 발 낮게 임하는 겸손의 댓돌로 발길을 내려 주는 일이다. 뿐만 아니라 기도는 시적 소재를 발굴하는 동기적 요소로도 작용한다.

윈체스터(Winchester)는 시의 요소로서 정서(Emotion), 상상(Imagination), 사상(Thought), 형식(Form), 네 가지를 들고 있는데,[1] 그 첫째가

---

1   이 분류는 허드슨(Hudson)의 '지적 요소(intellecrual element)', '정서적 요소

정서적 요소로, 여기엔 앞의 자득력을 구하는 희구의 기원적(祈願的) 정
서도 포함된다.

　이번 김옥재의 시집에는 위에 말한 정서적 기원시가 전도서처럼 진
술되어 있다. 필자는 구애적 기도로 채워진 그의 시집을 읽으며, 색다
른 체험의 세계에 빠져들었다. 그의 시에는 어머니, 아내, 딸 등 가족애
를 노래한 작품이 소롯하게 담겨 있다. 유배지를 유토피아로 대치하여
나그네처럼 고향을 그리워하는 자연주의 작품도 보인다. 그가 추구하
는 시는 무공해 작물처럼 가난하지만 순수의 철학을 담고 있다. 그래서
피곤한 도시적 삶을 누그러뜨리는 그 정화의 힘이 있다.

　이제, 서정이 청량히 내리고, 화두부터 하늘과 구름과 숲 속 오두막
을 간구하는 '청빈이 이니셜처럼 빛나는' 시 세계를 엿보기로 한다.

2. 기원시, 그리고 무욕의 시

　김옥재의 작품은 가족애의 기도와 청빈의 사상이 주를 이룬다. 자기
세계를 무욕의 성자(聖者)처럼 드러낸다. 스스로 가난하고자 하는, 그래
서 허(虛)나 무(無)의 세계로 내려가는 무위 사상을 전언하는 작품이 태
반이다.

　시에서 정서는 자극의 대상에서 일으키는 시인의 감정이다. 신체 변

(emotional element)', '상상적 요소(imaginational element)', '기교적 요소(techni-
cal element)', 또는 '작문과 문체의 요소(element of composition and style)' 등으로
나누는 것과 비슷하다.(장백일 · 홍석영, 『문학개론』, 대방출판사, 1980, 58쪽)

화 또한 미세하게 달라진다.[2] 그것을 지각하는 대상에 따라 몸과 마음의 전전이 일어나고 감정이 내치화되는 이유에서이다. 기도의 정서는 일정 상태로 계속되다가 천천히 단계적으로 마무리된다. 또 다스림의 심신 상태로 옮아가는 이심(以心)의 과정을 밟기도 한다.

지난 세월
저는 잘못 살아왔습니다.
적당히 살아온 죄 큽니다.
진정 부끄러울 뿐입니다.

날마다 당신 곁으로 부르시는
지존하신 하느님
저희 기도 다듬고 다듬는
하느님이 보시기에 좋은 세상
새날의 시작이게 하소서.

—「새날의 시작을 위하여」부분

낮은 데서 올리는 기도가 존재를 "무의 좌표"로 거듭나게 하는 것처럼 자의식의 상(像)을 잊는다. 화자는 지난날을 "잘못 살아왔"고 "적당히 살아온" 자신의 "죄"를 뉘우치면서 심히 "부끄러워"한다. 이는 화자만이 아닌 모두의 속마음이다. 그는 기도할 때마다 "날마다 당신 곁으로" 다시 새롭게 "가다듬는" 자세로 하느님 앞에 설 것을 되풀이한다. 초막에 간추려 건사된 뿌리풀처럼 흩어지지 않은 삶이다. 진정으로 기

---

2 오랫동안 행하는 어떤 대상에 대한 기도는 사람에게 정서적 변화, 심리적 변화, 신체적 변화 등이 차례로 실현된다고 한다.(위의 책, 58쪽 참조)

도를 들어주는 "좋은 세상"이 되도록 감사해하고 있다. "새날의 시작이게"라는 단서는 항상 유효하게 작용된다. 일년의 원난(元旦)에서 올리는 기원만이 아닌, 일상을 사는 하루의 벽두부터 비는 소박한 염원이다.

기도가 있는 세상은 행복하다고 했다. 들어줄 듯 말 듯 "지존하신 하느님"께서 가르치는 대로 "높이 사는 법"을 배울 수 있다. 이웃들과의 "사랑을 나누게 하는" 전파력도 발휘하게 된다.

> 지난 죄 무거워
> 벗고 앉은 묵주 쥔 손
>
> 저 하늘 넓은 여백
> 수를 놓는 수도자
>
> 한 말씀 새 생명 돋아
> 끝내 태어나소서.
>
> ─「기도」 전문

우리 시단(詩壇)에 기도시류는 넘치도록 많다. 시조로 읊은 이 작품은 우선 구조가 빼어난다. 할아버지 짚방석처럼 쪼록이 짜여져 독자가 눈여겨 볼 만한 대목이 있다.

이 작품은 내부 테인 "지난 죄 무거워 벗고 앉는" 움츠린 자세의 '축소 지향(초장)에서 중간 테의 "넓은 하늘 여백에 수를 놓는" '확대 지향(중장)으로, 그리고 바깥 마무리의 테인 "새 생명으로 다시 태어나는" '부활 지향(종장)으로 발전한다. 치밀하게 짜는 기교로 직조되고 있다. 기도는 지향적 부활을 꿈꾼다. 꿈꾸는 절차에는, '축소'에서 '확대'를 거쳐

'부활'로, 더불어 "묵주(默珠)"와 "수(繡)"와 "말씀(言)" 즉 행위적 도구로 연결된다.

구조주의 시에서는 시상의 언술이 튼실한 시적 짜임을 예고한다. 시적 이미지와 행위적 도구와의 관계는 밀접하게 연계되는데, 이의 과정을 명징하게 보여준다. 김옥재의 다른 작품에서도 구조 사례는 더 많다.[3] 기왓장 맞물린 지붕처럼 시상과 이미지를 이렇듯 계기화를 통해 탄탄한 구성법을 보여준다.

시상 지향 · 행위 · 도구의 관계

구분	초장	중장	종장
시상의 지향	[축소 지향] ⇨	[확대 지향] ⇨	[부활 지향]
시상의 행위	지난 죄 무거워 벗고 앉음 ⇨	넓은 하늘 여백에 수를 놓음 ⇨	새 생명으로 다시 태어남
행위의 도구	묵주(默珠)	수(繡)	말씀(言)

겉으로 보기에는 시상의 '전개'와 '행위', 그 행위를 유발시키는 '도구'가 평범하지만 알찬 속내임을 발견한다.

비평가 아널드(M. Arnold)는 시인이란 곧 "관념을 강력하고도 아름답게 적응시키는 사람"이라고 말한 바 있다. 어떤 작품이든 '사상(思想)'이 근저를 이루며, 그 '사상'이 작품의 '우열을 판가름하는 가치 조건'의 하

3   시에서 구성주의는 중요하다. 자기의 사상, 내용, 형식 등을 어떻게 작품 위에다 명확히 쌓아 올리는가. 즉 건축적인 조립 체계를 인식하고 이를 창작 과정에 어떻게 적용하는가와 관계된다. 그 구성력이 빈약하면 시가 성공할 수 없음은 자명하다.(김희보 편저, 『시의 사전』, 종로서적, 1984, 17쪽)

나라는 뜻이다. 흔히 우리나라 시에는 '사상성'이 없다고 하고, '역사성'도 부족하다고들 한다.[4] 이는 시 노트에 밑줄 표시로 사상을 의미화할 만한 시적 주체가 없다는 뜻이겠다. 심오한 인생관이나 세계관을 드러내야 할 것인데, 주변 보잘것없는 어중이떠중이 시가 많은 게 사실이다.

김옥재의 시는 아널드의 '관념이 아름답게 조우하는 시'에 접근하는 기미를 느낄 수 있다. 그것은 사물을 보는 눈이 화자의 '사상'에 근거를 두고 있다는 의미이다.

3. 자연에 귀의하기, 또는 청빈의 시

사상(思想)은 화자의 역동적 의미를 뒤집어 세우는 수가 있다. 그것은 인생의 성찰의 깊이로 시인의 세계관을 통해 현시된다. 정서와 상상이 문학의 독창성을 고취한다면 사상은 시의 위대함을 결정해주는 요소이다. 땅콩의 껍질과 보늬의 조화처럼 시의 갑옷과 속살을 대변한다. 속살에 대한 고소한 맛은 바로 사상적 진지함에 연유하는 것이다.

이 시를 읽으며, "시는 시인과 마찬가지로 태어나는 것이지 만들어지는 것이 아니다"라고 한 프라이(N. Frye)의 말[5]에 관심을 갖는다. 시인

---

4 르네 웰렉은 "시는 자체의 사상성과 역사성을 지닌다. 시의 양식과 의장은 관습을 통해 계승된다. 시는 동시대의 사상과 역사성이 있어야 한다."라고 하여 시의 사상성과 역사성을 역설하였다. 이는 역사와 사상이 시와 필연적인 관계임을 논증한다.(김용직, 「하나의 성찰」, 『시와 시학』, 통권 13호, 1994년 봄호, 시와 시학사, 24쪽 참조)

5 "시는 태어난 것이며 만들어지는 것이 아니다"라는 말은 시인의 사상과 정서에 의해 시가 써진다는 말이다. 시인의 성장 과정에 따라 사상과 정서가 누적되는데, 그가 창작해낸 시는 그 영향에 의해 결정된다는 것이다.(N. Frye, *Fables of*

이 아무리 자기 작품 속이라 하더라도 자연발생적 사상을 억지로 조작할 수는 없는 일이다. 심경의 변화를 일으키는 것 외에 자기 사상의 흐름을 무시하고 형식적 논리를 펴서는 안 된다는 지적이리라.

이런 점에서 김옥재 시인은 자연에 귀의하며 산다. 즉 무욕의 세상을 꿈꾸는 게 그의 사상이다.

속내를 드러내는
가슴앓이 저 웅봉

솟구친 분홍 가슴
하늘에 헤쳐 놓고

무채색 그리움으로
묵시록을 새깁니다.

—「월출산」전문

월출산을 묘사하기 위해선 산을 수 차례 올라보아야 한다. "웅봉(雄峰)"을 지척에 두고 사유도 해보아야 한다. 「월출산」에서 산과 화자가 "가슴앓이"를 함께 하는 이심전심(以心傳心)의 동감적 분위기가 애틋하게 전해 오는 시이다. "웅봉"에서 느끼는 "솟구친 분홍 가슴"과 "무채색 그리움"을 "묵시록"으로 새기는 상징에서 동행적 욕구가 인다.

산을 오르는 설렘을 표출하는 맛이 새롭다. 산의 "솟구친 분홍 가슴"을 열고 "하늘에 헤쳐 놓는" 속내와, 드러내는 화자의 섹스어필을 "가슴

Identity, N.Y. : Harcourt, Brace & World, 1963, p.11. 참조)

앓이"로 전이시킨 필력 또한 인상적이다.

> 잔잔한 호반 위에
> 일상 홍진 헤쳐 놓고
>
> 낚시를 드리우고
> 심신을 낚노라면
>
> 남은 생 돌부처로
> 앉고 싶은 황혼아
>
> — 「낚시」 전문

옛 선비들은 낚시를 흔히 신선놀음으로 묘사하였다. 그러나 화자는, "남은 생 돌부처로 앉고 싶은 황혼"에서 보여주듯 "신선"보다는 "돌부처"가 되고 싶다는 도착점에 선다. 원망적(願望的) 상상력을 통해 자연과의 동일성(identity)을 추구한다. 우리가 자연의 일부이거나 또는 자연의 일부인 돌부처가 되고자 하는데, 그것에 성취적 희열을 느낀다.[6] 화자는 "잔잔한 호반"에 바쁜 "일상"과 "홍진"을 "헤쳐 놓고" 한가한 "낚시"를 드리운다. 한마디로 튀는 "고기"보다는 평안한 "심신"을 낚는 일

---

6 자연으로부터 멀어진 시대에도 시인은 신화적 상상력을 갖고 인간과 자연에 대한 이해를 쌓으려고 노력한다. 인간이 자연의 일부로서 이해될 때 자연의 삶은 인간의 삶과 동일한 것이기도 하고, 인간 존재의 전형이 되기도 한다. 우리가 우주와 자연에 대하여 비록 부분적으로밖에 알고 있지 못하지만 상상력을 통해 동일성을 발견하고, 인간이 자연의 일부라는 것을 확인하게 됨은 기쁜 일이다.(이광풍, 「신화비평 서설」, 『국어교육』, 제55~56호, 한국국어교육연구회, 1986.7, 337쪽 참조)

일 게다.

"황혼"의 "돌부처"로 되고 싶은 화자가 누리는 한적함과 여유는 비단 낚시에서뿐이 아니다. 그는 산을 오르거나 가정에 있거나 마음을 씻고자 하는 모든 이들에게 예의 안락함을 주선한다.

> 진홍 가슴 가슴마다
> 알알이 영근 영혼
>
> 농여(農女)의 자태려니
> 눈부신 수정 가슴
>
> 그 고움 쏟아 부어서
> 마음 가득 시(詩)를 담네.
>
> ─「석류」 전문

그의 시에는 유달리 "가슴"이라는 단어가 많이 나온다. 산을 보고도 "가슴"을 연상하며 "가슴앓이"와 연결한다. 「월출산」에서의 산의 "속내"와 "분홍 가슴" 그리고 화자의 "가슴앓이" 등이 그렇고, 「낚시」에서도 "심신"을 다스리는 "가슴"을 열어 보인다. 「여름 숲」에서 우는 뻐꾸기를 "가슴 허문다"라고 표현할 만큼 "가슴"은 그의 시에서 체질화되고 있다. 「산의 구도」에서도 산을 "뉘 숨은 가슴"으로 보는 시각적 모습을 그리고, 「석류」에서는 특히 "가슴"이란 시어가 더 많다.

석류의 영근 알알은 "진홍"으로 물든 "가슴 가슴마다" 채워져 있다. 석류의 "자태"를 농촌에서 살아가는 "농여(農女)"를 닮아 "눈부신 수정 가슴"으로 상징한다. 석류의 자태에서 "고움 쏟아 부어서 마음 가득 시

357

를 담는" 석류만의 숨겨진 "시의 가슴"을 발견한다. "농여"로 환치되는 석류의 "가슴"을 통해 화자는 이 같은 "가슴"에 절정을 내려 놓는다.

이 시조는 초·중·종장에서 다른 형태의 "가슴"의 심상을 설정하는데, '진홍 가슴'→'수정 가슴'→'시 가슴' 등의 맥락적 발전을 보인다. 뿐만 아니라 가슴에 울리는 '영혼'→'가슴'→'시'라는 울림의 차례화를 통하여 석류의 "가슴"을 재구성하고도 있다.

흐르는 물소리는
구름을 끌고 가고

한 세월 닫혀진 맘
가슴 허무는 뻐꾸기

바람은 산 숲 헤치며
살찐 녹음 키운다.

— 「여름 숲」 전문

여름에 숲 사이를 지나 "흐르는 물소리"에는 "구름"도 끌린다. 우리의 "닫혀진 맘"을 알고 "뻐꾸기"는 답답한 "가슴을 허문"다. 여름은 "녹음"을 "살찌게" 하는 바람과 더불어 즐겁다. "여름 숲"을 단지 환경적 배경만이 아닌, 살아 있는 유기체로 전환함으로써 "숲을 헤치는 바람"과 "살찐 녹음"의 관계를 상생시킨다. 초·중·종장이 다음과 같이 모두 대칭적 대구(對句)로 짜여져 있다.

제3부 토박이 서정을 잇다

시어의 대칭 구조

> □ 초장 : 흐르는 '물소리'와 '구름'을 끌고 가는
>
> □ 중장 : '한 세월 닫혀진' 맘과 가슴 허무는 '뻐꾸기'
>
> □ 종장 : '바람'은 산 숲 헤치며 살찐 '녹음' 키운다

작품에서 "물"과 "구름"은 청각적 이미지와 시각적 이미지로 서술어를 끌어낸다. "흐르는", 그리고 "끌고 가는"은 대칭된다. 즉 '흐른다'는 '저절로'라는 부사를 수반하는 자동적 의미이지만 '끌고 가다'는 '누군가가'라는 주어가 우선시되는 타동적 의미이다.

"세월"과 "뻐꾸기"는 추상적 '시간'과 구체적 '동물'이라는 대칭점 말고도 이에 수반하는 "닫혀진"과 "허무는"에서 보듯 폐쇄와 개방의 개념이 복선화되어 있다.

"맘"과 "가슴" 또한 추상성과 구체성을 상징하며 형이상학과 형이하학의 대칭 구조를 보인다. "바람"과 "녹음"은 시원하게 해주는 여름의 현상이지만 불가시적인 것과 가시적인 것에 대한 병치로 장치한다. "헤치며"와 "키운다"의 의미도 약간의 뉘앙스 차이는 있으나[7] '흩어지게 하다'와 '모으고 북돋다'라는 자의적 정리로 차연(差延)에 향하도록 대칭을 갖추었다.

이 작품의 짜임에서 껍질 속의 질서정연한 자연적 조화가 배치, 배려

---

7 시에서 언어의 직접적 의미뿐만 아니라, 무엇인가 스스로 스며 나오는 것, 특히 섬세하고 번쩍이는 것 등의 뉘앙스(Nuance)도 중시된다. 이 뉘앙스는 여기 인용한 「여름 숲」에서의 시적 언어 사이에 추이나 감상적 해석의 폭을 넓게 부여하는 작용을 한다.

되어 있고, 내용면에서도 의미의 논리성이 뒷받침되어 있다. 그래서 구소주의(structualism)의 한 선형을 보여준다. 선고한 구조·구성[8]이 돋보인다.

> 아, 내 인생이 이리 됐으면 좋겠다. 내 이름을 불태우고 가슴에 물든 여인과 손잡고 부엉이 우는 심심 산골 오순도순 걸어가서 풀덤풀로 오솔길 닮아걸고 물 맑고 산 고운 양지 녘에 흙벽돌 찍어 방 한 칸 마루 한 칸 내어 산죽 엮어 덮고 방바닥은 구들을 놓아 전주 한지로 도배하고 들창을 넓게 달아 바람 손님 휘엉청 달 손님 마음대로 들게 하고 오두막 둘레 양생화 하늘거리는 향기로 울을 치고 꼬인 풀벌레 소리 흐르는 사립 없는 집 지어 봄이면 땀흘려 씨뿌리고 여름 밤이면 마루 끝에 나와 앉아 어스레한 등불 밝혀 산매에 뜨는 달과 별 밭을 바라보고 가을이면 알곡을 마루 한 켠 쌓아 놓고 겨울 긴긴 밤은 좋은 사람과 차 끓는 화로 앞에 놓고 마주 앉아 사람 사는 얘기 하늘 얘기 이약이약하며 사는 날까지 연명하다 아무런 미련 없이 이승을 떠난다면 무슨 모자람 있으리.
>
> ─「조용한 갈망」 전문

청빈낙도(淸貧樂道)의 길을 설명해주는 시이다. 화자의 인생이 "이리 됐으면 좋겠다"는 "조용한 갈망"이 행간마다 스며 있다. 이 시 또한 기

---

8 시의 구조란 시를 조립하여 정리하는 체제이다. 쉬르리얼리즘의 자동기술법 등 거의 구조를 필요로 하지 않는 것처럼 생각되는 시라 하더라도 시구를 정리하고 조립하는 의식은 분명히 작용한다. 더구나 시가 감정의 발로로만 창작되던 시대는 지났으며, 현대와 같이 복잡한 구조 속에서는 시의 내용도 복잡다단해지기 마련이다. 그러므로 시가 주관적인 충동에 의해 진술될 것이 아니라, 면밀한 계획과 구성으로 의식적인 조직을 생각하고 자기 작품을 이에 맞게 창작해야 할 일이다.(김희보 편저, 앞의 책, 17쪽)

원시의 일종이다. 산문 투에서 시적 효과를 노린 대목은 아마도 "내 이름을 불태우고 가슴에 물든 여인과 손잡고 부엉이 우는 심심산골 오순도순 걸어가서 풀덤풀로 오솔길 닫아걸고 물 맑고 산 고운 양지 녘에 흙벽돌 찍어 방 한 칸 마루 한 칸 내어 산죽 엮어 덮고……"라는 대목일 게다.

화자의 "이름은 이미 불태워져" 없다. 그는 벅찬 세상과 존재하기를 거부한다. 자기만의 유토피아를 꿈꾸는 낙원이란 호사스러운 게 결코 아니다. 다만 그가 걸어온 길조차 흔적나지 않게 지워버리려 한다. 흙벽돌로 오두막을 짓되 반드시 사립 없는 집이어야 한다. 마지기 수는 작지만 자업(自業)하며 농사짓고 싶어한다. 그러나 그가 꿈꾸는 자연 귀의, "조용한 갈망"이 과연 올 것인가.

시에서처럼 그는 "봄이면 땀 흘려 씨 뿌리고 여름밤이면 마루 끝에 앉아 어스레한 등불 밝혀 산메에 뜨는 달과 별을 바라보기"를 소망한다. 그가 맞고자 하는 생활은 물질의 풍요가 아니다. 그러나 추구가 소박하기에 좋은 시가 된다. 겨울의 "긴긴 밤은 좋은 사람"과 함께 있어야 한다. "차 끓는 화로 앞에 마주 앉아 이약이약하며" 지내는 것이다. 더 소박한 소망은 "사는 날까지 연명하다 미련 없이 이승을 떠나는" 것이 속내이고 희디흰 갈망이다.

이 같은 청빈의 물감은 그의 시 곳곳에 묻어 있다. 화자 말대로 그렇게 산다면 "무슨 모자란" 게 있을 것인가. 그가 추구하고 "갈망"하는 청빈은 이것저것으로 염색된 오염된 삶을 단속적으로 정화한다. 이는 가공할 소비의 시대에 참대처럼 곧은 선비 정신의 항변임이 분명하다.

4. 가족 사랑, 어머니와 아내를 위한 헌시

지상에 어머니는 수많은 시인에 의하여 시적 소재로 등장했다. 김옥재 시인도 어머니 자리를 시의 한몫으로 헌사한 작품을 썼다.

시인이 견뎌온 어머니의 존재가 어떻게 심층을 이루어냈는가. 그는 어머니가 만든 세계에서 논리적 사상을 얻게 되고, 즐겨 다루는 기승전결의 모습을 시 속에 꽃처럼 피운다.

우리 어머니 새색시 적
이른 새벽 고달픈 다리로
샘터에서 물을 길어
빈 항아리에 채우시던
그 정성을 생각하나니.

우리 어머니 일생은
쪽빛 보다 더 맑은 물로
한 가정을 견고히 수혈하신
60년의 긴 여정 애닮다.
그 고마움을 어찌 잊으리.

어머니의 땀으로 씻긴 것들
오늘 산 너머 유랑의 길에서
빛이 되고 소금이 되나니
본디 어머니 뜻이었거니.

곤하고 험한 어머니 일생
세월의 뒤안길로 얹혀 갔지만
한 세상 베푸는 삶이셨기에

진정 아름다운 길이옵니다.

— 「아름다운 길」 전문

어머니의 일생이 여덟 폭 병풍처럼 펼쳐진 시다. 지나온 발자취, 어
머니의 "모습"은 시에서 다시 소생한다. 어머니 삶이 세월에 비추어 화
자에게 다가오도록 특유한 구성으로 배치한다.[9] '쉬운 시'의 예로, 표현
의 불안전성이나 난해한 시구가 거의 사라져 있으며,[10] 어머니의 전기
를 경험해온 사상적 힘과 형식으로 육화하고 있다.

시상 전개 구조도

시기 영역	I. 출발 ⇨	II. 삶 ⇨	III. 죽음 ⇨	IV. 마무리
어머니의 역사	새 색시 적 ⇨	60년 여정 중 ⇨	유랑의 길 ⇨	험한 일생
어머니의 모습	이른 새벽 고달픈 다리 ⇨	한 가정을 견고히 수혈 ⇨	빛이 되고 소금이 됨 ⇨	한 세상 베푸는 삶

9　이러한 「어머니」 관련 주제시는 그의 초기시집 『꽃씨 속에는』의 「어머니」, 「누이
　　생각」, 「땅 어머니」 등이 있다. "어머니 이마에/힘겹게 간/주름살이 있어요//어
　　머니 이마의/주름살은/누가 저리/꼬깃꼬깃 만들었을까?/오늘/머리에 서리 이
　　시고/거친 손마디로/곁에 앉은 어머니": 「어머니」 전문.(김옥재, 『꽃씨 속에는』,
　　세종출판사, 1990, 20쪽 참조)
10　시가 난해하다는 본질적인 속성은 때로 아류들의 좋은 위장술이나 독자 현혹의
　　사기술로 도용될 수도 있다. 시단 현실은 난해한 시를 쓰는 시인들이 정략적인
　　비평가들의 비호를 받아 훌륭한 시인으로 호도되는 경우가 많다.(오세영, 「진솔
　　하게 씌어진 시들」, 『한국문학』, 통권 206호, 1991년 11, 12월 합병호, 한국문학
　　사, 244~245쪽 참조)

기도의 시와 정반의 시

어머니의 시대	새 색시 ⇨	60년 긴 여정 ⇨	산 너머 유랑의 길 ⇨	곤하고 험한 일생
	▽	▽	▽	▽
훌륭한 점	샘터에 물 길어 빈 항아리 채우시던 정성	쪽빛보다 맑은 물로 한 가정을 견고히 수혈하는 고마움	빛이 되고 소금이 된 본디 어머니의 뜻	O세월의 뒤안 얹혀진 진정 아름다운 길
화자의 어머니 생각	어머니의 정성	어머니의 고마움	어머니의 뜻	어머니의 아름다운 길

어머니 삶의 역사는 한마디로 "험한 일생" 즉 굴곡의 역사이다. 위의 표에서 보는 바와 같이 "출발"[새 색시 적]→ "삶"[60년 여정 중]→ "죽음"[유랑의 길]→ "마무리"[험한 일생]으로 점철되어 있다. 삶의 주요 대목을 전기적 형식으로 보여주는 것이 특징이다.

어머니는 "새 색시 적"부터 "샘터에 물 길어 빈 항아리를 채우시던 정성"으로 "60년의 긴 여정"을 살아왔다. "쪽빛보다 맑은 물로 한 가정을 수혈하는" 파수꾼과 같은 생이었다. 마침 살 만하게 되었을 때, 행복한 기쁨도 저버리고 어머니는 "산 너머 유랑의 길"로 떠나고 만다. 이렇듯 숭고한 어머니의 뜻은, 비록 세상을 떠났어도 자식들에게는 "빛이 되고 소금"이 되어 남아 있다. "곤하고 험한 일생"으로 점철된 어머니는 "세월의 뒤안"으로 얹혀졌다. 어머니의 입장에서는 가시밭길이었으나 자식들은 그 길을 "진정 아름다운 길"이라고 미화할 수밖에 없지 않은가. 가히 어머니는 신화적 원형의 존재라 할 수 있다.

이 시에서 어머니에 대한 정과 생각을 자식의 입장에서 보여주는데, 표에 제시한 것과 마찬가지로 '어머니의 정성'→'어머니의 고마움'→'어머니의 뜻'→'어머니의 아름다운 길'을 생각하며, 그는 회한의 눈물을 흘리는 것이다.

> 아내가 수술을 받던 날
> 수술실 문전을 서성이며
> 알찬 눈물을 흘렸습니다.
>
> 아내가 수술실 침상에서
> 회복을 기다리는 동안
> 못난 지난 날이 싫어
> 줄 이은 후회의 눈물을 흘렸습니다.
>
> 십 년이면 강산이 변한다는 데
> 아내의 병은 날로 깊어만 갑니다.
> 하느님, 나자로에게 하신 말씀처럼
> '일어나라' 한 마디만 해주십시오.
> 당신은 사랑이시라 응답해 주시리라.
>
> 나는 아내를 사랑합니다.
> 아내는 내가 울고 웃던 요람
> 아내와 평생 건강한 동행이라면
> 가파르고 어둠이 밀려와도 행복입니다.
>
> 나는 아내가 있으므로 다 가진 사람입니다.
> 나는 아내가 잘못되면 다 잃은 사람입니다.
>   ―「아내가 수술 받던 날」 전문

"아내 사랑"이 면면에 배어 있다. 아내는 병이 깊어 근 십 년을 넘기는 사실도 3연을 통해 알려진다. 몇 해 전 "아내가 수술을 받던 날"을 떠

올리고, "수술실 문전을 서성이며 눈물을 흘리던" 날을 생각한 이래[11] 줄 곧 눈물을 말릴 수가 없다. 아내가 "수술실 침상에서 회복하기"를 기다 리며, 그동안 잘해주지 못한 남편으로서 "지난 날"을 후회한다. 하느님 이 "나자로에게 하신 말씀처럼 '일어나라' 한 마디만 해주시기"를 간구 한다. 그러면 하느님이 "사랑이라 응답해 주시리라"는 것도 그는 이미 알고 있다. 그 한 마디는 기적과도 같은 힘을 발휘할 것이다.

아내 사랑하기는 이 작품 외에도 많은 곳에서 여러 번 진언되고 있다. 「어떤 운전기사」, 「아내와 가끔 시장에 가는 것은」 등이 그런 작품이다.

특히 아내를 "내가 울고 웃던 요람"이라고 비유한 것과, "아내와 평생 건강한 동행이라면 가파르고 어둠이 밀려와도 행복"하다는 대목은 표현이 솔직하고 위대하기까지 하다. 과정이 난해하거나 가식적이지 않다. 결국 "아내가 있으므로 다 가진 사람", 그리고 "아내가 잘못되면 다 잃은 사람"이라는[12] 그의 사랑 앞에서 독자는 처연함을 자아낼 수밖에 없다. 오랜 투병 생활에서 벗어나 햇빛 보는 날을 기원하는 애절함이 함축되어 있다.

제3부 토박이 서정을 읽다

---

11 "아내가 용케도 산전수전 잘 삭히고 이겨내 주어 여간 고맙지가 않다. 오늘 큰 수술을 받고 고통을 호소하다 잠간 잠든 아내의 곁에서 얼굴을 훔쳐보며 한없 는 연민의 정을 느끼며 아내에 대한 생각을 메모지에 적어 본다… 잉꼬처럼 입 맞추고 사슴같이 등대며 죽는 날까지 사랑하다 가리라." : 수필 「이 사람을 사랑 하리라」 중에서.(김옥재 수필집, 『홀로 쓰는 그리움』, 한림, 1996, 44~46쪽)

12 이 부분은 그의 수필 「반려자」에 드러난 바와 같이, "인생 노을빛 바라보는 시점 에서 바램이 있다면 아내가 잃었던 건강을 되찾고 욕심없이 평범한 이대로의 삶을 엮다 이승의 인연을 다한 후 함께 귀경상천하는 일이다".라고 하여 부부애 의 절실함을 표현하고 있음에서 그가 어떤 아내 사랑을 간구하는지를 알 수 있 다.(김옥재 수필집, 58~60쪽 끝부분)

5. 달관의 시, 또는 번뇌 벗어나기

번뇌는 변화하기 위하여 치르는 통과예의이다. 상징적으로 말한다면 번뇌는 달관의 세계로 가는 주막이다. 김옥재 시인은 어떤 번뇌로 어떤 주막에 머물러 있는가.

> 사는 일이 하도 안 풀리면 산에 간다.
> 증심사 뒤 안 잡숲 에서 새를 귀를 열고
> 범종은 피안의 세계로 나들이시킨다.
> 돌아오는 하산 길에 부복하여
> 오장까지 시원한 약수 절하듯 엎디어 마시고
> 하늘 우러르면 천심은 핏줄로 와서 스민다.
> 산은 언제나 깨우침으로 인욕을 지운다.
>
> ― 「가끔 산을 찾는 이유」 전문

틈틈이 산을 오른다는 것은 그의 번뇌 해법 중 하나다. 산에 가면 달관한 세상이 한눈에 보일지 몰라, "사는 일이 하도 안 풀리면 산에" 간다. 첫 행에서 시의 종결을 예고하듯이, 산에서 보는 것들은 복잡한 번뇌에 위안과 해결의 실마리를 준다. 예로 "숲에서 귀를 여는 새"를 만나고, "피안의 세계로 나들이시키는 범종"을 들으며, "시원한 약수"에서 "오장"을 씻어내고, "천심을 핏줄로 스미게" 하는 하늘을 우러른다. 하여 "산은 언제나 깨우침으로 인욕"을 지운다. 무욕의 세상을 꿈꾸는 청빈이 고스란하다.

자연주의를 닮는 시편들은 이외 "뭇 생명의 보시(報施)가 되어 제대로 죽는 법을 아는 위인"으로 묘사된 「인삼」, "하느님과 교신하기에 더할 수 없는 곳"이라고 노래한 「유배지를 꿈꾸며」와, "어머니 치마살처럼 부드럽게 펼쳐 놓은 품"으로 비쳐보는 「고향 바다」, 또 "넉넉한 마음과 침묵"을 그린 「산의 구도」에서, "뉘 가슴이 숨어" 있고, "억만 겁 태고의 신비"가 숨어 있어서 "결코 산은 늙지 않는다"라고 명제를 세운 산의 시편들은 자연주의적 달관과 청빈의 주제 의식이 뛰어나다. 단칸방 한쪽에 둔 선비의 서책과 함께 일월이 지나가는 것처럼 그의 조촐한 삶이 돋보인다. 청아함이 풍요만 계산하는 머리를 밀치고 잠 깬 바람처럼 가슴에 밀려온다.

청옥의 하늘 맞닿은 먼 한 점 섬
윤삼월 만조의 바다를 노(櫓) 저어가
투명한 눈빛 하늘 어우르며 천년
하느님 말씀으로 살 수 있다면
하느님과 교신하기에 더 할 수 없는 곳
버리고 떠나 온 곳 돌아오지 않으리.
날마다 오라 유배지는 손짓하거늘.
내 머리 생각 밟고 그림자가 앞서 간다.
　　　　　　　　　　—「유배지를 꿈꾸며」 전문

　우리는 복잡한 사회에서 유배지를 꿈꾸며 세상의 온갖 번뇌를 벗어나려고도 한다. 맑은 "청옥의 하늘 맞닿은 섬"으로 귀의하고 싶다. 이렇듯 유배란 얽힌 사회에 대하여 반란을 획책한다. 그 반란은 드라마처럼 낭만적인 데 비해 결과는 현실에 밀려 이행하기는 쉽지 않다. 먼 낙도나 산골로 들어가 "하느님과 교신"하며 살아가거나, 조용히 사색하고 글 쓰는 상상을 한다. 그래서 유배지는 "날마다 오라고 손짓"하지만,

"머리 생각 밟고 그림자가 앞서가"듯 늘 생각만 앞서는 것이다.

> 누구의 부름인가 꽃비가 내린다.
> 세월을 다 파먹은 내 생인 듯 싶다.
> 나와 동행했던 사람들이여
> 지난 날 자질구레한 삶이여
> 그대들을 애석히 연모하노라
> 본디 생명은 왔으니 가야 하고
> 가야 하니 비워서 준비하고
> 우리는 이승을 챙기는 나그네
> 우리 길이 머물 곳 어디 메인지?
> 목련꽃 화사한 저 명의 절정
> 내 마음 창변 꽃비 되어 내린다.
>   ―「빈자의 노래」 전문

'빈자'는 시인의 성품으로 대변된다. 인생은 "이승을 챙기는 나그네"라는 시의 화두처럼 우리는 "누구의 부름인가"라는 철학적 물음을 앞세워 존재한다. 인생은 "본디 왔으니 가야 하고, 가야 하니 비워서 준비해야" 하는 존재이다. 사람들은 "길이 머물 곳 어디 메인지" 알 수 없다고 불평한다. 빈자는 가난한 것만이 아니다. 그가 누리는 가난함은 여유가 있기 때문에 역설적으로 부유하다고 할 수 있다. 탈무드에서 "남의 자비로 살기보다는 가난한 생활을 하는 편이 낫다"고 했듯이[13] 그는 몸소 가난함을 희구한다. 아니 가난함을 통해서 마음의 부유함을 누리고자 한다. 그러므로 「빈자의 노래」는 역설적으로 부자의 노래이자 희원의

---

13   엘빈 토케이어, 『유태인의 지혜 탈무드』, 박인식 역, 육문사, 1983, 141쪽.

노래이다. 우리는 이 시와 더불어 "가난한 것은 행복의 조건"이라고 한 세네카의 유유자적한 논리를 다시 배울 필요가 있겠다.

6. 맺는 말

가난함은 인생을 구원한다는 역설이 있다. 그의 시를 읽고 느낀 명제이지만, 번잡한 세상에 암벽 사이를 뚫는 샘물처럼 신선하다. 청빈 세계로 나가려는 무욕의 시심이 벼리 세운 충동으로 다가온다. 시가 '약속의 실현'이라는 사회적 기능과 더불어 동적 추구라는 사실을[14] 진정으로 깨닫게 해준다. 그러기에 동원하는 화자는 자신과 일치한 경우가 많다. 참다운 청빈의 시를 쓴 사람은 혼탁한 세상에 양심가를 찾는 일처럼 그리 많지 않다. 그리움의 시, 어머니와 아내, 가족을 주제로 한 사랑시를 쓰는 일도 그리 흔치 않은 일이다.

이제, 시인은 시집 발간을 계기로 한 걸음 현실로도 나아가기를 바란다. 시골길만을 골라 걷다가 자동차 빈번한 도로가 나오면 방향을 잡아야 할지 모를 우려도 있다는 걸 깨닫기를 바란다. 그러나 너무 한길로 나와서도 안 된다. 기도와 청빈이 결국 시인이 원하는 길이기 때문이다. 자연의 무욕을 배우려고 하는 시간에 이미 자신의 것이 되는 법이다.

시 「고향 바다」에서 노래한 것처럼 "미움도 부려 놓고 욕심도 버리라"는 건 이미 '풍요의 시대'를 지나 혼란한 '사이버 시대'에 삶에 대한 사유가 무엇인가를 이 시집을 통하여 배우게 될 것이다.

---

14 최명환, 「항일 저항시의 정신사적 맥락」, 『국어교육』, 제55~56호, 한국국어교육 연구회, 1986.7, 281쪽 참조.

자신의 기구(祈求)와 소박함을 알레고리화하여 방만한 낭비적 태도를 조용히 꾸짖는 선비적 청빈이 좋아지는 이유가 무엇일까. 그 소슬바람 같은 정신이 그리운 이유가.

무릇 독자들은 세속에 오염된 심신을, 김옥재 시인이 이끌어내는 허(虛)와 공(空)의 세계로 돌아가며 청정하게 씻어내게 될 것이다.

고향과 가정 귀소에 대한 사랑의 정서

— 이창민의 시

1. 들어가는 말

　좋은 시란 단련된 청년의 체력처럼 골격의 구성과 근육의 표현으로 건강함을 자랑한다. 시인이 대상 앞에 겸허해하고 서정을 다스림에 있어 응변(應辯)을 게을리해서는 안 되는 이유가 여기에 있다. 혹독한 기후 변화에 격렬한 육체와 정신 운동 같은 인내로서 정서의 깊이를 재는 작업을 시인은 간단없이 추진해야 한다. 채탄굴의 막장까지 뚫고 나가는 탄탄한 시구를 얻어낼 구황(救荒)의 레시피에 절차적인 조리법이 있어야 좋은 시가 가능하다.

　이창민 시인은 이번에 상재한 시집 머리말에서, "본디 시인이란 별 흥미를 못 느끼는 하잘 것 없는 글 몇 줄에 자신의 심혈을 기울인다"고 전제하고, 그러므로 "절실함에 겸허하게 눈과 귀를 기울여야 하는 것"이라고 말함으로서 이와 같은 시심의 견고한 디딤의 한 사례를 보여주고 있다. 그의 시는 자연의 이법과 사랑을 추구한 가정의 중심축, 즉 부부애와 고향 사랑을 아우르는 시로 일관되어 있다. 그가 바라는 고향과 가정, 종교에의 아우라와 열정이 작품 면면에 담겨 있다.

프랑스 소설가 로제 마르탱 뒤 가르(Roger Martin du Gard, 1881~1958)가 쓴 명작 『회색노트』에 나오는 바, 다니엘과 자크는 서로 다른 환경에서 지낸 청소년기에 집을 뛰쳐나와 함께 사는 친구였다. 그들은 우정을 이야기하며, 특히 시에 대하여 몇 차례 편지를 나눈다. 티보가 출신인 자크는 미래 촉망받을 시인으로 다니엘에게 말하기를 "최근에 고전적 운율을 갖춘 시를 쓰려는 결심을 하고, 고향과 가정과 순교적 사랑을 소재로 매절 갖춰 쓰는 일"에 열중할 것을 전언한다. 이 소설의 주요 모티프, 즉 사랑의 힘을 고향과 가정과 종교적 열망에 담은 자크의 시적 편력이야말로 이창민 시인의 시학과 일견 닮았다는 생각을 한다. 다만 자크는 청소년기를, 이창민 시인은 만학기를 통해서 출발을 했을 뿐, 고향, 가정, 종교의 시적 질료는 비슷한 것이리라.

문학적 가치가 추구하는 것은 이른바 문체, 기지, 상징, 상상 등을 표출함으로써 일반 문화적 가치인 자연, 시대, 사회, 민족, 종교 등을 고양시키는 예술의 엔터테인먼트 영역이라고 볼 때, 이창민 시인의 시도 이와 연계하여 설명할 수 있겠다. 그가 노래하는 안빈(安貧)의 정서가 내면의 서정시로 작동되어 독자에게 소박한 여유의 미학을 일깨워준다.

2. 겸허한 시선에 담은 대상

무릇 시인이 작품을 쓰는 동안은 스스로 성취를 위해 펜을 질주하듯, 시상을 멈추지 않고 원고지 속으로 누비어 간다. 이 순간만큼은 누가 뭐래도 행복한 순간이리라. 배고픈 아이에게 수유(授乳)하는 어머니처럼, 또는 겨울을 이겨낸 몇 이랑의 보리싹에게 퇴비를 주는 농부의 시비(施肥)처럼, 사연의 시를 구하는 대상에게 정서의 젖을 물려주는 모정(母情)은 따뜻하다. 시인은 모름지기 그같은 건강미를 유지하기 위해 평소 이미지의 표현력을 비축하고 있어야 한다. 어디서든 시인이 자기 고향에 대한 사랑시를 쏟아낸다는 것은 자연 태생의 리듬 안에 들어가 숨쉬고 있음을 의미한다.

이창민 시의 절실한 사랑이 겸허의 눈빛에 어떻게 담아내는지 몇 편 골라 살펴보기로 한다.

> 바람 소리는 늘 흔적 없고
> 나뭇잎만 흔들
>
> 구름 지나는 길 없고
> 산새들만 훨훨
>
> 기약 없는 나그네
> 청하는 이 없어 머쓱
>
> 자꾸자꾸 오는 비
> 이리저리 갈 길 몰라 뱅뱅
>
> 오가는 이 붙잡으려 해도
> 엽전 한 푼 주머니 달랑
>
> 허허한 쓸쓸함이라도
> 풍류 벗 삼아 시 한 수 꿀꺽

바리바리 바릿짐
이곳저곳 비워 놓고

이제
빈 마음이라도 얼른 껴안고
왔던 길 어서 가야지.

　　　　　　　　— 「나그네 독백」 전문

　그의 특징인 부사어로 문장을 종료하는 기법에 의해 쓰인 작품이다.
예컨대, "흔들, 훨훨, 머쓱, 뱅뱅, 달랑, 꿀꺽" 등의 부사어 또는 부사어
구 "비워 놓고", "어서 가야" 등을 종결사로 활용하는 경우다. 흔히 쓰이
는 평어체로 마감하는 문장보다 강한 주장을 주는 수법이다. 비유의 기
표(記表)에 그 기의(機意)를 장착하여 사유하는 여백을 넓혀주는 반증도
얻는다.

　"풍류" 삼은 "시 한수"에서 보이는 화자의 운치는 전통적 감각으로 읽
힌다. 가사문학(歌辭文學)의 시발격인 송순(宋純)의 「면앙정가(俛仰亭歌)」
와 윤선도(尹善道), 이황(李滉) 등의 한국적 이미지가 그 연원이다. 송순
은 관용과 대도를 바탕으로 「면앙정삼언가(俛仰亭三言歌)」를 썼다. 그가
노래한 시는 자연에서 찾는 여유와 합일을 노래한 강호시가(江湖詩歌)
가 대부분이다. 역시 물욕을 버리고 자율와 청빈을 구가하는 시인의 정
서였다. 이칭민의 시법도 "풍류"로 삼은 "시 한 수"와 "바릿짐 비워 놓"
은 자신의 "빈 마음"을 "껴안고" 서둘러 "왔던 길"을 다시 떠나는 데에서
이와 유사한 정한을 읽을 수 있다. 노년의 삶을 "나그네"에 비유한 것과
그가 노래하는 시를 "독백"에 부치는 것으로부터 그 특유의 인정과 겸
허를 살필 수도 있다.

다음의 시도 그러한 겸사의 유유함과 말년의 풍류가 섞인 작품으로, "노을 나이"로 환산된 삶의 달관을 "노을을 닮은" 논리적 자아로 감지해 볼 만하다. 그래서 그의 시는 '건강한 노년의 문학'으로 재평가될 수 있지 않을까 한다.

노을 나이에
노을을 바라보니

노을이 되고
노을을 닮아간다

나는 이제 노을이다
빠알간 노을만 노을일까

햇귀 뿜는 노을도 있겠지
그래서
삿됨 없는 노을로 지고 싶구나.

― 「노을이 지고 있다」 전문

인생은 지는 노을이지만 동시에 떠오르는 노을 햇귀로 치환된다. 이 시는 "노을 나이에 노을을 바라보"는 일로부터 화자가 "노을이" 되고 마침내는 그 "노을을 닮아가는" 정서적 논조를 비유하고 있지만 속내는 "지는 노을"이 아닌 "햇귀 뿜는" 그 삿된 바 없이 떠오르는 "노을"이 되는 게 화자의 소원이다. '노을을 닮음'[기표]에서 '노을이 됨'[기의]은 비유가 도달하는 극점이며 동시에 화자의 귀소 본능이다. 그러면서도 화자는 "빠알간" 저녁 "노을"이 아닌 아침 "햇귀 뿜는 노을"로 환생하고픈 소망을 놓지 않는다. 시의 묘법은 이 포인트에 화룡점정(畵龍點睛)처럼 살아 있다. 지는 해의 지평을 떠나 새로운 해의 지평을 열고자 하는 '부활의 정서'가 그것이다. 말하자면 프랑스의 기호학자 베르나르 투생(Bernard Toussaint, 1947~)에 의해 제기된 자연발생적 재생 이법으로 구현한 이미지다. 시인 스스로 인위적 거슬림을 벗어나 '자연음(自然音)'에 도달한 경우라 할 수 있다. 언어학자들이 의미의 재탄생을 '원형음소(原型音素, archiphoneme)'라고 명명하는 게 바로 그것이다. 이 음소는 적은 활용만으로도 독자에게 새 메시지를 주는 효과를 준다.

오늘날 유행하는 '서정시'는 과거 낭만주의를 꽃피우게 한 사랑의 한 궤적이었다. 지금은 시의 보편 개념으로 통용되었지만 '서정'이란 곧 과거 사물에게 생명을 부여하는 의미로 쓰이는 수가 많았다. 이는 서정의 양식으로 명명되어 '디티람보스(Dithyambos)', 즉 시에 절대 생명을 넣어주는 태생의 회귀(回歸)로도 일컬어진다. 이창민 시인이 살아온 "노을"의 비유는 또 다른 현실적인 "햇귀"와 같이 재생의 회귀 의미로 발전한다.

가시와 꽃이
오누이처럼 두루뭉술 어울린다

향수 내 풍기는 가시 홑이불
같이 있기에 너무나 편하다

찌르는 아픈 포옹으로
한 몸 되어 둘이 숨 쉰다

미소와 눈물 끼고

향기와 어긋남을 껴안은 숙명

생을 지그시 감고
삶을 호흡하는 자연의 섭리

애초부터 몸에 밴 자기 소유의 섭리
원죄를 갚아가는 삶이로다

예컨대
장미와 찔레꽃은 카르멘의 엇갈림일까

아니야
그건
골고다 언덕의 예수님 면류관일거다.

— 「가시와 꽃」 전문

모순된 매재(媒材)와 피매재(被媒材)의 관계를 비유적으로 승화시키는 기법은 현대시에서 두루 쓰인다. 비유된 "가시와 꽃"의 관계는 이질적이고 모순된 사물이지만 한 몸을 이룬다. 때문에 화자는 "가시와 꽃이 오누이처럼 두루뭉술 어울린다"고 말한다. 두 존재는 서로 "찌르는 포옹"을 하지만, "한 몸 되어 둘이 숨 쉬는" 그래서 공존의 뗄 수 없는 운명적 관계이다. "미소와 눈물"을 표정에 "끼고" 있는 사이, "향기와 어긋남" 역시 "껴안은" 그래서 얼핏 모순되어 보이지만 늘 함께 하는 "숙명"의 관계이기도 하다. 이러한 관계를 화자는 결론처럼 말한다. "생을 지그시 감고 삶을 호흡하는 자연의 섭리"로 귀결시킨다. 화자는 "장미와 찔레꽃"에서, "카르멘의 엇갈림"을 읽어내고, 나아가 "골고다 언덕"으로 끌려가는 "예수님"의 피 흘리는 "면류관"으로 보고 있다. 그 귀결점은 시인이 오랫동안 담아온 종교적 안온을 발현해온 노정일 터이다.

그의 시는 모순된 사물에 대하여 인식의 폭을 넓고 깊게 하는 힘이 있다. 하여, 상이한 대상을 동류로 파악해내는 모티프 즉 기미(機微)의 지혜도 나타난다. "애초부터 몸에 밴" 자신만의 "소유의 섭리"가 되는 결기를 통해 "원죄를 갚아가는 삶"으로 이어가는 종교관을 피력하는 것이다.

3. 귀거래의 달관이 이룩한 건강한 문학

> 시대 따라 점철된 인생 음미하며
> 곳곳에 씨앗 채비 못하고
> 이마에 주홍글씨 안고 수구초심 찾아 왔다
>
> 타관살이 바람 따라 떠돌다
> 만학으로 깨친 시인 칭호 얻어
> 고향 땅에 시 사랑(舍廊) 열고 시(詩) 씨앗 심으며
> 탯자리에 다시 내 육신 묻으리라
>
> 남산 공원 달밤에 어이 올라
> 추억 곳간 뒤척여도 옛 흥취는 어둠만 곳곳
> 그렇게 울어대는 곤충들도 잠잠
> 수풀 속의 돌 두꺼비도 온데 간데
>
> 의구한 산천에 귀퉁이 삭은 흑백 사진들만
> 허허로운 가슴 수포되어 빙빙
> 그리움은 기다리지 않고
> 기다림은 그리워하지 않는구나

그래도 추억 되새김하면서
내 고향 아버지 품 안에서 오래 오래
무은(務隱)이란 아호 얻어 사랑하는 내 자랑
알콩달콩 부대끼며 평생 살리라

그리고
산채박주 준비하여 옛 친구 바람으로 청(請)해
선인들의 흔적 쫓아 귀거래사 읊어 나누며
고고한 시향 풍기는 시(詩) 씨앗 기르리라.

　　　　　　　　　　　　　　—「귀거래사」전문

　이 시에 이르러 그의 노년은 더 여유롭고 더 만연해지고 있다. 만학
으로 깨우 친 시인으로 다시 태어나 고향에 머물며 "산채 박주"와 "선인
들의 흔적"을 찾고 "시향"을 "풍기는 시 씨앗을 기르"며 살아가는 일관
성이 볼만하다. 시인이 말한 대로 도연명(陶淵明)의 「귀거래사」와 견줄
수 있는 풍류로도 손색이 없고 소동파(蘇東坡)의 「적벽부(赤壁賦)」로 나
아가는 연관성도 있다.

　무릇 시란 생명력을 얻고 싶어 하는 게 상정(常情)이다. 생명력 추구
는 시가 의도하는 기본적 욕구이자 미학이다. 어떤 시인의 시든 그것을
갈구하는 이치가 같기 마련이다.

　이처럼 이창민 시인의 시들은 대체로 여유와 관조와 여백, 자신의 생
명력을 표출하는 통일된 이미지로 가는 길을 읽을 수 있다.

　미국의 아치볼드 매클리시(Archibald Macleish, 1892~1982)의 「시법
(詩法)」에서는 메타 언어로 간략히 시를 정리해 보여준다. 즉 난삽한 용
어로 설명한 기존의 창작 입문서보다는 직접적인 의미 전달이 분명해
야 독자가 바로 알아차리게 된다는 것이다. 그는 「시법」이란 시에서,

"시는 의미하지 않고 존재해야 한다(A poem should not But be)"고 하였다. 즉, 시적 존재에 생명력을 부여하는 것이 시인의 일차적 일임과 감각의 초점화를 위해 독자성이 드러나야 한다는 점을 강조한 것이다.

> 한포기 마음으로
> 한포기 순수 안에서
>
> 한포기 소박함으로
> 순하디 순한 무욕으로 태어났다
>
> 애착도 아니
> 물욕은 더더구나
>
> 그윽한 향이 좋아
> 안빈낙도로 돌아가게
>
> 난을 가두지 말고
> 난을 난같이
>
> 난의 마음으로 몰입하여
> 그저 그렇게 자연으로 놔둬라.
>
> ─「소심(素心)」 전문

난을 기르는 일은 우선 정갈한 심정을 유도한다. 청순한 자태와 느긋한 여유가 풍기는 삶에서 구체화, 의미화된다. 따스한 봄 산자락에 소담하게 자리해 "사람들의 마음을 흔드는" 난을 보며, 화자는 서재에 모셔온 나만의 난에게 미안한 마음을 갖는다. 난은 모름지기 "한포기 소박함"으로 태어나 무후의 "순하디 순한 무욕"을 실천한다. 난을 좋아하여 "애착"으로 기르지만 "물욕"이 생기는 건 아니다. 난을 보고 있으면 우선 "그윽한 향"을 누리게 하고, 자신을 "안빈낙도"로 "돌아가게"도 한다. 도연명의 「귀거래사」가 자연으로 돌아가는 삶을 의미한다면, 이 시인의 「소심」은 그 귀거래를 통해 안빈으로 갈 자신에게 다른 기회를 주고자 한다.

그래서 화자는 집안에 "난을 가두지 말고" 자연에 묻히도록 "놔둬라"라고 권한다. 이는 화자만의 초점화된 이미지다. 단순히 난의 미화만 아닌, 자연으로 되돌리는 자비의 의미를 강조한 것이다. 이를 통해 화자는 자연의 모습 그대로를 바라보는 눈과 마음이 중요함을 일깨워준다. 자연의 순수함을 적시하는 이 시는 동양적인 품격으로 화자의 "안빈낙도"적 삶의 자체가 목적임을 자증해주기도 한다.

4. 이미지의 재편성과 가정에의 헌사

그 집에 이(李)가와 오(吳)가가 살고 있네
어느 봄날 새벽녘
가시버시 정답게 오이 씨앗 잉태하여
때 맞춰 꼭 닮은 오이 주렁주렁 태어났네

그들은 아옹다옹
왜 이오가 아니고 오이일까
예부터 버시가 먼저인데
지금은 가시가 앞장설까
오이가 오이(忤耳)로 들리나

남잔 앞만 보고 덩굴 따라 살았건만

여잔 뒤치다꺼리 섬기며 노란 꽃피웠건만

세상 이치 나만 몰랐을까

모르는 이치 더 배워야 하나

오가와 이가는 티격태격

오이 안주 만들어

이오 반주 곁들여 둘 다 곁에 두고

단꿈에 푹 빠졌다네

그 뒤 삼식이는 너무도 편했다네.

— 「오(吳)씨와 이(李)씨」 전문

이(李)와 오(吳)의 관계적 풍자가 끌어내는 음미가 읽혀지는 시다. 이들 부부는 이(李)가와 오(吳)가의 결합으로 이어졌다. 시에서 감각을 지탱해주는 힘은 두 성씨의 결합에 있지만 결국 "씨앗 잉태", 나아가 대가족을 이루고자 하는 가문 번성에 있다. 출발은 인연을 통해 이루어진 가정에 "어느 봄날 새벽녘"에 서로 사랑하여 "가시버시 정답게" 관계하여 "오이 씨앗을 잉태"한다. 열 달을 기다린 후 "때 맞춰" 자신들을 "꼭 닮은 열매"로 "오이가 주렁주렁 태어나"게 된다. 하여 이가와 오가는 단란한 가정을 이루게 된다. 하지만 남편이 주가 된 이오였고, 그런 "이오"로 앞만 보고 살아온 걸 반성한다. 남자는 사업으로 앞의 덩굴 따라만 살았고, 여자는 그것을 뒤치다꺼리하고 섬기며 노란 꽃을 피웠다. 아내는 세상 이치를 자기만 몰랐다고 하소연한다. 모르는 이치를 얼마나 더 배워야 할까. 이제부터 부인이 주는 "이오 반주"를 "곁들여 둘 다 곁에 두고" 황혼의 "단꿈에 푹 빠지"기도 한다. 그래서 남자 "삼식이는 너무도 편"하게 지낸다. 그는 지나온 자신의 편력을 희극적으로 펼친다. 이 시는 스토리텔링으로 써진 구수한 담론시다. 특히 "이오 반주 곁들여 둘 다 곁에 두고" 사는 부모의 재미는 다른 가족에겐 그리 흔치 않은 일인데, 알공달공 이어가는 모습이 옛 대가족제도를 보는 듯도 하다.

> 그대
> 살다
> 힘들면
> 나 기꺼이 지게 되리라
>
> 그대
> 살다
> 역겨우면
> 나 기꺼이 광대 되리라
>
> 그대
> 살고 싶다
> 죽어지고 살고지고
> 그림자 뒤에 어둠 되리라
>
> 그래도
> 원 없이 죽고 살며
> 그대 가는 길
> 고즈넉이 마중하리라.
>
> —「사랑의 미로」 전문

그대에게 다가가는 사랑은 그대를 위해 "지게"와 "광대"가 되고, 그대를 위해 죽어서도 그대를 따르는 "어둠"이 되리라. 그대를 "마중"하는 일, 힘들고 역겨운 나날을 이기며, "살고지고", 그래 "원 없이 죽고 사

는" 그대에 향하는 경도(傾倒)가 헌사(獻詞)의 문장처럼 구사된다. 이창
민 시인이 말한 "그대에게 가는 길"이 우리 모두에게도 그렇게 열렸으
면 싶다.

그대를 위해 화자가 되고자 하는 것은, "그대"가 "힘들 때" "지게"→
"그대"가 "역겨워"할 때 "광대"→ "죽어지고 살고지고"의 "그림자 뒤"에
"어둠"→ "그대 가는 길"의 "고즈넉이" 가는 "마중" 등이다. 이렇듯 화자
는 "지게", "광대", "어둠", "마중"의 시적 이미지를 재편성해 나간다. 이
시는 한 여자를 위해 헌신해야 할 남자로서의 구실을 구체화한 시다.
늘그막에 부르는 연가(戀歌)가 이토록 아름다운 것은 이미지 재편에서
"그대"가 클로즈업되어 더 빛나는 이유에서이다.

5. 나오는 말

이상에서 살핀 바, 그의 시는 고향과 자연, 그리고 부부애의 헌정(獻
呈)에 기초한 서정적이며 서사적인 메커니즘에 의해 아름다운 생태 묘
사로 직조되어 있다. 시가 내용과 이미지를 '인풋(input)'으로 압축하여,
감동적인 산물인 '아웃풋(output)'으로 드러낸다는 과정을 고려할 때,
그의 시는 우선 환경적으로 건강한 시이며, 생태적으로 진보적인 시라
할 수 있다. 비유에서 '기표'와 '기의' 사이를 의미적으로 구성하여 탄탄
한 짜임을 보인다. 그러므로 이창민 시인은 고향의 존재와 생명력을 북
돋우고 배려하는 시인으로 자리함에 오늘의 시적 성과로 기록할 수 있
겠다.

겨울비가 내리는 오후 그를 만나는 식탁이 풍요로웠던 기억을 되새
기며, 오랜 사랑방 짚방석의 집념과 같은 그의 원고를 펼쳤다. 그래,

"하얀 고무신"을 신고 "봄의 정령"이 풍기는 기운을 받아 "만리포 수목원"에서부터 "디딤돌 회상"과 "금남로 은행나무"와 "양림동 기리"를 지나 "여미 마을"과 같은 "절라도 땅으로 얼릉 오랑께"까지의 촘촘한 그의 시를 읽었다. 남도의 정서를 옮겨내는 데 익숙한 그의 글발을 보듬고 "비를 마중하며" 잠시 차를 마신 후 "시 씨앗 사랑방"으로 돌아갔다.

문득 이제 그 사랑방을 나오며, 지고(至高)의 상념으로 일상을 뒤척이는 시의 밭을 꾸준히 일구고, 때맞추어 소득을 즐길 '귀거래사'가 더 풍요해지기를 소망한다.

제3부   토박이 서정을 잇다

기원의 시에 젖어든 비의 서정 : 박성은, 『눈 어귀에 힘주지 않아도 되는 눈물』, ㈜ 센스, 2002.

서정을 진솔하게 키우는 시학 : 오승준, 『그리움으로 부르는 노래』, 한림, 2002.

고독의 극복 그리고 사랑의 노래 : 송윤채, 『그리움 하나 접으며』, 서석, 2006.

사물의 차례화, 그 여유의 전환 : 『아시아서석문학』, 2009 봄호

내면의 묵언을 활달한 서정으로 바꾸다 : 이태웅, 『시간의 날개』, 한림, 2016.

대상에 대한 존중심이 빚어낸 겸허의 시 : 이선근, 『풀 비린 향기』, 한림, 2017.

소년기를 반추하는 시학, 성인기를 풍자하는 시학 : 김진태, 『눈섬』, 시와시학, 2017.

기도의 시와 청빈의 시 : 김옥재, 『날마다 해를 보게 하시니』, 한림, 2000.

고향과 가정 귀소에 대한 사랑의 정서 : 이창만, 『시를 읊조리는 나그네』, 해동, 2016.

시의 정서 끌어내기와 그 비약

김기림, 『문학개론』, 신구문화연구소, 1946.

김병국, 「가면 혹은 진실」, 『국어교육』 제18 · 20호 합병호, 한국국어교육연구회, 1972.

김영무, 『시의 언어와 삶의 언어』, 창작과비평사, 1990.

김용직, 『한국 현대시 연구』, 일지사, 1974.

김준오, 『시론』, 이우출판사, 1989.

노창수, 「한국 현대시의 화자 연구」, 조선대 대학원 박사학위 논문, 1994.

류시욱, 『시의 원리와 비평』, 새문사, 1991.

문덕수, 『한국 모더니즘시 연구』, 시문학사, 1981.

박근영, 「현대시에 관한 형태상의 비교연구」, 고려대 대학원 박사학위 논문, 1970.

박덕규, 『문학과 탐색의 정신』, 문학과지성사, 1992.

성민엽, 『지성과 실천』, 문학과지성사, 1985.

시와경제 편집부, 「언어 질서의 변혁을 바라며」, 『시와 경제』 제1집, 1981.

신동욱, 『한국 현대비평사』, 한국일보사, 1975.

―――, 『우리시의 역사적 연구』, 새문사, 1984.

양왕용, 『정지용시연구』, 삼지원, 1988.

오탁번, 『현대시의 이해』, 도서출판 청하, 1990.

유재천, 『시 텍스트의 분석』, 도서출판 가나, 1987.

이승훈, 『시론』, 고려원, 1974.

전규태, 『언어와 문학의 이론』, 한국사회문제연구원, 1978

정병헌, 「살아있는 고전문학 교육」, 『교육월보』2월호, 1996.

정한모, 『한국 현대 시문학사』, 일지사, 1985

――― 외, 『한국 대표시 평설』, 문학세계사, 1983.

정효구, 『현대시와 기호학』, 도서출판 느티나무, 재인용, 1989.

조병춘, 「한국 현대시의 전개양상 연구」, 명지대대학원 박사학위논문, 1979.

채규판, 「시 창작의 문제 연구(1)」, 『문예연구』 겨울호, 1995.

최인훈, 『문학을 찾아서』, 현암사, 1981.

한계전, 『한국 현대시론 연구』, 일지사. 1983

월터 · J.베이트, 『서양 문예비평사 서설』, 정철인 역, 형설출판사, 1964.

I.A.Richard, 『시와 과학』, 이양하 역, 을유문화사, 1946.

M. Maren, Griesebach, 『문학연구의 방법론』, 장영태 역, 홍성사, 1986

N. Prye, 『비평의 해부』, 임철규 역, 한길사, 1989.

Yu. Lotman, Analysis of the Poetic Text, trans. D.B. Jonsosn, Ardis : Ann Arbor, 1976.

좋은 시의 기법 몇 가지

이윤재, 「요한 타울러와 독일신학」, 『영성의 발자취』, 시냇가에심은나무, 2013.

노발리스, 『푸른 꽃』, 김재혁 역, 민음사, 2003.

메리 앤 셰퍼 외, 『건지 아일랜드 감자껍질파이 클럽』, 김안나 역, 매직하우스, 2008.

쓰기와 고치기

심훈, 『한국인의 글쓰기』, 파워북, 필자 재구성, 2007.

나탈리 골드버그, 『뼛속까지 내려가서 써라』, 권진욱 역, 한문화, 2013.

묵인(默人), 그 극복의 시 의식

백순남, 「시를 쓰러 간 사람」, 『미리내 시와 산문』제8집, 미리내 동인회, 1992.

오세영, 『문학연구 방법론』, 이우출판사, 1988.

정종진, 『한국 현대시론사』, 태학사, 1991.

황광해, 「시작 메모」, 『미리내 시와 산문』 제7집, 미리내동인회, 1991.

황석우, 「시화(詩話)」, 『매일신보』, 1919.

가스통 · 바슐라르, 『꿈꿀권리』, 이가림 역, 문예출판사, 1980.

에릭 D. 허쉬, 『문학의 해석론』, 김희자 역, 이화여자대학교출판부, 1988.

윔서트 · 비어즐리, 『의도주의의 오류』(세계평론선, 세계문학전집90), 이상섭 역, 삼성출판사, 1978.

찰스 브래너, 『정신분석학』, 조대경 역, 현대교육총서출판사, 1968.

독백의 저항과 자의식의 아이러니

강남주, 『수용의 시론』, 현대문학사, 1986.

김남주, 「현실과의 대결 의지와 저항 의식의 투철함」, 김하늬, 『희망론』, 자유사상사, 1991.

김병익 외, 『현대 한국문학의 이론』, 민음사, 1972.

김용직, 『한국 현대시 연구』, 일지사, 1976.

김욱동, 『대화적 상상력』, 일지사, 1976.

김은사, 『현대시의 공간과 구조』, 문학과지성사, 1988.

김인환 외, 『문학의 새로운 이해−그 문턱을 넘어서』, 문학과지성사, 1996.

김준오, 『시론』, 삼지원, 1991.

김해성, 『한국시론』, 진명문화사, 1975.

김 현, 「사회적 인물의 시적 변용」, 『문학과지성』 제13호, 1974.

──, 「문학은 무엇을 할 수 있는가」, 『문학의 새로운 이해』, 문학과지성사, 1996.

──, 『한국문학의 위상』, 문학과지성사, 1977.

노창수, 「한국 현대시의 화자 연구」 조선대학교대학원 박사학위논문, 1993.

──, 「현대시 교재의 수용적 이해를 위한 전체적 접근 단계의 수업 전개 방법」, 『미원 우인섭 선생 화갑기념 논문집』, 집문당, 1986.

마광수, 『상징시학』, 청하, 1991.

박덕규, 『문학과 탐색의 정신』, 문학과지성사, 1992.

박민수, 『현대시의 사회학적 연구』, 느티나무, 1989.

박이문, 「서정의 복귀」, 『시세계』 겨울호, 1992.

박호재, 「그의 시는 여전히 사회적 착안으로 정서의 지평을 확대한다−김하늬 도시빈민의 노래에 부쳐」, 김하늬, 『도시 빈민의 노래』, 두손, 1992.

반경환, 「무인칭들의 삶−최승호의 시 세계」, 『문학과사회』 가을호, 1990.

오규원, 『현대시 작법』, 문학과지성사, 1991.

윤여탁, 「시의 서술 구조와 시적 화자 기능」, 『문학과논리』 제1호, 태학사, 1991.

이승훈, 『한국시의 구조분석』, 종로서적, 1987.

장용학, 「갈등과 진실」, 『한국문학』 11월호 통권73호, 한국문학사, 1979.

정명환 외, 『20세기 이데올로기와 문학사상』, 서울, 1988.

진형준, 『깊이의 시학』, 문학과지성사, 1986.

가스통 바슐라르, 『물과 꿈』, 이가림 역, 문예출판사, 1980.

노드롭 프라이, 『비평의 해부』, 임철규 역, 한길사, 1982.

에디츠 쿠르츠웨일, 『구조주의의 시대』, 이광래 역, 종로서적, 1984.

테드 휴즈, 『시작법』, 한기찬 역, 청하, 1987.

사랑과 그리움이 내면화된 의지

곽철환 편저, 『시공불교사전』, 시공사, 2003.

농법(弄法)과 풍자, 그 해갈(解渴)의 사물관

남경희, 『비트겐슈타인과 현대 철학의 언어적 전회』, 이화여자대학교출판부, 2005.

하이데거, 『숲길(*Holzwege*)』, 신상희 역, 나남 출판사, 2008.

순진무구의 정신, 또는 풀잎시와 풀빛시

구인환 외, 『문학교육론』, 삼지원, 1992.

오세영, 『문학연구방법론』, 이우출판사, 1988.

르네 웰렉, 『문학의 이론』, 강병철 역, 을유문화사, 1982.

Ruth Finnegan, *Oral Poetry*, Cambridgs Univ. Press, 1973.

사물의 차례화, 그 여유의 전환

로버트 루이스 스티븐슨, 『당나귀와 함께 한 세벤느 여행』, 원유경 역, 새움, 1999.

내면의 묵언을 활달한 서정으로 바꾸다

곽요환, 『지도에 없는 집』, 문학과지성사, 2010.

대상에 대한 존중심이 빚어낸 겸허의 시

교육대학교 편, 『초등국어교육』, 교육과학사, 2015.

김동효, 「래퍼의 사색, 과골삼천」, 『아시아빅뉴스』, 2017.

노창수, 『반란과 규칙의 시 읽기』, 푸른사상사, 2008.

노춘기, 「황석우의 초기 시와 시론의 위치 – 잡지 『삼광』 소재의 텍스트를 중심으로」, 『한국시학연구』 제32호, 2011.

성백효, 「술이편(述而編)」, 『논어집주』 제6·7장, 전통문화연구회, 2011.

베르나르 베르베르, 「달착지근한 전체주의」, 『나무』, 이세욱 역, 열린책들, 2007.

소년기를 반추하는 시학, 성인기를 풍자하는 시학

김병국, 「가면 혹은 진실」, 『국어교육』 제18~20호 합병호, 한국국어교육연구회, 1972.

노창수, 『반란과 규칙의 시 읽기』, 푸른사상사, 2003.

──, 『한국 현대시의 화자 연구』, 푸른사상사, 2003.

이승훈, 『시론』, 고려원, 1974.

월터 · J. 베이트, 『서양문예비평사 서설』, 정철인 역, 형설출판사, 1964.

질 들뢰즈, 『감각의 논리』, 하태환 역, 민음사, 2008.

인명 및 용어

토박이의 풍자 시학

작품 및 도서

토박이의 종자 시학

토박이의 중저 시학

저자 노창수 魯昌洙

1948년 전남 함평에서 태어났다. 『현대시학』에 시로 추천을 받으며 작품 활동을 시작했고(1973), 이후 『광주일보』 신춘문예 시 부문 당선(1979), 『시조문학』 천료(1991), 『한글문학』 평론 부문 당선(1990) 등으로 문단에 나왔다. 시집으로 『거울 기억제』, 『배설의 하이테크 보리개떡』, 『선따라 줄긋기』, 『원효사 가는 길』, 『붉은 서재에서』 등이, 시조집으로 『슬픈 시를 읽는 밤』, 『조반권법』, 『탄피와 탱자』 등이, 논저로 『한국 현대시의 화자 연구』, 『반란과 규칙의 시 읽기』, 『사물을 보는 시조의 눈』 등이 있다. 한글문학상(평론), 한국시비평문학상(평론), 광주문학상(시조), 현대시문학상, 무등시조문학상, 한국아동문학작가상(평론), 한국문협작가상(시조), 박용철문학상(시) 등을 수상했으며, 광주문인협회 회장, 한국시조시인협회 부이사장을 역임했다. 문학박사로 현재 조선대, 광주교대, 남부대 강단에 서고 있으며 광주예술영재교육원 심의위원장을 맡고 있다.

토박이의 풍자 시학

인쇄 · 2017년 11월 25일
발행 · 2017년 12월 5일

지은이 · 노창수
펴낸이 · 한봉숙
펴낸곳 · 푸른사상사

편집 · 지순이 | 교정 · 김수란
등록 · 1999년 7월 8일 제2-2876호
주소 · 경기도 파주시 회동길 337-16(서패동 470-6)
대표전화 · 031) 955-9111~2 | 팩시밀리 · 031) 955-9114
이메일 · prun21c@hanmail.net
홈페이지 · http://www.prun21c.com

ⓒ 노창수, 2017
ISBN 979-11-308-1240-3 93800
값 29,500원